겐야는 중정을 걸어가 꽃들을 바라보며,

"예쁘구나. 정말 예뻐." 하고 말했다.

그렇게 말하지 않을 수 없는 아름다움이었다.

__ 본문 중에서

풀꽃들의 조용한 맹세

KUSABANATACHI NO SHIZUKANA CHIKAI
by MIYAMOTO Teru

Originally published in Japan by Shueisha Inc.
Korean translation rights arranged with MIYAMOTO Teru, Japan
through THE SAKAI AGENCY and ERIC YANG AGENCY.

풀꽃들의 조용한 맹세

草花たちの静かな誓い

미야모토 테루 장편소설
송태욱 옮김

등장인물

기쿠에 올컷

로스앤젤레스 거주. 부호인 남편이 암으로 사망한 후 저택에서 혼자 생활. 63세에 갑작스럽게 사망.

레일라 올컷

기쿠에의 딸. 1986년 4월, 6살 때 자택 근처의 대형 마트에서 행방불명됨.

오바타 겐야

기쿠에의 조카. 서던캘리포니아대학 대학원에서 MBA를 취득한 후 일본에 귀국.

니콜라이 벨로셀스키

벨로셀스키 조사 회사를 경영. 사립탐정. 우크라이나계 미국인.

캘리포니아주 지도

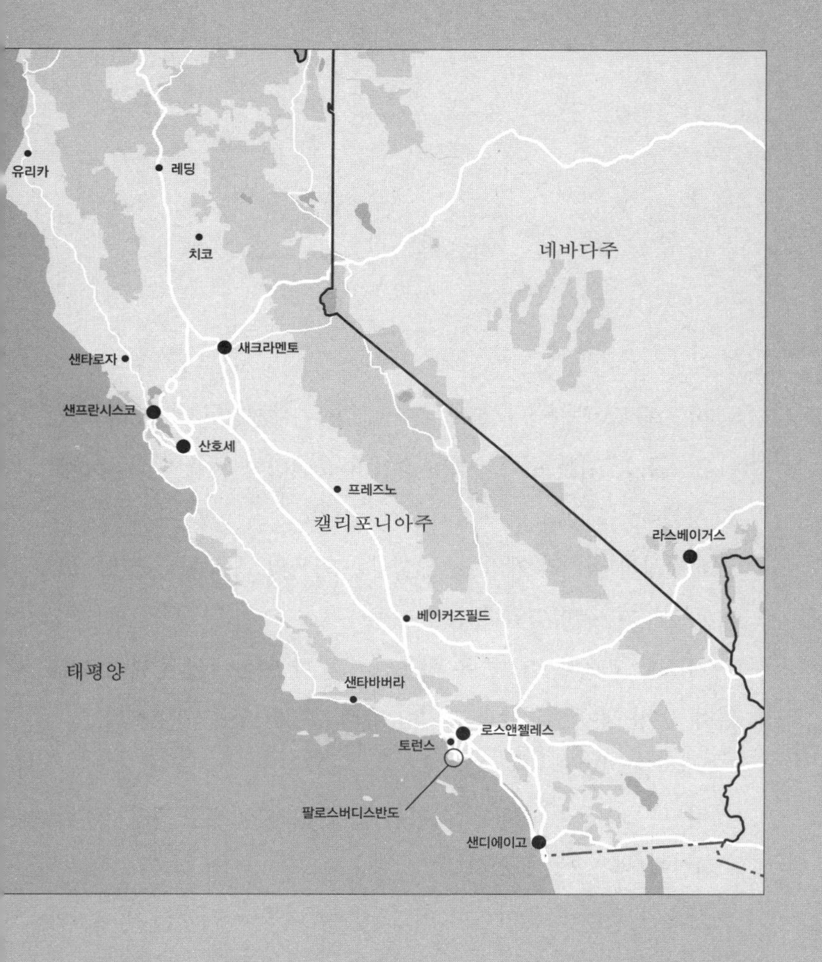
유리카
레딩
치코
네바다주
새크라멘토
샌타로자
샌프란시스코
산호세
프레즈노
캘리포니아주
라스베이거스
베이커즈필드
태평양
샌타바버라
로스앤젤레스
토런스
팔로스버디스반도
샌디에이고

1

이즈의 슈젠지修善寺 온천 근처에 있는 병원을 나선 오바타 겐야는 제복을 입은 쉰 살 넘은 경찰이 운전하는 차를 타고 경찰서로 향했다.

순찰차가 아니라 개인이 쓰는 짙은 회색의 보통 차였는데, 고성능 무전기가 달려 있었다.

기쿠에 고모의 소지품은 사흘간 숙박한 여관에서 경찰서로 옮겨져 있어, 겐야는 경찰관의 입회 아래 그것을 인수해야 했다.

"시신은 어떻게 하실 겁니까?"

병원을 나서고 나서 내내 말이 없던 경찰은 차를 경찰서 뒤쪽 주차장에 세우고는 물었다.

사오일 전에는 꽃이 한창이었을 벚꽃나무 가지에는 어린잎이 돋아나 있고 사월 중순의 햇볕은 부드러웠다.

“저도 내내 그 생각을 했습니다. 고모는 미국 사람하고 결혼해서 미국 국적을 취득했으니, 미국인이 해외여행 중에 급환으로 돌아가신 경우에는 어떻게 해야 하는지 미국 대사관에 물어봐야겠지요. 남편은 1년 전에 돌아가셨고, 딸도 여섯 살 때 죽었습니다. 27, 8년 전이네요. 시신을 로스앤젤레스로 공수해도 인수할 사람이 없습니다.”

“비행기로 시신을 미국까지 이송하게 되면 큰일이겠네요.”

겐야는 큰일이라는 것이 비용을 말하는지, 절차 등 여러 가지 번잡한 작업을 말하는지 알 수 없었다. 어느 것이든 큰일이지요, 하고 겐야는 마음속으로 말했다.

경찰서에서는 젊은 여성 경찰이 기다리고 있다가 기쿠에 고모의 소지품을 보관해둔 방으로 데려갔다. 영어를 조금 아는 듯 큼직한 숄더백과 소형 캐리어백을 테이블 위에 올리며, 기쿠에 올컷 씨는 이번 일본 여행을 할 때 미국 보험 회사에서 해외여행보험에 들었다고 말했다.

여성 경찰은 그 여행보험 증서의 ‘긴급 연락처’ 항에 조카인 오바타 겐야 씨의 이름과 주소, 전화번호가 기재되어 있었는데, 또 한 가지 ‘모리 앤드 스탠턴 법률사무소’의 주소와 전화번호도 있었다고 설명했다. 그러고는 기쿠에 고모의 숄더백에 들어 있는 내용물을 하나하나 주의 깊게 꺼냈다.

숄더백 안에는 해외여행보험에 들었다는 것을 증명하는 조그만 책자가 있었다. ‘모리 앤드 스탠턴 법률사무소’의 주소는 로스앤젤레스의 토런스Torrance시였다.

지금 일본은 4월 15일 오전 열한 시. 일본과 로스앤젤레스의 시차는 열여섯 시간이니 그쪽은 4월 14일 오후 일곱 시인가.

겐야는 손목시계를 보며 계산해보고, 지금이라면 모리 앤드 스탠턴 법률사무소의 누군가가 사무실에 있을 가능성이 높다고 생각했다. 하지만 그 법률사무소에 전화하는 것은 뒤로 미루고 일단 소지품 인수 절차를 먼저 끝내기로 했다.

몇 장의 서류에 서명하고 있으니 조금 전 그 초로의 경찰이 이런 것밖에 없다며 골판지 상자를 가져왔다. 기쿠에 고모의 숄더백을 넣기에는 딱 맞는 크기였다.

겐야는 고맙다고 말하고는 기쿠에 고모의 여권과 지갑을 재킷 안주머니에 넣고 숄더백을 골판지 상자에 넣었다. 캐리어백은 끌고 갈 수밖에 없었다.

"병원에서도 들으셨겠지만, 올컷 씨의 폐에는 물이 조금밖에 들어 있지 않았습니다. 올컷 씨가 몸을 담그고 있던 온천물입니다. 큼직한 편백나무 욕조에 몸을 담그고 있다가 협심증 발작이 일어났고 몸이 앞으로 살짝 기울어 얼굴이 반쯤 물에 잠겼지만, 그다지 고통스럽지는 않았을 거라고 생각합니다. 몸은 편백나무 욕조 가장자리에 기대고 있었고요."

여성 경찰은 이렇게 말하고는 서류를 들고 작은 방에서 나갔는데, 겐야가 경찰서 현관 근처에 붙어 있는 택시 회사의 전화번호를 보고 재킷 가슴주머니에서 휴대전화를 꺼냈을 때 살짝 웃음을 띠며 다가왔다. 그녀는 학창 시절 로스앤젤레스에 갔을 때 토런스시의 스테이크하우스에서 식사를 한 적이 있다고 했다.

그래서 기쿠에 올컷 씨가 살았던 랜초팔로스버디스Rancho Palos Verdes에도 가봤기 때문에 그곳이 얼마나 고급 주택지인지도 알고 있다고 했다.

겐야는 자신보다 일곱이나 여덟 살쯤 아래라고 어림하며,

"아아, 랜초팔로스버디스에 가봤어요? 언제쯤이요?"

하고 여성 경찰에게 물었다. 이 여자는 치열만 고르다면 상당히 미녀일 텐데, 하고 생각했다.

"취직이 결정된 직후니까 5년 전이네요. 2008년 가을에요. 친구가 USC에서 어학연수를 했거든요."

USC는 서던캘리포니아대학의 약칭이다.

"대학을 졸업한 지 5년이나 된 걸로는 보이지 않는데요. 저는 스물대여섯 살일 거라고 생각했습니다."

순간 겐야는 경찰에게 성희롱 같은 발언을 한 게 아닌가 싶어 당황했는데,

"전 전문대학을 졸업했어요."

하고 여성 경찰은 태평하게 웃는 얼굴로 대답했다.

택시가 오면 경찰서에서 나갈 수 있다는 생각이 겐야의 입을 가볍게 한 모양이었다.

"랜초팔로스버디스라는 곳은 고급 주택가 같은 단순한 곳이 아니지요. 대체 무슨 일 하는 사람들이 사는지, 정말 어이가 없을 만큼 호화로운 저택들이 해변부터 구릉 일대를 차지하고 있고…….
하지만 저도 친구와 서해안을 따라 드라이브를 할 때 그냥 지나쳤

을 뿐입니다. 로스앤젤레스에서 4년이나 살았는데 사우스베이라 불리는 그 반도에 갈 기회는 한 번밖에 없었습니다. 고모 부부가 랜초팔로스버디스의 집을 산 건 2년 전이고, 저는 3년 전에 귀국했습니다. 엇갈린 셈이지요."

"로스앤젤레스에서 4년이나 사셨어요? 일로요?"

여성 경찰이 물었다.

경찰서에 용무가 있는 듯한 남자가 탄 택시가 입구에 정차했기에, 겐야는 휴대전화를 호주머니에 넣고 골판지 상자를 안은 채 캐리어백을 끌며,

"유학을 했습니다. 서던캘리포니아대학의 대학원에서요."

하고 말하며 택시로 달려갔다. 택시에 타고 나서 기쿠에 고모가 묵었던 여관 이름을 묻자 여성 경찰은 대여섯 걸음 다가와 가르쳐 주었다.

여관 이름은 병원에서도 들었지만, 여성 경찰과 좀 더 이야기를 나누고 싶었던 것이다.

"그럼 친구분이 어학연수를 했을 때 저도 같은 대학의 캠퍼스를 돌아다녔겠네요."

겐야가 말했다.

그리고 뒷좌석에 앉은 채, 어딘지 모르게 장난으로 경찰 제복을 입고 놀고 있는 여대생 같은 경찰에게 신세가 많았다며 인사하고는, 기쿠에 고모의 이른바 종언의 땅이 된 슈젠지 온천의 고급 여관으로 갔다.

폐를 끼친 일에 대한 사죄와 숙박비 정산을 위해 여관을 찾아

갔지만, 기쿠에 고모는 체크인할 때 이미 신용카드로 계산을 끝낸 상태였다.

여관 주인이나 지배인은 모두 정중하게 조의를 표해주었다.

다시 병원으로 돌아가 사무국에서 의사의 소견과 서명 날인이 들어간 사체검안서 두 통을 받은 오바타 겐야는, 기다려준 장의사 사람에게 일단 도쿄의 친가에서 가까운 장례식장을 소개받아 시신을 그쪽으로 옮겨달라고 부탁하고는 서둘러 신칸센 미시마역으로 갔다.

해야 할 일이 많았다. 일본에서 화장을 할 경우의 법적 절차를 미국 대사관과 스기나미 구청 양쪽에 알아봐야 하고, 가능한 한 빨리 모리 앤드 스탠턴 법률사무소에 연락하고 싶었다.

기쿠에 고모가 왜 긴급 연락처 중 하나로 그 법률사무소를 적었는지, 겐야는 전혀 알 수 없었다.

남편인 이언 올컷이 작년에 췌장암으로 세상을 떠났을 때 유산 상속의 법적 절차를 모두 모리 앤드 스탠턴 법률사무소에 맡겼는지도 모른다.

로스앤젤레스의 랜초팔로스버디스로 이사하고 나서는 친한 친구도 없어 긴급 연락처로 지정할 데가 그 법률사무소밖에 없었던 것일까.

모리 또는 스탠턴과 개인적으로 친하다면 그 사람의 주소와 전화번호를 기재하면 되었을 테니 굳이 법률사무소의 연락처를 적을 필요는 없었을 것이다.

겐야는 스기나미구의 장례식장과 교섭하는 일이 길어져 오후

한 시 반에야 미시마역에 도착했기 때문에 로스앤젤레스는 4월 14일 저녁 아홉 시 반이 되었을 거라고 생각했다.

미시마역 구내의 한적한 곳에서 겐야는 모리 앤드 스탠턴 법률 사무소에 전화를 걸었다. 누군가 늦게까지 일을 하고 있을지도 모른다고 생각했던 것이다. 중년인 듯한 여성이 귀찮은 듯한 목소리로 전화를 받았다.

나는 기쿠에 올컷의 조카로, 지금 일본에서 전화를 걸고 있다. 기쿠에는 해외여행보험 계약서에 긴급 연락처로 두 군데를 적었다.

기쿠에는 일본 시간으로 4월 14일 저녁 열한 시쯤 슈젠지라는 온천지의 여관에서 급사했다. 혼자 온천을 즐기고 있을 때 협심증 발작이 일어난 것이다. 객실 안의 욕조여서 아무도 알지 못했다. 여관 사람이 발견한 것은 아침 여섯 시로, 경찰이 나에게 연락을 해온 것은 일곱 시경이다. 기쿠에는 여섯 시에 깨워달라고 부탁해 두었던 모양이다.

여기까지 이야기하자 여자는 곧바로 수잔에게 연락하겠다며 겐야의 전화번호를 물었다.

오바타 겐야는 일단 전화를 끊고 의자 대신 기쿠에 고모의 캐리어백을 깔고 앉아 슈젠지의 장의사 차가 스기나미구의 장례식장에 도착하는 것은 몇 시쯤일까, 하고 생각했다. 아버지나 어머니에게 그 장례식장으로 가달라고 해야 한다.

사이가 좋지 않았다고 해도 아버지는 기쿠에 고모의 하나뿐인 오라버니다. 여섯 살짜리 딸을 일찍 잃고 남편도 1년 전에 먼저 저

세상으로 떠나보낸 기쿠에 고모는 친척 하나 없는 미국에서 혼자 생활해왔고, 기대하고 있던 일본 각지 여행의 사흘째가 되는 날 슈젠지 온천에서 세상을 떠난 것이다.

아버지도 어머니도 기쿠에 고모와는 마음이 맞지 않았다. 나의 대학원 졸업식에 아버지와 어머니가 갈지 말지 하는 문제에, 그렇게 차분하던 기쿠에 고모는 언성을 높여 화를 냈다. 수화기를 물어뜯을 기세로 자신의 오라버니와 올케언니를 꾸짖었던 것이다.

우리는 시간도 없고 로스앤젤레스까지 가는 비행깃값도 비싸고 영어도 전혀 못하니 하는 변명을 고모는 신랄하게 따지고 들며, 자기 아들이 미국의 대학원을 수료해서 MBA를 취득한 것이 그 가족에게 얼마나 자랑스러운 일이며 축하할 만한 일인지 당신들 부부는 모르고 있다며 불을 뿜었다.

그 전화는 졸업식 나흘 전에 한 것이었는데, 기쿠에 올캇과 이언 올캇 부부는 졸업식에 참석하기 위해 매사추세츠주의 보스턴에서 로스앤젤레스까지 와주었다.

겐야는 그때 기쿠에 고모가 화를 내준 것을 무척 고마운 일로 떠올렸다.

10분쯤 지나 휴대전화가 울렸다.

"겐야 오바타 씨? 저는 기쿠에의 고문 변호사인 수잔 모리입니다. 방금 제 사무실 직원한테서 들었습니다. 깜짝 놀랐어요. 진심으로 조의를 표합니다. 저와 기쿠에는 무척 사이가 좋았어요. 기쿠에한테도 저는 미국에서 가장 친한 친구였을 거예요."

수잔 모리는 이렇게 말했다. 목소리나 말투로 보아 기쿠에 고모보다 약간 더 젊은 정도일 거라고 겐야는 추측했다.

겐야는 시신을 일본에서 화장해도 되는지, 그렇게 하기 위해서는 어떤 법적 절차가 필요한지, 앞으로 미국 대사관에 가서 의논해 보겠다고 말했다.

"기쿠에는 미국에 친척이 한 사람도 없어요. 전에 살았던 보스턴에 친한 친구가 없는 건 아니었지만 이언의 형도 죽었고……. 랜초팔로스버디스에 이언의 묘가 있을 뿐이에요. 일본에서 화장하는 일은 저도 내일 시청에 문의해볼게요. 그런데 그보다 중요한 문제가 있어요. 당신이 가능한 한 빨리 로스앤젤레스로 와줘야 하는데, 그럴 수 있나요?"

수잔 모리가 물었다.

겐야는 기쿠에 고모의 시신 처리가 어떻게 결정되든 자신이 로스앤젤레스로 가야 할 거라고 생각하고 있었다.

"조만간 가겠습니다. 일본에서 화장을 할 수 있게 된다고 해도 기쿠에 고모의 유골은 이언의 묘 옆에 묻어주고 싶으니까요."

"로스앤젤레스에 와서 잠시 머무는 비용은 전혀 걱정하지 않아도 돼요. 공항에 도착하면 먼저 택시로 토런스에 있는 저의 사무실로 와주시지 않겠어요? 차는 렌트하지 않는 게 좋을 거예요."

"예, 그렇게 하겠습니다."

겐야는 이렇게 대답하고 수잔 모리의 이메일 주소를 가르쳐달라고 해서 수첩에 적고 전화를 끊었다.

몇 가지 사정이 고려되어 기쿠에 올컷의 시신은 그다지 번거로운 절차를 거치지 않고 일본에서 화장할 수 있었다.

4월 23일 오전 열 시가 지나 로스앤젤레스 공항에 도착하자, 오바타 겐야는 택시를 타고 토런스시의 모리 앤드 스탠턴 법률사무소로 향했다.

공항 근처에도 자카란다 거목이 연보랏빛의 커다란 꽃을 드리우고 있었는데, 고속도로를 남쪽으로 내려가 웨스턴 거리에서 토런스 대로로 들어서자 현지 사람들이 '보라색 벚꽃'이라 부르는 이 아름다운 꽃의 색이 더욱 짙어졌다.

대로를 따라 난 넓은 보도는 자카란다 가로수라고 해도 좋을 정도였다. 겐야는 가지가 기묘하게 뒤틀린 거목과 소철나무 비슷한 나무가 자카란다에 섞여 높이 뻗어 있는 모습에 시선을 주었다.

수목과 꽃이 많은 거리……. 기쿠에 고모는 미국 서해안의 남쪽에서 자신이 꿈꾸었던 마지막 거처를 얻어 2년간 살았고, 예순세 살에 일본에서 세상을 떠난 거구나, 하고 겐야는 생각했다.

공항에서 목적지를 말한 이후 내내 내비게이션 전원을 꺼놓았던 운전사는, 토런스 대로를 오른쪽으로 꺾고 나서 폭이 넓은 중앙분리대에 심어져 있는 자카란다 거목들 사이에서 굽이치듯 가지를 뻗고 있는 나무를 가리키며,

"닭벼슬나무."

하고 말했다.

"네, 일본에서는 닭벼슬나무라고 하죠. 잘 아시네요. 일본에서는 남쪽에서만 자라는 나무예요."

겐야와 비슷한 나이의 아랍계인 듯한 운전사는 이곳 토런스에

도요타자동차의 미국 본사와 혼다자동차 회사가 있기 때문에 일본인 손님을 자주 태운다고 말했다. 그래서 이 근처는 내비게이션을 켜지 않고도 손님을 어디든지 데려다줄 수 있다고 했다.

일본인 손님 대부분이 그 나무를 보고 "닭벼슬나무다."라고 해서 택시 운전사가 외우고 만 거로구나, 하고 겐야는 생각했다.

은행과 부티크 사이의 길을 돌아가자 오른쪽에 쇼핑몰이 있었다. 운전사는 그곳을 지나쳐 3백 미터쯤 간 데서 멈춰, 길에 면한 3층 건물의 고풍스러운 집을 가리켰다.

나무와 벽돌을 조합해서 설계한 것처럼 보이는 건물은 산뜻한 주택으로밖에 보이지 않았는데, 2층의 큼직한 유리창에 '모리 앤드 스탠턴 법률사무소'라고 황토색 글자로 쓰여 있었다. 1층은 차고였다.

신용카드로 택시비에 조금 넉넉하게 팁을 덧붙여 계산한 겐야는 운전사에게 슈트케이스를 2층으로 옮겨달라고 하고, 사무실 문에 달린 인터폰의 버튼을 눌렀다.

"누구세요?"

인터폰에서는 신칸센 미시마역에서 걸었던 전화를 받은 여성의 목소리가 들려왔다.

겐야가 이름을 말하자 문이 자동으로 열렸고, 예순 전후의 밤색 머리와 눈동자를 가진 여자가 안쪽의 개인 집무실에서 종종걸음으로 나왔다.

"저는 수잔이라고 해요. 멀리서 잘 왔어요. 기쿠에 일은 정말 안됐어요. 그녀는 앞으로 해야 할 일이 정말 많았는데."

수잔 모리는 겐야와 악수하며 이렇게 말했다.

"저는 겐야입니다. 미국 친구들은 다들 겐이라고 부릅니다. 많이 바쁘실 텐데 시간을 내주셔서 정말 고맙습니다."

겐야는 택시를 타고 있는 동안에도 어깨에서 내려놓지 않았던 큼직한 숄더백을 테이블 위에 내려놓았다가, 그 안에 기쿠에 고모의 유골이 들어 있다는 생각에 그것을 안듯이 두 손으로 고쳐 들었다.

수잔의 집무실로 안내되어 오래된 가죽 소파에 앉자, 다른 여자가 머그컵에 담은 커피를 가져왔다. 30년 가까이 자기 비서를 하고 있는 카밀라 헌트라고 수잔이 소개했다.

저번에는 밤늦게 전화해서 죄송했다고 겐야가 말하자 카밀라는 막 퇴근하려던 참이어서 다행히 전화를 받을 수 있었다며 웃는 얼굴로 대답했다. 남아도는 살이 갈 곳을 잃고 모든 손가락에까지 이르러 결혼반지가 마치 가느다란 실처럼 보였다.

"겐에 대해서는 기쿠에한테서 많이 들었어요. USC에서 MBA를 딴 것도요. 이언도 겐을 무척 훌륭한 청년이라고 말하더군요."

이렇게 말한 수잔은 카밀라 헌트가 방에서 나가자 테이블에 두 팔꿈치를 세우고 깍지를 낀 채 잠시 생각에 잠겼다. 그러고는 손목시계를 보며 로스앤젤레스에는 며칠이나 머물 수 있느냐고 물었다.

"일본에 귀국해서 취직했던 회사를 지난 달 말에 그만두었습니다. 전혀 다른 업종의 회사에서 미국 근무를 조건으로 제안이 들어왔거든요. 그 회사의 채용이 정식으로 결정되면 아마 6월 1일 보스턴에 부임할 겁니다. 지금 미국은 일본 지사에서 부임하는 명목이 아니면 취업비자 발행을 꺼리거든요."

수잔은 가볍게 고개를 끄덕이고는 집무실 창문 가까이에 있는 높이 1미터 정도의 금고에서 두툼한 봉투를 꺼냈다.

"중요한 이야기는 랜초팔로스버디스의 기쿠에 집에서 하죠. 다만 그 전에 이 서류만 좀 훑어봤으면 좋겠어요. 겐이 여기에 사인을 하면 제 일은 끝나거든요. 이건 기쿠에 올컷의 유언장이에요. 이언 올컷으로부터 기쿠에가 상속한 모든 유산, 약 3천2백만 달러와 랜초팔로스버디스의 집과 토지는 조카인 일본인 겐야 오바타에게 양도한다고 명기되어 있어요."

겐야는 일부러 사무적인 표정을 짓는 것처럼 보이는 수잔의 목에서 어깨에 걸친, 주근깨인지 검버섯인지 그 양쪽인지 알 수 없는 자잘한 반점에 눈길을 주었다.

지중해성 기후 특유의 건조하고 서늘한 바람이 창으로 들어오는데도 겐야는 겨드랑이에서 땀이 흘러내리는 것을 느꼈다.

"제가요? 전부를? 3천2백만 달러를요?"

"맞아요, 겐야 오바타가 모든 유산의 상속인이에요. 앞으로 갈 랜초팔로스버디스의 집도요. 그 집은 평가액이 8백5십만 달러예요. 부동산 업자는 9백5십만 달러라도 살 거라고 했어요. 겐이 천만 달러라면 팔겠다고 해도 아마 응할 거예요. 합쳐서 4천2백만 달러네요."

오늘의 환율로 계산하면 약 41억 8천만 엔? 지금은 엔화가 강세지만 환율은 일종의 게임 같은 거라서 대단치 않은 투기꾼이나 정치적인 농간으로도 변동한다. 이제 곧 1달러가 백 엔을 넘어설 것이다. 그렇게 되면 42억 엔이 넘는다?

겐야는 시차 탓인지 놀라서인지 너무 흥분해서 정상적인 판단을 할 수 없게 된 것인지도 모른 채 머릿속으로 금액을 계산했다.

그리고 수잔이 테이블 위에 놓은 큼직한 봉투를 여는 것보다 먼저 기쿠에 올컷의 사체검안서, 시청의 매장 허가증을 가방에서 꺼냈다. 거기에는 겐야가 영어로 번역한 것도 첨부되어 있었다.

수잔은 영어로 번역된 서류를 읽고 나서 자신의 서류 가방에 넣고 살짝 표정을 풀더니 "깜짝 놀랐겠지요. 당연해요. 저라면 너무 기뻐서 춤을 추다가 졸도하고 말았을 거예요." 하고 말하며 책상 서랍에 넣어둔 자동차 열쇠를 들고 일어섰다.

네 대가 나란히 세워져 있는 차고에 도요타 세단이 주차되어 있었다. 수잔은 트렁크를 열고 겐야가 슈트케이스를 넣는 걸 기다리고 나서,

"열두 시 정각이네요. 점심시간이에요. 저쪽에 타코스를 잘하는 가게가 있는데……."

하고 말했다.

거리에서 보는 것보다 규모가 훨씬 큰 쇼핑몰 안에 타코스 전문점이 있었다.

겐야는 어쩐지 위가 가득 차 있는 듯한 느낌이 들어 식욕이 전혀 없었지만 수잔과 마찬가지로 타코스와 커피를 주문하고 가게 밖의 둥근 테이블에 앉아 기쿠에 고모의 유언장을 읽었다. 마지막 대여섯 줄이 까만 매직잉크로 지워져 있었다.

"지워진 그 부분은 나중에 설명해줄게요."

수잔이 이렇게 말했다. 가는 금 목걸이에는 유심히 보지 않으면 알아볼 수 없을 만큼 작은 알갱이의 보석 하나가 곁들여져 있었는데, 기품이 있어 수잔에게 잘 어울렸다.

겐야는 일본에 귀국하고 나서는 거의 쓸 일이 없었던 선글라스를 가방에서 꺼냈다.

"로스앤젤레스에서는 선글라스를 반드시 가지고 다녀야겠네요. 햇빛이 일본과는 전혀 다르거든요."

"이 목걸이는 기쿠에가 선물한 거예요. 작은 녹색 돌은 비취지요. 알갱이가 무척 작지만 비취 중에서도 특별히 질이 좋은 비취라고 제가 아는 귀금속점 주인이 감탄하더라고요. 기쿠에는 유언장이 정식으로 인정된 날 나와 카밀라를 식사에 초대했어요. 그때 이걸 선물했지요. 카밀라한테는 귀고리를 선물했고요. 그래서 당신한테 전화가 왔을 때 카밀라는 한순간 기쿠에가 일본에서 자살한 게 아닐까, 하고 생각했대요."

이 사람의 날카로운 감은 변호사라는 직업 탓만이 아니라 천성적인 걸 거라고 겐야는 생각했다. 자신이 선글라스를 쓰기 전에 힐끗 목걸이를 본 것을 알아챈 것이다.

"그건 유언장 초안이에요. 정식 유언장은 제 사무실 금고에 보관해두었고요. 마지막 다섯 줄을 삭제한 것을요."

수잔 모리는 이렇게 말하며, 멕시코계의 뚱뚱한 점원이 가져온 타코스를 놀랄 만큼 빠른 속도로 다 먹어치우고는 커피가 든 종이컵을 들고 쇼핑몰 계단이 있는 곳으로 가서 담배를 피웠다.

"하루에 세 개비만 피우기로 정했어요. 점심 후, 저녁 후, 자기 직전, 이렇게 세 개비만요."

3년간 끊고 있었던 겐야는 문득 담배가 피우고 싶어져, 수잔 옆으로 가서 두 손을 가슴 높이로 들어 올리고는 아직도 떨리고 있는 손을 보여주었다.

"이걸 진정시키려면 담배가 필요해요. 한 대만 주시겠어요?"

"그 기분은 이해할 수 있어요. 지금 당신한테 차를 운전하게 하는 건 아주 위험할 거예요."

은색 담뱃갑을 열며 수잔이 말했다. 겐야는 한 개비를 빼서 수잔의 라이터로 불을 붙였다.

"지금 이런 정신 상태가 아니더라도 핸들이 왼쪽에 있는 차로 우측통행 도로를 운전하는 건 두려워요. 벌써 3년이나 미국에서 운전을 안 했으니까요. 오른쪽 차로를 달리는 것과 왼쪽 차로를 달리는 건 뇌의 움직임이 반대라서 익숙해질 때까지는 위험하거든요."

약한 담배였지만 겐야는 연기를 들이마시자 순간적으로 현기증 같은 것을 느꼈다.

"저기에 담배를 파는 가게가 있어요."

수잔이 쇼핑몰의 두 건물을 잇는 복도 같은 모퉁이를 손으로 가리켰다. 겐야는 해가 비치지 않아 밖에서는 새까맣게 보이는 통로 안에 있는 담배 가게에서 말보로와 일회용 라이터를 샀다.

타코스와 커피값은 이미 수잔이 계산한 뒤였다. 겐야는 고맙다고 말하며 수잔의 자동차 조수석에 탔다.

수잔은 차를 유턴시켜 호손 대로를 남쪽으로 똑바로 달려 바다 쪽으로 향했다.

사우스베이라 불리는 지역의 정식 명칭은 팔로스버디스반도로, 거기에는 랜초팔로스버디스, 팔로스버디스에스테이츠, 롤링힐스, 롤링힐스에스테이츠, 이렇게 네 개의 시가 있다. 지도상에서는 바다로 살짝 돌출되어 있어 반도라고 하면 그렇다고 할 수 있는 혹 같은 모양의 지역에 그 네 개의 시가 굴곡이 많은 퍼즐 조각 모양으로 짜 맞춰져 있다.

기쿠에의 집은 그 반도의 가장 남쪽으로 돌출된 곳에서 살짝 서쪽으로 간 바닷가에 있다. 밤에는 태평양의 파도 소리밖에 들리지 않는다. 집 자체는 주변에 비해 큰 편이 아니지만 정원이 넓다. 그리고 집의 내장에 쓰인 나무와 석재가 아주 훌륭하다.

수잔은 여행 안내원처럼 쾌활한 어조로 설명하며 호손 대로를 따라 왼쪽으로 돌았다.

자신을 일본에서 오게 해야 했던 용건을 대부분 마쳤다는 생각이 수잔 모리라는 베테랑 변호사의 마음을 홀가분하게 한 것일까, 하고 겐야는 생각했다. 하지만 삭제된 유언장의 마지막 다섯 줄이 무척 마음에 걸렸다.

"굉장하네요."

길을 돌자마자 좌우에 늘어선 집들이 너무나도 으리으리해서 겐야는 무심코 일본어로 말했다.

자카란다 거목에는 등나무 꽃보다 짙은 보랏빛 꽃이 피기 시작했고, 여기저기에 줄기의 지름이 2미터는 됨 직한 수피 없는 거목도 우거져 있었다. 자카란다의 '보랏빛 벚꽃'이 만개하는 것은 지금부터인 것이다.

호화로운 저택은 그 나무들을 정원의 일부로 삼아 지어진 듯했고, 어떤 집이나 약속이나 한 것처럼 애벌구이 벽돌 같은 연한 주홍색 기와로 지붕을 이었다.

그리고 어느 집이나 굵은 난로용 굴뚝 한두 개가 솟아 있다. 낮 기온이 25도를 넘는 날에도 밤이 되면 난방을 하고 싶을 만큼 쌀쌀해지기도 한다.

길을 완만하게 올라가자 수목은 더욱 많아졌고, 부동산 업자가 부유층을 위해 개발한 고급주택 분양지로 들어서는 널찍한 길이 좌우로 나타났다. 겐야는 그것이 일반 서민을 거부하는 넓이기도 하다고 생각했다.

"여기는 이 반도에서 고지대에 속하는데 바다 쪽으로 다가가면 더 높은 데가 나와요. 그쪽에서 보는 경치가 아주 근사하지요. 하지만 서두릅시다."

수잔은 이렇게 말하고 이번에는 꼬불꼬불 구부러진 길을, 바다가 아니라 언덕 쪽으로 달렸다.

겐야는 일본에서 사 온 로스앤젤레스 남서부 지도를 가방에서 꺼내 무릎 위에 펼쳤다. 차가 팔로스버디스반도의 한가운데를 남서쪽으로 달리고 있다는 것을 알 수 있었다.

"USC의 대학원에 다닐 때 친구와 고물 포드 자동차로 이 근처에 놀러 온 적이 있습니다. 저의 미국인 친구들은 대부분 캘리포니아 출신이 아니었고, 로스앤젤레스 출신이라고 해도 웨스트우드나 샌타모니카 쪽이어서 놀러 간다고 하면 늘 대학보다 북쪽뿐이었지요. 놀러 갈 여유도 없었지만요. 하지만 그때는 저와 이란인, 중국인, 스페인인으로 모두 유학생뿐이었습니다."

기쿠에 고모의 유산에 의한 흥분은 거의 가라앉았지만, 하늘에서 내려온 듯한 행운에 덮어놓고 들뜬 기분은 들지 않아서 겐야는 빽빽하게 자란 수목 틈으로 보이는 바다를 바라보며 그렇게 말했다.

"내 조카도 작년에 USC 의학부에 들어갔어요."

수잔이 이렇게 말했다.

"축하합니다."

"고마워요. 대학에 가는 건 싫다, 이제 학교 공부는 싫다며 고등학교를 졸업하고 3년간 뉴욕의 미술학교에 다녔는데, 어떻게 마음이 바뀌었는지 의학부를 목표로 공부를 시작했어요. 그래서 지금은 스물두 살이지요."

"그런 학생은 아주 많습니다. 전기 공사 일을 하다가 지금은 샌프란시스코 병원에서 정신과 의사를 하고 있는 녀석이 있어요. 어머니가 태국인이고 아버지가 미국인이었는데, 서던캘리포니아대학 근처에 있는 유학생을 상대로 하는 싸구려 아파트에 살 때 제 옆방에 살았지요."

완만하게 구부러지는 길은 내리막길이 되었고, 호화 저택이라고 할 수 없는 집은 한 채도 없는 경치와 함께 광활한 바다가 눈 아래에 나타났다.

"지금 지나온 곳이 롤링힐스에스테이츠예요. 여기서부터는 랜초팔로스버디스고요. 기쿠에의 집은 곧 나올 거예요."

얼마쯤 가자 왼쪽에 여러 개의 작은 별장과 농원, 풀장을 가진 리조트 호텔이 보였다. '테라니아 리조트'라는 이름의 고급 호텔이었구나, 하고 겐야는 생각했다.

사이가 좋았던 친구들과 드라이브 여행을 했을 때 한 친구가 그 호텔에서 커피를 마시자고 했는데, 한 잔에 10달러는 할 것 같아 그만두었던 것이다.

언덕 중간쯤에서 내려다보니 대체 어디서 어디까지가 그 리조트 호텔의 부지인지 알 수가 없었다.

호텔의 남쪽 끝 너머에 바다가 있다기보다는 호텔이 바다에 안겨 있는 듯이 보였다. 테라니아 리조트의 크고 작은 다양한 숙박동, 스파, 레스토랑의 지붕도 연한 주홍색 기와였다.

작고 낮은 언덕의 수목에 가려져 호텔은 일단 시야에서 사라지고, 차는 호손 대로를 따라 오른쪽으로 돌았다. 팔로스버디스 드라이브라는 이름의 길로 들어서 리조트 호텔로 향하는 바닷가를 달렸다.

한없이 화창하고 구름 한 점 없이 파란 물감 같은 바다야. 로스앤젤레스의 바닷가로 돌아온 거야…….

이렇게 생각한 겐야는 분양된 듯한 해변의 주택지와 그 코앞에 펼쳐지는 바다를 바라보며, 기쿠에 고모와 이언 올컷이 한눈에 마음에 들어 구입한 집이 이 근처에 있느냐고 수잔에게 물었다.

수잔은 고개를 끄덕이며 바닷가에 10여 동이 서 있는, 유달리 고가로 보이는 호화 저택들로 이어지는 길로 들어섰다.

"저 집들 가운데 하나가 기쿠에 고모의 집인가요?"

겐야가 놀라며 물었다.

"기쿠에 올컷의 집은 길 반대쪽으로 좀 더 가야 나와요."

수잔이 말했다.

해변으로 내려가는 포장된 길은 널찍했지만, 그보다 넓은 잔디밭이 호화 저택들로 들어가는 입구이기도 한 길 좌우에 깨끗하게 손질되어 있었다.

길은 2, 30미터만 더 가면 바다인 곳에서 T 자 모양으로 갈라졌다. 수잔은 차를 오른쪽으로 꺾어 방금 겐야가 보고 있던 호화 저택들보다 더 사치스러운 집이 늘어서 있는 길을 천천히 나아갔다.

모두 지은 지 얼마 안 된 집들이었다. 각별히 화려한 만듦새는 아니고, 굳이 말하자면 애써 진기함을 자랑하지 않는 디자인을 지키는 데 신경을 썼다는 느낌을 주었다. 하지만 도쿄의 고급 주택지에 세워져 있다면 사람들은 깜짝 놀라 걸음을 멈추고 한동안 유심히 바라보고, 곧 입에서 입으로 전해져 일부러 견학하러 찾아오는 사람도 많을 것 같은 중후함과 고급스러움을 아울러 갖추고 있었다. 그런 집들이 길 양쪽에 간격을 두고 늘어서 있었다.

"기쿠에 고모의 집이 설마 이런 집은 아니겠죠?"

겐야가 물었다.

"외관은 이 구역에서 수수한 편이에요. 기쿠에와 이언의 취향과 감각이 합치한 것이라고 해야 하나. 차분하고 기품 있는 집이에요. 이제 다 왔어요."

길은 오른쪽으로 완만하게 구부러져 해변에서 조금 떨어지듯이 올라갔다.

가파르지 않은 언덕 왼쪽에 凹 자 모양인 듯한 이층집이 있었다. 벽돌을 쌓아 만든, 폭이 넓은 대문이 있었으나 문짝은 달려 있지 않았다. 문에는 금속제 문패가 박혀 있고 거기에 'ALCOTT'이라고만 새겨져 있었다.

"다 왔어요. 여기에요."

수잔 모리는 이렇게 말하며 숄더백에서 집 열쇠와 보안 시스템을 해제하는 가느다란 스틱을 꺼냈다.

2층 건물이기는 하지만 그것은 집의 정면 중앙 부분뿐이고, 거기서 정원 안쪽의 좌우로 이어지는 동은 단층이었다.

그러나 정원 주위에는 키 큰 나무들이 둘러쳐져 있었다. 원래 거기에 자생하고 있었던 것으로 보이는 자카란다, 갈라져 나온 줄기가 뒤얽혀 지름이 1.5미터쯤 되는 굵은 나무, 택시 운전사가 일본어로 '닭벼슬나무'라고 가르쳐준 거목이 가지와 잎을 뻗고 있어 정원 안은 전혀 보이지 않았다.

수잔은 현관의 나무를 손가락 끝으로 가볍게 두드리며,

"마호가니예요."

하고 말하고는, 거기에 붙어 있는 보안 시스템 설정과 해제를 위한 장치에 비밀번호 다섯 자리를 누르고 나서 스틱을 꽂았다.

묵직한 문을 열자 10제곱미터쯤 되는 공간이 있고, 큰 홀을 향해 계단으로 두 단 높이쯤 되는 경사면이 만들어져 있었다. 그 경사면 앞, 현관으로 들어간 지점에 슬리퍼 세 켤레가 나란히 놓여 있었다.

그 슬리퍼는 겐야가 기쿠에 고모에게 이메일로 부탁받아 스기나미구의 신발 전문 양판점에서 구입해 항공편으로 보낸 것이었다.

"이건 제가 개인적으로 신는 거예요."

수잔은 웃음을 띠며 말하고, 굽이 낮은 펌프스를 벗고 벚꽃 꽃잎 무늬가 그려진 슬리퍼로 갈아 신었다.

"일본식이지요. 기쿠에는 신발을 신고 실내로 들어가는 것을 무척 싫어했어요."

수잔은 이렇게 말하며 벽 옆의 옷장만큼이나 큰 신발장에서 아직 한 번도 신은 적이 없는 것으로 보이는 남성용 슬리퍼를 골라 겐야 발밑에 놓아주었다. 신발장은 지나치게 사치스러운 나무로 만든 것인데, 그것이 무슨 나무인지는 알 수 없었다.

특출하게 큰 슬리퍼가 있었다. 겐야는 아아, 이건 이언 것이구나, 하고 생각하며 고맙다고 말하고는 신발을 벗고 수잔이 내준 슬리퍼를 신고 홀로 걸어갔다.

"슬리퍼는 기쿠에 고모의 부탁을 받고 제가 일본에서 보낸 거예요."

겐야가 이렇게 말하고 홀 정면에 있는 양쪽으로 여는 문 앞에 섰다. 그 문도 마호가니로, 기성품이 아니었다. 폭도 높이도 미국의 일반적인 것보다 훨씬 컸다.

수잔은 양쪽 문을 열고 계단 옆에 놓여 있는 사이드테이블 위에 있는, 아무것도 꽂혀 있지 않은 화병의 위치를 바꿨다.

특별히 의미가 있어 움직인 것이 아니라 이야기를 시작하기 위해 한숨 돌린다는 느낌이었다.

현관을 들어선 곳에서부터 홀과 그곳을 중심으로 凹 자 모양으로 뻗어 있는 좌우 복도에는 모두 같은 색의 석재가 깔려 있었다.

랜초팔로스버디스의 호화 주택 지붕과 같은 색의 석재로, 대리석처럼 표면을 지나치게 매끄럽게 연마하지 않았기 때문에 슬리퍼를 신어도 미끄러지지 않았다.

"바닥의 돌은 무슨 돌인가요?"

겐야는 이렇게 물으며 凹 자 모양의 건물 왼쪽으로 걸어갔다. 연한 주홍색 돌을 깐 복도에는 중정 쪽을 향해 네 개의 방이 있었다. 凹 자 모양의 오른쪽 복도에도 같은 형태로 부엌과 식당, 거실이 있다고 수잔이 가르쳐주었다.

"이 왼쪽의 네 방은 기쿠에와 이언 각자의 침실과 욕실, 그리고 손님용 침실이에요. 당신이 오면 2층 침실을 쓰게 할 생각이었지요. 바닥의 석재는 터키에서 일부러 주문한 거예요. 무슨 돌인지는 저도 몰라요. 현관을 들어서면 바로 왼쪽에 문이 있잖아요? 그건 차고 문이에요."

수잔은 복도의 창을 하나하나 열어가며 겐야에게 보안 장치를 사용하는 방법을 꼼꼼히 가르쳐주었다.

이 집에 대해서는 뭐든지 다 알고 있다는 식의 설명이었다.

"창문으로 좋은 냄새가 들어오네요."

겐야의 말에 수잔은,

"기쿠에는 정원에 허브를 많이 키우고 있었어요. 그걸 요리에 쓰는 거냐고 물어보고 싶을 정도로 많은 종류의 허브가 수십 개나 되는 플랜터에 심어져 있지요."

하고 말하고는 凹 자 모양의 오른쪽으로 향했다. 그리고 그곳 창문도 모두 열고 나서 가장 앞에 있는 거실에서 겐야에게 소파에 앉으라고 재촉했다.

긴 가죽 소파 앞에는 타원형의 낮은 테이블이 놓여 있었다.

"이 테이블은 클라로 월넛Claro Walnut 한 장짜리 나무판이에요. 이언이 뉴욕의 유명한 목수한테 부탁해서 만든 거지요. 그 목수는 77세로, 벌써 은퇴했지만 이렇게 멋진 클라로 월넛을 만나는 건 일생에 한 번뿐이라며 받아준 모양이에요. 나중에 천천히 모든 방을 돌아보면 될 거예요. 목수 명인이 최고의 재질로 시간을 들여 만든 가구에 둘러싸여 산다는 것이 이언의 꿈이었지요."

"하지만 이언이 이 집에서 산 것은 고작 1년이 좀 넘는 기간이었네요."

겐야가 말했다.

수잔 모리는 겐야 뒤쪽의 연분홍빛 벽지에 시선을 주며,

"좋은 사람이었지요. 내성적이고 과묵하고 낯가림을 하고……. 나는 처음으로 이언을 만났을 때 이 사람한테 대인공포증이 있는 게 아닐까 생각했어요. 키가 크니까 어쩐지 움직임도 느릿느릿하고……. 하지만 경제적으로는 신이 들린 게 아닐까 싶을 정도로 운이 좋았어요. 기쿠에와 부부 사이도 좋았지요. 부부 사이에 다툼 같은 건 전혀 없었어요. 췌장암에 걸릴 때까지는 병치레 한 번 한 적이 없었고요. 레일라 일만 없었다면 부러울 정도로 나무랄 데 없는 인생이었지요."

하고 말했다. 그리고 조금 전에 겐야에게 보여준 유언장 초안을

봉투에서 꺼냈다.

“삭제된 마지막 다섯 줄에는 만약 레일라를 찾게 되면 겐한테 물려준 모든 유산의 70퍼센트를 레일라에게 주었으면 좋겠지만, 찾지 못하면 레일라 같은 아이들에게 도움이 될 만한 사회운동에 유용하게 썼으면 좋겠다고 부탁하는 문구가 덧붙여져 있었어요. 하지만 그건 법적인 정식 유언장으로 인정받지 못해요. 레일라의 행방이 분명하지 않은 채라면 유산의 70퍼센트는 언제까지고 공중에 뜬 상태가 되잖아요? 그래서 변호사로서는 그걸 겐한테 구두로 부탁해야 한다고 판단할 수밖에 없었어요.”

겐야는 수잔이 하는 말의 의미를 제대로 이해할 수 없어서,

“레일라 요코 올컷은 여섯 살이 되었을 때 곧바로 백혈병으로 죽었어요. 당신이 지금 무슨 말을 하는지 잘 모르겠는데요.”

하고 말했다.

수잔은 안경 케이스에서 노안경을 꺼내 쓰고는 잠깐 겐야를 잠자코 바라보았지만, 눈썹 사이에 만든 깊은 주름을 없애려고 하지 않은 채 물었다.

“백혈병이요? 레일라가 여섯 살 때 백혈병으로 죽었다고, 기쿠에가 당신한테 말했어요?”

“저한테가 아니라 저희 부모님한테요. 레일라가 여섯 살 때 저도 여섯 살이었으니까요. 그 소식을 알리는 카드가 왔을 때, 기쿠에의 딸이 죽었다고 아버지가 어머니에게 말하는 걸 들은 기억이 있습니다. 봉투 안의 카드도 검게 선을 두른 서구식 사망 통지뿐이어서 아버지가 화를 냈던 것이겠지요. 가족의 죽음을 그저 아는 사

람한테 하듯이 사무적으로 알리다니, 하며 화를 냈을 겁니다. 아버지와 기쿠에 고모는 사이가 좋지 않았어요. 자기 누이가 가족의 반대에도 말을 듣지 않고 미국인과 결혼해서 미국 생활을 선택했으니 이제 기쿠에와 나는 오라버니도 아니고 누이도 아니다, 멋대로 하라고 해라, 하는 사태가 되었지요. 그래서 이번 여행도 기쿠에 고모는 저한테만 알리고 아버지한테도 어머니한테도 알리지 않았습니다."

수잔은 노안경을 벗고,

"레일라는 여섯 살 때 행방불명되었어요. 1986년 4월 5일이에요. 보스턴의 집에서 차로 15분쯤 걸리는 곳에 있는 막 개장한 대형 마트에서요. 기쿠에는 채소 매장에서 몇 가지 채소를 고르고 있었대요. 레일라가 화장실에 가고 싶다고 해서 화장실이 어디인가 찾았더니 바로 가까운 곳에 있었어요. 가까운 데라서 혼자 보냈지요. 기쿠에는 레일라가 화장실로 들어가는 것을 확인하고 쇼핑을 계속했는데 화장실이 잘 보이는 곳에 있었대요. 그런데 레일라가 나오지 않았어요. 기쿠에는 10분을 기다리고, 15분을 기다리다가 사람이 많나 보다고 생각하며 화장실로 들어갔는데 레일라가 없었어요. 기쿠에는 곧장 대형 마트의 점원에게 알리고 점원은 경비원에게 알렸지요. 경비원이 신속하고 적확한 대응은 하지 않았나 봐요. 경찰에 통보했을 때는 레일라가 화장실에 간 지 30분쯤 지난 후였다고 해요. 레일라가 홀연 사라지고, 올해로 27년이나 되었지요. 기쿠에가 서른 살 때 낳은 아이라 살아 있다면 지금 서른세 살일 거예요."

하고 말하며 잠시 말없이 겐야를 보았다. 그리고 일설에는 미국 전역에서 매년 약 백만 명이 행방불명되고 그중 85퍼센트가 아이들이라고 설명했다.

미국에 유괴 사건이 많다는 것은 알고 있었지만, 레일라가 실제로 그 피해자이며 27년 전 소식이 끊어졌다는 사실을 알고 겐야는 할 말을 잃었다. 그저 잠자코 수잔의 설명을 들을 뿐이었다.

“당신도 본 적 있죠? 신문 전단지라든가 대형 마트에서 파는 우유 종이팩에 행방불명된 딸 사진을 싣고 정보를 제공해달라고 하는 걸요. 남자아이의 경우도 있어요.”

“예, 여러 번 봤습니다. 위로는 17, 8세 정도에서 아래로는 5, 6세……. 아무리 그래도 연간 백만 명이라는 건 이상한 숫자네요. 레일라도 대형 마트 화장실에서 누군가가 데려가 생사조차 모르고 있다니, 깜짝 놀랐다는 차원의 문제가 아니네요.”

“백만 명이라는 것이 정확한 숫자인지 어떤지는 몰라요. 주 경찰의 발표와 FBI의 발표가 꼭 일치하지는 않거든요. 나는 30만 명 정도가 아닐까 싶어요. 행방불명자 중에는 자신의 의사로 가출한 사람도 포함되어 있지만, 여섯 살짜리 레일라가 가출해서 그 후 모습을 드러내지 않은 채 어딘가에 살고 있을 거라고는 도저히 생각되지 않아요.”

“저는 기쿠에 고모가 왜 우리한테 그것을 계속 감추고 레일라가 백혈병으로 죽었다고 했는지 어쩐지 알 것 같은 생각이 드네요.”

겐야의 말에 수잔은 아무런 대꾸도 하지 않았다.

“이언과 기쿠에는 레일라를 찾는 노력을 계속했다고 해요. 수백만 장이나 되는 전단지를 만들어 미국 전역의 대형 마트나 사람이 많이 모이는 곳에 배포했고, 컴퓨터 그래픽 기술이 발달하자 갓난아이 때 사진, 세 살 때 사진, 다섯 살, 여섯 살 생일 때의 사진을 과학적으로 해석해서 서른한 살 무렵의 얼굴과 체형을 추측한 컴퓨터 그래픽 사진을 만들었어요. 전문 업자한테 의뢰해서요. 그리고 그걸 미국 전역의 대형 마트에 비치하게 했지요. 나는 그때 기쿠에와 이언 부부와 알게 되었어요. 신뢰할 수 있는 컴퓨터 그래픽 기술을 가진 회사를 소개해달라고 기쿠에와 이언이 제 사무실로 찾아왔거든요. 이 랜초팔로스버디스의 집으로 이사 온 직후에요."

"막대한 돈이 들었겠군요."

겐야가 이렇게 말하고 중정이라고 하기에는 지나치게 넓은, 온통 잔디로 덮여 있는 정원의 서쪽으로 시선을 주었다.

아마 부동산 업자가 이 지역을 개발하기 훨씬 전부터 거기에 자생하고 있었을 것으로 보이는 자카란다 거목이 중정의 바다 쪽에 있었다. 꽃은 아직 몇 송이밖에 피지 않았다.

기쿠에 고모가 이 땅에 집을 지으려고 결심한 것은 틀림없이 저 자카란다 나무가 있었기 때문일 거고, 이언은 기쿠에가 마음에 든다면 자기는 어디든지 좋다고 말했을 것임이 틀림없다.

겐야는 이렇게 생각했다.

수잔의 스마트폰이 울렸다. 카밀라가 걸어온 듯했다. 수잔은 곧 전화를 끊고 급한 용무가 생겨 사무실로 돌아가야 한다며 급탕기 사용 방법을 간단히 설명해주고 돌아갔다.

어느 방에도 정원으로 나가는 문이 있었다. 문단속이 큰일이라고 생각하며 겐야는 본격적인 레스토랑의 주방 같은 부엌으로 가서 커다란 싱크대와 그 양쪽에 널찍하게 깔린 대리석을 손으로 어루만졌다. 그것은 움직일 필요가 없는 커다란 도마인 셈이다.

벽에는 크고 작은 다양한 프라이팬이 걸려 있었다. 철제, 스테인리스제, 구리제…….

그 오른쪽에는 벽에 끼워 넣듯이 설치된 찬장에 평소 쓰는 접시나 컵, 홍차 세트, 커피 잔 등이 늘어서 있었다.

나이프나 포크, 여러 조리 기구는 싱크대 밑 서랍에 가지런히 정리되어 있었다.

부엌 바닥은 삼나무 잎 모양으로 짠 미묘하게 색이 다른 여러 나무가 깔려 있었다.

그러나 기쿠에 고모가 집으로 찾아오는 미국인에게도 신발을 벗고 슬리퍼를 신도록 요구한 것은 각 방의 특별한 재질로 된 바닥을 상하게 하고 싶지 않아서가 아니다. 고모는 바깥에서 신은 신발이나 샌들을 신고 집 안으로 들어와 그대로 소파에 드러눕거나 침대에 올라가는 미국인의 습관만은 견디지 못했다. 바깥에서 신은 신발이 얼마나 더러운지 왜 모르는 걸까, 하고 기쿠에 고모가 자주 말했던 것을 떠올리며 겐야는 부엌에서 정원으로 나갔다.

정원에서 신기 위한 고무 샌들 세 켤레와 파란 스니커즈 한 켤레가 나란히 놓여 있었다.

겐야는 어두운 남색 블레이저 재킷을 벗고 커터 셔츠의 소매를 팔꿈치까지 걷어 올린 채 샌들을 신고 자카란다 거목으로 걸어갔다. 그때야 비로소 중정에 면한 벽에 다양한 꽃들이 피어 있다는 것을 알았다.

애벌구이 화분이나 그것보다 큰 도기 화분이 대체 몇 개나 벽과 출창에 매달려 있는지 알 수 없었다.

헤아려볼 엄두가 나지 않을 만큼 많았다.

도라지 비슷한 꽃, 접시꽃 비슷한 꽃, 피튜니아, 아이비제라늄, 부겐빌레아, 코스모스, 장미, 달리아, 베고니아…….

겐야가 이름을 알고 있는 것은 그것뿐이었다. 화분에는 그 밖에 더 많은 종류의 꽃들이 피어 있어서, 중정에 면한 벽은 간신히 지붕의 차양 바로 아래 부분만 보일 정도였다.

기쿠에 고모는 이 모든 화분에 매일 어떻게 물을 줄까, 하고 겐야는 생각했다.

출창 위에서 내려뜨려진 것은 접사다리를 쓰지 않으면 닿지 않는다. 그보다 위에 있는 꽃들에 물을 주려면 사다리가 필요하다.

차양은 지붕의 크기에 비해 길어 직사광선이 각 방에 들어가지 않도록 궁리한 것이겠지만, 겐야는 어쩌면 벽에 매단 화분 안에 피어 있는 꽃들을 시들지 않도록 하는 것이 목적이었을지도 모른다고 생각했다.

자카란다 거목에서 남쪽으로 다소 떨어진 장소에 등나무 시렁처럼 나무가 짜 맞춰져 있었다.

거기에는 등나무가 아닌 덩굴장미가 시렁에 가지와 잎을 왕성하게 친친 둘러 감고서 일주일 후면 피기 시작할 것 같은 작은 꽃봉오리를 달고 있었다.

강한 햇살에 눈이 따가워서 겐야는 선글라스를 가지러 거실로 돌아갔다. 클라로 월넛으로 만들어진 키 작은 테이블에는 유언장 초안이 들어 있는 큼직한 봉투가 그대로 놓여 있었다.

지금은 그것을 읽을 마음이 들지 않았다. 하지만 그 밖에 뭐가 들어 있는지는 봐두자 싶어, 겐야는 봉투를 들고 정원으로 나가 응달이 져 있는 남쪽으로 갔다. 앉기에 편해 보이는 의자와 작은 테이블이 있었기 때문이다.

봉투에는 유산 목록과 올컷가가 천만 달러의 투자를 위탁한 뉴욕의 투자 고문 회사의 자료와 연차 수지 보고서도 들어 있었다.

겐야가 대충 훑어보니, 투자 고문 회사는 사원 30명 정도의 규모이고 도박 같은 투자에는 손을 대지 않는 견실한 상법을 관철하는 것이 신조인 것 같았다.

올컷가로부터 천만 달러의 투자를 위탁받은 지 10년 가까이 되는데, 매년 평균 16만 달러의 이익을 내고 있었다. 부부 두 사람이 생활하기에는 충분한 수입이라고 겐야는 생각했다.

봉투 안에는 또 하나의 봉투가 들어 있었다. 그 내용물은 모두 레일러를 찾기 위해 작성한 전단지나 우유 팩이었다. 어느 것이나 일곱 종류씩이었다.

행방불명된 지 한 달 후의 것, 세 달 후의 것, 1년 후의 것, 3년 후의 것, 5년 후의 것, 10년 후의 것, 그리고 랜초팔로스버디스로 이사 오고 나서 컴퓨터 그래픽으로 만든 사진을 사용한 것이었다.

겐야는 레일라의 갓난아기 때부터의 사진 몇 장과 부모의 용모나 체형 등을 컴퓨터로 시뮬레이션해서 31세라면 이런 용모가 되었을 거라고 예측하여 만든 사진을 유심히 들여다보았다.

검은 머리카락이나 이언을 빼닮은 회색에 약간 초록색이 섞인 듯한 눈동자는 여섯 살 때와 변함이 없는 것 같았다.

컴퓨터 그래픽으로 만든 사진에서 서른한 살의 레일라는 앞머리를 이마 가운데쯤까지 내리고 뒷머리는 목덜미 언저리까지 내려와 있었다.

컴퓨터 그래픽으로 만든 사진 특유의 인공적이고 피가 통하지 않는 듯한 표정이긴 해도 서른한 살의 레일라는 청초하고 아름다웠다. 내성적이고 심약해 보이는 느낌도 아버지를 닮았지만, 굳은 심지가 숨겨져 있는 듯한 점은 어머니를 닮았다.

신장은 168센티미터에서 175센티미터 정도라고 쓰여 있었다.

겐야는 컴퓨터 그래픽으로 만든 서른한 살 레일라의 사진과 행방불명되기 직전에 찍은 여섯 살 때의 사진을 오랫동안 들여다보고 나서 자카란다 거목으로 걸어갔다. 정원은 거기서 끝난 게 아니었다. 완만한 경사가 20미터쯤 바다 쪽으로 뻗어 있고, 하얗게 칠한 목책이 정원의 종점이자 올컷가 부지의 서쪽 경계선이었다. 그 너머로는 연한 갈색의 거친 흙이 드러난 급한 사면이 해변까지 이어졌다.

겐야는 암벽 등반가가 아니면 해변까지 내려갈 수 없겠다고 생각하며 목책 앞에 늘어서 있는 서른 개 가까운 플랜터에 심어진 다양한 허브의 향기를 맡으려고 허리를 숙였다.

바질, 민트, 로즈메리, 타임, 세이지, 오레가노…….

겐야가 알아볼 수 있는 것은 그것뿐이었다. 그 여섯 종류보다 훨씬 많은 허브가 대체 무슨 요리에 쓰이는 걸까, 라고 생각하는 것은 수잔만이 아닌 듯했다.

아차, 중요한 일을 뒷전으로 미뤘구나, 하고 깨달은 겐야는 건물 면적의 몇 배나 되는 듯한 중정에서 거실로 돌아가 봉투를 테이블에 놓고 기쿠에 고모의 유골이 들어 있는 유골함을 꺼냈다.

이언의 묘 옆에 비를 세우고 거기에 모실 때까지는 유골을 기쿠에 고모의 침실에 놓아두는 것이 가장 좋을 거라고 생각했다. 겐야는 凹 자 모양의 집 왼편 안쪽에 있는 침실로 가서 유골을 일단 커다란 진열장에 놓았다.

세미더블 침대에는 퀼트 침대보가 씌워져 있었다. 사이드테이블에는 읽다 만 책 한 권이 있고, 복도 쪽 벽에는 노트북을 놓기 위한 책상이 있었다.

컴퓨터용 접속기가 붙어 있지 않았기 때문에 집 어딘가에 전파를 날리는 라우터가 있을 거라고 생각하며 겐야는 거실로 돌아갔다. 그것은 식당에 달려 있었다. 널찍한 건물 안 어디에서나 컴퓨터를 쓸 수 있도록 네 군데 벽에 전파를 중계하는 손바닥만 한 크기의 기계가 설치되어 있었는데, 모두 작은 초록색 빛을 반짝거리고 있었다.

"컴퓨터 환경은 다 갖춰졌군."

겐야는 이렇게 중얼거리며 가방에서 자신의 노트북을 꺼내 전원을 켰다.

라우터 케이스에 액세스 포인트를 나타내는 긴 번호가 적힌 라벨이 있었다. 겐야는 노트북에 그 기호를 쳐 넣었다. 바로 접속할 수 있었다.

겐야는 기쿠에 고모의 노트북보다 훨씬 작은 노트북을 들고 다시 침실로 돌아갔다. 하지만 지금 대체 무엇 때문에 컴퓨터가 필요한지 알 수 없어져서 침대 벽 쪽에 있는 커튼을 열었다.

중정 건너편, 부엌 서쪽에 방이 또 하나 있었다. 지붕도 한 단 낮아서 모르고 있었던 것이다. 그리고 거기서 바다 쪽으로 좀 더 나아간 곳에서부터 북쪽으로 정원이 이어져 있었다.

저기서 다시 정원이 이어진 건가? 겐야는 부지가 대체 얼마나 넓은 거야, 하고 어이없어하며 기쿠에 고모의 침실에서 부엌 쪽으로 걸어갔다. 낮은 지붕 밑에 뭐가 있는지 확인하기 위해서였다.

그곳은 화장실과 샤워룸이었는데, 세탁실도 겸하고 있어 세탁기와 건조기가 놓여 있었다. 로스앤젤레스에서는 지역에 따라 세탁물이나 이불을 집 밖에서 말려서는 안 된다는 규칙이 있다. 주나 시에서 정한 규제는 아니지만 경관을 아름답게 유지하려는 주민들이 합의한 약속이다. 그래서 건조기는 필수품이었다.

캘리포니아 남부의 건조한 기후에서 세탁물은 두 시간만 있으면 완전히 마르고 이불이나 베개는 가끔 햇볕에 말리고 싶지만, 그 규칙을 깨면 이웃들로부터 규칙을 지키지 않는 놈이라는 낙인이 찍히고 만다. 겐야는 화장실 창문을 열고 건조기 옆에 있는 문을 통해 정원으로 나갔다. 거기에도 샌들이 놓여 있었다.

겐야는 고무 샌들을 신고 기쿠에 고모의 방에서 보인 북쪽 정원으로 돌아갔다. 손목시계를 보니 두 시 반이었다. 가장 더운 시간대였으나 바다에서 불어오는 바람이 시원했다.

북쪽 정원은 옆집과의 경계를 이루는 정원수가 있는 데까지

50미터쯤 이어져 있었다.

잔디는 깔려 있지 않고, 모두 피면 꽃밭이 될 거라고 표현해도 좋을 만큼 여러 종류의 식물이 빽빽하게 심어져 있었다. 지금 피어 있는 것은 장미, 도라지, 거베라, 카네이션의 일종인 듯한 오렌지색 꽃이었다.

배치 같은 건 신경 쓰지 않고 각각의 꽃이 그저 피고 싶을 때 피는 자연스러운 조합이 아름답다. 정말이지 잘난 체하지 않게 심어 놓았는데, 반대로 그것이 바로 기쿠에 고모의 잘난 체라고 생각하며 겐야는 희미하게 웃음을 지었다.

빽빽이 자라고 있는 어린 식물이나 꽃봉오리를 맺기 시작한 가느다란 나무와 연잎 비슷한 잎의 무리 사이로 흙으로 된 오솔길이 나 있었다. 겐야는 그 오솔길을 걸어가 정원수 앞에 멈춰 서서 바다를 바라보았다.

옆집을 훔쳐보고 있는 것으로 보이지 않도록 일부러 몸을 서쪽으로 향했다. 옆집에서는 전혀 인기척이 느껴지지 않았다.

겐야는 모든 것이 이언과 기쿠에 고모 덕분이라고 생각했다.

기쿠에 고모가 장래에 미국의 대학으로 유학을 가라고 권하기 시작한 것은 겐야가 열두 살 때였다.

미국의 우수한 대학의 졸업생들이 반드시 머지않은 장래에 세계를 움직이게 된다. 그러니 겐야는 지금부터 그 준비를 해두어라.

무엇보다 영어다. 영어 공부만은 다른 학생들보다 세 배를 해야 한다. 많은 단어를 외워라. 유학을 위한 비용은 걱정할 것 없다. 우리 부부가 책임지고 모든 비용을 대겠다.

기쿠에 고모는 집요할 정도로 몇 번이고 이렇게 쓴 편지를 보냈다.

아버지는 그 편지를 읽을 때마다 기분이 상해서 뭐야, 이렇게 거만한 태도는, 하며 화를 냈다.

돈을 내준다고? 쓸데없는 간섭이야. 장사가 잘돼서 돈 좀 모았다고 내 아들의 장래를 결정할 수 있을 거라고 생각하는 거야. 겐야, 기쿠에가 하는 말은 듣지 마라.

아버지는 진심으로 화를 냈었구나 하고 20년도 더 된 일을 떠올리자, 그때 격앙된 아버지의 떨리던 손까지 되살아났다.

오누이는 왜 그렇게 사이가 안 좋았을까. 아니, 그건 아버지의 일방적인 감정이고 기쿠에 고모는 별로 신경 쓰지 않았다. 아무리 시간이 지나도 속이 좁은 오라버니를 눈으로 보기만 할 뿐, 처음부터 상대를 해주지 않는 느낌이었다.

그것이 아버지로 하여금 누이에게 모욕당하고 우롱당했다는 생각을 더욱 증폭시켰을 것이다.

그런 생각을 하며 겐야는 계절마다 꽃밭이 될 부지 북쪽에서 오솔길을 따라 샤워룸 겸 세탁실 옆으로 돌아갔다.

겐야는 도쿄의 사립대학을 졸업하고 화학 공업 회사에 취직했다가 4년 후에 퇴사하고 스물여섯 살 때 유학을 목표로 미국으로 건너갔다.

미국의 경영대학원은 최소 2, 3년의 실무 경험을 쌓은 사람만 입학할 수 있다.

겐야는 회사를 정식으로 퇴사하고 닷새 후에 매사추세츠주의 보스턴 공항에 도착했을 때의 일을 떠올렸다.

그로부터 10년쯤 전부터 겐야는 이언이 권하는 서던캘리포니아 대학, 약칭 USC의 경영대학원에 유학하는 것을 목표로 해왔다.

모교에 자긍심을 갖고 있던 이언은 겉으로 말은 하지 않았지만 아내의 조카가 자신과 같은 대학에 다니기를 바랐기 때문이다. 남편의 생각을 잘 알고 있던 기쿠에 고모는, 이언은 집안 사정으로 대학원에 진학하지 못했지만 겐야는 USC의 마셜 스쿨 오브 비즈니스에서 공부해 MBA를 취득하길 바란다고 국제전화나 편지로 늘 알려왔다.

겐야는 입학시험에 합격할 자신이 없었지만, 이언이 그것을 바란다면 그렇게 하자고 고등학생 때부터 결심하고 있었다.

일주일을 보스턴의 올컷가에서 보낸 후, 겐야는 기쿠에 고모와 로스앤젤레스로 가서 대학 근처에 있는 아파트를 얻고 어학원에 입학했다. 최대 난관은 영어 능력이었기 때문이다. 그것을 위해서는 1년간 철저하게 영어를 습득하는 것이 필수였다.

하지만 수준 높은 대학원 수업에 대응할 만한 영어 능력은 1년만으로는 습득할 수 없었다. 그래서 1년 더 공부를 계속해 스물여덟 살에는 USC 마셜 스쿨 오브 비즈니스의 입학시험에 그럭저럭 합격할 수 있었다.

어학원은 보스턴에도 있다. 그러나 기쿠에 고모는 굳이 겐야가 로스앤젤레스에서 혼자 생활하도록 했다. 강하게 명령하지는 않았지만 일상생활에서 일본어를 전혀 사용할 수 없는 환경에 내던져지는 것이 얼마나 중요한지를 어딘가 냉정한 어조로 타이르듯 되풀이해서 말했기 때문에 겐야로서는 명령을 받은 것이나 마찬가지였다.

겐야는 꽃들이 심어져 있는 정원 북쪽과 자카란다 거목을 번갈아 바라보며 생각했다. 27년 동안이나 레일라의 생사를 모르고 있다는 말인가.

기쿠에 고모와 이언은 열심히 레일라의 행방을 찾으면서도 나에게 USC의 대학원을 수료시키기 위해 늘 격려와 금전적 원조를 아끼지 않았던 것이다.

겐야는 정원 한가운데의 잔디밭 위에 책상다리를 하고 앉아, 생사 불명이란 얼마나 냉혹하고 무자비한 상황이란 말인가 하고 생각했다.

몸값을 목적으로 한 유괴라면 경찰도 총력을 기울여 수사할 것이고 어떻게든 결말이 난다. 아이가 부모에게 무사히 돌아오면 좋겠지만, 최악의 경우에도 죽었다는 사실은 분명해지는 것이다.

부모의 슬픔이나 고통은 오래 이어진다고 해도 언젠가는 체념으로 변한다. 부모도 자신의 마음을 바꿔야 한다. 아니, 바꾸지 않으면 안 된다고 노력해야 할 때가 찾아오는 게 아닐까.

하지만 누군가 아이를 데려가 살아 있는지 죽었는지도 모른 채 오랜 세월을 보내는 것은, 부모나 가족이 아니라도 상상하는 것만으로 숨이 막힌다.

27년……. 이 얼마나 긴 세월인가. 겐야는 태평할 만큼 파란 하늘을 올려다보고 살갗을 찌를 듯이 강렬한 햇빛을 받으며 한동안 가만히 있었다.

레일라가 살아 있고 자신들에게 돌아오지 않을까, 하는 한 가닥 희망을 품은 채 이언은 약 26년간, 기쿠에 고모는 27년간 괴롭고 힘든 나날을 보냈던 것이다.

"42억 엔의 유산? 내가 그걸 상속받는다고? 말도 안 돼. 그런 걸 내가 어떻게 받아! 전부 레일라 것이야. 까불지 마!"

겐야는 누구에게 하는 것인지 알 수 없는 말을 내뱉고는 집 안으로 들어갔다.

슈트케이스를 2층으로 옮기고 손님용 침실이 어디인지 찾았는데, 처음에 연 왼쪽 문은 욕실이었다. 샤워 부스가 있고 길이 2미터, 폭 1미터쯤 되는 욕조와 커다란 거울을 단 세면대가 있다.

"내 아파트의 다섯 배는 되겠는걸. 여기서 묵을 수도 있겠어."

혼자 쓴웃음을 지으며 중얼거린 겐야는 터키산 돌로 만든 계단을 내려가 노트북과 숄더백, 그리고 수잔에게 받은 봉투를 들고 다시 2층으로 올라갔다.

계단참에는 지름 2미터쯤 되는 원형 스테인드글라스가 있을 뿐이고, 거기서 다섯 계단을 올라가 2층에 서자 좌우, 즉 동서로 1층의 홀과 같은 재질과 크기의 문이 있었다. 그 문을 열자 벽 전면에 블라인드가 쳐져 있었다. 블라인드를 올린 순간 햇빛이 쏟아져 들어왔다.

2층은 밖에서 봤을 때보다 안쪽으로 훨씬 길었고, 욕실 반대편인 집의 북쪽에 손님용 침실이 있었다.

"우와, 이 방은 테니스 코트만 하네."

목덜미 언저리를 긁적이며 중얼거린 겐야는 짐을 방으로 옮기고 북쪽 창문을 열었다. 50미터쯤 떨어져 있는 옆집은 로스앤젤레스 남부에서 흔히 볼 수 있는 수목에 가려 보이지 않았다.

"이 나무에는 다람쥐도 다가오지 않겠는걸. 눈에 보이지 않을 만큼 작은 가시가 있으니 말이지. 조그만 유리 파편 같은 가시야."

아무도 없는데도 이렇게 중얼거린 겐야는 슈트케이스에서 갈아입을 옷 등을 꺼내 옷장 서랍에 넣었다.

짐이라고 해도 커터 셔츠가 두 장, 상복과 검은 넥타이, 그리고 티셔츠 몇 장과 후드가 달린 스웨트 셔츠, 청바지, 버뮤다팬츠, 속옷, 스니커즈 한 켤레, 그리고 세면도구뿐이었다.

겐야는 방 안쪽의 더블베드 두 개를 어이가 없다는 듯이 보며 어느 쪽에서 잘지를 고민하다 벽에 가까운 쪽 침대를 택했다.

그리고 티셔츠와 버뮤다팬츠로 갈아입고 침대에 천장을 보고 누웠다.

판자를 댄 천장의 중심부에 튼튼해 보이는 조명이 샹들리에처럼 매달려 있었는데, 그것 전체가 일본 종이로 싸여 있었다. 튼튼한 일본 종이는 일부러 손으로 구겨 주름이 져 있었다.

샹들리에 모양을 한 조명 기구를 달고 나서 기쿠에 고모가 직접 그렇게 만든 것이 틀림없다고 생각했다.

문 옆의 벽에는 텔레비전이 있었다. 지나치게 커서 겐야는 그것이 텔레비전 화면이라는 걸 바로 알아채지 못했다.

"다다미 한 장 크기는 되겠는걸."

이렇게 말하며 천장을 바라본 겐야는 자신이 먼저 해야 하는 일은 뭘까, 하고 생각했다.

시청에 가서 기쿠에 올컷의 사망신고서를 제출하고, 묘지 관리 회사로 가서 이언의 묘비와 같은 것을 주문한다.

그리고 기쿠에 고모의 성명, 생년월일, 사망 연월일을 새겨달라고 한다.

완성하는 데 며칠이나 걸릴까. 묘에 유골을 납골하고 나서가 아니면 일본으로 돌아갈 수 없다. 그렇다고 수잔에게 부탁하고 귀국할 수는 없지 않은가. 내가 기쿠에 고모를 위해 하다못해 그 정도의 시간을 쓴다고 해도 은혜의 만 분의 1도 안 된다.

겐야는 이렇게 생각했다.

유골을 납골할 때 수잔은 묘지에 와줄까. 그것은 수잔의 스케줄에 맞추도록 하자. 2년 정도에 불과했지만 수잔은 기쿠에 고모가 보스턴에서 랜초팔로스버디스로 이사 오고 나서 사귄 몇 안 되는 친한 친구다.

겐야는 기쿠에 고모의 교우 관계가 아무리 제한되어 있었다고 해도 이곳 랜초팔로스버디스에도 지인이 있었을 거라고 생각했다.

이대로 침대에 누워 있다가는 잠들고 말 것이다. 그렇게 되면 시차 적응을 오륙일이나 끌게 된다. 겐야는 이렇게 생각하며 자리에서 일어났다.

머리가 중정을 향하도록 베개가 놓여 있어, 자신의 오른쪽 벽에 장식된 아름다운 무늬의 천이 태피스트리라고만 생각했는데 유심히 보니 커튼이었다.

창문이 있는 건가, 하고 생각하며 그것을 열었다. 문 너머에는 폭 3미터 정도에 길이가 10미터쯤 되는 베란다가 있고 금속제 테이블과 의자가 놓여 있었다. 목제 난간도 설치되어 있었다.

중정에서 올려다봤을 때는 그 난간이 벽에 설치된 장식으로 보였다.

문을 열고 베란다로 나가 의자에 앉은 겐야는 2층에서 보이는 경치를 넋을 잃고 바라보았다. 난간에는 튼튼한 갈고리가 달려 있고 거기에도 화분이 매달려 있었다.

도라지, 부겐빌레아, 장미……. 열다섯 개의 화분에 세 종류의 꽃이 피어 있었다.

"이건 중정이 아니야. 집보다 넓은 중정이 어디 있느냐고."

겐야는 이렇게 중얼거리며 중정이 대체 얼마나 넓은지 계측해 보고 싶어졌다.

1층으로 내려가 홀의 커다란 문을 통해 정원으로 나가서, 대체로 이 정도가 1미터일 거라고 가늠하고는 먼저 가로 폭을 재보기로 했다.

하나, 둘, 셋, 하고 소리를 내며 정원의 북쪽에서 남쪽으로 걸었다. 30보였다. 다음에는 마찬가지로 바다 쪽으로 걸었다. 하얀 목책까지는 100보였다.

겐야는 하얀 목책이 있는 데서 바다를 바라보며,

"대체로 3천 제곱미터인가. 한 평은 3.3제곱미터니까……."

하고 혼잣말을 하며 암산을 했다.

"약 910평? 중정만? 정말 그렇게 넓은 거야?"

계측을 잘못한 것이 아닐까 해서 겐야는 다시 한 번 걸음을 헤아리며 걸었다. 그러나 폭도 길이도 2미터쯤 적어졌을 뿐이었다.

둘레가 凹 자 모양의 건물로 둘러싸여 있고, 거기에 꽃이 핀 수십 개의 화분이 매달려 있어서 올컷가의 중정이 9백 평 이상이나 되는 것으로는 보이지 않았을지도 모른다고 생각했다.

차고의 셔터가 열리는 소리가 났다.

겐야는 수잔 모리가 돌아온 건가, 하고 생각하며 홀로 돌아갔다.

차고와 신발을 벗는 장소를 분리하는 문이 열리고 몸집이 작지만 골격이 두툼한 일본계인 듯한 남자가 들어왔다. 예순 살 정도였다. 성긴 머리카락을 2센티미터 정도로 짧게 잘랐다.

"몇 번이나 초인종을 울렸는데요."

일본어로 이렇게 말한 남자는 보안 시스템을 해제하는 스틱을 겐야에게 보였다.

"정원사인 대니얼 야마다입니다. 올컷 씨 부부가 이곳으로 이사 오고 나서부터 이 집의 정원을 관리하고 있습니다."

"오바타 겐야입니다. 기쿠에 올컷의 조카입니다. 고모는……."

겐야가 말을 꺼내자,

"모리 변호사로부터 들었습니다. 오늘 조카분이 이 집에 오신다는 것도 들어서 알고 있었습니다. 진심으로 애도를 표합니다."

하고 말하며 대니얼 야마다는 정중하게 고개를 숙여 인사하고 손을 내밀었다.

"대니입니다."

겐야는 대니와 악수하며,

"겐입니다."

하고 말하며 안으로 들어오라고 권했다.

대니는 신발장에서 슬리퍼를 꺼냈다. 'DANIEL'이라고 쓰여 있었다.

"제 슬리퍼입니다."

이렇게 말하며 미소를 지은 대니는 자신이 일본계 3세라는 것, 조부와 조모가 제2차 세계대전이 시작되기 훨씬 전에 로스앤젤레스로 이민을 왔다는 것, 미국에서 태어난 아버지는 일본인과 결혼하여 아들 둘과 딸 하나를 두었다는 것, 자신은 조부와 조모가 살아계실 무렵부터 집에서는 절대 영어를 써서는 안 된다는 엄명을 받았고 일주일에 한 번 토요일에 일본인 학교에 다녔다는 것을, 열어둔 홀의 문 앞에서 설명했다.

"그래서 일본어를 잘하시는군요. 대니 씨의 일본어는 능숙한 미국인의 일본어와 확실히 다르네요."

겐야는 이렇게 말하며 거실로 안내했다.

"겐 씨의 영어는 아주 훌륭하다고 기쿠에 씨가 말씀하시던데요."

"그래도 역시 일본인의 영어지요. 그것만은 어쩔 수 없습니다. 혀와 입 주변 근육을 쓰는 방법이 근본적으로 다르니까요."

거실 소파에 앉았지만 대니는 손목시계를 보고는 곧바로 일어섰다.

"이제 슬슬 네 시니까 화분에 물을 주겠습니다. 잔디는 사흘 전에 깎았습니다. 아침 일곱 시와 저녁 아홉 시에 스프링클러가 자동으로 작동해서 잔디밭에 물을 뿌립니다. 하지만 화분의 꽃에는 사람이 물뿌리개로 물을 줘야만 합니다. 요즘 이 지역은 물에 아주 까다롭습니다. 아무튼 캘리포니아주 전체가 만성적으로 물이 부족한 상황이니까요."

"아, 예. 저도 유학 중에는 물을 쓰는 데 신경을 썼습니다. 아파트 주인이 잔소리가 아주 심한 할머니였거든요."

거실을 나간 대니는 북쪽 복도를 지나 세탁실에서 중정으로 나갔다. 접사다리를 메고 어깨에는 둥글게 감은 고무호스를 둘러메고 있었다. 그것은 항상 세탁실에 놓여 있는 듯했다.

세탁실 앞에 매설되어 있는 수도꼭지에 호스를 꽂은 대니얼 야마다는 건물 건너편에 있는 북쪽 꽃밭 쪽으로 사라졌다.

겐야는 목이 말라 부엌으로 가서 냉장고를 열었다. 아무것도 들어 있지 않았다. 미네랄워터도 없었다.

이건 사러 가야 한다. 내일 아침에 먹을 식료품도 필요하다. 빵, 햄, 계란, 우유…….

낮에 수잔에게 한 개비 얻어 피운 탓에 흡연 욕구가 살아나고 말았다. 하지만 나도 하루에 서너 대로 정하고 피우기로 하자.

지금 한 대 피우고 싶지만 이 집에 재떨이가 있을 것 같지는 않았다. 이언도 기쿠에 고모도 담배를 피우지 않았다. 적당한 크기의 접시를 쓰자.

미국은 최근 몇 년 사이에 담배를 피우는 사람을 독극물이라도 퍼뜨리는 교양 없는 이단자처럼 취급하는 나라가 되어버렸다.

"옛날 미국 영화를 보라고. 뻐끔뻐끔 마구 피워대잖아. 그렇게나 피워댔으면서 참 뻔뻔하게 말도 잘한다니까."

겐야는 혼잣말을 하며 정원으로 나가 대니가 있는 곳으로 걸어갔다.

살수 노즐이 달린 호스로 물을 뿌리고 있는 대니에게 여기서 제일 가까운 대형 마트가 어디냐고 물었다.

대니는 작업하던 손을 멈추지 않고 길을 가르쳐주었다.

"걸어가도 금방이지만 차로 갈 거라면 키는 차고 벽에 걸려 있습니다. 차고에는 대형 냉동고도 있습니다. 미네랄워터 두 다스가 들어가는 상자가 차고 안쪽에 산더미처럼 쌓여 있고요."

설마하니 계란이나 햄, 베이컨을 냉동고에 넣어두지는 않았을 거라고 생각한 겐야는 2층의 자기 침실에서 지갑과 여권, 스마트폰을 집어 들고 차고로 갔다.

금속광택이 나는 은색의 도요타 사륜구동차가 있었다.

"고모가 이런 차를 탄 거야? 이거, 새 차잖아?"

이렇게 중얼거린 겐야는 벽에 걸려 있는 키를 들고 운전석에 앉았다. 주행거리는 26마일이었다.

"1마일이 대충 1.6킬로미터니까……. 아니, 아직 41.6킬로미터밖에 달리지 않았단 말이야?"

겐야는 키 케이스에 달려 있는 두 개의 리모트컨트롤러 중에 'G'라고 쓰인 작은 종이가 붙어 있는 쪽 버튼을 눌러보았다. 차고의 셔터가 올라갔다.

자, 우측통행이야. 틀리지 말라고. 우측 차선을 달리고 우회전할 때는 오른쪽 차선으로 달리는 거야. 겐야는 이렇게 자신을 타이르며 길로 나섰다. 셔터가 닫히는 것을 확인하고, 아무래도 주택지 안에서 크게 원을 그리게 되어 있는 듯한 포장도로 왼쪽으로 조심스럽게 나아갔다.

올컷가의 비스듬히 맞은편에 있는 집은 주변 집들에 비하면 작았지만 850만 달러라는 가격에 매물로 나와 있었다.

"이게 8억 5천만 엔이라면 기쿠에 고모의 집은 그보다 50퍼센트 높은 가격을 붙여도 되겠어. 세간이나 안에 쓰인 목재, 사치스럽게 사용한 터키산 석재를 보지 않은 부동산 업자는 깜짝 놀라겠는걸. 13억 엔이야."

겐야는 소리를 내서 이렇게 말했다.

앞으로 며칠은 혼잣말을 하며 살게 될 것 같았다.

아니, 내게 혼잣말을 하는 버릇이 생긴 것은 어학원에서 영어를 열심히 공부하고 있었을 때 스페인인 우고가 가르쳐준 '낭독식 외국어 습득법' 탓이다.

우고는 늘 〈로스앤젤레스타임스〉의 기사와 영어로 쓰인 소설을 소리 내서 읽었다.

이유를 묻자, 그걸 계속하는 것이 외국어를 습득하는 가장 빠른 길이라고 스페인의 대학에서 담당 교수가 가르쳐주었다고 하며 내게도 권했다.

그래서 나도 우고가 읽고 난 신문을 소리 내서 읽었고, 당시 베스트셀러였던 미스터리 소설을 친구에게 빌려 한밤중에도 낭독했다.

그리고 어학원 수업이 끝나면 교사에게 낭독을 들어달라고 해서 올바른 발음인지 어떤지 확인받고 틀린 곳은 제대로 읽어달라고 부탁했다. 소설이라면 반 페이지쯤, 신문이라면 칼럼 기사를.

휴대용 녹음기로 올바른 발음을 몇 번이고 되풀이해서 듣고 또 그것을 낭독한다.

이 공부법은 대학원에 진학하고 나서도 계속했다. 대학원에서 사이가 좋아진 미국인 학생은 넌 언제쯤 이 문장을 미국 사람도 알아들을 수 있게 발음하게 될까, 하고 놀리면서도 녹음기에 낭독을 해주었다.

내 영어 실력이 단기간에 급속도로 향상된 것도, 전문 분야의 경제 용어만이 아니라 문학적 표현이나 단어를 익힐 수 있게 된 것도 모두 우고 덕분이다.

우고는 어떻게 지내고 있을까. 아직 마드리드의 신탁 회사에서 일하고 있을까. 마드리드로 돌아가 곧바로 결혼했다는 이메일을 받았는데 그 후로는 연락이 없다. 메일이라도 보내볼까.

겐야는 유학 시절을 떠올리며 길을 따라 천천히 차를 몰았다.

건설 중인 호화 저택이 있고 정원사들이 굵은 나무를 심는 작업을 하고 있었다. 앞을 지나갈 때 안을 들여다보았는데 올컷가와는 비교할 수도 없는, 겉만 번지르르한 소품 정도로 보였다.

바다로 똑바로 이어지는 길로 나서자 겐야는 내비게이션의 전원을 켜서 화면이 현재 위치를 보여주도록 설정했다.

북쪽에는 높은 언덕이 넘실거리듯이 시야를 차지하고 있고, 호화 저택들의 정원도 선명하게 보였다. 저 언덕은 수잔의 차로 달려온 곳이구나, 하고 생각하며 커피숍으로 가는 오른쪽으로 돌았다.

패스트푸드점 등이 ㅁ 자 모양으로 늘어선 한 모퉁이에 식료품점이 있었다. 가게 지붕 밑에 '유기농organic'이라고 크게 쓰인 간판이 걸려 있었다.

이 근처의 부유층을 상대로 한 점포로 채소, 빵, 육류는 모두 다른 가게보다 30퍼센트쯤 비쌌다.

겐야는 쇼핑 카트에 계란, 토마토, 상추, 주키니를 넣고 빵을 고르고, 본레스햄 가장 작은 덩어리와 지방분을 제거하지 않은 우유팩도 넣었다. 갤런 단위로 파는 우유는 지방분을 70퍼센트나 80퍼센트를 제거한 것이 인기가 있다.

이런 우유가 뭐 그리 맛있다고, 하고 겐야는 생각하지만 미국인, 특히 부유층은 살찌는 것을 극단적으로 두려워해서 지방 섭취량에 병적일 만큼 신경을 쓴다. 그런데도 일본인은 도저히 먹을 수 없을 만큼 큰 피자를 한 번에 두 판이나 먹기도 한다.

유학생이었을 때 가끔 레스토랑에서 식사를 했는데, 눈이 휘둥그레질 만큼 많은 양의 야채샐러드가 나오면 '나는 말이 아니야' 하고 마음속으로 중얼거리곤 했다.

그러나 4년 사이에 어느새 위가 늘어났는지, 친구들의 대식에 물이 들었는지, 나온 것을 말끔히 해치울 수 있게 되었다.

하지만 그 위도 대학원을 수료하고 일본으로 돌아가 취직하고 나서 3년 사이에 원래 상태로 돌아갔다.

장을 다 보고 가게에서 나온 겐야는 바다에 면해 있는 커피숍에 줄을 서서 카페라테 두 잔을 사 들고 이미 만석인 바다가 잘 보이는 테라스로 갔다.

약간 오른쪽에 주택지용 사설 도로가 있다. 포장된 길보다는 손질이 된 잔디밭의 샛길이 더 넓다.

먼저 분양된 듯한 호화 저택들의 지붕도 모두 연한 주홍색이다.

길 반대쪽의 올컷가가 있는 주택지는 나무에 가려 보이지 않는다.

팔로스버디스반도에서는 지금 전 세계에 체인점을 확대하고 있다고 해도 좋은 이 커피숍의 테라스에서 보는 경관이 가장 아름다울지도 모르겠다고 겐야는 생각했다.

빈자리가 생길 것 같지 않았다. 본격적인 투어링용 자전거 여러 대가 테라스를 둘러싼 낮은 벽에 기대어져 있고, 사이클 투어링용 유니폼을 입은 남녀가 휴식을 취하고 있었다. 모두 예순 살이 넘어 보였다.

겐야는 대니얼 야마다에게 주려고 산 뜨거운 카페라테가 든 용기를 한 손 손바닥에 올리고 사륜구동의 새 차를 주차해둔 곳으로 돌아갔다.

ㅁ 자 모양의 그다지 크지 않은 공간에는 패스트푸드점만이 아니라 다른 업종의 사무실도 있었다. 부모가 차로 데려온 초등학생들이 한 사무실로 들어갔다. 그곳은 특수 교육법을 내세워 운영하는 학원이었다. 아직 초등학교에도 들어가지 않은 듯한 어린아이도 있었다.

겐야가 아는 한 로스앤젤레스의 많은 지구에는 13세 이하의 어린이를 혼자 등 · 하교시켜서는 안 된다는 법률이 있다.

학교뿐 아니라 공원에도 쇼핑에도 어린아이만 보내서는 안 되고, 가령 10분쯤이라도 집을 보게 하는 것도 금지되어 있다. 이를 어기면 부모나 보호자는 신고된다.

미국에 유아 유괴가 얼마나 많은지 보여주는 증거이기도 하다.

아버지나 어머니나 돌봐주는 사람이 아이를 차로 등 · 하교시킬 수 있는 가정은 괜찮지만 그게 불가능한 가정은 어떻게 되는지, 겐야는 지금껏 생각해본 적이 없었다.

하지만 레일라는 어머니와 함께 간 대형 마트에서 모습을 감췄다. 어머니에게서 보이는 곳에 있는 화장실에서 나오지 않았던 것이다.

유괴된 것임이 틀림없지만 범인은 주도면밀한 준비를 했을 것이다. 그렇지 않다면 대낮의 대형 마트에서, 설령 막 여섯 살이 된 여자아이라 하더라도 아무에게도 들키지 않고 데려갈 수 있을 리가 없다고 겐야는 생각했다.

그러나 내가 뭘 할 수 있을까? 백만 명은 과장이지만 열 살 이하의 여자아이로 한정해도 매년 만 명이 모습을 감춘다고 한다면, 지난 27년간 27만 명이 부모에게 돌아오지 않은 것이다.

그 27만 명의 사건 파일은 미국 전역의 경찰서 창고에서 미해결 사건이라는 라벨을 붙인 골판지 상자 안에 파묻혀 잊혀간다.

18세 이하로 하면 더욱 많을 것이다. 경찰도 언제까지나 수사를 하고 있을 수는 없다.

대체 그 아이들은 어디로 갔을까.

유아 성애자의 먹이가 되고, 그 후 처리가 난처해진 변태 남자에게 살해되어 어딘가에 묻힌다.

또는 조직적인 매춘 조직에 팔린다.

생체 장기 제공자로서 중남미 언저리에서 거래되어, 건강한 장기를 필요로 하는 부자들의 심장이나 간장, 췌장이나 신장이 된다.

이런 생각을 하다 보니 숨이 막혀왔다.

아마 미국 전역에서 행방불명된 아이들을 찾기 위한 수많은 비영리단체가 활동하고 있을 것이다. 그중에는 비영리라고 말해도 교묘하게 사업화되어 있는 단체도 틀림없이 있을 것이다.

내게 부과된 기쿠에 고모의 유언 같은 것은 정말 무거운 일이다.

겐야는 이렇게 생각하며 올컷가로 돌아왔다. 대니얼 야마다는 북쪽을 끝내고 남쪽 벽에 매달린 화분에 물을 주고 있었다.

“카페라테를 사 왔습니다. 잠깐 쉬면서 들지 않으실래요?”

겐야가 권하자 대니는 홀의 문을 통해 집 안으로 들어와 거실 의자에 앉았다.

“동쪽에서 들어오는 길의 첫 번째 집은 문패에 바셋이라는 미국인 이름이 새겨져 있지만 진짜 소유주는 중국인입니다.”

카페라테를 마시며 대니가 말했다.

“북쪽의 신축 중인 집에서 정원사들이 나무를 심고 있었습니다. 그렇게 굵은 나무를 옮겨 오는 건 큰일이겠어요.”

“그런 나무를 정원사가 준비했을 리는 없습니다. 어딘가에서 몰래 뽑아 온 것이겠지요. 멕시코 같은 데서요.”

겐야가 부엌에서 재떨이용 작은 그릇을 찾아 와 정원에서 피우겠다고 말하자,

“그게 좋을 겁니다. 차든 집이든 안에서 피우면 처분할 때 제값을 못 받거든요.”

대니는 웃는 얼굴로 이렇게 말하고는 일하러 돌아갔다.

겐야는 차고 거세진 바닷바람을 맞으며 홀 문을 열고 나가 바로 앞에 있는 의자에 앉았다.

그때 돌연 지금까지 느껴본 적 없는 공포에 휩싸였다.

그다지 심하지는 않지만 언제까지고 계속 마음속에 남아 있는, 이유를 분명히 알 수 없는 공포였다.

대체 이 공포는 어디서, 왜 솟아났을까. 진정되지 않은 마음으로 재떨이 대신인 작은 도기 그릇을 보고는, 낮에 사 왔으나 아직 뜯지 않은 말보로와 일회용 라이터를 2층 손님용 침실에 놓아둔 채라는 것을 깨달았다.

담배가 피우고 싶어 재떨이로 쓸 그릇을 골라 중정 의자에 앉았는데 담배와 라이터를 잊어먹다니, 이건 시차 탓이 아니다.

내 마음속 무의식이라는 영역에서는 레일라에 관한 일이 소용돌이치고 있는 것이다. 하지만 이 묘한 공포는 뭘까.

42억 엔, 아니, 집의 평가액에 따라서는 45억 엔이 될지도 모르는 유산에 대한 공포가 아니라는 것쯤은 스스로도 분석할 수 있다.

'기운'이라는 개념이 있다. 내 마음속 깊은 부분이 눈에는 보이지 않지만 불쾌한 '기운'을 느끼고 있을지도 모른다.

겐야는 그렇게 생각하며 2층에서 담배와 라이터를 가져와 중정의 의자에 걸터앉았다. 대니는 작업을 끝내고 사다리 모양으로 늘린 접사다리를 접고 긴 호스를 친친 감아 세탁실로 갔다가 북쪽 복도에서 홀로 들어와,

"이 집, 파는 겁니까?"

하고 물었다.

"팔 수밖에 없겠지요. 여기에 살 사람이 없으니까요."

"당신은 언제 일본으로 돌아갑니까?"

"정리할 일이 잔뜩 있어서 아무리 적게 잡아도 아마 2주는 이 집에 있을 겁니다. 기쿠에 고모의 묘비를 만들고 유골을 납골해야 하고요."

대니얼 야마다는 타월로 손을 닦으며, 그때까지 매일 꽃에 물을 주러 와도 되느냐고 물었다.

"물론입니다. 이 집이 팔리고 새로운 거주자가 이 벽에 매단 화분과 꽃을 다 걷어치워 달라고 말할 때까지 물을 주러 와주세요. 기쿠에 고모는 지금까지 대니 씨한테 어떤 식으로 대금을 지불했습니까?"

"월말에 제가 청구서를 가져오고 이삼일 안에 통장에 입금해주었습니다."

"그럼 일단 이번 달은 그런 식으로 계속하지요. 이 정도 집이니까 매수자가 금방 나타날 리는 없을 거고, 그 후의 일은 그때 다시 생각하죠, 뭐."

일단 현관에서 나간 대니는 5분쯤 지나 돌아왔다.

"매주 월요일과 목요일에 로잔느라는 여자가 올 겁니다. 집이나 점포 청소를 전문으로 하는 회사에서 파견하는 사람입니다. 말하자면 푸에르토리코에서 돈 벌러 온 사람이지요. 마흔대여섯 살의 쾌활하고 부지런한 여자입니다. 아마 그 회사도, 로잔느도 기쿠에 씨가 돌아가셨다는 사실은 아직 모르고 있을 겁니다. 어제 여기서 만났을 때도 아주 명랑하게 일본이 어떤 곳이냐고 제게 물었으니까요. 제가 말해도 될지 어떨지 생각하다가 결국 아무 말도 안 했습니다."

일주일에 두 번 청소하러 와주는 사람이 있다는 것은 고마운 일이라고 겐야는 생각했다. 이 집을 청소할 생각만 해도 마음이 무거웠던 것이다.

"청소도 집이 팔릴 때까지 계속해달라고 하겠습니다. 모레 로잔느 씨가 오면 제가 말하지요."

대니는 밤 아홉 시부터 20분간은 정원으로 나가지 말라고 웃음을 띠며 말하고 나서,

"차고의 냉장고에는 수프가 많이 들어 있습니다. 기쿠에 씨는 수프 명인이었거든요."

하고 덧붙였다.

"수프요?"

"예, 나중에 오늘 저녁에 드실 수프를 골라보세요. 스테인리스 캔에 여러 종류의 수프가 냉동 보관되어 있습니다. 기쿠에 씨가 수프를 담으려고 주문한 뚜껑 달린 스테인리스 용기 한 개가 1인분입니다."

대니가 거실 난로 옆에 있는 책장을 손으로 가리키고 나서 픽업형 차를 타고 돌아가자 겐야는 잠시 멍하니 아무 생각도 하지 않고 정원의 의자에 앉아 있었다.

태양은 주홍빛으로 변해 있었지만 아직 겐야의 시선 높이에 있었다.

하지만 지붕의 긴 차양은 화분에 피어 있는 꽃들에 그림자를 드리우고 있고, 그것들은 커진 파도 소리 외에는 아무것도 들리지 않는 올컷가에 웅성거림 비슷한 속삭임 같은 소리를 내고 있었다.

꽃들끼리 이야기를 시작한 듯한 기색이라고 해도 좋았다. 겐야는 귀를 기울였다.

수목의 가지와 잎이 바다에서 불어오는 바람에 흔들리는 소리일지도 모른다고 생각했지만, 겐야의 청각에 닿는 것은 좀 더 부드러운, 속삭이는 목소리인 듯한, 마음을 가진 생물의 말이었다. 조금 전부터 겐야 안에서 조용히 계속되던 공포는 사라졌다.

겐야는 중정을 걸어가 꽃들을 바라보며,

"예쁘구나. 정말 예뻐."

하고 말했다.

그렇게 말하지 않을 수 없는 아름다움이었다.

겐야는 꽃을 보고 이렇게까지 아름답다고 느낀 적이 없었다. 아마 컴퓨터 그래픽이 만들어낸 서른한 살 레일라의 아름다움 탓일 거라고 겐야는 생각했다.

그러나 인간의 용모라는 것은 그 사람이 받은 교육이나 자란 환경, 그때그때의 정신 상태에 크게 좌우되기 때문에, 아무리 최신 컴퓨터 기술로 만들었다고 해도 실제 서른한 살의 레일라와는 전혀 다를지도 모른다.

겐야는 이렇게 생각하며 거실로 돌아가 책장에 꽂혀 있는 책의 책등을 보고 있었다.

《유럽의 수프 요리》, 《수프 대전大全》, 《알랭 뒤카스의 내추럴 레시피》, 《생선 수프》, 《야채 부용》…….

일본어로 된 이 책들은 기쿠에 고모가 이메일로 구입해달라고 부탁해서 겐야가 항공편으로 보내준 것이었다.

책장에는 영어로 된 요리책도 많았다.

겐야는 그중 한 권을 뽑아 페이지를 넘겼다. 기쿠에 고모는 한 페이지에 두 군데쯤 모르는 단어에 줄을 긋고 가느다란 연필로 뜻을 일본어로 적어놓았다.

그것들은 대부분 요리 용어나 모르는 허브 이름, 향신료 이름이었다. 기쿠에 고모의 영어는 일본인으로서는 A급에 속하는 수준으로, 대다수의 미국인보다 어휘가 풍부했다. 이언과 결혼하기 전부터 영어 원서로 소설은 물론 역사서 등 학술서를 읽는 노력을 계속해왔기 때문이다.

일류 번역가가 되는 것이 기쿠에 고모의 중학교 시절부터의 목표였으니까. 겐야는 이렇게 생각하며 책을 제자리에 꽂아두고 차고로 갔다.

미네랄워터 상자 옆에 대형 냉동고가 있었다. 벽과 색이 같아서 알아채지 못했던 것이다.

"덩치 큰 미국인 두세 명쯤은 냉동할 수 있겠군."

겐야는 이렇게 중얼거리며 두 손으로 냉동고를 열었다.

대니가 가르쳐준 대로 원통형의 스테인리스 용기가 50개쯤 들어 있었다. 하나하나 종이 라벨이 붙어 있는데, 만든 날짜와 수프의 종류가 가는 글씨로 적혀 있었다.

닭 부용, 야채 부용, 소꼬리 수프, 닭 브로도, 생선 부용, 소 부용, 토마토소스, 미네스트로네, 호박 수프, 당근 포타주, 셀러리와 양파 포타주…….

그중에 부용과 브로도의 수가 많았다.

"브로도라는 게 뭐지?"

겐야는 이렇게 말하며 닭 브로도라고 쓰인 캔 하나를 골라 미네랄워터 두 다스가 든 상자와 함께 부엌으로 옮겼다.

그것들을 냉장고에 넣고 거실로 가서 책장에서 자신이 보낸 《유럽의 수프 요리》를 꺼내 들고, 가죽 소파에 드러누워 브로도가 뭔지를 찾아보았다.

프랑스어인지 이탈리아어인지 살펴보는 중에 '브로도'는 이탈리아어이고, 같은 닭 수프를 프랑스어로는 '부용 드 볼라유'라고 한다는 것을 알았다.

엄밀히 분류하면 닭 브로도와 부용 드 볼라유는 만드는 방법이 약간 다른 것 같지만, 통닭과 양파, 당근, 셀러리 등의 향미 채소와 월계수 잎을 큰 냄비에서 세 시간쯤 끓이고 나서 천으로 거르는 것이다.

이 브로도를 써서 만드는 수프 요리 중 가장 손쉽게 만들 수 있는 것은 계란과 파르미자노 치즈 수프였다.

사발에 계란과 가루 치즈와 썬 이탈리안 파슬리와 소금과 흰색 후추를 넣고 휘저어 섞고, 끓기 시작한 브로도에 그것을 넣고 바로 불을 끈다. 그것으로 완성인 모양이다.

이거라면 자신도 간단히 만들 수 있겠다 싶어 저녁은 이 수프와 빵으로 때우기로 했다.

계란과 빵도 조금 전에 사왔다. 이탈리안 파슬리는 정원에 심어져 있다. 만드는 데 노력과 시간이 드는 브로도는 1인분씩 캔에 담겨 냉동되어 있다.

가루 파르미자노 치즈는 있을까.

겐야는 부엌의 찬장 여기저기를 열어보았다. 간 커피콩 깡통 안쪽에 건조한 허브를 담은 병이 늘어서 있다.

가루 치즈는 어디 있을까, 하며 커피콩 깡통을 선반에서 꺼내자 소리가 났다. 커피콩 소리는 아니었다.

안에는 달러 지폐와 동전이 들어 있었다. 대략 1천2백 달러쯤 되었다. 1달러짜리 지폐와 5달러짜리 지폐가 많았다.

"이것도 내가 상속받는 거겠지. 고마운 일이군. 1달러짜리 지폐를 많이 갖고 있지 않으면 이 나라에서는 팁을 줄 때 곤란하거든."

겐야는 이렇게 중얼거리며 가루 치즈를 찾았지만 없었다. 기쿠에 고모는 오래 놔두면 상할 것 같은 식품은 모두 버리고 일본으로 여행을 떠난 거로군.

겐야는 식료품점에 가서 가루 치즈를 사 오려고 현관을 통해 나갔다. 걸어가고 싶었던 것이다.

조금 전과는 반대쪽, 바다에 가까운 쪽 길까지 걸어간 겐야는 앗 하고 소리를 지르며 달려서 집으로 돌아왔다.

보안 시스템을 해제한 상태인 데다 방의 창과 문은 대부분 열어둔 채라는 사실을 잊었던 것이다.

집 북쪽 동의 창과 문을 닫는 중에 겐야는 가루 치즈가 없어도 되지 않을까 하고 생각했다. 대체 몇 개의 창과 문을 닫아야 하는 건지 진절머리가 났던 것이다. 2층의 손님용 침실의 창과 문도 열어둔 채였다.

수잔 모리 변호사가 보안 시스템 설정과 해제 방법을 가르쳐주었지만 집이나 유산 등이 머리를 차지하고 있어 제대로 듣지 않았기 때문에 부분적인 설정이나 해제 방법은 알 수 없었다.

어쨌든 지금 1층의 홀과 부엌과 거실 이외의 창과 문은 닫아두자, 그렇지 않으면 자기 전에 해야 할 일이 늘어난다.

겐야는 이렇게 생각하며 남쪽 동에 있는 기쿠에 고모의 침실로 갔다.

출창을 닫으며 일본에서 가져온 기쿠에 고모의 숄더백과 캐리어백을 쳐다봤다. 안에는 기쿠에 고모의 스마트폰이 들어 있다. 이미 배터리가 완전히 소모된 상태였다. 충전해두자. 로스앤젤레스에 있는 동안은 기쿠에 고모의 스마트폰을 쓰기로 하자.

자신의 휴대전화로는 수잔과 통화해도 국제전화 요금과 별로 차이가 없는 요금이 나온다. 걸려온 전화를 받아도 마찬가지다.

겐야는 이렇게 생각하며 일단 기쿠에 고모의 짐을 놓아둔 소파로 가서 숄더백 안에서 스마트폰과 충전기를 꺼내 콘센트에 연결했다.

콘센트는 두 출창의 오른쪽 밑에 있었다. 출창에는 일본제인 듯한 도기 화분이 있고 도라지꽃이 피어 있었다.

그 화분은 무슨 받침대 위에 놓여 있었는데, 하얀 레이스로 만든 커버가 씌워져 있어 어떤 받침대인지 보이지 않았다.

레이스의 실 틈새로 겐야가 어딘가에서 본 적이 있는 무늬가 비쳐 보였다.

겐야는 화분을 옆으로 옮기고 레이스로 만든 천을 치웠다.

폭 40센티미터쯤, 두께 2센티미터 정도의 아라베스크 무늬 나무 상자 같은 것이 받침대 대신 놓여 있었다.

아라베스크 무늬이기는 해도 자잘한 나뭇조각을 정교하고 치밀하게 짜 맞춘 상자인데, 겐야는 그것이 일본의 '비밀 상자'라는 사실을 금방 알 수 있었다.

중학교 때 친구의 할아버지가 당시 이미 거의 사라진 비밀 상자를 만드는 장인이어서, 그 집에 놀러 갈 때마다 일 때문에 수집한 에도 시대의 물건을 구경하곤 했다.

15년 전 기쿠에 고모와 이언이 일본에 왔을 때 겐야는 기쿠에 고모에게 비밀 상자를 여는 방법을 득의양양하게 이야기했는데, 언제 이 비밀 상자를 샀는지는 모르고 있었다.

어쩌면 미국으로 돌아가서 일본의 장인에게 편지나 팩스로 주문해서 만들게 했는지도 모른다고 생각했다.

보스턴에 있을 때인지, 이곳 랜초팔로스버디스로 이사 오고 나서인지는 모르지만 비밀 상자를 만드는 장인은 많지 않다.

겐야는 비밀 상자를 들고 소파에 앉아 살짝 흔들어보았다. 희미하게 소리가 났다. 딱딱한 것이 들어 있는 것은 아니었다. 종이 다발 같은 것인가, 하고 겐야는 생각했다.

화분 받침대로 쓸 만한 물건이 아니라는 것은 기쿠에 고모도 충분히 알고 있었을 것이고, 이만한 크기라면 분명 가격도 놀랄 만큼 비쌌을 것이다.

받침대 대신 쓸 만한 것은 얼마든지 있을 텐데 기쿠에 고모는 왜 이 상자 위에 화분을 놓았을까.

겐야는 이해할 수 없어 비밀 상자를 귀 가까이에 대고 두세 번 흔들어보았다. 분명히 뭔가 들어 있다.

비밀 상자는 '퍼즐 박스'라고도 불린다. 짜 맞춘 수십 개의 나무를 복잡하게 움직이지 않으면 열 수 없는 구조로 만들어진 것인데, 이만큼 큰 것이라면 그렇게 간단히 열 수 없을 거라고 겐야는 생각했다.

"이언에게 비밀로 비상금이라도 감춰둔 걸까."

겐야는 이렇게 혼잣말을 하며 비밀 상자를 테이블에 놓고, 화분을 제자리에 돌려놓은 다음 창문을 닫았다. 해는 수평선 위에 있고 뚜렷이 눈에 보이는 속도로 졌지만 하늘은 아직 환했다.

가루 치즈는 아무래도 좋지만 맥주가 없다. 역시 사러 가자. 2층은 열려 있어도 괜찮겠지. 1층만 닫고 보안 시스템을 1층에만 설정해두자. 걸어가고 싶지만 차로 가면 2층을 열어두고도 얼른 돌아올 수 있다.

이렇게 생각하고 홀과 부엌과 거실 이외의 창문과 문을 다 닫고 났더니 일곱 시가 되어 있었다. 서둘러 보안 시스템을 설정하고, 설정과 해제를 위한 스틱을 주머니에 넣었다.

차고를 나가 장을 보고 집으로 돌아오기까지 15분이 걸렸다.

겐야는 가루 치즈와 두 다스의 병맥주를 부엌으로 옮기고, 병맥주 세 병을 냉장고에 넣은 다음 2층의 자기 방으로 가서 침대에 벌렁 드러누웠다.

"정말 심하게 지쳤다. 나는 이제 기진맥진이야."

이렇게 말하고는 눈을 감지 않으려고 하며 병맥주가 차가워지기를 기다렸다. 공복감은 전혀 없었다.

"맞다, 기쿠에 고모가 돌아가셨다고 전하는 카드를 보낼 주소를 찾아보려고 했었지. 하지만 그것도 내일 하자. 뭐든 내일부터야."

이렇게 말한 겐야는 잠들지 않도록 텔레비전을 켜고 케이블 채널에서 프로 농구 시합의 생중계를 봤다. 마이애미 히트와 밀워키 벅스의 시합이었다.

"오랜만이구나, 르브론 제임스."

마이애미 히트의 에이스 선수에게 이렇게 말하며 수잔 모리 변호사가 전해준 유언장의 삭제된 마지막 문장을 떠올렸다. 그러는 중에 기쿠에 고모는 레일라가 살아 있다고 믿고 있었던 게 아닐까, 하는 생각이 들었다.

무사했으면 하고, 아무리 힘든 나날을 보내며 비참한 상처를 입었다고 해도 부모에게 돌아왔으면 좋겠다는 바람에서 생긴 믿음이 아니라, 얼마간 근거에 기초한 믿음 같다는 기분이 든 것이다.

그렇다고 수잔에게 들은 기쿠에 고모의 말에 그것을 뒷받침해 주는 구체적인 뭔가가 포함되어 있었던 것은 아니다.

—만약 레일라를 찾게 되면 겐한테 물려준 모든 유산의 70퍼센트를 레일라에게 주었으면 좋겠지만, 찾지 못하면 레일라 같은 아이들에게 도움이 될 만한 사회운동에 유용하게 썼으면 좋겠다.

겐야는 삭제된 이 몇 줄의 전반은 명쾌하지만, 후반에서는 강한 의사가 느껴지지 않는다고 생각했다.

어떻게 해서든 레일라를 찾아달라는 것이 전부이고 후반부는 덧붙인 거라고 생각한다면, 삭제할 수밖에 없었던 문구에서 겐야에게 부탁하는 두 가지 일 중 하나에 절실함이 없는 것은 당연하다고도 할 수 있다.

겐야가 정식 유언장에는 기재되지 않았던 몇 줄에서 풍기는 신호에 집착한 것은, 기쿠에 고모가 왜 일본을 여행하기 전에 갑자기 유언장을 작성했는가 하는 의문이 떠나지 않았기 때문이다.

카밀라가 기쿠에 올컷의 죽음을 알고 자살이 아닐까 생각한 것도 무리는 아니다. 기쿠에 고모는 중병에 걸린 것도 아니고 생활의 괴로움을 견디지 못하고 있었던 것도 아니다. 가벼운 협심증 징후가 있었을 뿐이다.

27년 전에 막 여섯 살이 된 딸이 실종되고 행방불명되었으며 1년쯤 전에 남편이 먼저 세상을 떠나 살아갈 의미를 잃어버렸다고 해도 기쿠에 고모는 스스로 목숨을 끊을 사람이 아니다.

그런 유언장을 지금 작성한다면, 훨씬 전에 내게 레일라에 대해 이야기해주지 않았을까. 겐야는 그렇게 생각했다.

나는 예순세 살이 된 사람의 마음은 모르지만, 만약을 위해 정식 유언장을 써두자고 생각할 나이는 아닌 것 같다는 생각이 든다.

그러나 그것은 못 가진 자의 생각이고 42억 엔, 어쩌면 45억 엔에 달할지도 모르는 재산가의 생각이란 다른 것일까.

수잔이 돌아간 후 올컷가의 자산을 대충 살펴봤는데 천만 달러는 투자 고문 회사에, 천만 달러는 주식에, 또 1천2백만 달러어치의 채권은 다섯 개의 은행에 분산해서 맡겨두었다. 마지막으로 이 집의 평가액을 더하면 일본 돈으로 42억 엔이다.

서던캘리포니아대학의 경영대학원에서 마케팅 전반에 관한 수준 높은 지식을 배웠지만, 겐야의 전공은 그와 함께 기업 재무와 금융이기 때문에 수잔이 건네준 서류로 대략적인 숫자는 파악할 수 있었다.

"유산이 거금이고 이언도 세상을 떠났기 때문에 만일의 경우를 생각했을지도 모르겠는걸."

겐야는 이렇게 중얼거리며 텔레비전을 껐다. 응원하던 르브론 제임스가 다른 선수와 교체되어 나갔고, 마이애미 히트가 리드하고 있으며 시합 시간은 2분밖에 남지 않았기 때문이다.

어쩐지 마음속에 응어리져 있는 것이 위에도 영향을 미친 것인지 공복감이 느껴지지 않아 겐야는 손목시계를 보았다. 여덟 시 반이었다.

아래층으로 내려가 기쿠에 고모의 침실로 가서 충전이 다 된 스마트폰을 들고 홀 문의 보안 시스템을 해제하고는 중정으로 나갔다. 그리고 바다 쪽으로 걸어갔다.

잠시 덩굴장미 시렁 밑의 의자에 앉아 있었지만 의자를 들고 바다와 가장 가까운 하얀 목책이 있는 곳까지 가서 플랜터에 심어져 있는 여러 종류의 허브 앞에 앉아 밤바다를 바라보았다.

여기서 가까운 롱비치로 기항하는 듯한 거대한 유조선이 먼 앞바다에 정박하고 있었다.

겐야는 기쿠에 고모의 스마트폰 전원을 켰다. 패스워드를 입력해야 하도록 설정하라고 충고한 것은 겐야였다. 그때 기쿠에 고모는 'qwerty'가 자기 컴퓨터의 패스워드라고 했다.

"쿼티요? 그건 안 돼요. 키보드 알파벳의 제일 위 단을 왼쪽에서부터 차례로 여섯 개를 치는 건 너무 흔한 방식이에요."

"네가 생일이나 전화번호나 기념일 같은 건 쓰지 말라고 했잖아. 그런 패스워드는 당치도 않다면서. 하지만 절대 잊어버릴 수 없는 것이 좋다고 해서."

"아무리 그래도 쿼티는 안 돼요. 처음과 끝에 $나 ¥을 붙인다면 의외로 알아낼 수 없을지도 모르겠네요."

이런 대화를 나눈 후 기쿠에 고모는 그렇다면 ¥을 붙이겠다고 했다.

"¥qwerty¥."

겐야가 패스워드를 입력하자 틀렸다며 다시 한 번 입력해달라는 문장이 영어로 화면에 나타났다.

"어라? ¥이 아니라 $로 했나?"

겐야는 이렇게 중얼거리며 패스워드의 처음과 끝을 $로 바꿔보았다.

같은 영어 문장이 나타났다.

이 스마트폰은 세 번 연속 틀린 패스워드를 입력하면 그 다음에 맞는 걸 입력해도 잠기게 되어 있었다.

"앞으로 한 번……. 한 번만 더 틀리면 한동안 쓸 수 없게 된다. 그런 도박은 할 수 없지."

겐야는 기쿠에 고모의 스마트폰을 다시 주머니에 넣었다.

패스워드로 잠겨 있어도 걸려오는 전화는 받을 수 있기 때문에 '됐지, 뭐' 하고 생각했다.

기쿠에 고모는 키 입력이 간단하고 잊어버릴 수도 없다는 이유로 qwerty라는 패스워드를 쓰는 사람이 많다는 것을 알고 바꿨겠지만, 자기 스마트폰으로 전화를 걸고 싶지 않은 나로서는 곤란하다. 노트북의 패스워드도 그렇게 바꾼 걸까. 만약 그렇다면 기쿠에 고모의 친구나 지인의 이름과 주소를 알아보는 데도 시간이 걸릴 것이다.

겐야는 이런 생각을 하다가 기쿠에 고모가 '노트북의 패스워드'라고만 말했다는 것을 깨달았다.

그래, 노트북과 스마트폰은 대부분 키의 배열이 다르지.

나는 그것도 모르고 전화로 기쿠에 고모에게 잘난 척하며 충고를 한 거다.

그래서 기쿠에 고모는 'qwerty' 이외의 패스워드를 설정했을 것이다.

그렇다면 그건 뭘까……. 아마 숫자일 것이다. 고모의 생일은 12월 18일이다.

겐야는 잠금이 풀리지 않으면 어차피 쓸 수 없으니 세 번째 패스워드가 틀려도 본전이라는 생각에 1218을 입력했다.

스마트폰의 잠금이 해제되었다.

누군가로부터 이메일이 오지 않았을까 해서 살펴봤지만 수신 목록에는 겐야와 수잔 모리 변호사가 보낸 메일뿐이었다. 모두 일본에 도착하기 전의 것으로, 로스앤젤레스 공항을 떠나고 나서 오늘까지 아무도 스마트폰에 이메일을 보내지 않았다.

그래도 착신 이력을 거슬러 올라가면 정원사인 대니얼 야마다가 보낸 것이나 로잔느의 청소 회사 상사인 듯한 인물이 보낸 것이 있었지만 어느 것이나 일에 관한 문의 메일뿐이었다.

기쿠에 고모는 스마트폰으로 메일을 보내는 것이 서툴다고 했기 때문에 제한된 사람에게만 메일 주소를 알려주었을 거라고 겐야는 생각했다.

드디어 배가 고파와 슬슬 계란과 파미르자노 수프를 만들어볼까 하고 의자에서 일어났다.

잔디용 스프링클러가 작동하기 전에 집 안으로 들어가려고 홀을 향해 잰걸음으로 걸어가자 어느새 정원등과 각 방의 창 위에 조그만 불이 켜져 있었다.

기계가 조도를 감지하고 아침에 날이 밝아질 때까지 계속 켜져 있는 모양이다.

기쿠에 고모는 일본으로 장기 여행을 떠나기 위해 스마트폰에 패스워드 입력을 설정한 것이다. 잃어버리거나 도난당했을 때를 위해서다.

랜초팔로스버디스로 이사 오고 나서는 수잔과 대니얼, 로잔느 이외에 친하게 대화를 나누는 사람이 없었구나, 하고 겐야는 생각했다.

"앗, 이탈리안 파슬리 잎을 따는 걸 잊어먹었다."

겐야는 손목시계를 보며 집의 부지 서쪽 끝으로 달려갔다. 스프링클러가 작동하기까지 앞으로 1분밖에 남지 않았다.

어두워서 어느 게 이탈리아 파슬리인지 잘 알 수 없어서 라이터를 켜고 찾아 잎 세 개만 뜯어 홀을 향해 달렸다. 하지만 10미터쯤 남은 데서 스프링클러가 작동하며 기세 좋게 물을 뿜어대 조금 젖고 말았다.

만성적인 물 부족이라는데 기세 좋게 뿌리는구나, 하고 생각하며 겐야는 홀에 서서 한동안 잔디에 뿌려지는 물을 보고 있었다. 그리고 부엌으로 가서 사발을 꺼내고 소금과 흰색 후추를 찾았다.

레시피 책을 보며 계란 하나와 가루 파르미자노 치즈를 잘 휘젓고 나서 소금과 흰색 후추를 치고 잘게 자른 이탈리안 파슬리 잎을 섞었다.

브로도가 들어 있는 스테인리스 용기를 물에 담갔다가 조금 해동되자 냄비에 붓고 팔팔 끓이고는, 거기에 사발에 든 내용물을 넣고 곧바로 불을 껐다.

"요컨대 저어서 푼 계란을 넣어 끓인 맑은 장국이로군."

드디어 차가워진 병맥주를 마시고 냄비에 든 수프를 접시에 담아, 열 명이 앉을 수 있는 식탁에 앉아 한 입 맛을 보았다.

"이거 맛있는데. 계란 장국 따위가 아니야. 브로도, 정말 맛있어. 영양 만점이고."

겐야는 사다 둔 다섯 조각짜리 빵을 굽기 위해 토스터를 찾았다.

거대한 도마로밖에 보이지 않는 대리석 안쪽에 행주로 덮인 토스터와 커피메이커가 있었다.

빵을 구우며 맥주를 한 병 더 따고, 토마토와 상추를 씻었다.

버터도 마요네즈도 잊어먹고 사지 않았고 케첩과 머스터드도 안 샀구나, 하고 생각하며 구워진 빵을 들고 식탁으로 돌아가,

"이 수프는 맛있는걸. 정말 맛있어. 이 브로도는 만점이야."

하고 중얼거렸다.

자기밖에 없는 올컷가에서 혼잣말을 하는 것에도 익숙해져, 어

느새 부자연스럽게 느끼지 않게 되었다. 이 올컷가에서는 혼잣말이라도 하지 않으면 살아갈 수 없을 것 같은 기분마저 들었다.

식사를 마치고 부엌 오른쪽의 커다란 서랍에서 비닐봉지를 꺼내 음식 쓰레기를 넣고 나서 식기와 냄비를 씻었다.

그러고는 2층의 방에 있는 샤워 룸에서 샤워를 하고 보안 시스템 설정을 확인한 다음 침대로 올라갔다.

침대 옆의 불을 꺼도 커튼 틈으로 들어오는 정원등의 불빛이 침실을 적당히 밝혀준다.

이제 열 시가 지났다. 자도 상관없다. 이대로 아침까지 잔다면 시차 적응도 끝난다.

이렇게 생각하며 뭐든지 내일부터라며 자신을 타이른 겐야는 눈을 감았다.

잔 것은 세 시간쯤이었다. 많은 사람들의 말소리에 눈을 뜨자 한밤중인 두 시 전이었다.

"아아, 최악의 패턴이군. 이대로 자지 못하면 한동안 시차 적응을 못하는데."

겐야는 이렇게 중얼거리며 귀를 기울였다. 많은 사람들이 있을 리 없다. 목소리는 꿈인 듯했다.

다시 눈을 감고 침대에서 몇 번이고 몸을 뒤척이며 자려고 노력했지만 한 시간쯤 지나 체념하고 일어났다.

"이제 안 되겠어. 도저히 잘 수가 없어."

겐야는 계단을 내려가 기쿠에 고모의 침실로 갔다. 비밀 상자를 열어보자고 생각했지만 기쿠에 고모의 노트북이 눈에 들어와 먼저 이메일 수신 목록과 송신 목록에서 친한 사람들을 알아내기로 생각을 고쳐먹었다.

겐야는 기쿠에 고모가 노트북에 패스워드를 설정하지 않았을 거라고 생각했다. 자기 침실에 놓고 쓰며 집 밖으로 가지고 나가지 않는 데다 혼자 살았다. 패스워드를 설정할 필요가 없는 것이다.

하지만 기쿠에 고모의 노트북에는 패스워드가 필요했다.

겐야는 조금 의아하게 생각하며 스마트폰 때와 마찬가지로 패스워드를 입력했다. 어느 것이든 맞지 않았다.

"해커가 아니면 도저히 못 풀겠는걸."

겐야는 이렇게 말하고는 비밀 상자를 들고 현관에서 홀 문의 보안 시스템을 해제하고 나서 맨발로 중정으로 나갔다.

테이블과 의자를 북쪽 정원등 밑으로 옮기고 나서 커다란 비밀 상자에 도전했다.

이은 자리를 알 수 없는 나뭇조각 가운데 하나가 움직이면 거기서 다음 조각의 위치가 변한다. 아무튼 처음으로 움직이는 조각 하나를 찾으면 되는 것이다. 손가락으로 여기저기를 밀어보면 곧 찾을 수 있을 것이다.

겐야는 비밀 상자의 원리를 알고 있기 때문에 우습게 보고 있었지만, 어디를 어떻게 누르고 밀어도 움직이는 조각은 없었다.

비밀 상자라고 생각하고 있었는데, 이건 수십 개나 되는 나뭇결이나 색이 다른 나무를 짜 맞춰 아라베스크 무늬를 만든 단순한 장식대란 말인가.

겐야는 손가락 끝이 아파서 상당히 묵직한 나무 상자를 테이블에 내팽개치듯이 놓으며 그렇게 생각했다.

"아니, 안에 뭔가 들어 있어. 그건 틀림없어. 바스락거리는 소리가 들리잖아."

이렇게 중얼거리며 가든 체어에 온몸을 기대며 반도의 쑥 내밀어진 끝이 어둠 속에 떠오르는 것을 바라보았다. 그 위에 달이 있었다.

바다에서 불어오는 바람은 더욱 차가워져서 겐야는 후드가 달린 스웨트 셔츠를 가지러 방으로 갔다. 담배와 라이터도 호주머니에 넣고 젖은 잔디를 밟으며 의자로 돌아와서는 오기로라도 이 퍼즐을 풀겠다고 결심하며 다시 비밀 상자에 도전했다.

겐야가 첫 조각을 찾아낸 것은 아침 다섯 시가 지나서였고 달은 어느새 이동해 반도 건너편 바다에 떨어지고 있었다.

첫 조각은 상자 바닥, 하부 전체였다. 그것이 1센티미터쯤 옆으로 밀렸던 것이다.

"좋아, 이제 풀 수 있어."

겐야는 이렇게 말하고 밀어낸 부분으로 움직이는 조각을 찾았다. 측면의 1센티미터 폭의 나무가 움직였다.

그렇게 해서 이쪽저쪽의 조각을 움직여갔지만, 길고 가는 나무가 열일곱 가지의 움직임을 보이고 나서는 어디도 밀리지 않았다.

이것으로 끝인가, 안에 들어 있는 것을 꺼내려면 어떻게 하면 될까, 하고 직사각형 나무 상자의 여섯 면을 밀기도 하고 당기기도 했지만 열리지 않았다.

"이거 참 만만치 않은데. 어딘가에서 중요한 뭔가를 움직이지 않은 거야. 그게 뭘까?"

몹시 지쳐 비밀 상자를 가든 체어에 놓고 담배를 피우며 바다 위의 약간 흐린 하늘을 바라보았다.

로스앤젤레스의 태평양에 가까운 곳에서 4년을 보낸 겐야는 아침의 흐린 하늘의 정체를 알고 있었다.

낮 동안 표면의 온도가 높아진 해수는 밤의 차가운 공기와 섞여 아지랑이인지 안개인지 모르는 수증기를 발생시킨다. 그것은 새벽과 함께 내륙부의 상당히 넓은 범위로 들어와 하늘을 흐리게 한다.

그러나 구름 낀 하늘은 아니다. 오전 아홉 시나 열 시쯤 되어 햇빛이 강해지면 아지랑이인지 안개인지 모르는 그것은 사라지고 평소의 파란 하늘에서 살갗을 태우는 햇볕이 내리쬔다.

가끔은 비라도 내려줘, 비가 아니라도 좋으니까 적어도 흐리기라도 하라고. 겐야는 원망스럽게 생각했지만 일본으로 돌아간 직후 태풍에 의해 억수 같은 비가 계속 내렸을 때는 진지하게 로스앤젤레스로 돌아가고 싶다고 생각했다.

"오늘도 하루 종일 깨어 있는 것은 역시 어렵겠군."

겐야는 여기저기에서 돌출된 나뭇조각 때문에 부서진 나무통처럼 되어 있는 비밀 상자를 들고 자기 방으로 돌아가 침대에 드러누워 처음부터 다시 하기로 했다. 오전 아홉 시였다.

밀린 조각을 원래 자리고 되돌리는 것도 좀 고생스러웠는데, 중간에 이쑤시개만 한 굵기의 돌기가 나와 있는 부분이 있다는 것을 알아채고 그것을 밀어 넣어보았다.

그러자 지금까지 움직이지 않았던 조각이 미끄러지며 맨 처음에 움직인 바닥이 빠졌다.

"됐다. 열렸어. 돌기를 밀어 넣지 않고 움직인 조각은 속임수였어. 속이는 함정이야. 굉장한 세공이군."

겐야는 침대 위에 책상다리로 앉아 비밀 상자의 내용물을 꺼냈다.

열 통의 낡은 항공우편 편지였다. 발송인은 호시 교코, 주소는 시즈오카현의 슈젠지초. 그것들은 한자로 쓰여 있지만 마지막 나라 이름만 'JAPAN'이라고 쓰여 있었다.

"슈젠지?"

겐야는 이렇게 중얼거리고 기쿠에 고모가 이번 여행에서 맨 먼저 슈젠지로 가고 싶다고 했던 것은 이 사람을 만나고 싶었기 때문일까, 하고 생각했다.

상자의 밑바닥에 있는 편지가 가장 오래된 것이어서 그것을 맨 먼저 읽었다. 일본에서 온, 세 번 접은 편지는 볼펜으로 쓰인 달필의 여자 글씨였다.

무사히 몬트리올에 도착했습니다. 저도 멜리사 매클라우드도 아주 건강합니다. 케빈은 걱정할 게 아무것도 없다고 기쿠에 씨에게 전해달라고 했습니다. 한 달쯤 지나 다시 편지로 보고하겠습니다. 안심하고 계세요.

겐야는 두 번째로 오래된 편지를 읽었다.

기쿠에 씨의 슬픔도 쓸쓸함도 아주 잘 압니다. 어제 돈이 들어왔습니다. 멜리사는 열흘쯤 전부터 학교에 다닙니다. 여기서는 프랑스어도 공부해야 합니다. '그것'과는 아직 떨어질 수 없는 것 같습니다. 무리하게 강요하지 않고 느긋하게 기다리는 것이 좋을 것 같습니다. 늘 건강하세요.

몬트리올은 지금 짧은 여름이 한창으로, 사람들은 모두 신이 나서 떠들썩합니다. 저는 새로운 일본어 학교 교사 일에 가까스로 익숙해졌습니다. 멜리사도 이곳에서의 생활에 익숙해졌고 식욕도 왕성합니다. 안심하세요.

겐야는 손으로 쓴 세 통의 편지를 일단 다 읽고, 몬트리올은 캐나다가 아닌가 하고 생각하며 봉투를 다시 봤다.

분명히 발송인은 자신의 이름과 주소를 한자로 썼는데, 그 주소가 일본 시즈오카현의 슈젠지였으며 봉투에도 'AIR MAIL' 스탬프가 찍혀 있다. 그러나 우표에 찍힌 스탬프는 긁혀서 판독이 불가능했다.

그렇게 긁힌 것은 아무래도 인위적인 것으로 보였다. 붙어 있는 우표는 분명히 일본 것이 아니었다. 호시 교코라는 인물은 편지를 캐나다의 몬트리올에서 보냈다고밖에 볼 수 없었다.

겐야는 네 통째부터 다시 읽기 시작했다. 자신과 가족들의 근황을 전하는 것뿐이고, 어느 것이나 날짜는 쓰여 있지 않았지만 열통째에는 "어제 뉴욕의 세계무역센터 테러에는 다리가 후들거렸습니다."라는 문장이 있었다.

그 편지의 마지막에는,

"다음 편지부터는 컴퓨터로 쓰겠습니다. 이제 직장에서도 컴퓨터를 쓰지 않으면 낙오자로 취급받게 되었으니까요. 경력을 쌓아 높은 자리로 가는 건 바라지도 않습니다."

하고 쓰여 있고, 추신으로,

"기쿠에 씨도 컴퓨터를 구입하세요. 그러면 이메일도 주고받을 수 있어요."

라고 덧붙어 있었다.

뉴욕의 세계무역센터 테러는 2001년 9월 11일에 일어났다. 지금으로부터 12년 전이다.

기쿠에 고모는 시호 교코의 권유로 컴퓨터를 구입한 듯, 그 이후의 편지는 비밀 상자에 들어 있지 않았다. 아마 이메일로 주고받았을 것이다. 겐야는 그렇게 추측했다.

어느 편지나 일본어로 '교코 매클라우드'라고 쓰여 있었다.

겐야는 이제 곧 대니얼 야마다가 올 때쯤이라고 생각하며 일본에서 보내는 항공우편을 가장해 캐나다의 몬트리올에서 보낸 열통의 편지를 모두 다시 읽었다.

몬트리올에서 쓰고 그것을 일본의 슈젠지에서 우체통에 넣는 것은 생각할 수 없는 일이었다.

빈번하게 나오는 멜리사 매클라우드는 교코 매클라우드와 케빈 매클라우드 부부 사이에서 태어난 딸인데, 멜리사는 아홉 번째 편지에서 몬트리올대학의 교육학부에 입학했다고 쓰여 있었다.

뉴욕의 9.11테러 전이라는 것은 알 수 있지만 정확한 해는 적혀 있지 않았다. 아홉 번째와 열 번째 사이에 어느 정도의 시간이 흘렀는지 알 수 없었다.

일본에서 오는 항공우편으로 가장한 이유는 무엇일까.

왜 기쿠에 고모는 비밀 상자에 감추었을까.

편지는 일본어로 쓰여 있어서 누가 보더라도 일본어, 그것도 한자를 읽을 수 있는 사람 외에는 이해할 수 없을 텐데…….

레일라가 사라지고 나서 기쿠에 고모와 이언 올컷은 보스턴의 집에서 계속 둘이서만 살았다.

당시 가정부는 분명히 출퇴근하는 사람이어서 아침 여덟 시에 와서 저녁 다섯 시에 돌아갔다.

우편함에 들어 있는 우편물을 보는 사람은 가정부와 기쿠에 고모와 이언뿐이다.

가정부에게 보이고 싶지 않아서? 그것은 있을 수 없다. 그렇다면 이언에게 보이고 싶지 않아서, 라고밖에 생각할 수 없다.

그것은 왜일까.

편지가 캐나다의 몬트리올에 사는 교코 매클라우드로부터 온 것이라는 걸 이언에게 알리고 싶지 않았다고 해도, 그리고 거기에 부부의 미묘한 사정에서 기인하는 이유가 있었다고 해도 비밀로 감추는 방법에 지나치게 신경을 쓴 것이라는 생각이 들었다.

초인종 소리가 울려서 시계를 보니 열 시였다.

겐야는 아래층으로 내려가 현관문을 열었다. 연한 파란색 작업복을 입은 아주 통통한 곱슬머리 여자가 종이 봉지를 들고 서서,

"청소 회사의 로잔느 페레스입니다."

하고 말했다.

겐야는 로잔느와 악수하며 자기소개를 하고 한숨을 돌린 후, 고모 기쿠에 올컷이 4월 14일 일본에서 사망했다는 사실을 알렸다.

로잔느의 놀라는 모습과 슬퍼하는 모습은 겐야가 대처하기 곤란할 정도였다. 마치 가까운 자기 가족의 죽음을 갑자기 통보받은 사람처럼 차고의 문을 향해 살집 좋은 몸을 기울이며 두 손으로 얼굴을 감싸고 입술을 떨며 울었다.

"거짓말이죠? 거짓말인 게 분명해요. 그런 걸 누가 믿겠어요?"

무릎을 구부리고 터키산 돌바닥에 푹 엎드리며 로잔느가 말했다.

"사실입니다. 저는 기쿠에 고모가 갑작스럽게 돌아가셔서 이 집이라든가 여러 가지 사후 처리를 하기 위해 어제 일본에서 왔습니다."

겐야는 로잔느의 통나무 같은 팔을 잡아 일으켜 거실로 데려가서는 슈젠지의 여성 경찰에게 들은 이야기를 해주었다.

"기쿠에 씨는 일본 여행을 무척 기대하고 있었어요. 당신이 자신이 희망하는 것을 다 알고 가장 좋은 스케줄로 조정해서 호텔 예약이나 철도, 버스 같은 교통수단까지 다 준비해주었다고 하면서요."

로잔느는 청소 회사에서 지급받은 듯한 작업용 제복의 주머니

에서 손수건을 꺼내 눈물을 닦고 코를 풀었다.

"저는 당신이 내일 올 거라고 생각했습니다. 어제 대니 씨가 그렇게 말했거든요."

"내일은 딸이 학교에서 연구 발표를 하기 때문에 그걸 보러 가야 해서 쉬기로 했어요. 그래서 하루 먼저 청소하러 온 거예요."

겐야는 대니에게 로잔느가 푸에르토리코에서 돈을 벌려고 온 사람이라고 들었기 때문에, 영어를 잘한다거나 딸이 이 지역의 학교에 다니고 있다는 것이 이상하다고 생각해 그 이유를 물었다.

"저는 이민자예요. 여덟 살 때 푸에르토리코에서 가족이 이주해 왔어요. 그건 대니 씨가 잘못 알고 있는 거예요."

이렇게 말한 로잔느는 다시 한 번 큰 소리를 내며 코를 풀더니 종이 봉지에서 휴대전화를 꺼냈다. 기쿠에 올컷의 죽음을 회사에 알려야 한다고 했다.

누군가와 이야기하던 로잔느는 회사의 상사가 겐야와 이야기하고 싶어 한다며 자신의 휴대전화를 건넸다.

로잔느가 소속된 부서의 상사라는 중년인 듯한 남자는 정중하게 조의를 표하고 나서 앞으로 집의 청소를 어떻게 할 것이냐고 물었다.

"지금까지처럼 계속해주세요. 지불 방법도 지금까지와 같지만 청구서의 이름은 바뀔지도 모르겠습니다. 오늘 고문 변호사와도 그것에 대해 의논할 생각입니다."

겐야는 상대의 전화번호를 묻고 나서 휴대전화를 로잔느에게 돌려줬다.

로잔느가 청소를 시작함과 동시에 대니얼 야마다가 찾아왔다.

대니는 로잔느의 얼굴을 보고 살짝 고개를 끄덕이며 말없이 자신의 일을 시작했다.

겐야는 차고로 가서 대형 냉동고에서 스테인리스 깡통의 라벨을 보고 '콩 포타주'를 골라 부엌에서 데웠다.

어제는 보지 못했지만 냉동고 안쪽에는 겐야가 들어본 적이 없는 것도 포함하여 다양한 수프가 있었다.

버섯 포타주, 포타주 본 팜, 퓨레 드 포와로, 포토푀, 야채 콩소메, 구야시, 연어 크림수프, 화이트 아스파라거스 크림수프, 파파콜 포모도로…….

기쿠에 고모는 그것들을 냉동시켜 위를 천으로 덮어놓았기 때문에 겐야에게는 보이지 않았던 것이다.

'저 수프를 다 먹어치울 때까지 여기에 있을까.'

빵을 구우면서 겐야는 이렇게 생각했다.

콩 수프도 맛있었다. 그것만으로 배가 부를 만큼 진한 맛이어서 겐야는 토스트를 절반쯤 남기고 아침을 끝냈다. 곧바로 부엌을 정리하고 2층의 자기 방으로 가서 수잔 모리 변호사에게 전화를 걸었다.

"깜짝 놀랐어요. 기쿠에 씨한테서 전화가 와서요."

수잔이 말했다.

겐야는 기쿠에 고모의 스마트폰을 쓰는 이유를 설명하고 나서 오늘 할 수 있는 일은 오늘 다 해버리고 싶다고 수잔에게 말했다.

2

겐야는 수잔 모리 변호사와 의논하여 토런스시에 사무소를 가진 세무사와 만나고, 장의사에 가서 기쿠에 올컷의 묘비를 주문하고, 은행과 협의하고, 묘지 관리 회사를 찾아가기도 하며 사흘을 바쁘게 보냈다.

정식 유산 상속 서류에도 서명하고 주말을 맞이하자, 겐야는 여느 때와 같은 시간에 찾아온 대니얼 야마다가 엄청나게 많은 화분에 물뿌리개로 물을 주는 것을 중정의 가든 체어에 앉아 멍하니 바라보며 랜초팔로스버디스의 동쪽 끝에 있는 묘지의 광경을 떠올렸다.

묘지는 웨스턴 거리에 면해 있고, 그 길 하나를 사이에 둔 샌피드로 지구는 팔로스버디스반도와는 확실히 분위기가 달랐다.

주민의 경제적 격차가 웨스턴 거리에 의해 구분되고 있다는 것을 겐야도 알 수 있었다. 로잔느 페레스가 세를 들어 사는 집은 샌피드로 지구의 한가운데에 있는 모양이다.

그러나 묘지에는 팔로스버디스반도의 주민도 샌피드로 지구의 주민도 묻혀 있었다. 거기서는 경제적인 차별이 없는 것이다.

광활하다고 해도 좋은 묘지의 묘석은 대부분 잔디에 끼워 넣은 양식이고 크기도 균일했다. 고인의 이름과 생년월일, 사망 연월일을 새긴 평평한 묘석은 잔디가 너무 자라 보이지 않게 될 것 같았다.

성묘하러 온 사람들은 대부분 소풍용 비닐 시트를 묘 앞에 깔고 거기에 앉아 햄버거나 핫도그를 먹으며 담소를 나눈다. 고인의 조상 땅의 작은 국기를 잔디에 꽂아두고 돌아가는 사람도 많다.

멕시코, 콜롬비아, 푸에르토리코, 쿠바, 파나마…….

드물게는 미국이나 프랑스의 국기도 있다.

성묘라기보다는 그걸 구실로 소풍을 온 듯이 떠들썩한 가족도 많다.

겐야는 미국인들도 화장을 바라는 사람들이 늘고 있다는 이야기를 묘지 관리 회사의 담당자에게 들었다.

이언 올컷도 입원해 있던 서던캘리포니아대학의 부속병원에서 아내에게 화장해달라고 부탁했다고 한다.

화장을 바라는 사람은 대부분 자신의 유골을 바다에 뿌려달라고 부탁하기 때문에 이 묘지에는 묘석만 있고 유체나 유골, 유해가 없는 경우가 있다고 한다.

그리스도교의 재생이나 부활이라는 사상에 기초하면 신앙심 같은 게 전혀 없어도 최후에는 역시 매장에 집착하게 되는 듯, 현재 미국에서 화장을 바라는 사람은 40퍼센트 정도인데 앞으로 더욱 늘어날 것이라고 했다.

"어제 묘지에 다녀왔습니다. 묘석은 열흘쯤 걸린다고 합니다."

북쪽 화분에 모두 물을 주고 접사다리를 메고 남쪽 동으로 온 대니에게 겐야가 말했다. 덩굴장미 시렁에는 수많은 꽃봉오리 중에 절반쯤은 꽃잎이 벌어져 있고 자카란다 나무에도 보랏빛 꽃이 늘어나 있었다.

"묘지로 가는 길에 저희 집이 있습니다."

"웨스턴 거리에요?"

"예, 바다 쪽에서 가면 묘지에서 1킬로미터쯤 전입니다. 다른 집과 쭉 이어져 있는 단층집인데 비슷한 집이 풀장을 빙 둘러싸듯이 지어져 있습니다. 풀장은 이웃들과 공동으로 사용하고요."

"바다에서 가면 웨스턴 거리의 오른쪽인가요? 왼쪽인가요?"

"왼쪽입니다. 그러니까, 서쪽이지요. 카딘튼 드라이브라는 길을 조금 들어간 곳입니다. 한번 놀러 오세요. 아내가 만든 지라시즈시•는 어떠세요?"

"지라시즈시라……. 군침이 도는데요."

"아내는 제 어머니한테 배웠습니다. 아들이나 딸들도 좋아했지

• 식초와 소금으로 간을 맞춘 밥을 그릇에 담아 생선, 조개, 달걀부침 등을 얹은 초밥으로, 우리의 회덮밥과 비슷한 초밥의 일종이다.

만 결혼 상대가 다들 미국인이라서 야마다가의 지라시즈시는 아내 대에서 끝입니다. 아이들은 지금도 먹고 싶으면 전화를 하지요. 지라시즈시 좀 만들어달라고요."

그러고 나서 대니는 큰아들의 처는 인도계 미국인이고 그녀의 어머니는 크로아티아계 미국인이라고 말하며 기쿠에 고모의 방 벽에 접사다리를 세웠다.

"둘째 아들의 처는 베트남계이고 그녀의 아버지는 프랑스인입니다. 둘째 딸의 남편은……."

대니는 잠시 생각에 잠겼다.

겐야의 뇌리에 묘지에서 본 몇몇 나라의 작은 국기가 떠올랐다.

"둘째 딸의 남편은 어디였더라. 아버지는 북유럽계 미국인이고 어머니가 중국계라고 했나. 이제 뭐가 뭔지 통 알 수가 없습니다."

대니는 이렇게 말하고 웃으며 사다리를 올라갔다.

비밀 상자에 들어 있던 편지 열 통을 가지러 2층으로 간 겐야는 가든 체어를 자카란다 거목 옆으로 옮겼다.

지난 사흘은 수잔에게 지시받은 대로 사무 작업을 계속 처리했기 때문에 편지를 다시 읽어보는 것도, 기쿠에 고모의 교우 관계를 알아보는 것도 뒤로 미뤄둔 채였다.

겐야의 마음에 걸린 것은 여섯 통째의 편지였다.

어제 돈이 들어왔습니다. 정말 고맙습니다. 그럴 생각으로 보고한 것이 아니었기 때문에 돈은 멜리사를 위해 저금해두기로 했습니다.

어제 멜리사는 절대로 공부를 소홀히 하지 않는다는 조건으로 저와 케빈에게 허락을 받고, 아주 기뻐하며 승마 학교에 가서 입학 절차를 밟고 왔습니다. 선불인 레슨비도 내고 왔습니다. 통장에 돈이 입금된 사실은 그 뒤에야 알았습니다.

앞으로 멜리사는 일요일마다 아침 일찍부터 승마 연습을 할 겁니다. 얼마나 열심히 할는지. 승마 학교의 비용은 꽤 많이 들지만 (승마복이나 가죽 장화는 비쌉니다. 실력이 늘면 자기 안장도 갖고 싶어 하겠지요) 그 정도는 해줄 수 없는 것도 아닙니다.

멜리사는 무척 예뻐졌습니다.

특별히 이렇다 할 것도 없는 편지지만 그 전에 보낸 시호 교코의 편지에는 멜리사의 승마 학교 이야기는 쓰여 있지 않았다.

하지만 시호 교코가 딸 멜리사를 승마 학교에 보낼지 말지를 고민한 것을 기쿠에 고모가 알지 못했다면 그것을 위한 비용을 송금할 리 없다고 겐야는 생각했던 것이다.

이 여섯 번째 편지와 그 전의 다섯 번째 편지 사이에 한두 통의 편지가 더 있었지만 기쿠에 고모가 그것을 잃어버렸다고도 생각할 수 있다.

그건 그렇고 기쿠에 고모는 왜 남의 딸을 위해 고액의 승마 학교 레슨비를 미국의 보스턴에서 캐나다의 몬트리올까지 송금해준 것일까.

매클라우드가와는 상당히 친밀한 관계가 있고, 레일라가 홀연히 사라지고 긴 세월이 지난 기쿠에 고모에게 멜리사는 남의 딸이라는 영역을 넘어선 애정의 대상이 되었던 것일까.

겐야는 승마 학교의 레슨비가 얼마쯤인지 모르지만 매달 2, 30달러는 아닐 거라는 것쯤은 알고 있다고 생각했다.

일본에 비해 유럽이나 미국에서는 승마가 아주 유행이지만, 가난한 가정의 아이가 승마 전문 학교에 다니는 것은 무리일 거라고 생각했다.

"매일 식사는 어떻게 하십니까?"

화분에 물을 주며 대니가 물었다.

"이 집에 오고 나서 내내 기쿠에 고모가 만들어놓은 수프를 데워 먹었습니다. 그것으로 충분합니다. 언젠가 기쿠에 고모가 저에게 수프는 마시는 것이 아니라 먹는 것이라고 말한 적이 있는데, 정말 그렇다는 걸 알게 되었지요."

겐야가 이렇게 말했다.

"기쿠에 씨가 만든 수프라서 그럴 겁니다. 그건 특별한 거니까요."

그렇게 말한 대니는 중정의 화분에 물 주기를 끝낸 후, 호스와 접사다리를 세탁실에 넣어두고 2층으로 올라갔다.

겐야의 방 옆에 있는 베란다에서 다시 모습을 드러낸 대니가 말했다.

"매달 한두 번, 기쿠에 씨는 하루 종일 수프를 만들었습니다. 큰 냄비로요. 저는 조수를 했지요."

"조수요?"

"예, 그 큰 냄비에 수프나 향미 채소가 들어 있으면 여자는 들 수가 없거든요."

조경업을 장남과 차남에게 물려주고 은퇴 생활을 하고 있던 대니얼 야마다는 2년 전 기쿠에 고모와 알게 된 이래 줄곧 올컷가의 정원을 관리해왔다. 그 이외의 일은 모두 아들들에게 맡기고 있다.

올컷가에서 지불하는 대금은 대니얼 야마다의 용돈이 되는 것이다.

예순 살에 은퇴하여 시간과 체력을 주체하지 못하고 있던 야마다로서는 올컷가에서 물을 주는 일이나 식물의 가지치기는 육체노동이라고도 할 수 없는 안성맞춤인 일이었던 모양이다.

그뿐 아니라 그는 기쿠에 고모와 일본어로 대화하는 것을 즐기고 있었던 듯했다.

어렸을 때 매주 토요일 일본인 학교에 가는 것이 견딜 수 없이 고통스러웠지만 엄격한 아버지는 일본어 공부를 의무라며 시켰다.

미국에서 태어나 미국인으로 자란 대니얼 야마다는 기쿠에 올컷과 친구로 교제하게 되고 나서 비로소 자신이 어쩔 도리가 없는 일본인이라는 사실을 자각하게 되었다고 한다.

왜 그렇게 되었는지 자신도 잘 모르는 모양이었다.

"취미치고는 지나치게 몰두하지요. 기쿠에 고모는 한 가지 일에 열중하면 철저하게 하는 사람이었거든요."

겐야가 이렇게 말했다.

"본격적으로 수프 만들기에 몰두하게 된 것은 이언의 몸 상태가 안 좋아지고 나서였습니다."

대니는 이렇게 말하며 베란다에서 사라졌는데 잠시 후 세탁실에서 손짓을 했다.

"이 안쪽은 헛방입니다. 이언 씨의 낚시 도구는 버리지 않고 여기에 두었습니다. 팔라는 사람이 많았지만 기쿠에 씨는 팔지 않았지요."

겐야는 그런 곳에도 문이 있었나, 하고 생각하며 대니가 손으로 가리킨 안쪽 벽으로 갔다. 벽과 같은 색의 문이 있었다.

이언이 몸 상태가 안 좋다고 호소한 것은 보스턴에서 로스앤젤레스의 랜초팔로스버디스로 이사 오기 전이었던 모양이라고 대니가 말했다.

그러나 그때 이 집은 완성을 코앞에 두고 있었던 모양이다.

"이곳으로 이사 오고 나서도 몸 상태는 나빠지기만 했고, 병원에서 제대로 진단을 받아보려는 참에 이언의 오줌이 콜타르 같은 색이 되었지요."

대니는 이렇게 말하며 헛방이라기보다는 널찍한 헛간 같은 방의 문을 열었다.

플라이낚시용 낚싯대가 다섯 개, 연어 낚시용 낚싯대 다섯 개가 끝이 위로 향한 채 세워져 있었다.

그 옆에 서랍이 많이 달린, 유리를 끼운 옷장 같은 것이 놓여 있었다. 안에는 릴이나 이언이 직접 만든 털낚시와, 털낚시를 만들기 위한 도구가 가지런히 보관되어 있었다.

"이언 씨에게는 낚시 이외에 취미가 아무것도 없었다고 합니다. 돈을 버는 일도 그 사람한테는 취미 같은 것이었다고 기쿠에 씨가 말했습니다. 토런스의 병원에서 췌장암 진단을 받고 여명이 반년이라는 선고를 받았지요. USC의 부속병원에서도 진단을 받았는데 수술도 할 수 없고, 항암제와 방사선 치료도 소용없다는 말을 들은 이언은 이 집으로 돌아왔습니다. 그러고 나서예요. 기쿠에 씨가 뭐에 홀린 것처럼 수프를 만든 것이요. 이언 씨는 수프라면 토하지 않았어요. 다른 음식은 다 토했습니다. 기쿠에 씨의 수프로 이언은 목숨을 부지한 겁니다. 석 달을 말이지요. 의사는 반년이라고 했지만 이언은 석 달밖에 살지 못했습니다."

겐야는 헛방 입구 근처에 놓여 있는 뚜껑이 달린 큰 냄비를 들어보았다.

"우와, 정말 무겁네요. 기쿠에 고모는 수프를 만들 때 이걸 부엌까지 옮긴 겁니까?"

"이 세탁실이 수프를 만드는 부엌이기도 했습니다. 바닥에 전용 가스풍로를 놓고 문도 창문도 다 열고……. 가스는 저기서 끌어왔습니다."

그쪽을 보니 건조기 밑에 가스 콕이 있었다. 수프를 만들기 시작할 때 기쿠에 고모가 가스 회사에 부탁한 것이라고 대니가 설명했다.

"시차 적응은 다 되었습니까?"

대니는 홀로 이어진 긴 복도를 걸어가며 물었다.

"예, 그럭저럭요."

겐야는 이렇게 대답하고 중정으로 나갔다.

응달을 찾아 그곳에 가든 체어를 옮겨놓고, 하긴 이제 수프도 질렸지, 하고 생각했다.

밥이 먹고 싶다. 부엌 두껍닫이에 전기밥솥이 있다. 하지만 쌀이 없다. 네코맘마•가 먹고 싶다.

토런스에 일본 대형 마트가 있다고 들었는데 어디쯤일까.

겐야는 잰걸음으로 대니를 쫓아갔다. 초록색 픽업 차에 올라타고 있던 대니는 대시보드에서 로스앤젤레스 남서부의 지도를 꺼내 'Mitsuwa'라는 대형 마트가 있는 장소를 가르쳐주었다.

"웨스턴 거리를 고속도로 방향으로 똑바로 갑니다. 토요타자동차 근처지요. 그 근처에는 꼬치구잇집이나 이자카야도 있습니다. 일본 책이나 잡지 전문 서점도 있지요. 거기서 지도도 사는 게 어떨까요?"

대니가 돌아가자 겐야는 집 앞의 길을 건너 맞은편 집의 문이 있는 데서 올컷가를 바라보았다. 정면에서 시간을 들여 차분하게 바라본 것은 처음이었다.

아무리 봐도 실제 폭도, 안길이도 느껴지지 않았다. 호화로운 저택이긴 해도 그윽함이 있었다. 북쪽과 남쪽의 정원수 숲을 만드는 데도 여러 가지로 궁리한 것 같았다.

미국에 이 정도의 집은 얼마든지 있다. 할리우드나 베벌리힐스에는 올컷가의 두세 배나 되고 호화로운 집들이 늘어서 있다.

미국 자체가 넓기 때문에 다른 주에 가면 대문에서 현관까지 차로 10분이나 걸리는 부지를 가진 집도 드물지 않다.

• 밥 위에 가다랑어 포, 남은 된장국, 냉장고 안의 남은 반찬 등을 올려 간단하게 먹는 것. 고양이 밥이라는 뜻의 '네코맘마'는 고양이에게 잔반을 주는 것을 떠올리게 한다고 해서 지어진 이름이다.

그러나 이곳 올컷가에는 그런 집들에는 없는 품격이 있다.

겐야는 이렇게 생각하며 이 집은 팔지 않겠다고 결심했다. 집만이 아니라 이언이 쌓아 올린 자산을 미국에서 가지고 나가지 않겠다고 마음먹었다.

그것은 겐야가 어젯밤 생각한 것이었는데, 그렇다면 미국에서 그 자산을 어떻게 운용할지에 대해서는 아직 구체적인 안은 전혀 떠오르지 않았다.

그건 고사하고 겐야에게는 42억 엔이라는 돈이 현실성을 띠고 다가오지 않았다. 자신이 그것을 모두 상속받았다는 것에 대한 현실감이 전혀 일지 않았다.

섣불리 서투른 돈벌이를 생각하지 않아도 견실하게 자산을 운용해주는 뉴욕의 투자 고문 회사에 맡겨두면 자산은 확실히 늘어날 것이다.

다양한 투자 상품의 가격은 그날그날의 시장 원리로 변동하고, 서아프리카의 기근이나 아랍 국가들의 석유 시세, 러시아의 국내 문제 등이 복합적으로 뒤얽혀 환율에 영향을 주어 주가의 일시적인 폭락을 불러일으키기도 한다.

하지만 우수한 투자 고문 회사는 그것을 모두 계산에 넣고 있다.

이언이 신뢰하고 천만 달러를 위탁한 뉴욕의 회사는 겐야에게도 신뢰할 만한 것으로 여겨졌다.

채권을 현금화해서 그 투자 고문 회사에 5백만 달러를 더 맡겨도 좋겠다고 생각했다.

그렇게 하면 매년 배당이 늘어난다. 그것이 가장 안전하고 안정적인 이유을 만들어내는 방법이다.

겐야는 기쿠에 고모의 유골을 묘지에 납골하면 아무튼 한 번 일본으로 돌아가려고 생각했다.

최종 면접을 끝내고 채용이 내정된 외국 자본 계열의 회사로부터 아무 소식도 없는 것이 신경이 쓰이지 않는 것은 아니었다. 하지만 다른 사람을 채용하는 것으로 바뀌었다고 해도 지금의 내게는 아무렇지도 않다고 생각했다.

그렇게 생각한 순간, 겐야는 42억 엔의 유산을 상속했다는 실감이 솟아나는 것을 느꼈다.

하지만 곧, 그것은 레일라 요코 올컷이 상속받아야 할 자산이라는 마음속 누군가의 목소리가 들려왔다.

누군가란 바로 나라는 걸 겐야는 금세 깨달았다.

레일라가 이미 죽었다고 단정할 수는 없다. 기쿠에 고모가 내게 한 유언에는 레일라를 찾았으면 좋겠다는 강한 바람이 담겨 있었다. 다시 한 번 레일라를 찾는 노력을 해봐야 한다.

하지만 어떻게 하면 좋을까.

설령 레일라가 살아 있다고 해도 반드시 미국에 있다고는 할 수 없다.

미국만 해도 엄청나게 넓은데 중남미나 아시아 국가들, 아랍권, 아프리카, 유럽까지 조사하게 된다면 정신이 아찔해지고 사실상 불가능한 일일 것이다.

게다가 내게는 수사권도, 수사할 능력도 없다. 기껏해야 새로운 전단지를 만들어 사람들이 많이 모이는 장소에서 배포하며 이 사람을 찾습니다, 유력한 정보를 주신 분에게는 10만 달러를 드리겠습니다, 하고 호소하는 것 정도밖에 할 수 없다.

이렇게 생각한 겐야는 보도를 오른쪽으로, 왼쪽으로 걸으며 올컷가의 북쪽과 남쪽을 바라보았다.

이 집에 도착한 이래 겐야는 이웃 주민을 한 사람도 보지 못했다. 다 빈집인 걸까? 갑부가 자산으로 사두기만 하고 아무도 살지 않는 것일까? 이렇게 생각했지만 밤이 되면 문등이 켜지고 방 안의 레이스 커튼 너머로 거주자인 듯한 사람의 그림자가 움직인다.

노인뿐이고 집이 넓어서 산책하러 나올 필요가 없는 것인지도 모르지만, 그래도 장은 봐야 할 텐데…….

겐야는 올컷가 남쪽의 이층집을 보며 인기척을 살폈다.

"사립탐정 필립 말로•가 있다면 레일라를 찾아달라고 할 텐데. 얼마를 내도 좋으니."

미국 하드보일드 소설의 주인공을 떠올리며 중얼거린 겐야는 집 안으로 돌아갔다. 열두 시 반이었다.

모든 창문을 닫고 보안 시스템을 설정한 겐야는 사륜구동차를 타고 대니가 가르쳐준 일본계 대형 마트에서 장을 보기 위해 해안을 따라 난 길을 웨스턴 거리 쪽으로 달렸다.

휴일이어서 조깅하는 사람이나 사이클 투어링을 즐기는 사람이 많았다.

• 레이먼드 챈들러(Raymond Chandler, 1888~1959)의 탐정소설에 등장하는 주인공 이름.

테라니아 리조트의 드넓은 부지를 지나자 바다 쪽에 골프 연습장이 있었다. 그 옆에는 저명한 부동산 왕이 경영하는 골프장•의 푸른 잔디가 펼쳐져 있다. 언덕 쪽은 거친 땅 표면이 그대로 드러나 있고 "이 길은 움직이고 있습니다."라는 표지판이 서 있다. 지반이 무른 구획인 것이다.

바다를 따라 난 팔로스버디스 거리 끝에서 좌회전하고, 웨스턴 거리로 접어들어 5분쯤 달리자 차량이 정체되고 있었다.

길 오른쪽의 샌피드로 지구 주민이 서둘러 집 창문을 닫으며 겐야에게도 차창을 닫으라고 손을 크게 흔들었다.

무슨 일인가 하고 창으로 얼굴을 내밀고 앞쪽을 보자, 시의 살수차가 길을 막듯이 정차해 있고 그 앞쪽에 초록색 픽업차가 정차해 있었다.

창문을 닫으라고 재촉하던 중년의 여자가,

"스컹크예요. 저 초록색 차가 스컹크를 치었어요."

하고 가르쳐주었다.

겐야는 서둘러 차의 창문을 올렸다.

스컹크의 사체는 이미 청소차가 치웠지만 도로에 들러붙어 있는 강렬한 악취를 씻어내는 작업은 아직 끝나지 않은 것이다.

창을 닫았는데도 개골창에서 솟아나는 가스의 백배쯤 되는 악취가 겐야의 차 안으로 들어왔다. 근처의 술 판매 전문점이나 자전

• 현재 미국의 대통령 도널드 트럼프 소유의 트럼프 내셔널 골프 클럽을 말한다.

거포는 가게 셔터까지 내렸다.

"하필이면 대니의 차로군. 아아, 스컹크를 치었다면 당분간 저 차는 탈 수 없겠는걸. 중고차로 팔 때도 반값으로 떨어질 거고."

겐야는 이렇게 말하며 나중에 와서 옆에 나란히 선 차의 운전자와 얼굴을 마주 보며 어깨를 으쓱했다.

살수차 작업자와 지긋지긋하다는 표정으로 이야기하는 대니의 모습이 보여서 가서 위로해주고 싶었지만, 스컹크의 악취에서 도망치고 싶은 마음에 샌피드로 지구 쪽으로 차를 돌렸다.

"웨스턴 거리의 서쪽에서는 가끔 스컹크가 산책을 해요. 다람쥐도 많아서 자주 차에 치이죠."

조금 전의 여자가 코와 입을 타월로 가리고 현관에서 나와 살짝 창문을 내린 운전석의 겐야에게 말했다.

겐야는 차를 멈추고,

"주유소에서 차 밑바닥을 세차하고 싶어도 거절당해요. 팁을 상당히 주지 않으면요."

하고 히스패닉계 여자에게 말했다.

"이 근처 집들은 사흘간 창문을 열 수 없을 거예요."

여자는 그렇게 말하고 어깨를 크게 으쓱하며 집으로 들어갔다.

겐야는 샌피드로 지구의 동쪽까지 가서 차의 창문을 내렸다. 바람의 방향 탓인지 스컹크 독가스의 악취는 나지 않았다.

웨스턴 거리에서 가능한 한 멀어지려고 길을 우회해 일본계 대형 마트로 차를 달렸다. 그러자 중고 공구를 파는 가게 2층에 '벨로셀스키 조사 회사'라는 간판이 있었는데, "뭐든지 조사합니다.

비밀 엄수가 우리 회사의 자랑입니다."라고 서툰 글씨로 쓰여 있었다.

"비밀 엄수는 당연하잖아."

겐야는 이렇게 중얼거리며 지저분한 콘크리트 건물을 쳐다보았다.

'BELOSSELSKIY'라는 러시아인의 성을 벨로셀스키라고 발음하는 것이 맞는지 어떤지는 몰랐지만, 아무튼 사립탐정일 것이라고 생각했다. 그리고 이렇게 수상쩍은 사립탐정이야말로 굉장한 수완가일지도 모른다고 생각하며 차를 세웠다.

바로 앞에는 여기저기에 금이 간 콘크리트 농구 코트가 있고 열 명쯤 되는 젊은이가 공을 타투고 있었다.

올컷가 앞에서 사립탐정 필립 말로가 있다면, 하고 생각한 것을 떠올렸지만, 겐야는 만약 최후의 기회에 걸어본다고 해도 수잔 모리 변호사가 소개해주는 신뢰할 만한 조사 회사에 의뢰해야 한다고 생각했다.

차를 출발시키려고 하자, 찢어져 구멍이 난 파나마모자를 쓴 쉰일고여덟 살의 덩치 큰 남자가 다리를 질질 끌며 건물의 좁은 계단으로 내려와서,

"볼일 있나?"

하고 나른하게 물었다.

"아니요, 길을 잃어서요. 웨스턴 거리에서 스컹크가 치여 이쪽으로 도망쳐 온 겁니다."

겐야가 이렇게 말했다.

"스컹크? 이쪽으로 악취가 오는 건 시간문제로군."

덩치 큰 남자는 2층 창문을 올려다보고 나서,

"이보게, 탐정을 고용하고 싶은 거지?"

하고 물었다.

이언은 키가 커서 193센티미터나 되었지만 75킬로그램 정도였다. 이 남자는, 키는 같은 정도지만 체중이 120킬로그램은 될 것 같았다. 겐야는 이렇게 생각하며,

"왜 그렇게 생각하십니까?"

하고 물었다.

성가신 남자에게 걸렸구나 싶은 생각에 빨리 일본계 대형 마트로 가고 싶었다.

"내 사무실 간판을 보는 눈이 그냥 지나는 길이 아니던데."

"간판 이름을 어떻게 읽는 건가 해서 봤습니다. 그것뿐이에요."

"자네 한국인인가?"

"아뇨, 일본인입니다."

"그렇겠지. 정확히 발음해줄까? 벨로셀스키네. 말해보게."

"그렇게 혀끝을 마는 듯이 발음하는 건 일본 사람한테는 무리죠."

이렇게 말하고 나서 겐야는 벨로셀스키, 하고 세 번 되풀이했다.

덩치 큰 남자는 질렸다는 듯이 고개를 옆으로 흔들고,

"그렇게 한심한 벨로셀스키는 들어본 적이 없네. 이 길을 똑바로 가면 애너하임 거리가 나올 거야. 골프장 근처지. 거기서 왼쪽으로 가는 거네. 그러면 웨스턴 거리로 돌아갈 수 있어."

하고 말하고는 2층으로 돌아갔다.

"감은 좋은 사람이군."

겐야는 이렇게 말하며 다시 한 번 벨로셀스키 조사 회사의 간판을 보았다. 제일 밑에 'Nikolay BELOSSELSKIY'라고 풀네임이 쓰여 있었다.

"니콜라이인가……. 니코로군."

겐야는 가르쳐준 길로 가서 웨스턴 거리로 들어가 고속도로 근처의 일본계 대형 마트로 갔다.

아키타코마치 품종의 쌀 5킬로그램과 간장, 가다랑어 포인 하나가쓰오 진공 포장 팩, 여러 가지 인스턴트 된장국을 한데 포장한 것을 사고, 대형 마트 안에 있는 라면집에서 찐 돼지고기인 차슈가 들어간 시오라멘을 먹었다. 그리고 책방에서 대니가 갖고 있던 것과 같은 지도와 로스앤젤레스 전체 지도를 샀다. 돌아갈 때는 팔로스버디스반도의 한가운데를 종단하는 코스를 택했다. 수잔의 차로 올컷가에 갔을 때 이용했던 길이다.

니코와도 오랫동안 연락하지 않았다. 니콜라이 리먼. 어머니가 러시아인이고 아버지가 미국인이다.

서던캘리포니아대학의 경영대학원을 수료하고 펜실베이니아주의 중공업용 기계 제조업체에 파이낸스 매니저로 채용되었다.

비꼬길 좋아하는 사람으로 화딱지 나게 하는 농담만 연발하는 녀석이었지만, 사귀다 보니 그 농담은 함축이 풍부하다는 것을 알게 되었다. 니코는 피아노를 아주 잘 쳤다.

겐야는 니코의 붉은 곱슬머리를 떠올리며 오늘 밤에라도 이메일로 근황을 물어볼까 하고 생각했다. 니코에게는 4천2백만 달러의 유산에 대해 이야기해도 된다. 녀석은 냉정하고 침착하다.

언덕 정상 언저리에 '팔로스버디스에스테이츠'라고 쓰인 간판이 있고, 부동산 업자가 붙인 분양 주택지의 이름도 공들인 폰트로 크게 쓰여 있었다.

그 분양 주택지는 언덕 정상을 더욱 올라간 곳에 있다. 겐야는 그곳으로 가면 팔로스버디스반도가 모두 내려다보이지 않을까, 생각하며 꼬불꼬불한 길을 올라갔다.

올컷가가 있는 분양지는 바다에 가까운 평탄한 곳이지만, 몇 개의 언덕이 이어진 팔로스버디스에스테이츠시는 기복이 아주 심한 지역이다.

집들의 지붕은 반도의 모든 호화 저택이 그런 것처럼, 연한 주홍색의 애벌구이 기와였다.

부지는 거의 사면이고 다른 집과의 경계선에는 목장 같은 하얀 목책이 둘러쳐져 있었다.

겐야는 외길을 갈 수 있는 데까지 가보려고 사륜구동차의 속도를 떨어뜨리고 자전거 페달을 천천히 밟는 듯한 속도로 올라갔다.

커다란 집 앞에서 길이 끝났다. 그곳이 이 분양 주택지의 종점인 셈이다.

겐야는 차를 유턴시키고 보도에 얹혀 주차하고는 목책이 있는 곳에 섰다.

반도 전체가 보이지는 않았다. 북쪽은 후방에 있고 나무들에 가려져 있으며, 그 이외의 방향은 확 트여 있었다.

롱비치 전체를 내려다볼 수 있었다.

롱비치는 미국을 대표하는 해운항인데, 겐야가 서 있는 곳에서는 도크에 정박해 있는 호화 여객선이 보였다. 4만 톤 이상은 되는 것 같았다. 대형 유조선도 아니고 컨테이너선도 아니다. 수리를 위해 기항한 것인지도 모른다고 겐야는 생각했다.

바다는 새파랗고, 조류의 경계는 선명하게 색을 바꿔 줄무늬를 그리고 있다.

한 번만 더 레일라 요코 올컷을 찾아보자고 겐야는 결심했다. 헛수고에 헛돈을 쓸 뿐이겠지만 기쿠에 고모의 확신을 믿어보자. 레일라가 살아 있다는 어머니의 감이다.

나는 과학적인 분석이나 이론적인 데이터보다는 인간의 감을 믿는다.

겐야는 이렇게 생각했다.

무엇에 어떻게 쓸지는 차치하고 올컷가의 재산도 내가 확실히 관리할 것이다.

겐야는 서던캘리포니아대학의 마셜 스쿨 오브 비즈니스에서 MBA를 취득한 것도, 수료 후에 CPA 자격증을 딴 것도 모두 이것을 위한 것이었다는 기분이 들었다.

둘 다 이언 올컷이 반드시 따도록 강력하게 권해서였다. CPA는 미국 공인회계사의 약칭이다.

이언의 형 토머스는 마흔여덟 살 때 교통사고로 죽었다. 이언보다 다섯 살 위였는데, 두 사람은 무척 사이가 좋았다고 한다.

이언의 아버지는 엔지니어로, 주로 자동차 엔진을 작동시키는 특수한 모터의 특허를 갖고 있어 '올컷인더스트리'라는 회사를 보스턴에 세웠다.

그 고도의 기술은 당시 미국의 자동차 제조사에는 없어서는 안 되는 것이 되어, 회사는 공장의 작업자를 포함해 순식간에 8백 명이 넘는 데까지 성장했다.

아버지의 뒤를 이은 토머스는 올컷인더스트리사의 주식을 공개하고 그 풍족한 자금으로 자사가 특허를 가진 모터 기술을 항공기나 선박에도 응용하는 별도의 회사를 차렸다.

동생 이언은 대학을 졸업하자 올컷인더스트리사에 입사하여 형 토머스의 오른팔로 일했지만, 얼마 후 토머스의 권유로 중고차 판매 회사를 세웠다. 대기업 자동차 제조사와의 깊은 유대를 비즈니스에 이용하지 않을 수 없다는 생각에서였다.

이언 올컷은 평소 일본 차의 우수성에 주목하고 있었다. 연비가 좋고 고장도 적은 일본 차는 신차 딜러에게는 위협이지만 중고차 딜러에게는 매력적인 상품이라고 생각한 것이다.

이언은 일본의 제조사에서 중고차를 직접 대량으로 매입하여 배로 미국에 수입하려는 계획을 세웠다.

그리고 그 교섭을 위해 일본으로 갔다. 그때 오테마치에 본사가 있는 자동차 제조사에서 통역으로 일하고 있던 사람이 당시 스물다섯 살의 오바타 기쿠에였다. 이언은 서른두 살이었다.

관세나 미일 사이의 몇 가지 규제라는 벽이 있어 이언의 계획은 무산되었지만 그는 일본에서 오바타 기쿠에라는 반려자를 얻었다.

기쿠에를 아내로 맞이해 미국으로 데려온 이언은 보스턴 시내와 교외에 중고차 센터를 오픈했고 얼마 후 다른 주에도 진출했다.

아버지의 은퇴로 사장에 취임한 토머스는 비즈니스 재능만이 아니라 그 인품으로도 많은 사람들로부터 추앙받는 인물이었다. 교통사고로 죽기 전해에는 다섯으로 늘어난 계열사의 주식을 모두 상장시켜 미국에서도 굴지의 기업 그룹으로 성장시켰다.

이언은 형으로부터 물려받은 지 2년이 지나 올컷인더스트리 그룹을 매각하게 된다. 그 막대한 매각 대금으로 이언은 몇 년 후 IT 버블에 편승하여 더욱 큰 이익을 얻은 후 사업에서 완전히 물러난다. 전형적인 'IT 버블의 성공한 그룹'으로서 마치 은둔자 같은 생활에 들어간 것이다.

겐야는 이언이나 기쿠에 고모로부터 들은 경위를 떠올리며 이언의 갑작스러운 회사 매각과 사업 은퇴의 이유를 이해할 수 있었다.

형의 죽음으로 올컷인더스트리 그룹의 정상이 된 이언을 기다리고 있었던 것은 같은 해 4월에 일어난 레일라의 실종이었다.

형의 뜻하지 않은 사고사, 어린 딸의 실종. 이 두 가지 불행은 불과 두 달 사이에 일어났다. 이언이 얼마나 슬픔과 상실감에 사로잡혔는지를 생각하면 겐야는 가슴이 답답해졌다. 살아갈 의지도 힘도 잃어버린 이언은 이대로는 올컷인더스트리 그룹을 이끌어나갈 수 없다고 생각한 것이 아닐까.

자신이 총수를 계속함으로써 그룹은 활력을 잃고 많은 사원에게 폐를 끼친다.

그렇다면 차라리 아버지가 일으키고 형이 발전시킨 올컷인더스트리 그룹을 모조리 매각하자.

그렇게 하면 아버지가 발명한 특수한 모터는 새로운 경영자들의 창조로 더욱 수준 높은 기술이 더해져 사회에 공헌할 수 있다. 사원들도 경영자가 바뀔 뿐이고 지금까지와 같은 생활을 계속할 수 있다.

이언은 틀림없이 이렇게 생각했을 거라고 겐야는 생각했다.

큰 수익을 얻고 있던 중고차 판매 회사도 매각한 이언은 아직 40대 중반임에도 은퇴하여 낚시에 빠져 사는 생활에 접어들었지만, 타고난 비즈니스 감각까지 잠들어버린 것은 아니었다.

이언은 그룹의 매각으로 얻은 돈을 IT 관련 기업의 주식에 투자했다. 그것은 공전의 IT 버블로 급등했는데, 이언이 물러난 시기는 절묘했다.

겐야는 조금 전 눈 아래의 집들을 바라보며 기복이 심한 넓은 부지의 목책이 목장 같다고 생각했는데, 그 집의 소유주인 듯한 남자가 말 두 마리를 끌고 나타났다.

풀어놓은 말은 천천히 구릉을 내려가 그다지 많지 않은 풀을 뜯기 시작했다. 윤기가 흐르는 다갈색과 적갈색 말은 승마용 서러브레드인 듯했다.

겐야는 올컷인더스트리 그룹의 매각 대금과 IT 주식에 대한 투자로 얻은 수익을 합치면 이언이 남긴 유산은 너무 적다고 생각했다. 세 배쯤 되어도 이상하지 않을 것 같았다.

레일라를 찾는 데 쓴 돈은 자신의 추측보다 훨씬 많았을지도 모른다.

어쩌면 이미 이언과 기쿠에 고모는 미국 전역에 전단지를 배포한 것뿐만 아니라 우수한 조사 회사에 의뢰하여 레일라를 찾아낼 단서를 얻으려고 했을지도 모른다. 그것도 몇 차례나.

겐야는 이렇게 생각하며 차로 돌아가 고급 분양 주택지의 사설 도로를 내려갔다.

막다른 곳에 지어진 집에서 세 채 떨어진, 이 지구에서는 비교적 검소한 건물의 차고 앞에서 수염이 더부룩한 남자가 오토바이 할리 데이비슨을 손질하고 있었다.

엔진의 스파크 플러그를 떼어내 그 끝을 세정하고 있다.

"여기서 테라니아 리조트가 보입니까?"

겐야가 물었다.

사설 도로에 함부로 들어온 수상한 동양인으로 보이고 싶지 않아서 순간적으로 떠오른 말이었다.

30대 후반으로 보이는 남자는 자신의 집 지붕 건너편을 가리키며,

"저쪽에 작은 숲이 보이죠? 그게 막고 있어서 여기서는 안 보여요. 그러니까 그 숲의 훨씬 아래쪽이라는 뜻이지요."

하고 가르쳐주었다.

갈 생각이 없었는데도 초고급 리조트 호텔에 가서 커피를 마시고 싶어져서, 겐야는 내비게이션 화면을 보고 대충 어림하며 테라니아 리조트로 향했다.

구부러진 길이 있으면 구부러지며 그물코 모양의 팔로스버디스 반도를 탐방하고, 바다로 바다로 내려가 테라니아 리조트 부지 안

으로 들어갔다.

많은 짐꾼들이 서 있는 입구 근처에서 젊은 여성 종업원이 차를 막고는 숙박객인지 호텔 시설을 이용하는 사람인지를 물었다.

"커피를 마시러 왔는데요."

겐야가 이렇게 대답하자 제복을 입은 젊은 여성은 노란 티켓을 주고 왼쪽을 가리키며 그쪽 주차장에 세우라고 했다.

골프백을 메고 넓은 주차장을 걷는 남녀 두 쌍이 있었다. 주차장 건너편에 호텔 골프장이 있는 모양이었다.

겐야는 주차장에 차를 세우고 입구로 이어진, 수많은 식물이 늘어서 있는 길을 걸어갔다.

손님의 짐을 나르는 짐꾼은 현관 앞에만 일고여덟 명이나 있었다.

입구로 들어가자 정면에 바다가 있었다. 올컷가는 서쪽이 바다에 면해 있는데, 이곳은 남쪽이었다.

겐야는 그대로 입구를 통과해 테라스로 나가 거기서 잠시 바다를 바라보았다.

가족을 동반한 숙박객이 소파에 앉아 있었다.

열 살가량의 남자아이, 그의 여동생인 듯한 일고여덟 살의 여자아이, 막내인 듯한 네다섯 살의 여자아이, 그리고 부모. 다 같이 비눗방울 놀이를 즐기고 있었다.

서른일고여덟 살의 어머니가 막내 여자아이에게,

"비눗방울 놀이를 할 때만이라도 그 수건은 벗어."

하고 나무라듯이 말했다.

금발에 눈동자가 파란 전형적인 백인 여자아이는 난처한 듯한 표정으로 어머니를 살폈지만 수건을 벗으려고 하지 않았다.

오빠, 언니와 놀 때 방해가 될 텐데, 아무래도 그 아이는 한시도 그 수건을 떼어놓지 않는 모양이다. 풀장의 수건은 다른 유아들에게 봉제 인형이나 마찬가지거나 그 이상의 의미를 갖는 모양이라고 생각하며 테라스의 계단을 내려갔다.

바다 쪽으로 가는 길은 내리막길이었다. 겐야는 다음 계단을 내려가고 다시 다음 계단을 내려간 곳에서 뒤를 돌아보았다. 호텔의 중심 건물이 거의 다 보였다.

아이들의 환성이 들려와 그쪽으로 걸어가자 풀장이 있었다. 아이를 데려온 부모들로 만원이었다.

거기서 겐야는 중심 건물에서 동쪽으로 객실이 이어져 있고, 그 외에도 2층이 있는 단독 건물이 여러 개나 부지 내에 흩어져 있다는 사실을 알았다.

많은 나무들이 우뚝 솟아 있고 화단에는 꽃이 만개했으며 각 건물의 차양에는 무수한 제비 집이 있고 새끼들은 어미가 먹이를 물고 돌아올 때마다 시끄럽게 울었다.

"신주쿠의 고가 밑에서 태어나는 제비도 있고 테라니아 리조트의 차양 밑에서 태어나는 제비도 있군그래. 너무 다르단 말이지. 운이 좋고 나쁜 것만으로는 그 차이가 해결되지 않겠는걸."

겐야는 이렇게 중얼거리며 'SPA'라는 표지판의 화살표를 따라 계단을 더 내려갔다.

파도 소리가 더 커졌다. 'SPA' 앞에서 오른쪽으로 길을 따라가

다가 왼쪽으로 돌자 해안 가까운 곳이 나왔는데 '수영 금지'라고 쓰인 입간판이 있었다. 거기서부터 해안을 따라 숙박객용 산책로가 동쪽으로 뻗어 있었다.

겐야는 바다 쪽은 목책, 호텔 쪽은 급한 경사인 산책로를 걸어가다 벤치에 앉아 선글라스를 벗었다.

귀여운 여자아이를 유괴하려고 항상 기회를 엿보고 있던 남자가 우연히 막 오픈한 대형 마트에서 레일라를 봤다.

이 아이야말로 내가 바라던 여자아이다. 이 아이를 데려가서 내 취향에 맞는 여자로 키우는 거다.

귀찮아지면 죽여서 묻어버리면 그만이다.

만약 이런 남자가 범인이었다고 해도, 과연 만나자마자 행동에 옮길까? 이런 유의 남자는 편집증적일 정도로 주도면밀하지 않을까?

그렇다고 한다면 레일라는 훨씬 전부터 표적이 되고 있었다고 보는 게 타당하다. 범인은 레일라를 감시하고 있었을 것이다.

어느 날, 기회가 찾아왔다. 레일라가 어머니와 둘이서 대형 마트에 가서 혼자 화장실에 들어간 것이다.

하지만 여성용 화장실이다. 안에는 여성들이 몇 명 있었을 것이다. 그때 우연히 레일라가 혼자였다는 것은 생각할 수 없는 일이다.

만약 화장실에 레일라만 있었다고 해도 레일라는 갓난아기가 아니니까 잠자코 모르는 남자를 따라갈 리는 없다.

우물쭈물하고 있다가는 화장실에 여성 손님이 들어온다. 서두르지 않으면 안 된다.

겐야는 이 가정에 억지가 너무 많다고 생각했다.

남자와 여자가 한패라면 어떻게 될까?

여자가 화장실로 들어가고 뭔가의 방법으로 레일라가 큰 소리를 내거나 울지 못하도록 해두고 슈트케이스에 넣은 다음, 그것을 매장에서 기다리고 있는 남자에게 건넨다.

막 여섯 살이 된 여자아이라면 슈트케이스에 들어갈 것이다.

남자는 그것을 차 트렁크에 넣고 고속도로를 달려 가능한 한 현장에서 멀리 벗어난다.

아니, 그것도 현실적이지 않다고 생각한 겐야는 바다에 시선을 준 채 고개를 가로저었다.

대형 마트는 개장한 지 얼마 되지 않았다고 하니 틀림없이 바겐세일로 신규 고객을 부르려고 했을 것이고, 손님으로 몹시 북적거렸을 것이다.

화장실 안의 누구에게도 들키지 않고 변기 위에서 슈트케이스에 레일라를 넣는 것은 불가능하다.

겐야는 보스턴의 대형 마트 화장실에 창문이 있었는지 없었는지도 알지 못했다. 수잔에게 받은 몇 장의 서류에는 대형 마트의 구조는 적혀 있지 않았다. 화장실의 구조는 고사하고 현지 경찰의 수사 진행 상황을 언급한 것도 없었다.

27년이나 지난 일이고 보면 당시의 수사관도 대부분 은퇴했을 것이다.

혹시 레일라를 데려간 사람은 레일라와 친한 여성이지 않았을까. 그 외에는 아무에게도 들키지 않고 레일라를 대형 마트 밖으로 데리고 나갈 수 없다. 겐야는 이렇게 생각했다.

아무튼 나는 조사 회사에 의뢰하여 레일라를 찾기 위해 노력할 것이다.

만약 레일라가 살아 있어 중남미나 아프리카, 미국 국내 어딘가의 매음굴에서 마약에 전 채 계속 손님을 받아야 해서 제정신을 잃고 있다고 해도, 찾아낼 수만 있다면 나는 레일라의 나머지 인생을 위해 이언이 남긴 모든 유산과 자신의 원조를 아끼지 않겠다고 생각했다.

겐야는 이렇게 생각하면서도 걸핏하면 레일라가 살아 있을 가능성은 불과 1퍼센트도 안 될 것이고 여전히 생사불명이며, 결국 나도 포기할 순간이 틀림없이 찾아올 거라는 체념에 사로잡혔다.

밀려오는 파도의 비말이 이따금 겐야의 발밑까지 튀었다.

조깅하는 사람이 겐야에게 가볍게 인사하고 구불구불한 산책로를 달려 지나간다.

"랜초팔로스버디스에 온 지 겨우 5일째인데 많이 탔구나."

겐야는 자신의 위팔을 보며 이렇게 중얼거리고 산책로를 동쪽으로 걷기 시작했다.

또 하나의 풀장이 있고, 수영복을 입은 손님은 대부분은 데크체어에 드러누워 샴페인이나 칵테일을 마시고 있었다. 성인 전용 풀장이었다.

"끝내주는군. 저기 노란 비키니를 입은 애, 스무 살이나 되었을까. 가슴 모양도 좋고 잘록한 허리도 좋고 엉덩이 선도 좋고, 백 점 만점이야. 아랫입술 한가운데의 점도 섹시하고. 가슴은 실리콘은 들어 있지 않지만 남자를 도발하기 위해 연마한 느낌인데. 4천2백만 달러를 내비치면 한 일주일쯤 사귀어주려나. 용돈으로 2천 달러쯤은 줘도 좋아. 포르쉐를 사달라고 졸라도, 그건 안 되지만."

겐야는 속으로 이렇게 말하며 경사가 급한 산책길을 올라 호텔 부지의 동쪽에서 커피숍 쪽으로 걸어갔다.

정말 남자가 큰 부자가 되면 예쁜 여자를 보고 이런 생각에 빠지는구나, 하고 생각했다.

일류 고급 호텔인데 커피는 맛이 없었다. 매일 다니는 커피 체인점의 두 배 가격이다.

"그 체인점이 미국 전역뿐만 아니라 세계의 주요국을 석권한 이유를 알겠군."

겐야는 이렇게 중얼거리며 커피를 반쯤 남기고 올컷가로 돌아갔다.

기쿠에 고모의 방으로 들어가 옷장과 책상 서랍을 열고 주소록 같은 것을 찾았다.

아무리 고모라고 해도 여성의 옷장 서랍을 열고 싶지는 않았지만 언젠가는 처분해야 할 것이 많다.

속옷이나 오래 입어서 낡은 옷이나 신발, 바자에 내놓을 수 없는 것은 모두 버릴 수밖에 없다.

그런 작업도 일본으로 돌아가기 전에 처리하자.

겐야는 이렇게 생각하고 주소록을 찾으며 기쿠에 고모의 옷도 바닥에 내놓았다.

복도 쪽 벽에는 책장과 장식장이 나란히 있었는데, 장식품을 놓는 게 좋을 것 같은 곳에는 일본의 컷글라스 술잔 외에는 아무것도 진열되어 있지 않았다.

집의 호화로움에 비하면 기쿠에 고모의 방만이 아니라 복도나 다른 방들도 살풍경하다고까지 할 수 있을 정도였다.

이 집으로 이사 오고 난 직후 이언의 병이 발견되었기 때문에, 아마 기쿠에 고모는 세간의 배치나 공간을 장식하기 위한 그림이나 도자기 등을 고를 여유가 없었을 거라고 겐야는 생각했다.

침실의 책장에도 많은 요리책이 늘어서 있다. 하지만 절반은 낚시에 관한 서적과 사진집이었다. 물론 이언의 것이다.

기쿠에 고모가 만족할 수 있을 만큼 갖출 수 있었던 곳은 부부가 사용하는 욕실과 화장실, 그리고 부엌뿐이었던 것 같다.

겐야의 키보다 훨씬 높은 벽장에는 기쿠에 고모의 외출용 옷 다섯 벌이 있었는데 어느 것이나 비싼 것은 아닌 것 같았다. 그리고 그것과는 별개로 파티에 초청받거나 고급 레스토랑에서 식사할 때 입기 위한 격식 차린 옷이 세 벌 있었다.

바다를 따라 난 팔로스버디스 거리를 웨스턴 거리 방향으로 가는 도중에 교회가 있었으니 바자에 내놓으려면 어떻게 하면 되는지 물어보자고 생각했다.

피아노 책상 서랍에도 주소록 같은 것은 보이지 않았다.

"아무것도 없네. 누구한테 온 편지도 없고 앨범도 없어. 이런 가정이 있을 수 있을까?"

겐야는 이렇게 말하며 피아노 책상 서랍의 내용물을 바닥에 늘어놓았다.

가위, 커다란 돋보기, 만년필, 볼펜, 연필, 백지 메모장, 봉투 칼, 거의 다 쓴 잉크병, 봉투와 편지지 세트, 시계, 카메라, 컴퓨터 보증서, 꽃씨가 들어 있는 봉지, 클립, 작은 손전등…….

이것뿐이었다.

"레일라의 어렸을 때 사진도 없는 거야?"

겐야는 이렇게 중얼거리며 복도를 지나 거실로 가서 폭이 4미터쯤 되는 책장 아래 단의 서랍을 열었다.

들어 있는 것은 침실의 피아노 책상과 다르지 않았지만 노트 두 권이 있었다. 그것이 주소록이었다. 대부분 매사추세츠주에 사는 사람들로, 스무 명쯤 되는 일본인 주소와 전화번호도 적혀 있었다. 다 합치면 150명쯤이었는데 세탁소, 수도나 전기 공사 관련 업체, 피자 배달 가게의 전화번호도 포함되어 있었다.

"음, 이것으로 부고장을 보낼 수 있겠어."

이렇게 말한 겐야는 일단 어제 장의사에서 산 가장자리에 검은 테가 둘러진 봉투를 2층의 자기 방에서 가져왔다.

먼저 봉투에 쓸 수신자의 이름과 주소를 인쇄해두자고 생각했다.

"앗, 이 집에는 프린터가 없구나."

기쿠에 고모의 죽음을 알리는 부고장은 꼭 보내야 하지만, 한 장 한 장 손으로 썼다가는 그것에만 일주일은 걸릴 것이다. 하는 수 없다. 프린터를 사자.

겐야는 토런스시의 모리 앤드 스탠턴 법률사무소 근처에 전자제품 판매점이 있었다는 걸 생각해내고 차고로 갔다. 이제 곧 대니가 오후의 물 주기를 위해 찾아올 무렵이었지만 보안 시스템 해제를 위한 스틱은 늘 맡겨두고 있으니 상관없다.

"나는 돈 아까운 줄 모르고 쓰고 있어. 돈 씀씀이가 헤퍼진 거야. 어제 산 바게트 빵도 유기농 가게에서 샀고, 마카로니도 유기농 가게에서 샀지. 돈이 생기면 사람은 이렇게 교만해지는구나."

웨스턴 거리에는 아직 스컹크의 독가스가 떠돌고 있을 게 틀림없기 때문에 겐야는 팔로스버디스 거리를 반도를 따라 북쪽으로 가서 롤링힐스에스테이츠시로 이어지는 언덕 쪽으로 우회했다.

그러고 나서 호손 대로로 들어가 개인용 경비행기를 위한 공항 서쪽을 지나 모리 앤드 스탠턴 법률사무소 앞으로 나간 후 쇼핑몰 주차장에 차를 세웠다.

가볍고 가장 싼 프린터를 사서 신용카드로 계산하고 있으니 점장과 이야기를 나누고 있는 수잔의 모습이 눈에 들어왔다.

수잔이 먼저 본 모양으로, 웃는 얼굴로 점장과 악수를 하고 나서 겐야에게 손을 흔들었다.

프린터가 든 상자를 들고 수잔이 있는 데로 간 겐야는, 주소록이 발견되어 앞으로 봉투에 상대의 주소와 이름을 인쇄할 거라고 말했다.

"제 사무실은 데스크톱 컴퓨터 네 대를 사용해요. 벌써 7년이나 써서 새로운 것으로 바꾸려고요. 이런 일은 카밀라의 일인데 오늘부터 5일간 휴가를 갔거든요."

수잔이 그렇게 말했다.

가게에서 나와 나란히 주차장으로 걸어가며,

"딱 한 번만 조사 회사에 레일라를 찾아달라는 의뢰를 하기로 했습니다."

하고 겐야가 말했다.

수잔은 생각에 잠긴 듯이 걸음을 멈추며,

"저는 권하지 않겠어요."

하고 말했다.

"관두는 게 좋을 거라는 말을 들을 거라고 생각했습니다."

"이언도 자기가 췌장암에 걸려 나을 수 없다는 것을 알았을 때 당신과 같은 생각으로 저한테 의논했어요. 하지만 기쿠에 씨는 반대했어요. 이제 단념하자고 말이에요. 얼마 남지 않은 삶을 레일라 일로 괴로워하는 것은 너무 잔혹하다고 말했지요. 저기, 겐 씨, 아무리 우수한 조사 회사도 경찰 같은 수사권은 없어요. 게다가 레일라 사건은 해결되지 않아서 아직 조사 중이고요. 조사를 그만두어도 조사 중이지요. 그게 경찰이에요. 조사 중인 사건의 상세한 정보를 외부인에게 알려주거나 하지는 않아요."

"하지만 어떤 조직이든 이면이 있잖아요? 표면상은 수사 중이지만, 이제 아무도 레일라 사건을 수사하지 않습니다. 사건 파일은 관할 경찰서의 지하 창고에서 잠자고 있습니다. 아무도 그 파일이 든 상자를 열려고 하지 않을 거고, 언젠가 처분되겠지요."

그러고 나서 겐야는 자신이 유산을 상속했지만 미국 밖으로 가지고 나가지 않겠다고 결심한 것도 수잔에게 이야기하고,

"이언이 미국에서 번 3천 수백만 달러는 미국이라는 나라에서 써야 하니까요."

하고 말했다.

수잔은 생각에 잠긴 표정으로 자신의 차로 걸어가다가 곧 돌아와서는,

"우수하고 실적도 있는 조사 회사는 조사비도 아주 비싸요. 당신은 그것을 시궁창에 버리는 셈이에요."

하고 말했다.

"하지만 한 번만 해보고 싶습니다. 수잔, 조사 회사 좀 소개해주시겠어요?"

수잔은 핸드백에서 선글라스를 꺼내 쓰며,

"담배를 피우고 싶네요. 당신은요?"

하고 물었다.

"담배를 피워도 되는 커피숍이 있습니까?"

"롤링힐스에스테이츠시의 가장자리에요. 피규어 가게지요."

"피규어요? 손바닥에 올릴 수 있을 만큼 아주 작은 인형이나 집, 침대, 소파, 화단 같은 걸 파는 가게요?"

"맞아요. 젊은 여자 혼자 가게를 꾸려나가고 있어요. 몰래 커피도 내주지요. 물론 돈은 내요. 피규어에 취미가 있는 손님보다는 커피를 마시며 담배를 피우고 싶어 하는 손님이 더 많아요."

"그럼 거기로 가지요. 오늘은 제가 사겠습니다."

겐야가 자신의 차로 걸어가자 수잔이 뒤에서 말했다.

"그걸로 마음이 후련해진다면 해보는 것도 좋겠지요. 적임자를 한 사람 알고 있어요. 그 사람 이외에는 생각나지 않네요. 벨로셀스키라는 사립탐정이에요."

겐야는 약간 놀랐지만 얼굴에는 드러내지 않도록 하며 자기 차를 타고 수잔이 운전하는 도요타를 따라갔다.

벨로셀스키라는 이름이 수잔의 입에서 나왔을 때 확실히 놀라기는 했지만, 정오가 조금 지난 무렵 샌피드로 지구의 동쪽에서 그를 만났을 때 겐야는 어쩐지 만나야 해서 만난 것 같은 기분이 들었다.

사립탐정 필립 말로 같은 남자가 있다면 좋겠다고 생각하며 올컷가에서 나와, 스컹크 소동으로 인해 웨스턴 거리에서 오른쪽으로 돌아 샌피드로 지구로 들어간 바람에 '벨로셀스키 조사 회사'의 간판을 봤다. 그대로 지나쳐도 되는데도, 의외로 이런 탐정이 큰 조사 회사보다 상황 변화에 재빨리 대응할 수 있고 경찰과의 연줄도 더 많지 않을까 하는 생각이 들었던 것이다.

그렇다고 황폐한 2층 건물의 계단을 올라가 벨로셀스키라는 인물에게 레일라 올컷을 찾아달라고 의뢰할 생각은 전혀 없었다.

그러나 2층 창문으로 내려다본 모양인지 벨로셀스키가 귀찮다는 듯이 계단을 내려와서,

"이보게, 탐정을 고용하고 싶은 거지?"

하고 말을 걸어왔던 것이다.

겐야는 감이 좋다며 감탄했는데, 그 후 문득 레일라를 찾기 위해서는 데이터가 아니라 감이 필요할 것 같다는 생각이 들었다.

'어쩐지 벨로셀스키와 다시 만날 것 같더라니. 그래서 난 그렇게 놀라지 않았던 거로구나. 그 녀석하고는 인연이 있는 거였어. 수잔이 의뢰한다면 그 덩치 큰 사람도 그렇게 생각하겠군.'

마음속으로 중얼거린 겐야는 절로 웃음이 나올 것 같았다.

영화에서 필립 말로를 연기한 험프리 보가트와는 전혀 닮지 않았지만 니콜라이 벨로셀스키도 주연급 상판이다. 얼굴에 흉터가 있다면 프랑켄슈타인과 닮지 않은 것도 아니다.

겐야는 이렇게 생각하며 수잔의 차 뒤를 따라 호손 대로를 남쪽으로 가서 두 번쯤 돌고 팔로스버디스반도 북쪽의 구불구불한 길을 올라갔다.

식물원이 있었다.

이런 곳에도 식물원이 있구나, 하고 생각하며 내리막길을 내려가면서 겐야는 숲이라고 해도 좋을 만큼 광활한 일대를 보았다.

하루에는 도저히 모든 식물을 볼 수 없는 넓이라는 것은 알 수 있었다.

구불구불한 길은 크렌쇼 대로라는 이름이었다. 그 길을 따라가다가 서쪽으로 다른 길을 다시 올라가자 굵은 나무들에 둘러싸인 곳에 목조 이층집이 있었다.

수잔은 여기라며 손가락으로 지시하고 30미터쯤 앞에 있는 무료 주차장으로 갔다.

"이 근처도 상당히 높은 언덕 위예요."

차에서 내리며 수잔이 말했다.

"이런 곳에 피규어 가게가 있는 겁니까?"

"저 거목들이 둘러싸고 있어서 길에서는 안 보여요. 그래도 알 만한 사람은 다 아는 가게지요."

이름을 알 수 없는 몇 그루의 거목 중에는 자카란다 두 그루도

섞여 있었는데 아직 꽃은 피지 않았다.

줄기도 가지도 연갈색과 회색의 수피가 줄무늬를 그리고 있는 거목 밑을 빠져나가자 'Jessica's Shop'이라고 금색으로 쓰인 쇼윈도가 있고, 그 안에 피규어만으로 만들어진 집 한 채가 있었다.

방은 다섯 개, 길이가 5센티미터쯤 되는 침대, 손톱만 한 베개, 커튼, 부엌에는 돋보기를 쓰지 않으면 보이지 않을 만큼 작은 프라이팬이나 냄비, 레인지, 오븐, 접시가 있었다. 그것들이 동화에 나오는 집처럼 배치되어 있었다.

수잔은 가게 문이 아니라 그 옆의 부겐빌레아 나무 쪽으로 돌아 집 뒤로 갔다.

키 큰 나무들 너머에 테이블 여섯 개가 나란히 놓여 있고, 커플 두 쌍과 남자 셋인 두 팀이 커피를 마시고 있었다.

올컷가의 구조와 비슷하지만 넓이는 10분의 1 정도다. 그 중정에 해당하는 곳에 바깥에서는 보이지 않는 커피숍이 있는 것이다.

"여긴 기쿠에 씨가 찾아낸 곳이에요. 그녀는 자주 식물원에 다녔는데 우연히 찾아낸 거래요."

수잔은 건물 뒤의 문으로 얼굴을 내민 젊은 여자에게 웃는 얼굴로 가볍게 인사했다.

"일주일에 두세 번, 여기서 커피를 마시며 담배를 피웠어요."

"누가 말인가요?"

"기쿠에 씨요."

"기쿠에 고모가 담배를 피웠어요? 저는 고모가 담배 피우는 걸 한 번도 본 적이 없어요."

"미국에 온 날부터 끊었다고 했어요. 하지만 이언 씨의 병을 알고 나서 다시 피우게 되었다고 해요. 집에서는 정원에서 피웠지요. 올컷가는 가풍이 엄격해서 담배를 끊었던 거겠지요."

열린 뒷문으로 에스프레소 머신이 보였다.

회색 눈동자의 젊은 여자가 웃는 얼굴로 다가와,

"수잔 씨, 잘 지냈어요?"

하고 인사했다.

스물일고여덟 살로, 금발과 갈색 머리를 세로로 짠 듯한 머리를 목덜미 언저리에서 자를 대고 자른 것처럼 보였다.

검은색 탱크톱에 그보다 목둘레가 넓은 노란색 탱크톱을 겹쳐 입었고, 헤진 청바지를 입고 있었다.

"여기 주인인 제시카예요. 이 사람은 겐야 오바타, 기쿠에 씨의 조카예요."

수잔의 말에 제시카는 겐야에게 조의를 표했다.

겐야는 에스프레소를, 수잔은 카페오레를 주문하고 동시에 담배를 물었다.

눈앞에 펼쳐지는 반도의 경치에 등을 돌리고 앉아 있는 겐야의 비스듬히 맞은편에는 데크체어에 하늘을 향해 드러누운 자세로 중년의 커플이 담소를 나누고 있었다. 둘 다 몸을 바다 쪽으로 향하고 있었다.

마흔대여섯 살의 여자는 하얀 폴로셔츠에 하얀 쇼트팬츠를 입었는데 속옷을 입고 있지 않았다.

우와, 거기가 다 보이네, 하고 생각하며 겐야는 수잔에게 옆에 앉아도 되느냐고 물었다.

"자리를 바꿔줘도 좋아요."

의아한 표정으로 겐야와 자리를 바꾼 수잔은 금방 그 이유를 알았다.

수잔은 눈앞의 커플이 눈치채지 못하도록 고개를 숙이고 웃으며,

"보고 싶지 않은 광경이네요."

하고 작은 목소리로 말했다.

"그렇죠?"

수잔은 의자를 겐야 옆으로 옮겼다.

"니콜라이 벨로셀스키 씨한테 겐야 오바타와 만나보라고 전할게요. 그 사람은 어차피 한가하니까 일요일이지만 내일 올컷가로 찾아갈지도 모르는데, 괜찮겠어요?"

"예, 저도 한가하니까요."

겐야는 웃음을 띠며 이렇게 말했다.

니콜라이 벨로셀스키를 알고 있다는 말은 하지 않았다. 감출 이유는 없었지만 찾아온 벨로셀스키가 어떤 표정을 지을지 보고 싶었던 것이다.

"니코 씨한테 쓸데없는 선입견을 주지 않게 당신이 어떤 의뢰를 할지는 말하지 않을게요. 니코 씨는 횡재의 명수예요. 좀처럼 적중하지 않으니까 횡재지만요."

"그건 사립탐정으로서 삼류라는 뜻인가요?"

"평가 방법에 따라 달라요. 그런 일을 하는 사람은 잘하는 것과 잘하지 못하는 것이 있어요. 제가 당신한테 니콜라이 벨로셀스키

씨를 소개하는 건, 레일라를 찾기 위해서는 횡재를 바랄 수밖에 없다고 생각하기 때문이에요."

제시카가 에스프레소와 카페오레를 가져와서 수잔은 일단 이야기를 멈췄다.

"피규어 장사는 어때요?"

수잔이 제시카에게 물었다.

"요즘은 좀 바빠요. 조금 전까지 샌프란시스코에서 온 손님이 있었는데 어려운 주문을 하더니 선불금을 지불하고 갔어요. 필립한테 만들어줄 수 있느냐고 전화로 물어봤더니 만들 수 없는 피규어는 없지만 시간이 좀 걸린다고 하더라고요. 선불로 2천 달러를 받은 거라 이제 와서 거절할 수도 없잖아요."

"선불금이 2천 달러나 돼요? 전액은 얼마나 되는데요?"

겐야는 이런 걸 물으면 안 된다고 생각하면서도 물었다.

"5천 달러요."

제시카가 작은 소리로 가르쳐주었다.

"뭐라고요? 그렇게 쪼그만 집이나 가구 같은 게 5천 달러요?"

겐야는 놀라며 물었다.

"특별 주문품이거든요. 자기가 디자인한 '이상한 나라의 앨리스'예요. 세로 30센티미터, 가로 60센티미터짜리인데, 디자인에 3년이나 걸렸대요."

제시카는 웃으며 어깨를 으쓱하고는 집 안으로 들어갔다.

"작은 장난감 집이 5천 달러라……."

"그게 좋아서 어쩔 줄 모르는 사람한테는 피규어든 승마용 서러브레드든 희귀본이든 시계든 다 마찬가지예요."

"피규어를 좋아하는 사람이 많나요?"

"의외로 많아요. 남자도 좋아하는 사람이 있어요. 옛날 기차 조차장이나 중세 성의 미니어처를 만들지요. 그래서 이 가게는 여기서 50년이나 장사를 해올 수 있었고요. 제시카의 할머니 시대부터요. 하지만 제시카 코튼은 피규어에 흥미가 없어요."

"그녀는 참 멋지네요."

"여러 가지 의미에서 무척 깔끔하지요."

수잔은 이렇게 말하고 담쟁이덩굴로 뒤덮인 2층을 손으로 가리켰다. 창문 두 개가 있는데 모두 닫혀 있었다. 하얀 레이스 커튼이 보였다. 벽돌 벽은 담쟁이덩굴로 대부분 덮여 있다.

"저기가 제시카 씨 방이에요. 창문을 열어두면 담배 연기가 들어가니까 커피숍 영업을 할 때는 내내 닫아놓지요."

"여기는 주위에서 전혀 안 보이는군요."

수잔은 겐야의 말에 고개를 끄덕이며 제시카의 할머니와 어머니가 둘이서 가게를 꾸려나갈 무렵에는 샌드위치도 만들어 팔로스버디스반도의 집들에 배달도 했지만, 제시카 혼자서는 거기까지 할 여력이 없어서 샌드위치는 만들지 않게 되었다고 말했다.

"제시카 씨의 어머니는요?"

"알츠하이머예요. 그런 노인들을 위한 요양원에 있어요. 아직 예순세 살인데 말이지요."

"제시카 씨는 독신인가요?"

"맞아요. 겐 씨, 잘됐네요."

겐야는 장난스럽게 어깨를 으쓱해 보였다.

수잔은 기쿠에가 일본에 가기 며칠 전에 몇 종류의 수프를 여기로 가져왔다고 말했다.

손님이 주문을 할지 어떨지, 그 손님이 다시 같은 것을 찾을지 어떨지 시험해보고 싶어서 제시카에게 부탁한 것이다.

제시카는 손님에게 오늘은 집에서 만든 맛있는 수프가 있는데 어떠시냐고 권했다. 수프 열 깡통은 금방 다 나갔다.

수잔의 비서 카밀라도 지인에게 권해서 토런스시에서 일부러 수프를 먹으러 오는 사람도 있었다. 그중에는 한 깡통으로는 부족하다며 한 깡통을 추가하는 손님도 있었다. 기쿠에가 만든 수프 한 깡통은 미국인에게 양이 너무 적은 것이다.

그 이튿날 기쿠에는 깡통 스무 개를 가져왔고 열여덟 개를 팔았다. 그 다음 날은 깡통 스무 개로는 부족했다.

제시카의 가게는 아침 열 시에 문을 연다. 수프가 마음에 든 손님들은 대부분 아침 대신 수프를 먹고 싶어 해서 여덟 시부터 문을 열어달라고 진지하게 부탁했다.

기쿠에는 무척 기뻐하며 일본 여행에서 돌아오면 여기서 제시카와 함께 '커피 앤드 수프 가게'를 해볼까, 하고 말했다.

제시카는 정확하게 원가 계산을 해서 가격을 정하고 장사가 되는지 어떤지 확인해보고 나서 하자고 응했다. 수프를 먹으러 온 손님이 담배를 싫어하지는 않을지 걱정했던 것이다.

또, 그렇게 되면 여기서 커피를 마시며 담배나 시가 피우는 것을 낙으로 삼고 있는 지금까지의 단골손님들이 떠나지 않을까 하는 것도 걱정되었다.

제시카는 할아버지가 담배를 좋아해서 일을 끝내고 집으로 돌아오면 이 뜰에서 탄산수를 탄 버번을 마시며 담배를 피우는 모습을 좋아했다고 한다. 그 할아버지는 아흔 살에 돌아가셨다.

지난 몇 년 사이 미국의 담배 배척 운동은 이상할 정도다. 국가는 뭔가 다른 화학 물질의 만연을 감추기 위해 그 죄를 모두 담배에 덮어씌우려고 하는 것 같다. 예전에 미국 국내에서 했던 수백 번의 지하 핵 실험으로 수천 년간이나 계속 퍼뜨려지고 있는 방사능으로부터 국민의 눈을 돌리려고 하는 전략인지도 모른다. 제시카는 진심으로 그렇게 생각한다고 했다.

미디어에 선동된 국민이 일제히 뭔가를 공격하고 까닭 없이 싫어한다거나, 반대로 일제히 극구 찬양하고 칭찬해대는 풍조에 제시카는 늘 등을 돌린다. 어느 쪽에서든 수상쩍은 것을 느끼기 때문인 모양이다.

담배나 술 판매를 법률이 허가하는 한, 건강관리는 자기 책임이다. 도박도 마찬가지다.

하지만 공공장소, 그리고 아이나 담배를 싫어하는 사람 가까이에서 피우는 것은 에티켓에 어긋나고 폐를 끼치는 일이기 때문에 제시카는 이 커피숍을 흡연자 전용으로 만들었다. 그래서 아이를 데리고 오는 손님은 사절이다.

그녀는 그런 가게에서 수프로 이익을 얻을 수 있을까, 하고 의심을 품었던 것이다.

수잔의 이런 설명을 다 듣고,

"제시카 코튼은 아무리 봐도 아나키스트로는 보이지 않는데요."

하고 웃으며 말한 겐야는 두 사람분의 요금을 테이블에 올려놓았다.

나무들 사이를 지나 가게 앞쪽으로 가자 피규어를 고르고 있는 손님과 이야기를 나누고 있던 제시카가 미소를 지으며 손을 흔들었다.

무료 주차 공간이 있는 곳에서 수잔과 헤어진 겐야는 올컷가로 돌아왔다. 대니가 홀에 있었다.

지금 막 왔다는 대니는,

"낮에 집 바로 근처에서 재난에 휘말렸습니다."

하고 진절머리가 난다는 표정으로 말했다.

"스컹크를 치었죠?"

"아, 역시 그게 겐 씨의 차였군요. 샌피드로 지구 쪽으로 우회하는 사륜구동차가 보였거든요."

"픽업 차는 어떻게 되었습니까? 집 앞에는 낡은 트럭이 서 있던데요."

"일본계가 주인인 주유소에서 팁을 넉넉히 주고 사정사정해서 간신히 세정했습니다. 뜨거운 물을 안개 상태로 분사하는 기계로요. 제 차 밑으로 기어 들어간 쿠바인 종업원은 눈이 새빨갛게 충혈되고 눈물이 멈추지 않아서 서둘러 토런스의 병원 응급실로 데려갔습니다."

"스컹크의 냄새가 그렇게 강렬한가요?"

"저는 다람쥐를 치었다고 생각했습니다. 가만히 있으면 이쪽이 피해서 갈 텐데, 다람쥐는 날쌔서 도망치려고 이리저리 우왕좌왕하니까 오히려 치이기 쉽습니다. 차에서 내렸더니 뒤에서 온 차 운전자가 괴성을 지르더군요. 큰일을 저질렀군요, 스컹크예요, 하는 소리를 들었을 때는 얼굴이 창백해졌습니다. 그 냄새를 제대로 맡았으니까요. 구역질이 나기도 해서 제대로 서 있을 수도 없는 정도였지요. 친 타이어는 새것으로 갈았습니다. 이삼일 지나면 다시 한 번 씻어야 해요."

겐야는 프린터를 들여놓고 다시 한 번 기쿠에 고모의 방을 꼼꼼히 살펴보았다. 앨범이 없다는 것이 이상하게 여겨져 견딜 수가 없었다.

레일라의 어렸을 때 사진을 모조리 부부 주위에서 없애버린다는 게 과연 있을 수 있는 일일까?

실종되기 전의 레일라를 보면 슬픔에 잠기게 되니까 되도록 보지 않으려는 심정이라면 겐야도 이해할 수 있다. 그렇다고 그것들을 다 버렸을 리는 없다.

겐야는 이렇게 생각하고 옷장이나 벽장, 책장 구석구석까지 살펴봤지만 사진은 어디에도 없었다.

집의 오른쪽 거실에도 없다. 세탁실에도, 그 안쪽의 헛방에도 없다.

겐야는 화분에서 떨어지는 물방울과 직사광선을 피해 덩굴장미 시렁 밑에 가든 체어를 옮겨놓고, 기쿠에 고모의 노트북을 가져와 다시 한 번 패스워드를 알아내려고 했다.

사진은 모두 스캐너로 노트북에 입력하여 파일로 보관하고 있을지도 모른다고 생각했다.

기쿠에 고모의 책상에도, 피아노 책상 서랍에도 SD카드나 USB 메모리는 없었으니 파일을 백업해놓지 않았다는 이야기가 된다.

생각난 숫자나 알파벳 조합을 다섯 번 쳐봤지만 노트북 잠금을 해제할 수 없었다.

겐야는 70퍼센트쯤 꽃을 피운 덩굴장미를 올려다보았다.

나는 아무래도 차분하지 못하다. 이걸 시작하면 저것으로 마음이 옮겨가고, 저걸 시작하면 또 다른 것으로 손을 뻗친다. 지속적으로 도전한 것은 '비밀 상자'뿐이지만, 그것마저도 도중에 내팽개치고 말았다.

지속적인 집중력만이 내 장점인데 올컷가에 온 이래 그것마저 잃어버리고 말았다.

온난하고 조용하며 노동과는 무관한, 특별히 유복한 은둔자들의 낙원이라고 해도 좋은 랜초팔로스버디스의 바다를 눈 아래에 둔 호화 저택에서 닷새를 보낸 탓이다. 뇌가 이완된 것이다.

이렇게 생각한 겐야는 쌀을 씻어 저녁 준비를 시작하려고 중정에 면한 문을 통해 기쿠에 고모의 방으로 들어가, 노트북을 책상에 돌려놓고 긴 복도를 걸어갔다.

그러다 홀 앞의 계단에 시선을 주고는 쌀 씻는 일을 잊은 채 2층으로 올라갔다. 자신의 침실에도 옷장이나 책장, 벽장에 서랍이 많다는 생각이 든 것이다.

응접실에 앨범 같은 것을 보관하지는 않을 거라고 생각하며 일단 부엌으로 가려고 다시 계단을 내려가기 시작했지만, 혹시나 해서 자신의 침실로 들어가 텔레비전 옆에 있는 옷장부터 살펴보기 시작했다.

앨범은 책장 밑 서랍에 일곱 권이 포개어져 있었다.

각각의 표지에는 안의 사진이 언제부터 언제까지 찍은 것인지를 보여주는 숫자가 적혀 있었다.

오래된 앨범은 기쿠에 고모가 올컷가의 사람이 되기 전의 것이었다. 이언의 어렸을 때 사진, 형 토머스와 놀고 있을 때의 사진, 아직 젊은 부모님…….

결혼하고 나서의 사진은 세 번째 앨범부터인데, 오래된 순서로 다시 늘어놓았다.

결혼식과 파티 때의 사진, 신혼여행으로 알래스카로 연어 낚시를 하러 갔을 때의 사진.

이언 혼자 찍은 사진, 이언과 기쿠에 고모가 나란히 찍은 사진.

크리스마스 때 이언의 가족과 찍은 사진, 토머스와 기쿠에 고모가 서로 웃으며 찍은 사진…….

레일라가 등장하는 것은 다섯 권째부터다.

막 태어나 아직 첫 목욕을 시키기 전 빨간 원숭이 같은 레일라의 사진 옆에서 이언이 웃고 있다.

레일라가 등장하기 시작한 앨범은 표지도 만듦새도 근사하고 두툼했다. 두터운 그 앨범은 수많은 레일라의 사진으로 더욱 두꺼워졌다.

겐야는 도중에 건너뛰어 레일라의 마지막 사진을 바라보았다. 여섯 살 생일 때 찍은 사진으로, 보스턴 시내의 사진관에서 찍은 것이었다. 1986년 4월 30일이라고 사진에 인쇄되어 있다.

실종된 것은 그 다음다음 날이었다.

그날 밤 생일 파티가 열렸고 생일 케이크의 촛불을 끄는 레일라와 이언에게 안겨 키스를 받고 있는 모습이 사진에 담겨 있었다.

당연한 일이지만 그 이후의 앨범에는 레일라의 사진이 없다.

1986년 4월 30일이라는 시점에 레일라는 일본의 유치원에 해당하는 프리스쿨을 다니고 있었구나, 하고 겐야는 생각했다.

미국의 학교는 9월부터 새 학기가 시작되기 때문에 여름방학이 끝나면 레일라는 초등학생이 될 것이었다.

"내 사촌 여동생은 이렇게 귀여운 아이였구나."

겐야는 소리를 내어 이렇게 말했다.

그 이후의 앨범은 불이 꺼진 것처럼 쓸쓸해졌다고 표현할 수밖에 없을 만큼 수가 적어졌다.

나머지 앨범은 대부분 이언이 알래스카로 낚시하러 갔을 때의 사진이었다. 강가에서 낚시 동료들과 잡은 물고기를 늘어놓고 찍은 기념사진이나 오두막에서 맥주를 마시는 사진……. 기쿠에 고모의 사진은 적었다.

일단 앨범을 책장 서랍에 돌려놓은 겐야는 부엌으로 내려가 작은 벽장에서 전기밥솥을 꺼내고 쌀을 씻었다.

겐야는 다시 정체불명의 나쁜 기운과 비슷한 것을 느꼈다. 이유를 알 수 없는 불쾌감은 공포를 동반하고 있어 제대로 쌀을 씻을 수가 없었다.

왜 손님용 침실에 앨범을 보관했을까. 이 넓은 집에는 앨범을 보관할 장소가 얼마든지 있을 텐데, 왜 하필이면 2층의 손님용 침실인 걸까.

기쿠에 고모는 마치 올컷가의 사진을 모두 내게 보여주려고 했던 것 같다. 가까운 시일 안에 오바타 겐야가 랜초팔로스버디스의 집 2층 침실에 머물 거라고 예측하고 있었던 것 같다.

기쿠에 올컷이 죽었다는 사실을 알렸을 때 모리 앤드 스탠턴 법률사무소의 직원인 카밀라 헌트도 순간적으로 자살일지도 모른다고 생각했다고 하는데, 지금 나도 그것을 의심하기 시작했다.

그러나 그럴 리가 없다.

기쿠에 고모는 약 한 달간의 일본 일주 여행을, 여행 대리점이 아니라 조카인 나에게 모두 맡겼다.

요청 사항이 많았다. 교통수단에 시간과 체력을 소모하고 싶지 않다고 해서 나는 캐리어백의 내용물까지 고려하여 그것을 이메일로 보냈다.

남자인 나로서는 여자의 긴 여행에 뭐가 필요할지 생각나지 않았기 때문에 우선 반드시 필요한 것들을 이메일로 보내라고 해서 그것들이 들어갈 크기의 가볍고 튼튼한 캐리어백을 신주쿠의 백화점에서 구입하여 보냈다.

여행 코스 중에서 기쿠에 고모가 집착한 것은 시만토강四万十川 상류까지의 여정이었다.

슈젠지에서 사흘을 묵고 나서 신칸센으로 교토로 간다. 교토에서 사흘을 묵는다. 교토에서 이세伊勢, 시마志摩로 이동한다. 시마의 호텔에 이틀을 묵는다.

시끄러운 도시에는 흥미가 없기 때문에 시마에서는 콜택시로 오사카 공항까지 가서 비행기를 타고 고치高知로 간다.

거기에서도 예약해둔 콜택시로 시만토시까지 가서 시내의 호텔에서 하룻밤을 묵은 뒤 다시 콜택시로 시만토강을 따라 올라가 중류 지역인 에카와사키江川崎라는 작은 도시에서 사흘을 묵는다. 거기에는 온천이 있고 호텔도 있다.

기쿠에 고모는 그 호텔에서 어떤 사람과 만날 예정이라고 했다.

지도에서 보면 에카와사키는 중류 지역이라고는 해도 시만토강의 상당히 상류에 위치해 있어, 하구에서 걸어가면 열 시간이나 걸린다.

"에카와사키에 아는 사람이라도 있어요?"

이렇게 물어도 기쿠에 고모는 말을 흐리며 대답하지 않았다.

에카와사키에는 요도선予土線의 역이 있다. 시만토강의 지류, 히로미가와広見川를 따라 산간 지역을 달려 우와지마宇和島시로 간다.

우와지마시에서 하룻밤을 묵고 이튿날 콜택시로 도고道後 온천으로 가서 하룻밤을 묵는다.

이튿날 콜택시로 시마나미 해도海道로 가서 세토내해瀬戸内海를 건너 오노미치尾道로 간다. 오노미치의 호텔에서 이틀을 묵는다.

그다음 날에는 오노미치에서 신칸센으로 하카타로 간다. 유후인 온천에서 사흘을 묵는다.

정확하게는 여기까지밖에 기억나지 않는다고 생각한 겐야는 저녁을 먹고 나서 노트북 파일에 저장해둔 여행의 상세한 일정을 보자고 생각했다.

아무튼 마지막에 기쿠에 고모는 아오모리 공항에서 하네다 공항으로 돌아와 신주쿠의 호텔에서 긴 여행의 피로를 풀기 위해 이틀을 묵은 후 나리타 공항에서 로스앤젤레스행 비행기를 탈 예정이었다.

겐야는 석연치 않은 마음으로 전기밥솥의 플러그를 꽂아 스위치를 켜기만 하면 되는 상태로 두고 홀의 문을 통해 중정으로 나갔다.

어느새 2층 베란다로 올라간 건지 대니의 목소리가 머리 위에서 들려왔다.

"오늘은 비료도 주기 때문에 평소보다 시간이 더 걸립니다. 도라지와 베고니아가 좀 시들해진 것 같아서 응달로 옮겨놨습니다. 내일이면 다시 생생해질 겁니다."

"일본 사람이 보기에 이 반도에는 남국의 식물로 보이는 것들뿐이네요. 반도 전체가 식물원 같습니다."

겐야가 이렇게 말했다.

"옛날에는 멕시코인이 많이 살았었으니까요. 지명도 스페인어입니다. 랜초팔로스버디스는 제대로 읽으면 랜초팔로스베르데스지만 다들 버디스로 발음합니다."

"이곳 지질이나 기후에 맞지 않는 꽃도 많지요?"

"예, 그래서 기쿠에 씨는 화분에 심은 겁니다."

대니가 돌아가자 겐야는 덩굴장미 시렁 밑으로 가서 凹 자 모양의 집과 마주 보듯이 앉았다. 몸이 무거웠다.

내일부터 걷기 운동을 하자고 생각했다.

내일은 아침을 먹은 후 잠시 쉬고 나서 바다를 따라 뻗어 있는 팔로스버디스 거리를 등을 쭉 펴고 성큼성큼 걷는 거다. 한 시간을 최소한의 기준으로 정하자. 그렇게 하지 않으면 일본으로 돌아갈 무렵에는 틀림없이 5킬로그램은 늘어나 있을 것이다.

내일이 아니라 지금부터 바로 할까. 제시카의 가게까지 걷는 건 힘들까. 조금 전에 갔다 왔는데 또 간다는 건 속마음을 그대로 드러내는 거겠지.

겐야는 이렇게 생각하며 어릴 적 의사에게 들은 말을 떠올렸다.

"엄청나게 과민한 체질이군. 겐야의 두드러기도, 천식 비슷한 증상도 다 과민증 때문이야. 어머니보다 더 과민한 체질일지도 모르겠어."

그 의사는 총칭하여 과민증이라고 했지만 겐야는 청각이나 후각이 이상할 정도로 민감해서 다른 사람들은 느끼지 못하는 소리나 냄새를 감지하고 그것이 마음에 걸려 구토를 하는 일이 자주 있었다.

그렇다고 해서 우울증에 걸린 것도 아니고 집 안에 틀어박히지도 않았다. 굳이 말하자면 겁을 내지 않는 성격인 것이다.

겐야도 모순되었다고 생각하지만, 그렇게 과민한 체질인데도 어른이 되고 나서 생활에 지장을 초래한 적은 없다.

하지만 겐야는 이 올컷가에서 별안간 느끼는 불쾌한 낌새, 희미한 나쁜 기운이 점차 자신의 정신에 영향을 미치는 것이 두려웠다.

"과민증 버릇이 나온 거로군. 채용이 내정되었다는 통지를 보내준 회사에서 그 후로 연락이 없으니까 그게 스트레스가 된 거야.

채용하기로 내정했지만 다른 사람을 고용하기로 한 거라면 어쩔 수 없지. 내 자존심이 약간 상처를 입겠지만, 외국 자본 계열 회사에서는 그런 일이 자주 있으니까. 나도 조건이 더 좋은 데가 있으면 언제든지 이직할 거니까 말이지."

겐야가 이렇게 중얼거렸을 때 기쿠에 고모의 스마트폰이 울렸다.

3

전화는 니콜라이 벨로셀스키로부터였다.

"모리 변호사로부터 연락을 받고 지금 근처까지 왔는데, 토요일이라서 오바타 씨의 사정은 어떤가 싶어서요."

니콜라이 벨로셀스키가 이렇게 말했다.

"근처라니, 어딘가요?"

"집 앞입니다."

"잠깐 기다려주세요."

손목시계를 보니 다섯 시 전이었다.

겐야는 덩치 큰 그 사람에게 맞는 슬리퍼가 있을까 생각하며 중정을 걸어 홀의 문을 통해 현관으로 갔다.

문을 열자 니콜라이 벨로셀스키는 파나마모자를 손에 들고 살

짝 웃음을 띠며,

"처음 뵙겠습니다."

하고 말했다.

"스컹크 덕분에 처음 뵙는 건 아니지요."

"니콜라이 벨로셀스키네. 니코라고 부르게."

"저는 겐이라고 합니다."

니코의 발 사이즈에 맞을 것 같은 것은 이언이 신었던 슬리퍼뿐이었다. 겐야는 그것을 니코의 발밑에 놓았다.

"수잔 씨가 새 양말을 신고 가라고 한 것은 이 때문이었군."

"말한 대로 새 양말로 갈아 신고 온 건가요?"

"그럼, 수잔 씨의 전화를 끊고 바로 사러 갔지. 오랜만에 들어온 일이니까."

겐야는 어디서 이야기를 할까 생각하며 담배를 피우느냐고 물었다.

"피울 수 있다면 고맙지."

"그럼 정원으로 나가지요."

"역시 내가 말한 대로지?"

홀의 문을 통해 중정으로 나갈 때 다시 다른 샌들로 바꿔 신게 하자 고개를 크게 움츠리며 이렇게 말한 니코는 주름투성이의 회색 재킷을 벗었다.

"수잔 씨로부터 당신 이름이 나왔을 때 별로 놀라지 않았습니다."

겐야는 웃는 얼굴로 이렇게 말했다.

덩굴장미 시렁 밑에 또 하나의 의자를 옮겨놓고 겐야가 재떨이로 쓸 작은 그릇을 내밀자, 니코는 재킷에서 담뱃갑과 일회용 라이터를 꺼냈지만 가든 체어에 앉았을 뿐 피우지는 않았다.

"사람을 찾는다고?"

겐야는 잠깐 기다려달라고 말하고 2층의 자기 침실로 가서 거기에 놓여 있는 레일라에 관한 파일을 모두 겨드랑이에 끼었다.

레일라의 여섯 살 생일 때 찍은 사진이 들어 있는 앨범도 집어 들었다.

태양은 주홍빛으로 물들고 있었다.

겐야가 얼추 설명을 끝낸 것은 여섯 시 전이었다.

니코는 겐야 코의 세 배는 될 것 같은 큼직한 코를 두 손으로 문지르며 말했다.

"맡고 싶지 않네."

"자신이 없는 건가요?"

"그래, 백 퍼센트 없네. 태평양 어디에 떨어뜨렸는지 모르는 방 열쇠를 찾으려 잠수하는 것과 같은 일이야. 자네도 돈만 버릴 뿐이겠지. 나는 할 수 없는 일을 할 수 있다고 해서 고객한테 쓸데없는 돈을 쓰게 하고 싶지 않네."

"그래도 해보고 싶습니다. 아무런 단서를 잡지 못해도 당신을 원망하지는 않겠습니다."

다갈색 눈으로 겐야를 오랫동안 쳐다보고 나서 니콜라이 벨로셀스키는 드디어 담배에 불을 붙였다.

"기쿠에 올컷 씨는 자살이 아니네. 자살할 생각이 전혀 없었던 것 같아."

니코가 말했다.

"여행 중에 충동적으로 할 수도 있지 않나요?"

"그것도 아니네."

"당신의 감인가요?"

"뭐 그런 거지. 기쿠에 씨는 당신한테 전해주고 싶은 게 있었지. 하지만 그것은 그다지 서두를 일이 아니지 않았을까? 하지만 자신도 언젠가 나이를 먹지. 남편도 갑자기 췌장암을 선고받고 석 달 만에 죽었네. 사람은 언제 어떻게 될지 아무도 모르지. 힌트는 항상 남겨두자……. 혼자가 된 기쿠에 올컷 씨는 그런 심정이었을 거네."

겐야는 왜 그렇게 생각하는지를 니코에게 물었다.

"아까 당신이 얘기한 것에서 추정하자면 기쿠에 올컷은 감상적인 여자가 아니네. 오히려 굉장히 강한 여자지. 게다가 이만큼 풍부한 경제적 기반이 지탱하고 있네."

니코는 이렇게 말하고 재킷 주머니에 들어 있던 선글라스를 꺼내 쓰고 凹 자 모양의 집 전체를 바라보며 오랫동안 생각에 잠겨 있었다.

만약 맡는다고 하면 자신에게는 어떤 방도가 있을지 모색하고 있는 표정이어서 겐야도 선글라스를 쓰고 석양을 보았다.

"행방불명인 채 생사도 모르고 몇 년이나 지난 아이들이 많다는 데는 깜짝 놀랐습니다."

겐야의 이 말에,

"경찰서에 수색원이 제출된 열여덟 살 이하의 아이들만도 수만 명이지. 하지만 실종 신고서도 제출하지 않는 부모가 미국 전역에 얼마나 될 것 같나? 아이가 없어졌으니 귀찮은 혹을 뗄 수 있게 되었다며 남자를 집으로 끌어들이는 어머니가 많지. 또 그런 아버지도 많고."

니코는 이마에 깊은 주름을 새기며 말했다.

바람이 차가워져 추울 정도였다. 겐야는 어제 산 얇은 울 스웨터를 가지러 2층 침실로 돌아갔다.

'비밀 상자'에서 꺼낸 교코 매클라우드의 편지도 보여주는 편이 좋지 않을까 생각했지만, 모두 일본어라서 영어로 번역해야 하기 때문에 니코가 맡아준다고 한 후에 보여주자고 생각했다.

덩굴장미 시렁 밑으로 돌아가,

"레일라를 찾는 일이 얼마나 어려울지는 저도 잘 압니다. 하지만 도전해보고 싶습니다."

하고 말했다.

니코는 의자에서 일어나,

"도움이 되지 못해 미안하네."

하고 말하며 홀 쪽으로 걸어갔지만 문 가까이에서 돌아보더니 낮에 자기 사무실 앞에서 차를 멈춘 건 정말 우연이었냐고 물었다.

"우연입니다. 스컹크의 강렬한 악취에서 도망쳐 샌피드로 지구 쪽으로 우회했거든요. 수잔 씨한테 우수한 조사 회사를 소개해달라고 부탁한 것은 그 뒤였습니다."

겐야는 이제 이 완고해 보이는 러시아계 남자가 맡아줄 것 같지 않다고 생각했기 때문에 힘없이 대답했는데, 바다에서 불어오는 해 질 녘의 바람이 강해서 수십 미터 앞에 서 있는 니코의 귀에 목소리가 닿은 모양이었다.

니코는 잠시 홀의 문이 있는 데 서 있다가 돌아오더니, 가든 체어 위에 늘어서 있는 레일라에 관한 파일을 들고,

"해보지. 이건 이삼일 빌리겠네."

하고 말했다.

겐야는 일어나,

"보수는요?"

하고 물었다.

"보스턴에 가봐야 하니까 당면한 조사 비용으로 3천 달러를 내 계좌로 넣어주게. 이게 계좌 번호네."

니코는 수첩에 번호를 적고 그것을 찢어 겐야에게 건넸다.

"그건 조사에 필요한 실비겠지요? 당신 보수는요?"

"전혀 단서를 찾지 못한다면……, 그래, 천 달러면 되네."

"천 달러요? 고작 그거요?"

겐야는 니코를 올려다보며 물었다. 완전히 2층에 있는 사람과 이야기하는 것 같았다.

천 달러는 일본 엔으로 10만 엔이 아닌가. 처음부터 포기하는 건가? 정말 할 마음이 있는 건가?

너무 싸면 일의 내용까지 신용할 수 없게 된다.

겐야가 그렇게 생각하고 있자 니코는 꿰뚫어본 듯이,

"레일라의 생사가 판명되면 5만 달러네."

하고 말했다.

겐야는 니코와 나란히 홀로 걸어가며 왜 맡아줄 생각이 들었느냐고 물었다.

"얼빠진 스컹크가 자네와 나를 소개해준 거네. 비록 스컹크라고 해도 쓸데없는 죽음은 없는 거지."

그렇구나. 겐야는 니콜라이 벨로셀스키라는 사립탐정은 이런 식으로 생각하는 사람이구나 하며,

"보스턴에는 언제 갑니까?"

하고 물었다.

"내일 가야지. 하지만 움직이는 것은 모레, 월요일부터네."

"천 달러라면 지금 현금으로 줄 수 있습니다."

"고맙네. 나는 지금 돈이 궁하거든."

겐야는 기쿠에 고모가 빈 커피콩 깡통에 넣어둔 현금 천 달러를 니코에게 건넸다. 백 달러짜리 지폐가 일곱 장, 50달러짜리 지폐가 여섯 장이었다.

니코는 그것을 호주머니에 넣고 응접실 앞에 서서 안을 들여다보았다.

"가구는 굉장히 고급인데 간소하군. 갑부의 저택답지 않아. 이런 게 일본인의 취향인가? 분재처럼 말이야."

니코의 말에, 일본에서 돌아온 후에 집 안을 좀 더 이러저러한 것으로 장식할 생각이 아니었을까 싶다고 대답하며,

"커피 드시겠어요?"

하고 물었다.

"커피보다는 항공권 예약을 해주면 고맙겠네만."

"그럼 거기 앉아서 기다리세요."

겐야는 부엌으로 가서 커피메이커에 물을 넣고 나서 자신의 노트북을 가져와 항공사 사이트에 접속했다.

내일 밤 편에 빈자리가 있었다.

"막 산 프린터라 아직 잉크 카트리지도 넣지 않았어요."

겐야는 이렇게 말하며 프린터의 포장지를 뜯었다.

"당신은 아까 기쿠에 고모가 저한테 전하고 싶은 것이 있었지만 그것은 서두를 일이 아니었다고 말했지요? 하지만 힌트는 남겨두려고 했다고 말이에요."

"아, 그렇게 말했지. 그것도 감이네."

"감도 근거는 있겠지요?"

"명확한 말로 설명할 수 있다면 감이라고 안 하겠지."

"음, 그건 그렇겠네요."

새 프린터가 작동하게 될 때까지 니코는 중정으로 나가 담배를 피우고 있었다.

"꽃의 정원이군. 이 집 현관에 서서 북쪽 언덕 쪽을 보게. 급한 사면에 온통 작은 꽃을 심어놓은 집이 있네. 분홍색 꽃이지. 선인장 꽃이네. 꽃을 많이 피우는 선인장이야. 그 선인장 이름이 뭔지는 모르지만 아주 예쁘다네. 랜초팔로스버디스는 사막 기후라서 선인장이나 야자수 계열의 식물이 많아."

겐야는 커피를 큼직한 머그컵에 담아 홀을 나간 곳에 있는 가든 체어까지 옮겼다.

"꽃에 대해 잘 아시네요."

"잘 아는 것은 아니지만 올컷가의 꽃 이름은 다 알고 있네. 저건 거베라, 그 옆은 도라지, 그 밑은 나팔꽃, 건너편 나무는 미모사, 서쪽은 대부분 장미와 히비스커스. 거베라가 많군. 응달이 되기 쉬운 곳에는 난, 여러 가지 난이 있네. 열두 종류의 난이 화분에 피어 있군. 여기서는 난을 키우기 힘든데, 참 예쁘게 피었네."

"매일 정원사가 옵니다. 사실 기쿠에 고모는 중정 중심에 잔디를 깔고 싶어 하지 않았지만 이언이 넓은 잔디 정원을 소망했다고 정원사가 말하더군요."

이렇게 설명한 겐야는 프린터를 작동시켰다.

조금 전 인터넷으로 예약한 항공권의 QR코드가 들어간 예약표를 프린트하고 나서 니코에게 교코 매클라우드에게서 온 편지를 보여주기 위해 2층 침실로 올라갔다.

편지는 비밀 상자에 넣고 원래의 직육면체로 되돌려놓았다. 자신의 손가락 굵기의 세 배는 될 것 같은 니콜라이 벨로셀스키의 나무뿌리 같은 손가락이 비밀 상자와 악전고투하는 모습을 보고 싶었던 것이다.

겐야는 보스턴행 항공권 예약표를 니코에게 건네고 비밀 상자를 가든 체어에 놓았다.

"이것도 기쿠에 고모가 저한테 남긴 힌트일지도 모릅니다."

이렇게 말한 순간 겐야는 자신의 농담 같은 말이 진실일지도 모른다고 생각했다. 지금까지는 왜 그렇게 생각해보지 않았을까, 하는 후회가 니코에게 상자를 열게 하며 즐거워하려는 마음을 지워버렸다.

겐야는 이건 기쿠에 고모의 침실에 있던 것이며 레이스로 덮고 그 위에 화분을 올려놓았는데, 이렇게 귀중한 세공품을 화분 받침대로 쓰는 것은 부자연스럽다고 설명하며 몇 개의 나뭇조각을 움직였다.

초조해하고 있어서 몇 번 틀리고 말았다.

커피를 마시며 보고 있던 니코는 이것과 비슷한 것을 이탈리아의 메디치가가 소장하고 있었을 거라고 말했다. 박물관에서 본 적이 있다고 했다.

가까스로 상자 안의 편지를 꺼냈을 때 정원등이 켜졌다. 홀 바깥의 벽에도 노란 불이 켜졌다.

보낸 사람은 교코 호시. 주소는 일본의 시즈오카현 슈젠지초라는 곳으로 되어 있고, 항공우편 스탬프도 찍혀 있다. 안의 편지지에는 교코 매클라우드라고 쓰여 있다. 수신인의 주소나 이름만 영어이고 나머지는 다 일본어다.

그러나 우표를 보면 알 수 있듯이, 편지는 모두 캐나다에서 부쳤다. 일본에서 보낸 편지처럼 위장하고 있다는 것은 우체국의 스탬프를 의도적으로 지운 것을 보면 알 수 있다.

이렇게 말한 겐야는 가장 오래된 편지부터 니코에게 건넸다.

"번역해주게. 나한테 일본 글자는 그냥 기호로밖에 안 보이니까."

겐야는 한 통 한 통 영어로 번역하여 니코에게 들려주었다. 도중에 입과 목이 말라 부엌으로 가서 맥주를 가져왔을 뿐 그 후에는 쉬지 않고 계속 번역해주었다.

니코는 테이블에 양 팔꿈치를 괴고, 가끔 수첩에 교코 매클라우드의 편지에서 신경 쓰이는 부분을 메모했다.

"왜 처음에 이 편지 열 통에 대해 말하지 않았나?"

겐야가 마지막 편지를 다 번역하자 니코는 의자의 팔걸이를 두드리며 말했다.

"당신이 맡아줄지 어떨지 알지 못했고, 레일라의 실종과 이 편지가 연결되지 않았으니까요. 하지만 당신은 기쿠에 고모가 저한테 힌트를 남겼다고 말했지요? 그렇다면 이 비밀 상자가 바로 그것이 아닐까 해서……."

겐야는 니코에게 두들겨 맞진 않을지 진심으로 겁을 내며 의자에서 일어나,

"이렇게 복잡한 비밀 상자를 만들 수 있는 장인은 이제 일본에 얼마 없습니다. 기쿠에 고모는 그 얼마 안 되는 장인의 손자와 제가 친구였다는 것을 제게 들어서 알고 있었지요. 고모는 아마 일본의 장인한테 특별히 주문해서 만들어달라고 했던 것 같습니다."

하고 발뺌하려는 듯이 말했다.

"나한테도 맥주 좀 주겠나."

니코가 이 얼빠진 놈이라는 표정으로 겐야를 보고 어깨를 으쓱하며 말했다.

겐야가 병맥주를 가져오자 니코는 담배에 불을 붙이고,

"두 번째 편지의 '그거'가 뭐라고 생각하나?"

하고 물었다.

"두 번째? '그거'요? 그런 게 쓰여 있었나요?"

"두 번째로 오래된 편지 말이네."

니코는 초조해하며 손가락 끝으로 가든 체어를 두드리며 맥주병을 땄다.

> 기쿠에 씨의 슬픔도 쓸쓸함도 아주 잘 압니다. 어제 돈이 들어왔습니다. 멜리사는 열흘쯤 전부터 학교에 다닙니다. 여기서는 프랑스어도 공부해야 합니다. '그것'과는 아직 떨어질 수 없는 것 같습니다. 무리하게 강요하지 않고 느긋하게 기다리는 것이 좋을 것 같습니다. 늘 건강하세요.

'그것'이 뭔지 전혀 신경 쓰지 않았기 때문에 겐야는 니코가 왜 편지 열 통 중에서 일본어로 고작 두 글자인 그것에 집착하는지 잘 이해가 되지 않았다.

"'그것'과는 아직 떨어질 수 없다……. '그것'이라고 쓰여 있는 걸로 보면 사람이 아닌 것 같고. 물건인가. 떨어질 수 없는 '물건'……. 멜리사는 레일라와 나이가 별로 다르지 않지. 그렇다면 그때는 다섯 살이나 여섯 살. 그 정도의 여자아이가 떨어질 수 없는 '그것'이란 한정되지 않을까? 부모가 우격다짐하지 않고 느긋하게 떨어지는 것을 기다리는 '그것'이라고 하면 인형이나 장난감, 이제 갓난아기가 아닌 유아한테는 어울리지 않는 뭔가겠지."

겐야는 니코가 교코 매클라우드의 편지에서 뭔가 마음에 걸리는 것을 느낀 것인지, 딸 멜리사가 떨어질 수 없는 '그것'에만 개인적으로 흥미를 갖고 있는 것인지 알 수가 없었다.

"캐나다 몬트리올이라……. 이 교코 매클라우드의 편지를 보면 원래 몬트리올에 살지는 않았군. 다른 나라에서 이주한 거야. 기쿠에 씨하고는 어디서 알게 되었을까? 일본에선가. 일본에 있었을 때부터 친구인데 기쿠에 씨는 미국인과, 교코는 캐나다인과 결혼했지만 교우 관계는 이어졌다. 하지만 기쿠에 씨는 그것을 남편한테 알리고 싶지 않았다. 아니, 그보다는 어떻게든 남편에게 숨기고 싶었다. 그건 왜일까?"

이렇게 말한 니코는 맥주를 병째 마셨다.

"교코 매클라우드의 편지가 그렇게 중요한가요? 레일라 유괴 사건과 관계가 있다고 생각합니까?"

겐야의 물음에,

"레일라에 관해서는 단서가 전혀 없네. 완전히 제로야. 보스턴에 가봤자 아무것도 얻지 못하겠지. 27년 전의 그다지 드물지 않은 사건이니까. 단서로 이어질 만한 것은 모조리 알아보는 수밖에 없어."

하고 대답한 니코는 맥주병을 든 채 중정의 잔디밭 한가운데를 걸어가 서쪽 끝의 하얀 목책이 있는 데서 바다를 바라보았다.

정면에는 흐름이 빠른 엷은 구름이 끼었다 없어졌다 했다. 니코는 목책 바로 앞의 경사진 곳 중간에 서 있어서 거무스름해진 석양에 바림된 상반신밖에 보이지 않아, 사람이 아니라 수백 년 동안 거기에 놓여 있었던 거대한 조각상 같은 쓸쓸함이 떠돌았다.

겐야는 손목시계를 보았다. 여덟 시 전이었다.

그렇게 오랜 시간 이야기를 나눴던 것처럼은 느껴지지 않았지만, 결코 장황하지 않은 니코의 굵고 낮은 목소리와 느릿느릿한 말투가 어쩐지 기분이 좋아 시간 가는 줄 몰랐던 것 같았다.

凹 자 모양의 건물 여기저기에 눈을 주며 돌아온 니코에게 겐야는 나이를 물었다.

"쉰다섯이네."

니코가 대답했다. 그리고 겐야에게 이 교코 매클라우드의 편지를 영어로 번역해두라고 말하고 현관에서 슬리퍼를 가죽 구두로 갈아 신었다.

"전부 영어 문장으로 해두는 겁니까?"

"귀찮겠지만, 자넨 한가하지 않나?"

"뭐, 그렇지요."

"나한테 또 말하지 않은 건 없지?"

"없을 겁니다."

니코는 고개를 끄덕이고 보스턴에서 전화하겠다고 말하며 돌아갔다.

집 밖으로 나가 니코의 낡은 대형 세단이 떠나는 것을 보던 겐야는 보스턴에서의 전화가 니코와의 마지막 대화가 될 것 같은 기분이 들었다.

조사 실비를 니코의 계좌에 입금하면 그걸 끝으로 두 번 다시 만나는 일이 없을 것이다. 나는 앞으로도 니코와 가끔 우스꽝스러운 말을 지껄이고 싶지만 아무런 단서도 잡지 못하고 로스앤젤레스로 돌아온 니코는 의뢰인 앞에 얼굴 내미는 것을 떳떳하게 여기지 않을 것이다.

니코는 그런 남자일 거라고 겐야는 생각했다.

전기밥솥에 아키타코마치 쌀을 넣고 밥을 지었다. 인스턴트 된장국 수프에 물을 붓고 막 지은 밥에 하나가쓰오를 얹어 늦은 저녁을 마치고 나니 열 시였다.

그릇을 씻고 부엌을 간단히 청소한 겐야는 오늘의 마지막 담배를 피우기 위해 중정으로 나갔다.

니코와 이야기를 나눌 때 한 대 피웠기 때문에 이번이 세 대째다.

바다에서 불어오는 바람은 약해졌고 달빛은 선명했다.

식사 준비를 할 때 타이머가 작동해 스프링클러가 잔디에 물을 뿌렸기 때문에 정원등의 불빛을 받자 중정 전체가 투명한 비즈를 흩뜨려놓은 것처럼 점점이 빛나고 있었다.

"아버지한테 전화를 해둬야지. 화를 내고 계시겠지."

겐야는 소리 내어 말했다.

아들이 40수억 엔의 유산을 상속받았다는 걸 알면 어떤 얼굴을 할까. 하지만 그때는 레일라에 대한 이야기도 해야 한다.

겐야는 기쿠에 고모의 유골을 묘에 납골하고 나서 일단 일본으로 돌아갈 생각이었다. 그 이상 로스앤젤레스에 머물러야 할 이유도 없었다.

기쿠에 고모가 이언으로부터 상속받은 주식과 채권, 투자 고문회사에 운용을 맡긴 거금을 앞으로 어떻게 할지에 대해서는 이미 은행과 투자 고문 회사, 세무사와 협의를 마쳤다.

그 담당자들과는 이메일과 전화로 상세한 부분을 검토하고 확정했는데, 월요일에 최종 확인을 위해 수잔 모리 변호사가 입회한 자리에서 직접 만나기로 했다. 겐야의 사인이 필요한 서류는 아주 많았다.

하지만 겐야는 자신이 일본으로 돌아가면 레일라의 생사는 영원히 밝혀지지 않게 된다고 생각했다.

나는 언제까지고 랜초팔로스버디스의 대저택 중정에서 멍하니 있을 수는 없다. 서른세 살에, 현재 무직인 나는 앞으로 자신의 인생을 만들어나가야 한다.

일본의 대학을 졸업하고 4년간 사회생활을 한 후 서던캘리포니아대학의 경영대학원에 유학하여 MBA와 CPA 자격을 취득하고 일본 회사에 취직했지만 그곳보다 좀 더 조건이 좋은 외국 자본 계열의 기업에서 제안이 들어왔다. 다시 말해 드디어 계획대로 출발 지점에 선 것이다.

어쩔 수 없다고 하면 그뿐이지만 나는 이대로 일본으로 돌아가는 것에 석연치 않은 기분을 느낀다.

못다 한 중요 안건을 그대로 내팽개치고 간다는 패배감이라고도 죄책감이라고도 할 수 없는 감각은 내 탓이 아니라며 부정해버리면 그만이고, 레일라에 관한 단서를 포착할 자신은 백 퍼센트 없다고 니코도 분명히 말했다. 경찰도 수사를 포기해버린 지 이미 20수년이 지나지 않았는가.

겐야는 이렇게 자신을 타이르며 담배를 끄고 젖은 잔디를 밟으며 세탁실 북쪽의 꽃밭으로 갔다.

옆집의 정원등도 2층의 불도 켜져 있었지만, 양쪽의 키 큰 정원수들과 굵은 야자수 계열의 수목이 프라이버시를 완전히 지켜주고 있었다.

겐야는 올컷가의 북쪽, 그러니까 세탁실 옆에 만들어진 꽃밭 한가운데로 난 거친 모래땅의 오솔길이 좋았다.

그다지 긴 길은 아니지만 항상 장미와 도라지, 거베라, 카네이션이 어우러져 피어 있었다.

사람이 가위로 가지치기를 하지 않기 때문에, 기쿠에 고모가 꽃들에게 원하는 대로 피면 된다고 말한 게 아닐까 싶을 만큼 줄기도 잎도 제멋대로 뻗어 있고, 그것들을 감싸듯이 이름 모를 풀들이 짙은 녹음을 이루고 있다.

세탁실의 서쪽 벽에는 노란 불이 희미하게 켜져 있는데, 그것이 이 일대에 각별한 정적을 가져다주고 있다.

겐야는 세탁실 앞에 놓인 의자를 들고 와 오솔길 한복판에 놓고 앉았다.

"앗, 스프링클러다."

겐야는 소리쳤다. 의자는 스프링클러의 물에 젖고 말았다.

"바지도 흠뻑 젖었네. 뭐 어때."

이렇게 중얼거린 겐야는 귀를 기울였다. 지난 며칠간 겐야는 밤 열 시가 지나면 늘 같은 장소에서 이렇게 해왔다.

꽃과 풀들은 재잘거리기 시작하는 날도 있고 아무 말도 하지 않는 날도 있다.

속삭이는 소리를 전혀 내지 않았던 어젯밤, 겐야는 꽃과 풀들에게 말을 걸어보았다. 그러자 풀꽃들이 답했다.

꽃밭에 은밀한 수런거림이 미풍처럼 일었고, 겐야에게 그것은 풀꽃들이 이야기하는 소리로 들렸다.

"예쁘구나. 너희들은 생명의 혼이야. 우주의 일원도 아니고 우주에서 태어난 것도 아니야. 우주 그 자체지. 너희들이 우주인 거야. 그렇지 않고서야 이토록 아름다울 리 없어."

겐야는 이렇게 말을 걸고, 풀꽃들에 대한 칭찬의 말이 좀 더, 좀 더 없을까 하고 생각했다.

"저기, 너희들, 레일라를 위해 기적을 일으켜주지 않을래? 레일라가 건강하게 살아 있고, 자상한 연인이 있고, 행복을 누리며 즐거운 나날을 보내고 있는 그런 기적을 일으켜줘. 너희들이라면 할 수 있어. 너희들은 우주 그 자체니까. 너희들은 우주의 비법인 거야. 그렇지 않고서야 이렇게 아름다울 리 없거든. 정말 너희들은 참 예뻐."

겐야는 풀꽃들에게 들리도록 말하고 잠시 말없이 귀를 기울였다. 온화한 바다의 파도 소리 속에서 그것과는 다른 종류의 웅성거림이 들려오기를 기다렸다.

겐야는 젖은 엉덩이를 손바닥으로 어루만지며 의자에서 일어나 짙은 오렌지색 거베라의 꽃잎을 만졌다. 도라지의 줄기에 가까운 부픈 부분도 살짝 만졌다.

만지면서 예쁘다, 아름다워, 하며 계속 말을 걸었다.

그것은 아주 어렸을 때 겐야가 할머니에게 배운 비밀 의식이었다.

—꽃에도, 풀에도, 나무에도 마음이 있단다. 거짓말 같으면 진심으로 말을 걸어보렴. 식물들은 칭찬받고 싶어 한단다. 그러니 마음을 담아 칭찬해주는 거야. 그러면 반드시 응해올 거야.

아주 어렸을 때가 몇 살 때쯤이었는지는 생각나지 않았다.

할머니가 아무에게도 말하지 않겠다는 다짐을 받고 가르쳐준 비밀 의식은 나무나 풀꽃들에게 말을 걸어 칭찬하고, 칭찬하고, 또 칭찬해주면 나무도 풀꽃들도 답한다는 것이었다. 왜냐하면 마음이 있으니까.

지금까지 까맣게 잊고 있었는데 올컷가에서의 첫날 저녁 문득 생각난 것은, 겐야의 귀인지 마음인지에 분명히 풀꽃들의 은밀한 목소리 같은 것이 들려온 뒤였다.

"레일라는 살아 있는 거야? 죽은 거야? 적어도 그것만이라도 알려줘. 너희들의 깨끗한 마음이 아니면 알 수 없는 일이야. 만약 레일라가 살아 있다면 도와줘."

겐야는 진지하게 이렇게 부탁하고 대답을 기다렸다.

파도 소리밖에 들려오지 않았다. 커다란 유조선이 그리 멀지 않은 앞바다에 정박하고 있었다.

그 유조선의 불빛을 바라보고 있으니 할머니의 말이 또 하나 떠올랐다. 겐야가 초등학교 6학년 때였다.

—할머니는 말이야, 꽃을 보고 있으면 마음을 보고 있는 것 같은 기분이 들어. 꽃을 그렇게 보게 된 것은 아주 최근의 일이야. 그런 생각이, 마음이란 우주가 아닐까 하는 식으로 변한 거지. 왜 그렇게 생각하게 된 것인지는 모르겠지만……. 이건 기쿠에한테 편지로 써서 항공우편으로 보냈어. 이제 이언과 결혼해서 미국에서 살고 있으니까 말이야. 기쿠에는 어떻게 받아들였는지 모르겠지만 "그럼 내 마음은 우주인 거예요? 그럼 우주는 뭐죠?" 하고 답장에

쓰여 있었어. 그 아이한테는 이치로 이겨본 적이 없으니까 그 이야기는 그걸로 끝나버렸어.

할머니는 그로부터 석 달쯤 뒤에 돌아가셨구나, 하고 겐야는 생각했다. 위암 수술을 받은 지 1년 반 후였다.

기쿠에 고모는 그 무렵 몇 살쯤이었을까. 나와는 서른 살 차이다. 초등학교 6학년 때니까 나는 열한 살이다. 레일라가 어느 날 홀연히 모습을 감춘 지 5년 후가 된다.

기쿠에 고모의 마음은 레일라 사건으로 피폐해져 있었기에 일본에서 자기 어머니가 보낸 편지에 어딘가 깔보는 듯한 답장을 보낸 것일지도 모른다고 겐야는 생각했다.

오바타가에서는 당연히 레일라가 고작 여섯 살에 백혈병으로 죽었다고 믿어 의심치 않았다. 지금도 의심하지 않는다.

다른 나라로 시집가서 어린 자식을 잃은 딸을 위로하고 격려해주고 싶은 마음에 "마음이란 우주가 아닐까" 하는 문장을 편지에 담았는지도 모르지만, 기쿠에 고모에게는 단순한 체념으로밖에 받아들여지지 않았을 것이다. 나와 마찬가지로.

겐야는 그렇게 생각하며 도라지 옆에서 일어나, 바람이 불어오는 방향 탓인지 파도 소리까지 들리지 않게 된 구석진 곳의 꽃밭에 떠도는 향기를 맡았다.

그 순간 풀꽃들의 수런거림이 시작되었다.

분명치 않은 웃음소리. 속삭이는 목소리. 얌전한 중얼거림…….

실제로 들린 것인지, 아니면 그렇게 느낀 것뿐이었는지 몰라 무서웠지만 다시 의자에 앉아 귀를 기울였다.

환청이라고 하기에는 너무나도 현실성이 있는 수런거림이지만 구체적으로 귀에 와 닿는 것도 아니다. 들으려고 하지 않으면 들리지 않는다.

하지만 바람에 의한 희미한 흔들림도 아니고, 뭔가 작은 동물, 예컨대 고양이나 다람쥐가 어둠 속에서 움직일 때 내는 소리도 아니다.

이것이 할머니가 말한 꽃들의 목소리일까……. 아니, 꽃만이 아니라 풀이나 나무의 속삭임도 섞인 식물의 마음일까…….

겐야는 의자에 앉은 채 자신의 숨소리가 방해하지 않도록 조각상처럼 미동도 하지 않고 다른 세계의 주파수에 청각을 집중하고 있었다.

꽃들의 수런거림은 그쳤다.

다시 한 번 겐야가 그 아름다움을 마구 칭찬하는 말을 해도 풀꽃들은 응해주지 않았다.

할머니의 위암이 재발한 것은 아마 수술한 지 1년쯤 되었을 때였다고 당시의 기억을 더듬었다.

할머니가 없는 데서 아버지와 어머니가 이야기했었다. 간장과 복막에 전이된 것 같다고.

비밀로 했지만 할머니는 알고 계셨을 것이다. 할머니는 집의 조그만 뜰에 심은 각각의 꽃들을 키우는 법이나 손질하는 법을 어머니에게 가르치기 시작했다.

올컷가의 20분의 1이 될까 말까 한 뜰이었지만 특히 모란이 근사했다. 모란꽃이 필 때면 할머니는 들뜬 마음에 아직 밤이 다 새기도 전에 일어나 꽃봉오리가 열리는 순간을 지켜보고 있었다.

'최후의 눈'• 이라는 말은 알고 있고 그 뜻도 알고 있는데, 죽음이 임박했음을 각오한 할머니는 '최후의 귀'라고 할 만한 것을 갖고 있었는지도 모른다.

꽃들의 목소리를 듣고, 꽃들의 마음을 알고, 꽃은 마음이며 마음은 우주라는 엉뚱한 결론에 이름으로써 자신을 우주와 일체화해 닥쳐오는 죽음을 받아들였을지도 모른다.

할아버지는 장수했다. 3년 전 여름 아흔 살에 돌아가셨다. 돌아가시기 이틀 전까지 스스로 화장실에 갈 수 있었고, 숨이 끊어지기 직전에는 '산욘긴3四銀'•• 이라고 명료한 목소리로 말해 가족을 놀라게 했다. 장기가 유일한 취미였던 것이다.

하지만 생각해보면 지난 3년간 오바타가는 세 명의 가족이 연달아 세상을 떠났다.

할아버지, 이언 올컷, 기쿠에…….

이언은 미국에 사는 미국인이고 기쿠에 고모는 그에게 시집을 가 올컷가 사람이 되었지만 오바타가의 가까운 친척이라는 것은 틀림없는 사실이다. 올컷가의 사람들도 가족이라 불러도 좋을 것이다.

• '최후의 눈(末期の眼)'은 죽음을 앞둔 인간의 눈에 세계는 특히 아름답게 보인다는 의미로, 원래는 아쿠타가와 류노스케(芥川龍之介)가 수필 〈어느 친구에게 보내는 수기(或旧友へ送る手記)〉(1927)에서 썼던 말이다.

•• 일본 장기의 용어.

잠시 이런 생각에 빠져 있던 겐야는 오솔길을 천천히 걸어 중정의 한가운데로 돌아왔다.

겐야는 덩굴장미의 시렁 근처에 있는 자카란다 거목을 열심히 바라보다가 이 얼마나 쓸쓸한 집인가, 하고 생각했다. 불행이라는 냉기가 중정에도, 건물 안에도, 옅은 안개처럼 침전해 있는 것 같았다.

이튿날 아침, 수잔이 타코스를 사주었던 쇼핑몰로 가서 워킹슈즈를 산 겐야는 일단 기쿠에 고모의 사륜구동차로 올컷가로 돌아왔다.

빵과 커피만으로 아침을 마친 겐야는 팔로스버디스반도의 서쪽 끝 길을 바다를 따라 걷기 시작했다.

팔로스버디스 거리에는 산책길과 자전거 길이 같이 만들어져 있는데 상당히 경사진 길을 다 올라간 곳에서는 멀리 샌타모니카인 듯한 도시가 보였다.

일요일이어서 조깅이나 사이클 투어링을 하는 사람들이 많아 지나칠 때는 가볍게 인사를 해오곤 했다.

"안녕하세요?"

"걷기만 하는 건가요?"

"안녕, 좋은 아침."

그때마다 가볍게 인사하고 대답하며 랜초팔로스버디스시와 롤링힐스에스테이츠시의 경계까지 성큼성큼 계속 걸었다. 숨이 차서 도중에 두 번 쉬었다.

언덕으로 올라가는 널찍한 길이 있었다. 가로수지만 각 나무들의 키가 크고 줄기도 아주 굵어 숲속으로 들어간 느낌이었다.

아무튼 이곳을 똑바로 올라가면 제시카의 가게 근처에 도착할 거라고 짐작한 겐야는 등을 곧추 펴고 더욱 성큼성큼 걷기 시작했다.

일시 정지 표지가 있는 곳에 가로수에 숨듯이 순찰차가 서 있었다.

겐야는 신분증를 보여달라고 하면 곤란할 것 같아 넓은 사거리에서 왼쪽으로 꺾었다. 여권을 가져오지 않았던 것이다. 지갑도 갖고 있지 않다. 버뮤다팬츠의 호주머니에는 달랑 20달러짜리 지폐 한 장이 들어 있을 뿐이다.

"이리 가면 다시 바다 쪽으로 돌아가는 건데."

순찰차를 탄 경찰에게 보이지 않는 곳에 이르자 겐야는 오른쪽으로 돌아 언덕을 향해 걸어갔다.

"여기도 굉장한 호화 저택뿐이잖아."

이렇게 중얼거리며 어제 니코가 말했던 부지의 경사면 전체를 선인장의 분홍빛 꽃으로 물들인 집은 어디일까, 하며 뒷주머니에서 기쿠에 고모의 스마트폰을 꺼냈다.

내비게이션 애플리케이션으로 올컷가에 표시를 해둔 다음 현재 있는 곳을 확인하고 화면을 조금씩 축소해나가자 그 근처일 듯싶은 지점에서 상당히 북서쪽으로 와버렸다는 사실을 깨달았다.

아무래도 제시카의 가게는 분홍빛 사면을 가진 집의 북쪽, 여기서부터는 동쪽으로 간 곳 근처일 것 같았다.

그럼 어느 길로 해서 동쪽으로 갈까. 길은 호화 저택들 사이를 그물코처럼 둘러치고 있다.

"목이 마르군. 엄청 건조하니까. 미네랄워터를 잊어먹다니, 내가 생각해도 얼이 빠졌다니까."

이렇게 말하며 작은 보폭으로 천천히 걷다 보니 교차로가 나왔다.

자그맣고 아담한 사무실 거리인 듯 변호사 사무실이나 소방서가 있고 인테리어 용품 가게와 전업사가 늘어서 있다. 관청의 분실 같은 건물의 차양에는 제비 집이 여러 개나 있었다.

"전혀 워킹이 되지 않잖아. 이건 그냥 산책이야. 노인의 산책."

겐야는 이렇게 중얼거리며 바다 쪽을 향해 왼쪽으로 꺾었다. 언덕을 향해 가면 어디가 동쪽이고 어디가 서쪽인지 모르게 되기 때문이었다.

이따금 차가 지날 뿐 걷는 사람과는 마주치지 않았다.

햇볕이 내리쬐는 조용한 길에 공공건물인 듯한, 옆으로 길쭉한 건물이 있었다. 고등학교였다.

"팔로스버디스하이스쿨인가."

겐야는 그 고등학교 앞을 지나 바다에 가까운 널찍한 길로 나갔다. 수목이나 꽃이 많은 길이었다. 그제야 잘못된 방향으로 왔다는 것을 가까스로 이해했다.

그러나 겐야는 그 덕에 팔로스버디스반도의 전체 모습을 파악할 수 있었다. 화면을 축소하여 자신이 파악한 지리를 확인하고, 이제 반도의 중심에서 서쪽 절반은 헤매지 않을 거라고 생각했을 때 바다를 등진 모습으로 서 있는 저택에 놀라 걸음을 멈췄다.

누가 봐도 백악관을 모방해서 지었다고 생각할 수밖에 없는 호화 저택이었다. 집의 앞뜰에는 미국 국기가 걸려 있었다.

"이런 집을 지을 수 있는 사람들이 모여 만들어낸 갑부를 위한 반도로군."

겐야는 웃음을 띠며 중얼거리고 이야깃거리로 사진을 찍어둘까도 생각했지만, 그 집 사람에게 무슨 말이라도 들을까 봐 생각을 고쳐먹고 그대로 바다 쪽으로 걸음을 서둘렀다.

그다지 멀지는 않다고 생각하고 다시 워킹을 하는 자세로 돌아가 가슴을 펴고 걷기 시작했다. 그러나 그것은 축소된 내비게이션 화면상의 얘기고, 실제로는 수목으로 둘러싸인 길을 오르락내리락 했다. 겐야가 간신히 제시카의 가게 앞에 도착한 것은 그로부터 한 시간 반 후였다. 게다가 가게는 일요일이라 휴업이었다.

"그렇구나, 오늘은 일요일이구나. 담배를 피울 수 있는 커피숍이 일요일이라고 문을 열지 않으면 단골손님들이 너무 가엾잖아."

겐야는 쓴웃음을 짓고 제시카의 집 앞에 있는 뒤틀린 거목의 뿌리에 앉았다. 줄곧 걸어왔기 때문에 장딴지가 아팠다.

가장 가까운 집은 동쪽으로 백 미터, 서쪽은 그보다 더 떨어져 있었다.

맞은편은 어쩐 일인지 땅고르기가 되어 있지 않고 주택지와는 전혀 다르게 관목이 밀집해 있었다.

그래서 제시카가 여기서 담배를 피울 수 있는 커피숍을 운영하겠다고 생각했을지도 모른다고 생각했다.

이웃 사람들로부터 불만도 나오지 않을 것이다. 이웃집이 바로 옆이라면 담배 연기가 날아가면 트집을 잡는 사람도 있을 것이다.

아무튼 목이 마르다. 빨리 집으로 돌아가자.

겐야는 일어나 롤링힐스에스테이츠시와 랜초팔로스버디스시의 경계로 걸어가기 시작했다.

"우리 가게에 온 거예요?"

목소리가 들려 돌아보니 비파를 닮았지만 일본의 비파나무보다 열 배는 굵어 보이는 거목 저편에 제시카의 얼굴이 있었다.

2층 창에서 겐야를 보고 있었다.

"일요일이지만 쉬는 날인 줄 몰랐어요."

겐야가 말했다.

"걸어서 왔어요?"

"오늘부터 워킹을 시작했거든요. 여기까지 정말 멀더군요."

"커피숍 쪽으로 들어오세요. 하지만 커피는 못 드려요. 커피콩이 없거든요. 한 사람분도요."

의자는 이미 다리를 위로 하고 테이블 위에 올려져 있었다.

겐야는 그중 하나를 내려 앉고 제시카가 나오기를 기다렸다.

"미네랄워터밖에 없어요."

이번에는 집 뒤쪽의 2층에서 얼굴을 내밀고 제시카가 말했다.

"커피보다 고맙겠는데요."

5분쯤 기다리자 제시카가 차가운 미네랄워터 페트병과 재떨이를 들고 뒷문으로 들어왔다.

"쉬는 날은 일요일뿐인가요?"

"월요일도요. 일주일에 이틀은 쉬고 싶어서요. 3월까지는 일요일과 목요일을 정기 휴일로 했는데, 아무래도 이틀 연속해서 쉬지 않으면 하고 싶은 일을 못하니까요."

"하고 싶은 일이라뇨?"

"공부요. 대학원에 가고 싶거든요."

"이 가게를 하면서요?"

"대학원에 들어가면 가게 문은 닫아야지요."

개인적인 일을 질문하는 것은 삼가는 편이 좋을 것 같아 겐야는 화제를 바꿨다.

"기쿠에 고모는 일본 여행에서 돌아오면 자신이 만든 수프를 당신과 함께 이 가게에서 팔려고 했다는데, 그게 진심이었다고 생각해요?"

겐야는 차가운 미네랄워터를 마시고 나서 오늘의 첫 번째 담배에 불을 붙이며 물었다.

"기쿠에 씨는 진심이었어요. 하루에 스무 깡통이나 나갔거든요. 1인분 가격을 6달러로 해서요. 여기서 맛있는 수프를 먹을 수 있다는 걸 아는 사람들이 늘어나 인기를 얻게 되면 좀 더 팔릴 거라고 저도 생각해요. 하지만 기쿠에 씨 집에서 수프 만드는 걸 도울 때 자신감을 잃었어요."

제시카 코튼은 희미하게 낙담한 표정을 보이며 대답했다.

"왜요?"

"당신은 기쿠에 씨가 수프 만드는 걸 본 적 있어요?"

"아니요. 그 커다란 냄비는 봤어요. 너무 커서 깜짝 놀랐어요."

"특별히 주문한 커다란 냄비는 물이라면 60리터가 들어가요. 하지만 브로도를 만들기 위해서는 통닭이 열 마리, 닭 껍질이 일곱 마리분, 당근이 서른 개, 양파가 스무 개, 셀러리도 스무 개나 넣어야 해요. 그렇게 되면 물은 45리터밖에 들어가지 않아요. 약한 불로 떫은맛을 빼면서 열 시간 가까이 끓이는데, 닭도 야채도 전부 꺼내면 브로도 자체는 30리터밖에 안 돼요. 500밀리리터들이 페트병으로 예순 개죠."

제시카는 이렇게 말하며 겐야가 손에 들고 있는 페트병을 가리켰다.

"기쿠에 고모가 수프를 냉동해두기 위해 준비한 스테인리스 용기는 200밀리리터니까 그 용기에 담으면 150개가 되는 거네요."

"네, 계산은 맞아요."

"만약 수프를 찾는 사람이 늘어나 매일 만들어달라고 하면 하루에 백 그릇이 나가고 일주일이면 7백 그릇, 거의 매일 수프를 만들지 않으면 댈 수가 없어요. 기쿠에 씨가 그렇게 할 수 있을 것 같아요? 열흘이면 쓰러지고 말 거예요."

제시카는 이렇게 말하고 나서 메모지와 볼펜을 가져왔다.

"그리고 또 한 가지, 기쿠에 씨의 수프 원가는 150인분에 약 700달러예요. 유기축산으로 키운 닭과 유기농 채소라서 재료비가 비싸요. 그렇다는 건?"

제시카는 메모와 볼펜을 겐야 앞에 놓았다.

"1인분이 약 4달러 70센트네요. 재료비만요. 인건비, 가스비는 별도고요."

"그렇지요?"

"6달러에 팔면 적자겠네요. 12달러라면 장사가 되겠지만요."

"12달러짜리 수프가 팔릴까요? 게다가 매일 수프를 만들게 되면 사람을 고용해야 하고, 유기농 재료를 조달하는 것도 큰일이에요. 그렇다면 유기농을 고집하지 않고 재료비를 깎으면 비슷한 것은 만들 수 있지만 확실히 맛이 달라져요. 이 근처에는 유기농에 집착하는 사람들이 살고 있고요."

일본 엔으로 1,200엔짜리 수프를 먹기 위해 과연 해안가의 집에서 이곳 제시카의 가게까지 찾아올까.

"샐러드와 수프 전용 체인점이 있어요. 혹시 알아요?"

제시카가 물었다.

"알고 있어요. 체인점 이름은 잊어버렸지만 일요일 같은 때는 가족 동반 손님으로 만원이죠."

"그곳은 어른의 경우 2달러만 지불하면 수십 종류의 샐러드를 마음껏 먹을 수 있고 수프도 마음껏 먹을 수 있어요. 커피도 얼마든지 마실 수 있지요. 아이와 60세 이상의 노인은 반값이고, 게다가 아이스크림도 셔벗도 실컷 먹을 수 있어요. 12달러짜리 수프가 이길 것 같나요?"

겐야는 팔짱을 끼고,

"으음, 승산이 없네요."

하고 대답했다.

하지만 기쿠에 올컷의 수프는 각별하다. 각별히 맛있는, 유기농 재료를 고집한 수프를 찾는 사람도 있을 거라고 겐야는 생각했다.

유복하지 않더라도 그날의 생활에 곤란하지 않고, 노인이나 병자가 있다거나, 아이를 건강하게 키우고 싶다거나, 식도락가여서 되도록 패스트푸드를 먹고 싶지 않다는 사람은 많지 않을까 하는 생각이 들었던 것이다.

"전화 한 통으로 각 가정에 배달하는 건 어떨까요?"

겐야가 제시카에게 이렇게 물었다.

"배달하는 사람까지 고용하게요? 1인분에 들어가는 비용은 더 올라가요."

"기쿠에 고모한테 무슨 복안이라도 있었던 걸까요?"

"일본에서 당신하고 의논해보겠다고 했어요. 여행의 마지막에는 도쿄에서 이틀을 묵으니까 그때 얘기해보겠다고요. 당신은 MBA와 CPA를 취득했으니까 수프 가게가 돈을 벌 수 있는 장사를 하게 하는 건 간단할 거라면서요."

제시카는 웃음을 띠며 이렇게 말했다.

그때 티셔츠와 반바지, 금발을 길게 기른 중년의 남자가 수목 사이로 얼굴만 내밀며,

"가게 열었나요?"

하고 물었다.

오늘은 휴업일이고 친구와 이야기하고 있었던 거라고 제시카가 설명하자,

"그럼 제가 방해를 했군요."

하고 돌아가려고 했다.

"담배를 피우실 거면 여기서 피우세요."

제시카는 조금 떨어진 자리를 가리키며 재떨이를 가지러 집으로 들어갔다.

"제 아파트 밑에 등나무 시렁이 있는데 세 들어 사는 사람들이 담배를 피우는 장소였어요. 다들 꽁초를 버리지 않고 갖고 돌아가지요. 그런데도 근처에 사는 놈이 경찰서에 전화를 했어요. 여기서 피우면 안 된다고 법으로 정해져 있느냐고 순찰차를 타고 온 경찰한테 물었더니, 이웃에서 항의가 들어왔으니까 다른 데서 피우라네요."

남자는 입술을 내밀고 어깨를 으쓱하며 이렇게 말하고는 담배를 꺼내 물었다.

제시카는 남자의 테이블에 재떨이를 놓고 겐야 앞으로 돌아왔다.

"간단할 거라고요? 수프 가게 같은 게 제일 어려워요."

겐야가 제시카에게 말했다.

"하지만 기쿠에 씨는 당신을 믿고 있었어요. 당신이라면 어떤 사업도 성공시킬 수 있을 거라고 진지하게 말했어요. 그래서 어떤 사람일까, 하고 만나는 것을 기대하고 있었어요."

"기대하고 있었더니 이렇게 빈약한 일본인이 나타난 거로군요. 신장 174센티미터, 체중 60킬로그램."

웃으며 이렇게 말한 겐야는 미네랄워터를 조금씩 마시며 메모지에 수프 제조 판매 회사를 세우기 위한 대체적인 사업 계획을 써나갔다.

차가운 물은 천천히 마실 것. 이것도 할머니가 성가시게 말했던 건강법이었지, 하고 겐야는 생각했다.

사업이 되면 올컷가의 세탁실에서는 안 된다. 작아도 전용 수프 공장이 필요하다. 수프를 만드는 작업에도 최소한 네다섯 명의 사원을 고용해야 한다.

그리고 가게를 세운다. 가게는 곧 선전용 간판이기도 하다.

인터넷 통신 판매 시스템을 만든다. 이제 그것은 없어서는 안 되는 판매의 필수 시스템이다.

신용카드 결제이기 때문에 그 대행사와의 계약도 필수다. 통신 판매를 하게 되면 수프는 깡통이나 레토르트 팩에 넣어도 그것을 위한 공장이 필요하다. 전문 회사에 외주를 주는 방법도 있다.

재료의 조달 루트를 어떻게 확보할까. 그것이 가장 어려울지도 모른다.

사업으로 성립시기기 위해서는 1년에 어느 정도의 순이익을 올려야 할까. 그것이 16만 달러 이하라면 그만두는 게 낫다. 투자 고문 회사의 운용에 맡기는 것이 이익이 더 많다.

겐야는 투자 고문 회사 이야기는 덮어두고 제시카에게 사업 계획을 보여주었다.

"이익금이 16만 달러요? 그렇게 큰 사업을 생각했어요?"

제시카는 놀란 얼굴로 말했다.

"첫해는 무리지요. 우선 가게를 열어 제시카의 수프가 얼마나 맛있고 가치가 있는지를 인지시키고 선전에도 전략을 짜야지요. 신문, 잡지, 인터넷……. 저는 미국의 최근 인터넷 사정을 잘 모르니까 조사해봐야지요."

"제시카의 수프요? 기쿠에의 수프예요."

제시카가 말했다.

"지금 임시로 붙인 이름이에요. 미국이나 유럽에서는 일본인이 만든 수프라면 팔리지 않을 테니까요. 게다가 수프는 이미 레시피가 있고 기쿠에 고모는 그것에 따라 만들고 자기 나름의 각색을 했을 뿐이에요. 그러니까 그럴 마음만 있다면 레시피를 보고 누구나 만들 수 있죠. 그래서 유럽의 수프 만들기 고전에 기초한 오리지널한 것을 고안하는 거죠. 우선 제시카의 수프를 만드는 겁니다."

"누가요? 당신이 오늘부터 그 큰 냄비와 격투를 벌이는 건가요?"

"제시카의 수프니까 당신이 만들어야지요."

"저는 공부하고 싶어요. 대학원에 가려는 것은 진심이에요. 벌써 스물일곱이지만 그런 것은 문제가 아니에요. 저는 장애가 있는 아동을 교육하는 일에 종사하고 싶어서 캘리포니아대학교 어바인 캠퍼스를 졸업했어요. 그런데 그대로 교육대학원에 진학할 생각으로 그 준비를 하고 있을 때 할머니가 돌아가셔서 어머니가 이 가게를 이어받았고 별거하던 아버지와도 이혼했지요. 아무튼 대학원에 가서 특수 교육의 지식이나 기술을 공부할 상황이 아니었어요. 그해에는 정말 여러 일이 겹쳤지요. 오빠는 모든 가족의 반대를 무릅쓰고 오스트레일리아인 여자와 결혼하려고 시드니로 가버렸고, 여동생은 가출했고 말이에요. 그래서 교육대학원에 진학하는 걸 단념했어요. 그래도 지금은 돈도 조금 모았고 어머니는 시설 생활에 적응하고 있으니 기회가 온 거지요. 저는 꿈을 이루고 싶어요."

제시카의 어조는 조용했지만 단호한 의지가 느껴졌다.

"장애아의 특수 교육이라……. 훌륭한 일이지요. 그걸 위해 공부하려는 당신한테 수프를 만들게 할 수는 없겠네요."

겐야는 웃음을 흘리며 제시카에게 말했다.

금발의 남자는 담배 두 대를 피우고 1달러짜리 지폐 두 장을 테이블에 두고 돌아가려고 했다.

제시카는 돈은 필요 없다며 남자에게 가서 한두 마디 대화를 나누고 돌아왔다.

'제시카의 수프'로 본격적인 사업을 하려고 생각한 것은 아니었기에 겐야는 시시한 제안을 한 것을 후회하며 20달러짜리 지폐를 테이블에 놓았다.

"그건 뭐예요? 미네랄워터 값인가요?"

"예, 20달러짜리밖에 없어서요."

"돈은 필요 없어요. 목이 말라 걸을 수 없게 되서 집 앞 그루터기에 앉은 나그네한테 가난하지만 아름다운 아가씨가 물을 가져다준 거예요. 몇 년쯤 뒤에는 아마 그 아가씨한테 수십 배가 되는 상이 내릴 거예요."

거의 화장기가 없는 제시카의 피부는 혈색이 좋았고, 그렇게 생각해서 그런지 코에 주름을 만들며 웃으면 순간 열일고여덟 살로 보였다.

"고마워요. 다음에 올 때는 당신의 저녁용 수프를 가져올게요. 무슨 수프가 좋으세요?"

겐야의 말에 미네스트로네와 녹두 수프라고 대답한 제시카는 바깥까지 나와 배웅해주었다.

"바게트도 하나 가져올게요."

이렇게 말한 겐야는 기쿠에 고모의 스마트폰 내비게이션으로 가장 빨리 돌아갈 수 있는 루트를 검색했다.

제시카는 내비게이션 화면을 들여다보며 손가락으로 확대하고는 말했다.

"여기가 식물원이에요. 기쿠에 씨는 여기서 꽃씨라든가 식물 모종을 샀어요. 이곳 환경에 맞지 않은 꽃이라도 어떻게 하면 예쁘게 피울 수 있는지를 잘 알고 있는 여성이 있다고 했어요. 식물원에 다니면서 친해졌는지 가끔 수프를 주기도 했지요. 이름은 아만다예요. 저는 만난 적이 없지만 웃음소리가 방울 소리 같다고 했어요. 아만다는 아직 기쿠에 씨가 일본에서 돌아가신 것을 모르고 있을 거예요. 식물원에서 사무를 보는 40대의 여성이에요."

제시카의 집에서 식물원까지는 상당한 거리여서 겐야는 일단 바다를 따라 올컷가로 돌아갔다.

토요일이든 일요일이든 국경일이든 정해진 시간에 찾아와 예순여덟 개의 화분에 물을 주는 대니얼 야마다가 오후 일을 시작할 시간이었다.

월요일은 아침부터 바빴다.

토런스시에 지점이 있는 은행의 지점장이 찾아왔고, 세무사도 조수인 여성과 함께 찾아왔다.

오후 두 시에 수잔 모리 변호사가 왔을 때 겐야의 스마트폰에 계속 기다리고 있던 전화가 걸려왔다. 채용이 내정되어 있는 외국 자본 계열 기업의 일본 지사로부터였다.

받는 것도 국제전화 요금을 지불해야 하지만 겐야는 수잔에게 거실에서 기다려달라고 말하고는 전화를 받았다.

일본에서 세 번 얼굴을 마주한 인사 담당자는 유감스럽지만 오바타 씨보다 자기 회사에 적합할 것 같은 사람을 채용하기로 결정했다고 겐야에게 전했다.

내정되었다고 알렸는데도 이렇게 되어 죄송하다거나 하는 말은 없었다.

뭐, 이것이 외국 자본 계열, 특히 미국 기업이라고 생각하면서도 겐야는 약간 화가 났고 낙담도 했다. 하지만 푸념 같을 말을 하면 이 회사에서의 부정적인 이미지가 계속 이어질 것 같아, 그럼 제안이 있었던 다른 회사에 취직하겠다는 인상을 주는 환한 목소리로 응답하며 전화를 끊었다.

"채용이 결정되었는데도 거절당했습니다."

겐야는 거실로 가서 수잔과 마주 보고 앉자마자 이렇게 말했다.

"미국 기업인가요?"

수잔이 이렇게 물으며 서류 가방에서 세 통의 서류를 꺼냈다.

겐야는 기업 이름을 말하며 그 일본 지사에서 채용 통지를 받았던 거라고 말했다. 하지만 아직 고용 계약을 맺은 것은 아니었다고도.

"당신이 어떤 기업에 취직할 필요가 있나요? 앞으로 해야 할 일은 이 집을 포함해서 약 4천2백만 달러의 자산을 운용하는 일이에요."

수잔의 말에 겐야는 자신은 미국의 그린카드를 취득하지 않았다고 대답했다. 매년 약 1천5백만 명의 외국인이 영주와 취업을 바라며 추첨식 영주권 프로그램으로 그린카드를 신청하지만, 지난 몇 년간 일본인의 응모는 3만 명이 조금 안 되고 당첨자 수는 450명 정도라고 말했다.

"완전한 무작위 제비뽑기로, 3만 분의 450입니다. 확률은 1.5퍼센트, 그런 게 당첨될 리가 없잖아요."

겐야의 말에 수잔은 손목시계를 보며,

"백만 달러로 그린카드를 살 수 있어요."

라고 말했다.

그것은 서던캘리포니아대학의 경영대학원에 유학하고 있을 때 중국이나 한국 유학생으로부터 들은 적이 있지만 어디까지가 진짜인지 알 수 없었다.

하지만 지금 수잔 모리라는 베테랑 변호사의 입에서 나오자 그 말이 갑자기 신빙성을 띠고 다가왔다.

"미국 국내에서 사업을 해서 미국에 세금을 내고 미국인을 고용해준다면, 라는 뜻이에요. 백만 달러는 그걸 보증하는 재력을 보여주는 담보지요."

초인종이 울려 겐야는 현관으로 가서 문을 열었다.

오전 비행기 편으로 뉴욕에서 찾아온 투자 고문 회사의 임원과 담당자가 고가로 보이는 양복과 넥타이 차림으로 서 있었다.

협의와 금액을 크게 늘린 새로운 계약 갱신은 약 한 시간 만에 끝났다.

그 동안 로스앤젤레스 공항에서 타고 온 택시는 올컷가 앞에서 기다리고 있었다.

"제 일도 이제 완전히 끝났네요."

투자 고문 회사의 두 사람이 돌아가자 수잔이 이렇게 말했다. 그리고 올컷가의 고문 변호사 계약을 종료한다는 것을 증명하는 서류에 겐야의 사인을 요구했다.

사인을 하고 겐야가 수잔과 악수를 나누자 2층에서 청소를 하고 있던 로잔느가 계단을 내려와 청소 도구를 세탁실 안쪽의 헛방에 넣어두러 갔다.

월요일에는 올컷가의 청소가 끝나고 롤링힐스에스테이츠시의 저택 청소도 담당하고 있다. 이 집보다 방이 다섯 개 많다고 한다.

"I do everything."

일을 시작할 때 로잔느는 이렇게 말하는데, 겐야는 그 웃는 얼굴이 좋았다.

수잔은,

"잘 지내죠?"

하고 로잔느에게 인사하며 현관에서 슬리퍼를 벗었다. 그리고 언제 일본으로 돌아가느냐고 겐야에게 물었다.

그 전에 한 번 토런스에 있는 스테이크 전문 레스토랑에 초대하고 싶은데 다음 주 토요일은 어떠냐고도 물었다.

"묘석이 완성되면 유골을 납골하고 싶습니다. 그게 끝나면 제가 여기에 있어야 할 이유도 없습니다."

"니코가 조사를 받아들인 거 아니었나요?"

"예, 자신감은 백 퍼센트 없다고 하면서요."

"그런데도 받아들였다고요?"

수잔은 잠깐 겐야를 바라보며 살짝 고개를 갸웃하면서 미소를 지었다.

"백 퍼센트 자신이 없다면 니코 씨는 절대 받아들이지 않아요. 그는 의뢰인한테 쓸데없이 돈을 쓰게 하지 않거든요. 니코 씨가 스스로 정한 규칙인데, 그 규칙을 완고하게 지키고 있기 때문에 1년 내내 돈이 궁해요. 의뢰인한테 유익한 정보를 줄 수 없다는 걸 알지만 맡겨달라, 한번 조사해보겠다며 적당히 일을 맡으면 좋을 텐데 말이에요."

수잔은 이렇게 말하고 가려고 하다가 돌바닥에 놓인 슬리퍼를 손으로 가리켰다.

"이건 기쿠에 씨가 나를 위해 준비해준 슬리퍼예요. 내 일은 끝났지만 이따금 중정의 꽃을 보러 와도 될까요?"

"그럼요, 언제든지 거리낌 없이 오세요. 제가 일본으로 돌아가고 나서도 마음대로 집에 들어와 중정에서 담배를 피우세요."

겐야는 웃음을 띠며 이렇게 말하고 수잔의 슬리퍼를 신발장의 늘 놓여 있던 자리에 놓았다.

묘지의 잔디 위에 깔듯이 설치하는 묘석이 완성되기까지는 앞으로 일주일쯤 더 걸릴지도 모른다. 나중에 장의사에 전화로 물어보자.

겐야는 이렇게 생각하며 2층으로 올라가 워킹 준비를 했다. 오늘은 아침부터 손님이 있어서 워킹은 오후로 미뤘다. 제시카에게 약속한 수프를 가져가야 한다.

어젯밤 보스턴에 도착했을 니콜라이 벨로셀스키로부터는 아직 연락이 없다. 아마 니코가 전화를 걸어오는 것은 사오일 후일 것이다. 니코로부터 얼마간의 보고를 받고 나서 일본으로 돌아가게 될 것이다.

겐야는 그렇게 생각하고 어젯밤 차고의 대형 냉동고에서 꺼내 부엌 냉장고로 옮겨놓은 수프 깡통 두 개를 열 명이 앉는 식탁에 놓았다. 제시카에게 가져갈 생각이었다.

"욕조는 한 번도 쓰지 않았네요."

헛방에서 돌아온 로잔느가 말했다.

"예, 샤워만 해서요."

"가끔은 욕조에 몸을 담그는 게 좋아요."

"귀찮아서요."

"점심은 드셨어요?"

"아직요, 별로 배가 고프지 않아서요. 당신은요?"

"오늘은 막내딸을 학교에 데려다주고 나서 여기 와서 일을 시작하는 게 늦었어요. 그래서 저도 아직 먹지 못했어요."

로잔느가 소속된 청소 회사에서는 오전 중의 일을 끝낸 사원은 일단 회사로 돌아가게 되어 있다. 일단 사원 식당 같은 곳도 있다. 일의 사정으로 패스트푸드점에서 햄버거나 핫도그를 먹을 수밖에 없을 때는 본인이 부담해야 한다.

겐야는 로잔느를 처음 만난 날 그렇게 들었기 때문에,

"여기서 먹는 게 어때요? 수프와 빵으로."

하고 권했다.

"그렇게 고급 수프는 저한테는 아까워요."

"어차피 혼자서는 다 못 먹어서 그래요. 냉동고에 얼마나 들어 있을 것 같아요?"

"그럼 제가 푸에르토리코의 가정 요리를 만들까요?"

"지금요? 재료는 있어요?"

"베이컨과 양파와 쌀만 있으면 돼요."

"쌀은 있지만 베이컨과 양파는 없어요. 제가 사 올게요. 채소도 없으니까 상추라든가 주키니도요."

겐야는 지갑을 청바지 주머니에 넣고 현관으로 갔지만, 로잔느에게는 앞으로 청소해야 할 집이 한 곳 더 있을 거라는 생각에 다시 부엌으로 돌아갔다. 벌써 세 시가 좀 안 된 시간이다.

대니가 와서 곧바로 화분에 물을 주기 시작했다.

로잔느는 앞치마를 벗고 자기 차의 키를 들고 있었다.

"저는 집에 가서 쌀을 좀 가져올게요."

"다음 일은요? 여기보다 방이 다섯 개 많은 저택 청소가 남아 있잖아요?"

"조금 전에 회사에서 전화가 왔는데 그 집의 개축 공사가 시작되어서 오늘부터 두 달 동안 청소 작업이 중지되었대요. 그래서 올컷 씨 집 청소만 하면 오늘 일은 끝이에요."

"잘 되었네요."

"아니요, 저희는 사원이라고 해도 한 건에 얼마를 받는 식이라서 좋지 않은 일이에요."

로잔느가 포드의 소형 세단을 몰고 간 후 겐야는 쌀은 이 집에도 있는데, 하고 생각했다. 로잔느가 그걸 가지러 자기 집까지 가지 않아도 된다고 생각한 것이다.

평소에 가는 고급 식품점에서 베이컨과 양파, 그리고 내친김에 진공 팩에 세 개가 든 프랑크푸르트 소시지를 산 겐야는 기쿠에 고모의 사륜구동차로 올컷가로 돌아왔다. 차라면 편도 5분 거리다.

샌피드로 지구의 한가운데쯤에 있는 로잔느의 집은 여기서 왕복 한 시간은 걸리니 푸에르토리코의 가정 요리가 완성되려면 네 시 반은 되어야 하는 게 아닐까.

이렇게 생각한 겐야는,

"점심이 아니라 저녁이 되겠는걸."

하고 중얼거리며 홀에서 중정으로 나갔다.

"로잔느가 푸에르토리코 가정 요리를 만들어준답니다."

겐야는 여느 때의 순서대로 세탁실 건너편의 꽃밭에서 북쪽 동의 벽과 출창에 매달린 화분으로 옮겨간 대니에게 말했다. 바람이 전혀 불지 않아 큰 소리가 아니어도 대니에게 들렸다.

대니는 몇 개의 난 화분을 응달로 옮기며 긴 차양 안쪽을 손으로 가리켰다.

"제비가 집을 지었어요. 당신이 일본에서 오기 삼사일 전부터 짓기 시작했는데, 어느새 암컷도 수컷도 없어져서 이곳이 마음에 안 들어 다른 곳으로 옮겼나 했거든요. 이제 알도 낳았네요."

이렇게 말한 대니는 응달에 늘어놓은 난에 분무기로 정성껏 물을 주며 시든 잎을 떼어냈다. 겐야는 오늘 첫 담배를 피웠다. 그리고 덩굴장미 시렁 밑으로 걸어갔다. 자카란다 꽃은 더욱 늘어나 거목 전체가 연보랏빛 연무처럼 보였다.

니콜라이 벨로셀스키가 달리 잊어먹은 이야기는 없느냐고 물어왔을 때의 다갈색 눈이 되살아났다.

"한 가지 있었구나."

겐야가 가든 체어에 앉아 중얼거렸다.

기쿠에 고모의 노트북 컴퓨터다. 8년 전 기쿠에 고모는 이언과 함께 일본에 왔다. 그때 이언에게 병의 징후는 전혀 없었고 열흘간 닛코日光와 교토 여행을 즐겼다. 그때 도쿄에서 일본제 노트북을 사서 내가 초기 설정을 해주었다.

그 노트북이 패스워드로 잠겨 있다.

기쿠에 고모는 이번 여행 전에 로스앤젤레스에서 전화를 걸어와 어떤 패스워드가 안전할지를 내게 물었다.

기쿠에 고모는 컴퓨터를 다루는 것이 서툴렀지만 머리가 무척 좋은 사람이라 그런 도움을 필요로 하지는 않았을 것이다.

대문자와 소문자를 섞은 무작위 기호나 숫자를 여섯 개쯤 늘어놓으면 된다. 기억할 수 없을 것 같으면 종이에 써서 숨겨놓으면 되는 일이다.

패스워드를 해독할 소프트웨어라도 사용하지 않는 한 노트북의 잠금 장치를 풀 수는 없다.

그 정도의 일은 아무리 컴퓨터에 서툰 기쿠에 고모라고 해도 알고 있었을 것이다.

패스워드라는 화제를 꺼낸 것은 자기 노트북에 중요한 것이 입력되어 있다는 것을 암시하는 힌트였던 것이 아닐까.

겐야는 그렇게 생각했다.

니코라면 패스워드를 해독하기 위한 소프트웨어를 갖고 있는 지인이 있을 것이다.

중고 컴퓨터나 스마트폰을 파는 가게에는 필수품이다. 그것이 도난품의 경우라면 더더욱 그렇다.

니코는 아무리 봐도 아날로그 아저씨지만 직업의 성격상 남의 컴퓨터에 몰래 들어가야 하는 일도 있을 것이다. 어딘가의 지하실에 틀어박혀 여러 대의 컴퓨터를 자유자재로 구사하는 천재적인 해커와 친한 사이일지도 모른다.

니코로부터 연락이 오면 기쿠에 고모의 노트북 이야기를 하자.

겐야는 이렇게 생각하며 평소보다 햇빛이 강한 하늘과 눈부신 바다를 바라보고 있었다.

대니가 남쪽 동으로 접사다리를 옮겼을 때 로잔느가 비닐봉지를 안고 돌아왔다.

"쌀이라면 여기도 있는데요."

겐야는 부엌으로 가서 로잔느에게 말했다.

"일본 쌀이죠? 그건 너무 부드러워서 아로스 콘 세보야에는 맞지 않아요."

로잔느는 이렇게 말하며 겐야가 사 온 양파와 베이컨을 썰었다.

"아오코……?"

겐야가 되묻자 로잔느는 몇 번이나 스페인어 특유의 혀를 사용한 발음으로 요리 이름을 되풀이했지만 여전히 아오코네보라로만 들렸다.

로잔느가 가져온 고야라는 이름의 쌀은 가늘고 길쭉해서 흔히 동남아시아에서 보는 쌀과 비슷했다.

푸에르토리코인은 쌀과 콩이 주식이라고 말한 로잔느는 프라이팬에 베이컨을 볶다가 기름이 충분히 나오자 거기에 썰어놓은 양파를 넣었다.

"양파도 볶는 건가요?"

"네, 갈색이 될 때까지 천천히요."

"그럼 그건 제가 할게요."

"아뇨, 작업은 이것뿐이에요. 다 볶으면 물을 넣을 거예요. 그러면 양파 수프가 완성되고, 거기에 이 쌀을 넣고 쌀을 덮는 정도의 물을 부어 끓이는 거예요. 간은 소금으로만 하고요. 수분이 없어지면 쌀을 뒤섞기만 하면 완성이에요."

"다 만들 때까지 몇 분이나 걸려요?"

"20분 정도요. 저희 푸에르토리코 사람은 사실 베이컨이 아니라 소금에 절인 돼지비계를 사용해요. 하지만 기쿠에 씨 입에는 맞지 않아서 베이컨으로 했더니 무척 마음에 들어 하셨어요."

"기쿠에 고모하고는 사이가 좋았나요?"

"네, 기쿠에 씨는 무척 친절하게 대해주었어요. 니쿠자가•를 만들어주기도 했고요. 저한테는 조금 달았지만 아들과 딸은 아주 좋아했어요. 우리 집에서는 믹 재거라고 불러요."

• 쇠고기나 돼지고기와 감자를 간장과 설탕으로 조미하여 졸인 음식. 니쿠는 고기, 자가(자가이모)는 감자라는 뜻이다.

겐야는 웃었다. 롤링스톤스의 리더 이름•인가. 닉 재거라고 하면 니쿠자가에 더 가까울 텐데.

"기쿠에 씨가 가르쳐준 방법으로 집에서 도전해봤어요. 정말 끔찍한 결과였어요."

"일본 간장을 썼어요?"

"기쿠에 씨한테 받아 가서 썼어요."

"설탕을 너무 많이 넣은 거 아닌가요?"

"아니요, 국물로 소프리토를 썼거든요."

소프리토? 그건 대체 뭐지? 니쿠자가에 사용하는 국물은 가다랑어 포와 다시마로 만든 것일 텐데, 기쿠에 고모는 로잔느에게 레시피를 가르쳐주고 간장을 건넬 때 일본의 전통적인 국물을 만드는 방법을 생략한 게 아닐까.

"믹 재거에는 일본식 국물이 아니면 안 돼요. 소프리토도 국물인가요?"

겐야가 양파 수프 안에서 끓기 시작한 가늘고 길쭉한 쌀을 보며 물었다.

소프리토는 푸에르토리코 요리의 기본양념이라고 로잔느가 말했다.

"고수풀, 피망, 파프리카, 꽈리고추, 토마토를 잘게 썰어요. 그것과 마늘, 양파, 소금을 푸드 프로세서에 넣고 돌리기만 하면 되거

• 롤링스톤스(Rolling stones)의 리더 믹 재거(Mick Jagger)를 일본식으로 읽으면 미쿠 자가가 된다.

든요. 냉동해두면 며칠이고 쓸 수 있어요. 소프리토는 만능 양념이지요. 푸에르토리코에서는 여러 가지 요리에 그걸 쓰니까요."

겐야는 로잔느의 입에서 나온 재료로 만든 소프리토라는 양념으로 요리한 일본의 니쿠자가의 맛을 상상했다.

역시, 로잔느가 만든 니쿠자가에 굳이 '닉 재거'가 아니라 '믹 재거'라는 이름을 붙인 아들과 딸은 재치가 풍부하다며 겐야는 감탄했다.

"그건 I do everything이 아니라 I try everything이네요."

겐야는 웃으며 말했다.

쌀을 끓이는 수분이 없어지자 로잔느는 큰 스푼으로 섞고,

"다 됐어요"

하고 웃는 얼굴로 말했다.

"그럼 제가 샐러드를 만들지요."

겐야는 상추와 주키니를 씻으며 로잔느에게 남편은 무슨 일을 하느냐고 물었다.

냄비의 뚜껑을 닫고 뜸을 들이며 로잔느는 식탁에 냄비 받침을 놓았다.

"중간 규모의 건설 회사에서 불도저나 지게차를 조작하는 일을 해요. 지금 다니는 회사에 들어간 지는 벌써 12년이 되었네요. 지금은 USC 캠퍼스 내의 공사를 하고 있어요. 새롭게 무슨 기념관인가를 짓는대요."

이렇게 대답한 로잔느는 잠시 겐야의 솜씨를 보고 있었는데, 보다 못한 듯 샐러드용 접시에 직접 상추를 찢어 담았다.

오후 물 주기를 마친 대니가 세탁실에 도구를 넣어두고 나서 부엌으로 왔다.

"로잔느 씨가 가장 자신 있게 하는 요리는 일본에서는 스튜 라이스라고 하나? 감자와 호박, 햄, 강낭콩을 토마토소스로 끓여서 밥에 얹은 거지요. 정말 맛있습니다."

대니가 영어로 이렇게 말하고는 식탁 의자에 앉아 페트병의 미네랄워터를 마셨다.

"벌써 다섯 시네요. 대니 씨도 드시고 가실래요?"

로잔느는 양파 수프로 볶은 밥을 접시에 담으며 물었다.

대니는 손목시계를 보며 서둘러 일어섰다.

"초등학교로 손녀를 데리러 가야 합니다. 수업이 끝나고 나서 학예회 연습을 하고 있으니까 평소보다는 좀 늦습니다."

여덟 살 손녀는 대플그레이초등학교Dapplegray Elementary School에 다니고 있다. 팔로스버디스반도에서는 여러 가지 면에서 상당히 수준이 높은 학교인데, 학군이 다른데도 부모가 일부러 그 학교에 입학시킨 거라고 이야기하며 돌아갔다.

하지만 곧 되돌아와서,

"겐 씨한테 이런 부탁을 하고 싶진 않지만, 모레 이 시간쯤 무슨 예정이라도 있습니까?"

하고 겐야에게 물었다.

"묘지의 묘석이 완성될 때까지는 한가합니다. 아무 예정도 없는데요."

샐러드 접시를 테이블로 옮기며 겐야가 대답했다.

"모레 다섯 시 반에 초등학교로 손녀를 데리러 가야 하는데 대신 가줄 수 없겠습니까? 저는 조경업자들 파티에 참석해야 해서요. 아이 아빠는 플로리다로 출장을 가 있고, 아이 엄마는 저녁부터 병원에서 검사가 있습니다. 제 아내는 막내딸이 출산해서 맨해튼비치 근처에 가 있고요."

"좋습니다. 손녀를 차에 태우고 이 집으로 데려와서 대니 씨가 데리러 올 때가지 기다리면 되는 거죠?"

"부탁해도 되겠습니까? 학교에는 제가 연락해두고 손녀한테도 겐야 오바타라는 이름의 일본인이 데리러 갈 거라고 단단히 일러두겠습니다."

"맡겨두세요. 그 초등학교까지 가는 길은 내비게이션으로 알아볼 테니 염려하지 마세요."

대니가 돌아가자 겐야는 로잔느가 만든 쌀 요리를 처음에는 스푼으로 아주 조금만 떠서 입에 넣어보았다.

"맛있네요, 로잔느 씨, 정말 맛있어요."

"그래요? 입에 맞아요? 역시 소금에 절인 돼지비계가 아니라 베이컨으로 한 게 다행이었네요."

로잔느는 겐야보다 배는 두꺼운 위팔에 알통을 만들어 보였다.

요컨대 푸에르토리코풍의 다키코미밥•이라고 해도 좋은 요리인데, 감칠맛이 있고 소박한 양파 맛이 쌀에 잘 스며들어 있었다.

• 일본 요리의 하나로, 생선과 야채, 고기 등 여러 가지 재료를 섞어서 지은 밥.

기쿠에 고모가 만든 양파 수프에서는 이 쌀 요리의 꾸밈없는 맛은 나오지 않고, 일본 쌀로는 씹는 맛이 나지 않을 거라고 겐야는 생각했다.

그러나 이것과 샐러드만으로는 아무래도 저녁 식사라는 생각이 들지 않아,

"저기, 제가 레시피를 보고 만든 수프 좀 드실래요?"

하고 겐야가 로잔느에게 물었다.

"네, 먹을게요. 우리는 이걸 많이 먹으면 배가 부르지만 오늘은 조금밖에 만들지 않았으니까요."

이미 쌀 요리를 다 비우고 샐러드를 먹고 있던 로잔느는 수프용 냄비를 가스레인지에 올렸다.

겐야는 식당의 문을 통해 중정으로 나가 이탈리안 파슬리 잎을 따 왔다. 그리고 브로도를 냄비에 넣고, 계란 두 개와 치즈와 조미료를 사발에 넣어 뒤섞고 조금 전에 사 온 프랑크푸르트 소시지를 1센티미터 정도의 두께로 둥글게 썰었다.

한 번 만들어보고 마음에 들었던 '계란과 파르미자노 수프'에 프랑크푸르트 소시지를 넣으면 어떻게 될까, 하고 생각한 것이다.

겐야는 끓기 시작한 브로도에 잘 저은 달걀과 소시지를 넣어 충분히 섞고, 다시 한 번 끓었을 때 바로 가스 불을 끄고는 로잔느가 놓은 수프용 접시 두 개에 담았다.

"이건 굉장해요. 오늘 이렇게 호화로운 저녁을 먹을 수 있다니……. 할머니는 아침에 일어나면 인생에는 살아보지 않으면 경험할 수 없는 행복이 무진장 흘러넘친단다, 하고 늘 말해주었어요.

주술처럼 말이에요."

로잔느는 고개를 좌우로 흔들며 이렇게 말했다.

겐야도 수프와 잘 저은 계란과 소시지를 스푼으로 떠서 입으로 가져가며,

"음, 소시지를 둥글게 썰어 넣으면 브로도의 맛에 쓸데없는 것이 섞이는 게 아닐까 걱정했는데, 최고의 수프가 되었네요."

하고 말했다.

겐야와 로잔느는 잠시 말없이 수프를 맛보고 이따금 얼굴을 마주 보며 웃고는 저녁 식사를 마쳤다.

"이 수프와 로잔느 페레스의 아오론……."

"천천히 말해볼 테니까 외우세요. 아로스 콘 세보야."

로잔느는 쌀 요리의 이름을 몇 번이고 되풀이했다.

"음, 아로스 콘 세보야. 저한테는 발음이 어려우니까 그냥 세보야라고 하죠. 세보야와 이 수프는 특별히 궁합이 잘 맞는다고 생각하지 않아요?"

"맞아요. 아름다운 결혼이에요."

로잔느의 표현이 재미있어서 겐야는 웃었다.

그때 기쿠에 고모의 스마트폰이 울렸다. 대니였다.

손녀의 이름을 알려주는 걸 잊었다고 한다.

"리사 스벤슨입니다. 그리고 또 한 아이, 손녀의 친구도 차에 태워주지 않겠습니까? 한나 페트니카라는 여자아이입니다. 저는 모레 파티에서 간사를 맡아서 오후에는 물을 주러 가지 못합니다. 손녀와 한나를 데리러 갈 때 물을 주겠습니다. 오전 중의 물 주기는

아침 일곱 시에 갈 겁니다. 제가 마음대로 들어갈 테니 당신은 그냥 주무시고 계시면 됩니다."

대니의 전화를 끊자 이번에는 문자 착신음이 울렸다.

화면에는 'Jessica Cotten'이라는 이름이 표시되어 있었다.

—워킹은 한 번으로 끝인가요?

겐야는 제시카가 기쿠에 고모의 스마트폰에 문자를 보낸 것은 수잔으로부터 사정을 들었기 때문일 거라고 생각하고,

—드문 일이게도 아주 바빴습니다. 아침부터 손님들이 자꾸 들이닥쳐서요.

라고 답장을 보내고 식기와 냄비를 씻기 시작한 로잔느를 몸짓으로 제지했다.

—수프가 도착하기를 기다리고 있어요. 배가 고파 쓰러질 것 같아요.

곧바로 이렇게 쓴 제시카의 문자가 왔다.

손목시계를 보니 여섯 시 반이었다.

—일곱 시 좀 지나 당신 집에 도착할 겁니다. 바게트도 하나 가져갈게요.

이렇게 답장을 보내고 부엌 싱크대 앞으로 가자 로잔느는 이미 설거지를 끝낸 상태였다.

"제가 하면 되는데."

이렇게 말하고 식탁에 옮겨둔 수프 깡통 두 개와 어제 산 바게트를 종이봉투에 넣은 겐야는 1층 창문을 모두 닫았다.

"정말 창문이 많은 집이라니까."

혀를 차며 이렇게 중얼거린 겐야는 로잔느와 함께 집을 나섰다.

차를 타고 바다 쪽에서 팔로스버디스 거리를 가다가 왼쪽으로 꺾었다. 어쩐지 마음이 조급했다. 로잔느는 오른쪽으로 꺾어 집으로 돌아갔다. 백미러로 보니 로잔느의 소형 실버메탈릭 세단이 석양을 받아 새빨갛게 보였다.

어제 순찰차가 정차해 있던 길을 올라가는 것이 가장 빠른 길이라는 걸 알고 있어서 겐야는 여권을 청바지 주머니에 넣고 온 것을 확인하고 바다를 따라 난 길을 언덕 쪽으로 돌아갔다.

개를 산책시키고 있는 사람들이 순찰차가 정차해 있던 자리 근처에 멈춰 서서 이야기를 나누고 있었다. 자카란다 가로수길이라고 해도 좋을 듯한 완만한 오르막길 양쪽에는 지은 지 상당히 오래되어 보이는 저택이 언덕 꼭대기 언저리까지 늘어서 있었다.

"여기서 왼쪽으로, 다음에는 오른쪽으로."

겐야는 소리 내어 이렇게 말하며 제시카의 집 근처의 작은 교차로가 되어 있는 무료 주차장에 차를 세웠다.

교차로 한가운데에는 지름이 1미터 이상이나 되는 나무 한 그루가 자라고 있다. 수피가 없는 나무로, 겐야는 볼 때마다 마치 백일홍 귀신 같다고 생각했다.

수프를 기다리고 있다고 문자로 재촉했다는 것은 자신을 불쾌한 놈이라고 생각하지 않는다는 증거라고 생각했다.

겐야는 종이봉투를 안고 제시카의 집 앞에 섰다. 바깥의 피규어 가게 쪽에서 초인종을 누를지 뒤쪽의 커피숍 문을 두드릴지 망설였다.

'어쩌면 내가 제시카를 진지하게 생각하는 건지도 모르겠는걸.'

겐야는 이렇게 생각하며 유학 중에 끌린 여자가 세 명 있었지, 하며 각각의 얼굴을 떠올렸다.

그중 한 사람은 상대도 해주지 않았다. 금발에 푸른 눈을 가진 전형적인 백인 여성으로, 무슨 이유에선지 대학원을 1년 만에 그만두었다.

나머지 두 사람도 백인이었는데 한 사람은 프랑스계고 또 한 사람은 먼 조상에 아프리카계가 있었음을 보여주는 용모였다.

아시아인 남자가 백인의 젊은 미녀와 걷고 있으면 괴롭힘을 당한다. 그러나 백인 남자와 아시아인 여성 커플은 용인된다.

이렇게 단언한 것은 한국계 미국인 앤서니 한이었다. 아시아계 이민이 많은 로스앤젤레스에서도 그렇다고 했다.

겐야는 앤서니의 말을 떠올리며 2층의 한 방에만 켜져 있는 불빛을 잠시 바라보고 나서 제시카의 집 뒤로 돌아갔다.

커피숍 문을 두드리자 바로 위의 방에 불이 켜지고 제시카가 창문으로 얼굴을 내밀었다.

"커피를 끓일게요. 조금 전에 커피콩이 도착했거든요."

제시카가 말했다.

"배가 고파서 쓰러질 것 같다고 했죠? 수프와 바게트는 여기에 둘게요."

겐야는 의자를 올려놓은 테이블에 종이봉투를 놓고 제시카에게 살짝 손을 흔들었다.

차가 있는 곳으로 걸어가자 제시카가 쫓아와서,

"고마워요."

하고 말했다.

그러고는 그 교차로 한가운데서 보이는 석양이 이곳 랜초팔로스버디스에서 최고라고 말하며 겐야의 손을 끌고 높이 1미터쯤 되는 돌담 위로 올라갔다.

"이 근처에는 나무가 많네요. 무슨 나무인가요?"

겐야는 백일홍과 비슷한 거목의 수피 없는 줄기를 쓰다듬으며 물었다.

"슈가검Sugar Gum 나무예요."

제시카는 이렇게 가르쳐주고, 자신은 캘리포니아대학 어바인 캠퍼스를 졸업했을 때 성적이 좋았기 때문에 대학원에 입학하기 위한 시험으로는 논문만 제출하게 되었다고 말했다.

"아마 그럴 거라고 생각했어요."

겐야는 어제 제시카로부터 대학원에 진학하고 싶다는 말을 들었을 때, 순간 확실히 그렇게 생각했다.

"아니, 제 성적이 좋았다는 걸 당신이 어떻게 알아요?"

"당신이 노력하는 사람이라는 건 알 수 있어요. 그러니 대학 성적이 나빴을 리 없잖아요."

대낮보다 불타오르는 것처럼 보이는 석양의 절반이 수평선 밑으로 숨었다.

제시카는 부끄러운 듯이 코에 주름을 만들며 웃었다.

이것이 제시카가 부끄러울 때 보이는 웃는 얼굴이구나, 하고 겐야는 생각했다.

"하지만 논문 제출은 5월 15일이에요."

"아니, 앞으로 2주쯤밖에 안 남았잖아요."

"좀 더 빨리 대학의 담당 교수를 만났으면 좋았을 거예요. 절차 서류에 부족한 점이 없는지 확인하기 위해 오늘 학교에 갔다가 식당에서 우연히 만났어요. 만나지 않았다면 논문을 제출하지 못해 정규 시험을 봐야 할 뻔했어요."

"행운이라 생각하고 앞으로 2주간 기를 쓰고 분발해야겠군요."

겐야는 이렇게 말하고 담장에서 내려가 차의 시동을 걸었다.

교코 매클라우드의 딸 멜리사는 몬트리올대학의 교육학부에 들어갔다고 편지에 쓰여 있었지, 하고 겐야는 생각했다.

멜리사는 레일라 올컷과 비슷한 나이로 추정되니 지금은 캐나다 어딘가에서 교사를 하고 있을까, 아니면 결혼해서 주부가 되어 있을까.

"일부러 가져다줘서 고마워요."

제시카가 차창 너머로 말했다.

겐야가 사륜구동차를 후진시키며 핸들을 크게 돌렸을 때 제시카가 작은 소리로 무슨 말을 했다.

잘 들리지 않았기에 겐야가 되물었다.

"논문 쓰는 걸 도와주세요."

"농담이죠? 저는 경영학이에요. 교육학에 대해선 전혀 몰라요. 당신이 목표로 하는 건 장애아 교육이잖아요. 제가 무슨 수로 돕겠어요?"

"앞으로 저는 굉장한 양의 문헌을 읽어야 해요. 2주 만에는 도저히 읽을 수 없는 양이에요. 그 절반을 당신이 읽어주세요. 중요한 곳에 표시만 해줘도 좋아요. 당신은 우수하고 또 한가하잖아요?"

"우수한데 왜 한가한지 그게 의문이지만요."

겐야는 웃으며 이렇게 말했지만 도와줄 생각은 전혀 없었다.

자신이 서던캘리포니아대학의 경영대학원에서 배운 것과 교육학은 분야가 너무 다르고, 또 기쿠에 고모의 유골을 묘지에 납골하면 일본으로 돌아가야 한다.

니콜라이 벨로셀스키가 보스턴에서 조금이라도 단서에 가까운 것을 얻어 로스앤젤레스로 돌아올 가능성은 제로에 가깝다. 아니, 제로라고 각오하고 있는 편이 나을 것이다.

자신이 상속받은 거액의 유산을 어떻게 운용할지, 레일라와 같은 아이들을 위해 구체적으로 뭘 할 수 있는지는 내 생활 기반이 확고해지고 난 후의 과제로 삼아야 한다.

나는 기쿠에 고모의 유산으로 먹고살 생각은 추호도 없다.

레일라는 실종되어 생사도 모른다.

레일라의 것이 될 터였던 유산에 손을 댈 생각은 추호도 없다. 아무튼 나는 일본으로 돌아간다. 겐야는 이렇게 생각했다.

하지만 제시카의 부탁은 농담이 아닌 것 같았다.

"많이 곤란하면 도와주겠지만 저는 도움이 안 될 거예요. 오히려 당신이 논문을 작성하는 데 방해만 될 겁니다. 앞으로 일주일쯤 후에는 일본으로 돌아갈 생각이고요. 늦어도 열흘 후일 겁니다."

겐야는 이렇게 말하고 드디어 긴 저녁이 끝나가는 팔로스버디스반도의 남서쪽 끝으로 돌아왔다. 그리고 기쿠에 고모의 주소록에서 고른 사람들에게 보낼 사망 사실을 알리는 카드를 작성하기 시작했다.

백 장 가까운 카드를 봉투에 다 넣은 것은 열 시가 지나서였다. 그중 일본에 사는 일본인은 열여섯 명이었다.

수신인이 없는 봉투 한 장이 남았다. 교코 매클라우드에게 보낼 봉투였다.

어쩌면 슈젠지의 주소는 엉터리가 아니라 교코의 친정일지도 모른다고 생각한 겐야는 자신의 노트북으로 시즈오카현의 지도를 확대했다. 정확히는 시즈오카현 이즈시 슈젠지로 되어 있다. 지난 20년 가까이 주거 표시가 변경된 지역은 아주 많고, 슈젠지초도 병합되어 이즈시의 일부가 되었다. 슈젠지는 유명한 온천지라서 우편물이야 도착하겠지만, 보통 병합 전의 '다가타군田方郡'을 생략할까.

이건 엉터리 주소다.

겐야는 이렇게 결론을 내리고 교코 매클라우드에게 보낼 카드가 든 봉투를 거실의 책장 서랍에 넣어두었다.

그러고 나서 교코 매클라우드의 편지를 영어로 번역하여 열 통 모두를 프린트했다.

니코에게 부탁받아서였지만 겐야는 이것으로 뭔가 알 수 있는 것이라도 있지 않을까, 하고 생각했다.

다 끝난 것은 자정이 좀 지나서였다.

귀찮은 작업을 몰두하여 단숨에 해치우느라 등과 허리가 아파진 겐야는 중정으로 나가 맥주를 마시며 담배를 피웠다.

"오늘 두 번째 담배로군."

이렇게 중얼거리며 맥주로 병나발을 불었다. 그러고는 부엌의 선반을 모두 뒤져 뭔가 다른 술은 없는지 찾아보았다.

노트북을 향하고 있는 동안 컴퓨터 그래픽으로 만든 서른한 살 레일라의 얼굴 사진이 계속 떠올라 왠지 모르게 침울한 기분이 들었다.

겐야는 술에 강하지 않았지만 위스키나 버번이라도 마시고 취한 채 샤워를 하고 자려고 생각했다.

부엌의 가장 오른쪽 끝 벽장에 아직 따지 않은 스코틀랜드 위스키가 있었다. 그 한 병만이 숨겨놓은 듯이 벽장 안쪽에 놓여 있었다.

"기쿠에 고모는 술을 꽤 하는 편이었으니까."

겐야는 이렇게 중얼거리고는 잔에 1센티미터쯤 따라 미네랄워터를 타고 얼음을 넣었다.

비싼 스카치를 샀지만 투병 중인 이언을 생각해서 뚜껑도 따지 않고 벽장 안쪽에 숨겨놓았는지도 모른다고 생각했다. 겐야는 잔을 들고 다시 중정으로 나가 맨발로 젖은 잔디를 밟으며 꽃밭의 오솔길로 갔다.

내일은 일정이 하나도 없다. 아침에 워킹을 하자.

제시카의 커피숍에는 들르지 않기로 하자. 다시 한 번 제시카가 논문 쓰는 걸 도와달라고 하면 그때는 거절하기 힘들 것 같았다.

일본에 돌아가야 할 급한 용무가 없다고 해도, 나는 제시카에게 끌리고 있다. 조심해야 한다. 겐야는 이렇게 자신을 타일렀다.

나는 백인 여성과는 잘되지 않는다. 미묘한 부분에서 사고나 행동 방식이 다르기 때문은 아니다. 근본적으로 가치관이나 사고 형태가 다른 것이다.

인종이 달라도 같은 인간이지만, 그렇다고 해서 남녀가 서로 연결되는 방식이 같은 것은 아니다. 남자와 여자니까 민족적 차이가 생기는 것이다.

겐야는 지금까지의 경험으로 그 차이를 실감했기 때문에 제시카와는 친한 친구가 된다면 그걸로 족하다고 생각했다.

하지만 언제 어떤 돌발적인 충동에 마음이 움직일지 알 수 없다. 항상 거리를 두지 않으면 안 된다.

의자에 앉아 스카치를 세 번에 나눠 다 마시며 조금 있으니 기분이 풀렸다.

"하지만 여긴 느긋하고 따뜻하고 수목이나 풀꽃이 많아서 지내기 편해."

겐야는 밤하늘을 올려다보며 이렇게 중얼거렸다.

4

다다음 날 오후 겐야는 토런스시의 남쪽에 있는 COSTCO에서 스테이크 고기 석 장과 스테이크 소스, 마늘, 아이스크림, 건조 파스타 등을 사고 대니의 손녀와 그녀의 친구를 데리러 갔다.

거대한 대형 마트인 COSTCO는 식료품을 대량으로 구매하는 사람들이 애용하는 유명한 체인점으로, 전자제품에서 침구나 조리 도구에 이르기까지 취급하는 상품이 다양하고 일본에도 진출해 있다. 일본인은 코스트코라고 부르지만 미국인은 대부분 코스코라고 발음한다.

우유를 한꺼번에 10갤런이나 사는 사람, 스테이크 고기를 30킬로그램이나 사는 사람, 커다란 종이 팩에 든 아이스크림을 서른 개, 마흔 개나 사는 사람들로 늘 북적인다.

겐야는 이따금 내비게이션에 눈길을 주며 코스코 남쪽에 있는 자가용 비행기와 상업용 경비행기 전용 공항 옆을 달리면서도, 계산대 가까운 받침대에 늘어서 있던 전단지가 자꾸만 어른거리며 뇌리에서 떠나지 않았다.

어느 것이나 행방불명된 아이의 얼굴 사진이 실려 있고 '나를 찾아줘'라든가 '이 아가씨가 있는 곳을 알려주세요'라는 문구가 사람들의 관심을 끌도록 눈에 띄는 글자로 인쇄되어 있었다.

그러나 그런 전단지를 집어 드는 사람은, 겐야가 계산을 하기 위해 계산대에 있는 동안에는 한 사람도 없었다.

크렌쇼 대로에서 1호선으로 방향을 바꾸고, 여러 방향으로 갈라져 나가는 길을 피해 일단 웨스턴 대로로 나갔다. 시간이 충분했기 때문에 알기 쉬운 길을 택한 것이다.

묘지의 북쪽에서 팔로스버디스 거리로 방향을 바꿔 한참을 가자 많은 수목으로 감싸여 있는 듯한 고급 주택지 사이를 빠져나가는 길이 이어졌다.

삼거리에는 버스 정류장이 있고 내비게이션은 그곳에서 오른쪽으로 돌라고 지시했다.

겐야는 천천히 언덕길을 올라가 초등학교 교문 앞에서 차를 세웠지만 좀 더 앞에 유턴하는 장소가 있다는 것을 알았다. 반대쪽 차선에는 아이를 데리러 온 부모들의 차가 열을 지어 있었다.

겐야는 대열 맨 뒤에 붙이지 않고 유턴하는 장소에 방해되지 않도록 차를 세우고 교문까지 걸어갔다.

이제 학생들은 대부분 돌아간 듯 교내는 조용했다. 교문에서 경비 회사 제복을 입은 흑인에게 여권을 보여주고 3학년 리사 스벤슨을 데리러 왔다고 설명하자 경비원은 이미 이야기를 들은 모양인지,

“앞으로 15분 정도만 있으면 끝날 것 같으니 안에서 기다리는 게 어떻습니까? 등나무 시렁 밑에 의자가 있습니다.”

하고 말했다.

겐야는 교문 앞 잔디밭에 앉으려다가 미국 초등학교가 보고 싶어져 경비원에게 고맙다고 말하며 교내로 들어갔다.

멀리서 아이들의 합창 소리가 들렸는데, 합창이 뭔지 전혀 모르는 뒤죽박죽인 노랫소리에,

“이런 걸 들으면 머릿속까지 아파진다니까.”

하고 중얼거리며 등나무 시렁 밑의 벤치에 앉았다.

교실도 직원실도 모두 단층이고 벽은 적갈색이었는데, 완만한 언덕길을 올라가면 운동장이 있는 모양이었다.

초등학교 전체는 아담하지만 답답한 느낌이 들지는 않았다. 겐야는 어깨를 올렸다 내렸다 하는 운동을 하는 사이에 코스코에서 본 전단지의 얼굴들이 어른거리는 걸 지울 수 있었다.

몸은 칠흑 같은데 머리만 하얀 들새 두 마리가 등나무 시렁 옆에 있는 통로 건너편의 광장에서 회오리바람처럼 어지러이 날아다녔다.

교미하는 시기인가 하고 멍하니 들새 두 마리를 보고 있으니 30대 중반쯤의 교사인 듯한 여성이 운동장 쪽에서 언덕길을 내려와,

"미스터 오바타?"

하고 물었다.

그렇다고 대답한 겐야는 일어나 교사와 악수를 하고,

"리사 할아버지한테 한나라는 아이도 함께 데려와달라는 부탁을 받았습니다."

하고 말했다.

"이제 2, 3분만 있으면 저쪽에서 내려올 거예요."

교사는 통로를 가리키며 웃는 얼굴로 이렇게 말하고는 작은 광장 옆의 직원실로 들어갔다.

"이렇게 평온한 데서 자라면 참 좋겠어. 내가 다닌 초등학교는 콘크리트 감옥이었는데."

겐야는 이렇게 중얼거리며 오른쪽에 있는 교실 앞으로 가서 안을 들여다보았다. 떠들썩한 소리와 소음이 운동장 쪽에서 밀려왔다.

잠깐만, 이라든가 데이비드가 뒤에서 밀었어, 라든가 내 춤도 봐봐, 하는 목소리가 캐리어백 바퀴 소리와 뒤섞여 다가오고, 등나무 시렁 옆의 광장은 3학년 학생들로 꽉 찼다.

여기에 집합해서 종례를 하는 건가. 겐야는 등나무 시렁 밑으로 돌아가 어떤 아이가 리사이고, 어떤 아이가 한나일까, 하며 아이들의 얼굴들을 살펴봤다.

백인, 아시아계, 아프리카계, 아랍계, 히스패닉계…….

비율은 거의 같은 정도여서 겐야는 전 세계의 민족이 다 모인 것 같다는 생각에 저절로 웃음이 떠올랐다.

서던캘리포니아대학의 캠퍼스도 이와 똑같았지만, 여기는 초등학생들인 만큼 쓸데없이 인종의 차이를 의식하지는 않을 거라고 생각했다.

아이들 대부분이 학용품을 캐리어백에 넣어 끌고 있지만 백팩을 맨 아이도 몇 명 있다.

여자아이의 90퍼센트가 귀고리를 하고 매니큐어와 페디큐어를 하고 있다.

머리를 어떻게 염색하든, 어떤 옷을 입든 자유지만 차별적인 언어나 정치적 슬로건을 쓴 티셔츠를 입고 오면 처벌받는다.

겐야는 미국에서 태어난 한국계 앤서니 한의 말을 떠올렸다.

긴 밤색 머리에 하얀 피부의 몸집이 가냘픈 여자아이가 다가와,

"당신이 겐야 오바타 씨세요?"

하고 물었다.

대니와는 전혀 닮지 않았구나 하고 생각하며,

"네가 리사야?"

하고 물었다.

리사는 고개를 끄덕이며 신분증을 보여달라고 했다.

"신분증? 네 할아버지인 대니 씨가 부탁해서 데리러 온 거라고 말해도 안 되는 거야?"

겐야의 말에 리사 스벤슨은,

"신분증을 보여줄 수 없어요? 왜죠?"

하고 의심에 찬 눈으로 물었다.

"너 아주 야무지구나."

건방진 꼬맹이라고 생각하며 겐야는 자신의 여권을 보여주었다.

그 사진과 겐야의 얼굴을 비교해보고 나서 리사는 광장 쪽을 보고 손을 흔들었다. 금발에, 시간을 들였을 것 같은 네일아트를 한 키 큰 여자아이가 달려왔다.

직원실에서 나온 교사가 전원을 집합시키고 있는 사이에 겐야는 교문을 나와 서둘러 차를 세워둔 곳으로 갔다.

"학생을 만났나요?"

흑인 경비원이 뒤에서 말을 걸어왔다.

"아, 예. 건방진 꼬맹이였어요. 신분증을 보여달라지 뭐예요."

경비원은 웃으며,

"학생의 요구는 정당한 겁니다."

하고 말했다.

겐야는 리사와 한나를 뒷좌석에 태우고 초등학교에서 팔로스버디스 거리로 향하는, 크게 오른쪽으로 돌아가는 언덕길을 내려가 삼거리에서 멈춰 서서 신호가 파란색으로 바뀌기를 기다렸다.

승마복을 입은 남녀가 말을 타고 앞을 가로질러 갔다. 이곳은 승마용 길이라는 뜻의 표지판이 세워져 있었다.

신호기가 달려 있는 기둥에는 상당히 높은 곳에 말을 타고 있는 사람을 위한 신호용 버튼이 있었다.

"승마를 하는 사람이 우선이구나."

하는 겐야의 말에 리사는,

"당연하죠. 말은 급하게 멈출 수 없으니까요."

하고 대답하며 한나에게 뭐라고 귓속말을 했다. 한나는 백미러에 비치는 겐야를 보며 손으로 입을 가리고 웃었다.

어느 나라나 이 정도 나이의 여자아이는 짓궂지. 여자란 원래 그렇게 생겨먹은 모양이야.

겐야는 이렇게 생각하며 두 아이와 눈이 마주치지 않도록 롤링힐스에스테이츠시의 중심부 방향인 오른쪽으로 꺾었다. 하지만 리사가 뒤에서 어깨를 두드려서 두 손으로 핸들을 쥔 채 돌아보았다.

"올컷 씨의 집으로 가는 거죠?"

리사가 물었다.

"그럼. 거기서 대니 씨가 데리러 올 때까지 기다릴 거야."

"그럼 다음 교차로에서 꺾는 게 나아요."

리사의 말에 한나는 다시 입을 가리고 웃었다.

이 녀석들, 무슨 꿍꿍이가 있는 모양이군, 하고 생각했다. 하지만 둘 다 이곳 아이들이니 올컷가로 가는 지름길을 알고 있을지도 모른다고 생각을 고쳐먹고 리사의 지시에 따랐다.

"여기에요. 여기서 오른쪽으로요."

말한 대로 오른쪽으로 꺾어 구불구불한 오르막길을 차로 나아갔더니 이번에는 한나가 다음 교차로에서 왼쪽으로, 라고 말했다.

왼쪽으로 꺾어 작은 숲 같은 곳을 빠져나가자, 아이스크림이나 머핀 샌드위치를 파는 점포가 대여섯 집 늘어서 있는 곳이 나왔다.

"저기요, 미스터 오바타. 여기 코튼 캔디가 굉장히 맛있어요."

리사가 조금 전보다 더 세게 어깨를 두드리며 말했다. 그 말투에는 왠지 모르게 교태 비슷한 것도 포함되어 있었다.

코튼 캔디? 아아, 솜사탕. 그렇구나, 이 녀석들의 꿍꿍이는 내게 솜사탕을 사달라는 것이었구나. 그래서 이 두 녀석들은 여러 가지로 작전을 짠 것이었어. 조금 전에 우회전을 못하게 하고 이 길로 가라고 한 것도 솜사탕 가게 앞으로 꾀어내기 위해서였구나.

겐야는 재미있어서 웃음이 나올 것 같았지만, 차를 세우고 나서 의연한 표정을 지으며 돌아보았다.

"솜사탕은 안 돼. 벌써 여섯 시야. 평소라면 저녁 먹을 시간이잖아? 지금 내가 너희들한테 과자를 사준다면 너희들 부모님한테 야단맞을 거야."

겐야의 말에 리사와 한나는 작전을 다시 짠다는 표정으로 소리를 죽여 의논했다.

"하지만 저도 리사도 엄청 배고파요. 지금 뭔가 먹지 않으면 병에 걸릴지도 모르지만, 솜사탕을 먹으면 집에 갈 때까지 괜찮을 거예요."

한나가 이렇게 말했다.

"너희들 주려고 수프와 파스타를 준비해두었어. 먹고 싶다면 말이지만."

겐야는 이렇게 대꾸했지만 두 아이를 위해 음식을 만드는 것이 귀찮다고 생각했다.

확실히 한나의 말대로 지금 솜사탕을 먹게 하면 집에 돌아갈 때까지 두 아이에게 아무것도 먹이지 않아도 된다는 생각도 들었다.

하지만 이들의 술책에 빠지는 것도 짜증이 난다. 좀 더 작전을 짜게 하자.

겐야는 이렇게 생각하고,

"한나의 어머니도, 리사의 할아버지도 저녁 준비를 하고 있을지도 모르잖아?"

하고 말했다.

그러자 리사는 안전벨트를 풀고 뒷좌석에서 몸을 앞으로 내밀고 겐야의 귓가에 속삭였다.

"보라색은 라벤더 향이고 분홍색은 딸기 향, 하얀 것은 생강 맛이 나는 것하고 보통이 있어요. 미스터 오바타한테는 생강 맛을 추천할게요. 반드시 마음에 들 거예요."

겐야는 생강 맛 솜사탕을 먹어보고 싶었다. 로스앤젤레스에 도착하고 나서 단 것을 전혀 먹지 않았다는 것도 깨달았다.

협상의 기술을 터득하고 있구나. 대단하다.

"그럼 나는 생강 맛. 그리고 미스터 오바타가 아니라 겐이라고 불러."

달러 지폐를 들고 가게로 달려가는 두 아이를 보고 '아, 맞다, 여덟 살짜리 여자아이들끼리만 가게 하면 안 되지' 하고 깨달은 겐야는 황급히 뒤를 쫓아갔다.

무슨 색인지 원색 페인트를 칠한 솜사탕 가게에서 겐야는 리사와 한나를 지키듯이 서서 기계에서 뿜어져 나오는 무수한 실이 긴 막대기에 휘감기는 것을 바라보았다.

리사와 한나는 키 차이가 별로 안 나는데도 한나의 허리가 훨씬 위에 있었다. 손발의 길이도 다르다. 한나는 크로아티아계인 모양이다.

동양계 미국인과 크로아티아계 미국인의 체형은 이런 나이에서부터 확실히 달랐다.

리사는 또래 일본인 여자아이에 비하면 손발이 길고 얼굴 윤곽도 뚜렷하다. 한나의 다리가 너무 긴 것이겠지.

겐야가 이런 생각을 하는 중에 솜사탕 세 개가 다 만들어졌다.

다시 리사의 지시대로 차를 달리는 중에 팔로스버디스 거리가 나왔다.

요컨대 이 길은 팔로스버디스반도를 한 바퀴 빙 도는 것이라는 걸 겐야는 그제야 알았다.

"반도의 야마노테선• 이군."

이렇게 중얼거린 겐야는 리사에게 일본어를 아느냐고 물었다.

"아주 조금요. 할아버지가 가끔 가르쳐주었는데 지금은 가르쳐주지 않아요."

리사는 솜사탕을 먹으며 말했다.

올컷가에 도착해서 두 아이에게 손님용 슬리퍼를 신게 한 겐야는 중정으로 나갔다. 리사와 한나는 집 앞에서도,

"우와!"

하고 놀랍다는 소리를 지르고, 현관에 들어선 곳에서도 중정으로 나갔을 때도 같은 말을 되풀이했다.

덩굴장미 시렁 밑으로 가서 가든 체어에 앉은 겐야는 생강 맛 솜사탕을 먹었다. 리사와 한나는 맨발로 잔디밭 위를 뛰어다녔다.

• 서울 전철의 2호선 같은 도쿄의 순환선.

전화가 울렸다. 니콜라이 벨로셀스키로부터였다.

"모레 오전 비행기로 로스앤젤레스로 돌아가네."

니코가 말했다.

"단서는 좀 잡았습니까?"

겐야의 질문에,

"단서가 될지 어떨지 모르는 DVD를 자네한테 보여주고 싶네."

하고 니코가 대답했다. 하지만 휴대전화의 전파 상태가 나쁜 데다 가까이에서 잔디밭을 뛰어다니는 리사와 한나의 환성 때문에 잘 들리지 않았다.

겐야는 스마트폰을 귀에 댄 채 덩굴장미 시렁 밑에서 허브가 심어져 있는 하얀 목책 근처로 이동했다.

"DVD요?"

"그렇다네, 레일라가 사라진 대형 마트에 설치되어 있던 감시 카메라의 영상이지. 지금 오래된 그 비디오테이프를 DVD로 더빙하고 있는 참이네. 앞으로 40분 안에 보스턴 시경의 분서 지하에 있는 수사 자료 보관실에 슬쩍 돌려놔야 한다네. 비밀로 반출한 것이 들키기라도 하면 나는 체포될 거고 협력자도 그냥 넘어가지는 못하겠지."

"협력자라뇨?"

"그건 자네가 몰라도 되네. 그보다 가능한 한 빨리 내 계좌로 3천 달러를 입금해주게. 협력자에게 줄 사례금이네."

"사례금으로 3천 달러나 줄 만큼 가치가 있는 비디오테이프인가요?"

"그래, 난 그렇게 생각하네."

겐야는 알았다고 하며 내일 아침 일찍 입금하겠다고 약속했다.

"그 편지, 영어로 번역해두었나?"

니코가 물었다.

"예, 다 번역해두었습니다."

"그럼 바로 보내주게. 팩스 번호를 불러주지."

"잠깐만요, 지금 옆에 펜도 메모지도 없어서요. 집 안으로 들어갈게요."

이렇게 말한 겐야는 종종걸음으로 잔디밭을 걸어갔다.

"아이들 소리가 들리는군. 지금 어디 있는 건가?"

니콜라이 벨로셀스키가 물었다. 겐야는 사정을 설명하고 거실의 집 전화기 앞으로 갔다.

니코는 묵고 있는 보스턴 시내의 호텔 팩스 전용 번호라며 번호를 불러주었다.

그것을 메모지에 적고 나서 교코 매클라우드의 편지가 왜 그렇게 마음에 걸리느냐, 비밀 상자에 숨겨져 있어서 그런 거냐고 물었다.

"자네는 마음에 걸리지 않나?"

"왠지 모르게 이상하다고는 생각하지만 레일라 사건과 관계가 있을 거라고는 생각하지 않습니다. 교코 매클라우드는 기쿠에 고모와 각별히 친했던 것 같고, 레일라에 대해서는 한마디도 하지 않았고요."

"그렇지, 바로 그게 마음에 걸린다네. 왜 레일라에 대해 말하지 않았을까? 자신의 딸과 비슷한 나이의 딸이 유괴를 당해 생사도 모르고 하릴없이 시간만 보내는 기쿠에 씨한테 교코 매클라우드가 위로의 말 한마디도 쓰지 않은 것은 무슨 까닭일까? 그건 고사하고 자신의 딸 이야기만 썼지. 승마 클럽이 어떻다는 둥 멜리사는 무척 예뻐졌다는 둥 몬트리올대학의 교육학부에 합격했다는 둥……. 딸을 잃은 기쿠에 씨한테는 쓰라린 말이지. 그런 내용을 읽으면 기쿠에 씨는 레일라가 유괴당하지 않았다면, 그리고 만약 열서너 살이 되어 승마를 즐기게 되었다면, 훈련받은 아름다운 서러브레드의 등에 멋진 자세로 걸터앉아 엄격한 코치의 지도를 견디며 숙련된 기수가 아니면 한 발짝도 움직이지 않겠다는 교만한 말을 잘 다루기 위해 결사적인 모습으로 청춘을 구가하고 있을지도 모르는데, 라든가 그 후 대학에 진학해서 캠퍼스 생활을 즐기고 있을 텐데, 하고 생각하게 되겠지. 교코 매클라우드라는 여자는 그렇게 무신경한 사람일까? 타인의 고통을 모르는 친구로부터 받은 편지를 기쿠에 씨는 왜 그렇게 소중하게 비밀 상자에 보관해두었을까?"

겐야는 과묵하다고 믿고 있던 니코의 갑작스러운 웅변에 당황하면서도 그런 수상한 점들을 니코가 말해주기 전까지 알아채지 못했던 자신의 둔감함에 어쩐지 심한 충격을 받은 것 같았다.

"내일 3천 달러를 입금해주게. 현금으로 주겠다고 약속했으니까."

니코는 확인하듯이 이렇게 말했다.

"꼭 입금하겠습니다."

겐야가 말했다.

전화를 끊고 번역한 편지 열 통과 "니콜라이 벨로셀스키 씨에게 전해주세요."라고 쓴 종이를 가정용 팩스로 호텔에 보냈다.

무슨 수를 썼는지 모르지만 위험을 무릅쓰고까지 경찰서 지하의 보관실에 잠들어 있는 비디오테이프를 입수하고 그것을 DVD로 더빙까지 해서 니코가 자신에게 보여주고자 하는 이유가 뭘까 하고, 겐야는 생각했다.

사건 당시는 나도 아직 여섯 살이었고 한 번도 레일라를 만난 적이 없는데 말이다.

겐야는 잠시 영어로 번역한 교코 매클라우드의 편지를 다시 읽었다. 이제 슬슬 대니가 리사와 한나를 데리러 올 때쯤이라고 생각하고, 거실 난로 위 대리석 선반에 있는 시계에 눈을 주었다. 일곱 시 반을 조금 넘은 시간이었다.

높이 1미터, 폭 60센티미터, 문자판 지름 50센티미터쯤 되는 시계는 하루에 한 번 태엽을 감아주어야 하는 구식 앤티크로 보이지만 건전지로 움직이는 디지털시계다.

이곳 올컷가에는 똑같은 것이 세 개 있다. 거실과 응접실과 2층 침실이다. 모두 난로 위에 놓여 있다.

난로는 장작을 때는 본격적인 것으로, 다양한 형태의 부지깽이를 매다는 대臺가 옆에 늘어서 있다. 로스앤젤레스는 온난한 지역이지만 겨울에는 10도 정도까지 떨어지는 날도 있는데, 그런 때는 역시 난로가 필요하다.

너무 조용하다 싶어 겐야는 중정으로 나가 리사와 한나가 어디로 갔을지 찾았다.

꽃밭에서 놀고 있나 싶어 잔디 위를 걸었다. 해는 지고 말았지만 하늘은 아직 엷은 감색이고, 조도를 감지하여 켜지는 정원등은 아직 켜지지 않았다.

두 아이는 꽃밭에도 없었다. 집 안에서는 소리가 들리지 않았기 때문에 겐야는 서둘러 서쪽 끝의 하얀 목책 있는 곳으로 달려갔다.

저 목책을 넘어가 놀고 있다가 급한 사면에서 떨어진 게 아닐까 하고 생각했던 것이다.

사면에서 미끄러져 떨어지면 20미터 아래의 해안으로 곤두박질하게 된다. 해안을 따라 난 산책로가 있지만 어쨌든 다치는 것만으로는 끝나지 않을 것이다.

겐야는 얼굴에서 핏기가 가시는 것을 느끼며 하얀 목책에서 몸을 내밀고 벼랑 아래를 살폈다.

산책로에는 개를 산책시키는 노부부의 모습 외에는 없었다. 거친 흙의 사면에는 가시가 있는 키 작은 나무와 선인장이 띄엄띄엄 자생하고 있을 뿐이었다.

겐야는 그 산책로를 향해 큰 소리로 리사와 한나의 이름을 불렀다. 노부부도 대형견도 멈춰 서서 겐야를 올려다보았다.

"아이가 떨어졌을지도 모릅니다."

겐야는 표정도 보이지 않는 노부부에게 말했다. 노부부는 어깨를 으쓱하고,

"아이는 없는데요."

하고 남편 쪽이 대답했다.

겐야는 세탁실로 달려갔다. 그러자 리사의 목소리가 반대쪽 기

쿠에 고모의 방 쪽에서 들려왔다.

"할아버지, 왔어요?"

두 아이는 기쿠에 고모의 방에서 중정으로 나왔다가 맨발로 겐야가 있는 곳으로 뛰어왔다.

"이 집에서 숨바꼭질을 하면 절대 못 찾겠어요."

한나가 금빛이 도는 갈색 눈을 빛내며 말했다.

겐야는 무너지듯이 잔디밭에 주저앉아, 저 하얀 목책에서 바다 쪽으로 떨어졌나 싶어 머리가 어떻게 되는 줄 알았다고 말했다.

"저 목책은 우리 키보다 더 높고 굉장히 튼튼해요."

리사는 이렇게 말했지만 겐야의 얼굴을 보고 달려들어 안겼다.

"걱정했어요?"

"그래, 걱정 정도가 아니었어. 만약 너희들이 저기서 떨어져 죽기라도 했다면 나도 뛰어내려 죽음으로 사죄해야 한다고 진심으로 생각했단 말이야."

"누구한테 사죄를 하는데요?"

한나가 물었다.

"너희들 아버지하고 어머니한테."

겐야는 이렇게 말하고 일어섰다.

둘의 손을 잡고 집 안으로 돌아온 겐야는 나갈 때 창문과 문을 다 잠갔다고 생각했는데 남쪽 동 문단속을 잊었다는 것을 알았다.

"아직도 가슴이 벌렁벌렁하는군."

이렇게 말하고 거실 소파에 깊숙이 앉아 있으니 곧 현관 초인종이 울렸다.

대니는 늦었다고 사과하며 플라스틱 용기를 겐야에게 건넸다.

"엄청나게 맛있는 후무스입니다. 리비아인 할머니가 만든 거지요. 후무스는 알고 있죠? 먹어본 적 있습니까?"

"예, 토르티야에 후무스를 발라서 자주 먹었습니다. 셀러리에 발라 먹어도 맛있지요."

"이걸 머핀에 발라 먹는 것이 제 아침 식사입니다. 리비아인 할머니는 돈 같은 건 괜찮다고 하지만 제가 억지로 앞치마 주머니에 돈을 넣어드립니다. 본고장의 후무스인 데다 고급 땅콩기름을 쓰니까요. 저는 이 용기에 든 후무스를 일주일에 두 통 비웁니다. 리비아인 할머니한테는 괜찮은 용돈 벌이인 셈이지요."

HUMMUS라……. 유학 중에 이걸로 자주 식비 부족을 견디곤 했지. 내가 슈퍼마켓에서 사는 후무스도, 토르티야도 미국 식품 회사가 대량으로 제조하는 싸구려였지만 건강에 좋은 식품인 것은 틀림이 없다.

후무스는 인도와 중동 쪽에서 전해진 병아리콩 페이스트다.

건조시킨 병아리콩을 하룻밤 물에 담갔다가 삶아 견과류와 함께 잘게 갈고 땅콩기름을 섞어 페이스트 상태가 될 때까지 이겨서 만든다. 어떤 것과도 잘 어울린다.

겐야는 이런 생각을 하며 리비아인 할머니가 손수 만든 본고장의 후무스를 부엌에 두었다.

"여섯 시쯤에 솜사탕을 먹었어요."

겐야의 말에 대니는 손녀에게 미소를 보냈다.

리사는 영어로 말해달라고 항의하듯이 겐야에게 말했다.

"솜사탕 먹은 거 고자질했죠?"

이 수다쟁이 배신자, 하는 눈으로 겐야를 보고 있는 리사와 한나에게,

"할아버지는 일을 하고 올 테니까 여기서 조금만 더 기다리고 있어."

하고 말한 대니는 세탁실로 가서 접사다리를 메고 꽃밭으로 사라졌다.

"배고프지 않니? 토마토소스 스파게티를 준비해뒀는데. 달걀과 파르미자노 수프도 만들 수 있어."

겐야가 이렇게 묻자 둘은 먹고 싶다고 대답했다.

기쿠에 고모가 냉동 보관한 토마토소스에는 마늘만 빠져 있다. 아마 먹을 때 넣는 것이 냄새가 심하지 않을 거라는 배려인 것 같아서, 오늘 코스코에서 마늘을 샀다.

스파게티를 삶으며 프라이팬에 옮긴 토마토소스에 썬 마늘을 넣고 계란 세 개를 풀었다.

마늘은 조금만 넣으라고 리사가 주문을 했다.

"이탈리안 파슬리가 어떤 건지 아니?"

겐야가 이렇게 묻자 한나가 고개를 끄덕였기에 하얀 목책 있는 데로 가서 서너 개만 따 오라고 부탁하고 프랑크푸르트 소시지를 동그랗게 썰었다. 한나는 바질 잎도 따 왔다. 집에서는 자주 토마토소스 스파게티를 먹는데 어머니는 반드시 바질 잎을 올린다고 한나가 말했다.

"그래, 그렇지. 바질은 중요해. 내가 잊어먹었어."

겐야는 이렇게 말하고 바질 잎을 씻었다.

두 종류의 요리는 15분 정도에 완성되었다.

"자, 손을 씻고 와."

겐야는 둘에게 이렇게 말하고 샐러드를 만들었다.

세 사람이 다 먹었을 때쯤 대니가 들어와 오늘은 평소보다 일을 제대로 못했다며 죄송하다는 듯이 말했다.

어느새 정원등이 켜져 있었다.

리사는 돌아갈 때 미니마우스 키홀더를 갖고 싶다고 대니에게 졸랐다. 이제 곧 리사의 생일이라고 한다.

"힘겨운 꼬맹이들 돌보기가 끝났구나. 나한테는 정말 힘든 일이었어."

겐야는 이렇게 중얼거리고 대니 차의 미등을 보며, 차 안에서 계속 손을 흔들고 있는 리사와 한나에게 손을 흔들어주고 집 안으로 돌아와 설거지를 했다.

어쨌든 뭐든지 곧바로 정리한다. 이는 겐야가 4년간 유학하는 동안 몸에 밴 습관이었다. 남자 혼자 살면서 그렇게 하지 않으면 순식간에 씻을 것이 쌓이고 방에는 악취가 진동하기 때문이다.

겐야는 커피를 끓이고 우유를 넉넉히 타서 머그컵에 따라 중정의 덩굴장미 시렁 밑으로 갔다.

점멸하는 빨간 불빛이 밤하늘을 서쪽에서 동쪽으로 이동하고 있었다. 상당히 높은 하늘을 나는 여객기였다. 로스앤젤레스 공항에서 이륙한 비행기는 아니라고 생각했다.

리사는 열쇠 같은 걸 갖고 있지 않을 텐데 왜 키홀더를 갖고 싶어 할까? 미니마우스는 분명히 미키마우스의 연인이었지. 그 미니마우스의 소꿉친구가 미키의 연적이고, 그러니까 그 녀석 이름이 뭐였더라…….

겐야는 오늘 두 번째 담배에 불을 붙이고 커피를 마시며 그 쥐의 이름을 떠올리려고 했지만 끝내 떠오르지 않았다.

그 대신 리사와 한나가 목책을 넘어 해안 쪽으로 떨어진 것이 아닐까, 하고 생각한 순간 온몸이 얼어붙는 듯했던 감각이 되살아났다. 하얀 목책은 두꺼운 판자에 정성껏 페인트를 칠했고 높이가 1미터 50센티미터쯤 되었는데, 흙 속에 깊이 묻혀 있다고 해도 아이들은 무슨 짓을 할지 모른다.

언제였더라, 사격 클럽의 이사를 맡고 있다는 서던캘리포니아대학의 교수가,

"매년 미국에서 수십 명의 아이들이 총알이 들어 있지 않은 총으로 죽는다."

라고 말한 적이 있다.

주위의 어른들도 총알이 들어 있지 않다고 믿고 있는 총으로 놀다가 방아쇠를 당겨버리는 아이가 있다는 것이다.

이 하얀 목책을 이중으로 설치하자. 목책 너머에 하나 더 설치하는 거다.

어른의 예측 범위를 넘어선 일을 하는 것이 아이들이다. 안전을 위해 충분히 주의를 기울여야 한다.

이 올컷가에 아이들이 놀러 올 일은 좀처럼 없겠지만, 내일 당장이라도 대니에게 부탁하자.

겐야는 이렇게 생각하고 가든 체어에 놓은 기쿠에 고모의 스마트폰을 보았다.

기쿠에 고모에게 걸려오는 전화는 한 통도 없었다. 문자도 오지 않았다. 광고 문자 하나쯤은 올 법도 한데 그것조차 오지 않았다.

친한 사람은 모두 기쿠에가 일본을 여행하고 있다는 사실을 알고 있다고 하더라도 어쩐지 부자연스럽다.

스마트폰을 가진 사람은 자신의 컴퓨터로 송신되는 이메일을 전송받을 수 있도록 설정하고 있지만 고모는 그렇게 하지 않았을 것이다.

마치 세상을 등진 사람 같지 않은가. 타인과의 관계를 모두 버렸다는 것일까.

만약 그렇다면 언제쯤부터였을까. 레일라가 실종되고 하릴없이 세월만 지나가자 고모는 스스로 친구와 지인은 물론이고 일본의 친척들과도 연락을 끊은 걸까.

확실히 친척 중에는 그다지 만나고 싶지 않은 사람도 있겠지만, 기쿠에 고모는 한 명뿐인 자신의 오라버니도 만나고 싶어 하지 않았다.

오라버니의 아내, 즉 내 어머니와는 지금까지 딱 두 번 만났을 뿐이다.

내가 태어나기 전에 기쿠에 고모는 이미 이언 올컷과 결혼하고 미국 국적을 취득하여 보스턴에서 생활하고 있었다. 그건 그렇다 치더라도 마치 오바타가와는 영원히 인연을 끊은 사람처럼 소원해져 있었던 것이다.

그러나 내가 알고 있는 기쿠에 고모는 그렇게 이기적이고 완고한 사람이 아니었다. 다소 성가실 정도로 잘 돌봐주고 기지가 풍부한, 좋은 의미에서 감정이 풍부하고 예민한 사람이었다.

이언의 부모는 기쿠에 고모와의 결혼에 반대했다고 한다. 하지만 미국의 전형적인 '좋은 가정'을 꾸리는 일에 일종의 종교적인 가치로서 중점을 두었기 때문에, 일본인을 며느리로 받아들이는 데에 성가신 일은 일으키지 않았다.

이언의 부모는 이성으로 기쿠에 고모를 올컷가에 맞이한 것이다.

하지만 그것은 어디까지나 이성일 뿐이고, 때로는 마음속 깊은 감정이 표면에 드러났을지도 모른다.

이언이 기쿠에 고모를 아내로 맞이한 지 11년째 되는 해에 일어난 레일라의 실종은 어머니와 함께 갔던 대형 마트에서 일어났다.

당시 이언의 아버지는 이미 돌아가셨고, 그 두 달쯤 전에는 장남인 토머스도 교통사고로 세상을 떠났다. 토머스는 그로부터 3년 전에 이혼했으며 부부 사이에는 아이가 없었다. 헤어진 아내는 이미 재혼한 상태였다.

이언의 어머니는 우울증으로 인해 가벼운 치매에 걸렸으며 입원과 퇴원을 반복하다가 레일라가 실종되고 4년 후에 폐렴으로 세상을 떠났다.

레일라가 실종된 후 일본인 며느리와 미국인 시어머니 사이에 큰 풍파는 없었을까.

겐야는 이런저런 생각을 하는 중에 예전 보스턴의 올컷가 주변에 기쿠에 올컷의 진실한 모습을 아는 사람이 있지 않을까, 하는 생각이 들었다.

올컷가 주변이라는 것은 특별히 집 주변만으로 한정하지 않았다. 올컷가를 아는 사람들이라고 생각한 것이다.

교제가 있던 사람들, 토머스가 이끄는 올컷인더스트리 그룹의 사람들, 이언이 경영한 올컷 중고차 센터에서 일했던 사람들이다.

그러나 겐야는 곧 그것을 조사한다고 뭐가 달라지겠는가, 하고 생각을 고쳐먹었다.

리사와 한나가 목책 너머로 떨어졌을지도 모른다고 생각하며 달려갔을 때의 두근거리던 가슴, 동요, 공포가 한 덩어리가 되어 마음이 찌부러질 것 같았던 일을 생각하자, 그것과 마찬가지로, 아니 그것보다 훨씬 거대한 고통을 강요받아온 27년이 기쿠에 고모를 엄청난 허무의 세계로 이끌었다고 해도 이상하지 않은 일이라고 생각되었다.

"죽었다면 죽었다고, 적어도 그 정도는 부모한테 알려주어야 할 거 아냐."

겐야는 범인을 향해 이렇게 말하고 집 안으로 돌아갔다. 스프링클러가 작동할 시간이었다.

일요일 밤에 매사추세츠주의 보스턴으로 떠난 니콜라이 벨로셀스키는 금요일 정오가 조금 지났을 무렵 로스앤젤레스로 돌아와 공항에서 전화를 걸었다.

"지금 올컷가로 가려고 하는데 괜찮겠나? 잠깐 내 사무실에 들려야 하니까 두 시쯤이 될 거네."

겐야는 괜찮다고 말하고 장의사에 전화를 걸었다. 담당자는 마침 전화를 걸려고 하던 참이었다고 하며 오늘 예정보다 빨리 묘석이 완성되었다고 했다. 묘지의 관리사무소에 맡겨두겠다고 한다.

내일은 토요일이니 기쿠에 고모의 유골을 납골하는 데 딱 좋을 것 같았다. 그래서 묘지 관리 회사에 전화를 걸어 몇 시에 가면 되느냐고 물었다.

아침 여덟 시부터 저녁 다섯 시까지라면 언제든 괜찮다고 했다.

겐야는 곧바로 수잔 모리 변호사에게 전화를 걸었다. 수잔은 아침 열 시면 어떠냐고 물으며 그 시간이면 카밀라도 갈 수 있을 거라고 했다.

"그럼 저는 아홉 시 반에 묘지로 가겠습니다."

중정으로 나간 겐야는 홀에서 가까운 응달에서 오늘 두 번째 담배를 피웠다.

봐봤자 아무런 소용도 없을 거라고 생각하면서도 겐야는 잠에서 깼을 때부터 묘하게 마음이 안정되지 않았다. 니코가 보여주고 싶어 한다는 것은 대형 마트의 감시 카메라 영상에서 뭔가 발견했다는 뜻이 아닐까 하는 기대를 품고 말았던 것이다.

"뭔가 단서가 될 만한 것이 비쳤다면 경찰도 진작 알아챘겠지."

기대에서 어긋나 실망하는 것이 두려운 겐야는 오늘 아침부터 몇 번이나 가슴속에서 되풀이해온 말을, 담배 연기를 내뿜으며 중얼거렸다.

대니에게 전화를 걸어 좀 더 튼튼한 목책을 새롭게 설치하고 싶다고 말하자, 그런 거라면 전문 업자에게 부탁하는 편이 나을 텐데 어떻게 할 것이냐고 물었다.

겐야는 업자에 부탁하는 편이 낫다면 그렇게 해달라고 말하고 묘지에 깔 묘석이 완성되었으며 내일 아침 열 시에 납골한다고 전했다.

"그럼 당신은 일본으로 돌아가는 겁니까?"

대니가 물었다.

"며칠 후에 일본으로 돌아갈 생각입니다. 납골에는 수잔과 카밀라가 와주기로 했습니다. 내일 와주실 수 있습니까?"

대니는 반드시 가겠다고 했다. 그리고 로잔느에게도 갈 수 있는지 물어보겠다고 말하고는 전화를 끊었다.

겐야는 마음이 안정되지 않아 몇 번이나 손목시계를 보고, 잔디 위에서 복근 운동을 하거나 팔 굽혀 펴기를 하며 니코를 기다렸다.

오늘 아침에도 아침을 가볍게 먹은 후 워킹을 하러 나갔지만 평소와는 다른 코스로 갔기 때문에 제시카의 가게에는 들르지 않았다.

니콜라이 벨로셀스키가 올컷가의 초인종을 누른 것은 두 시 15분 전이었다.

결코 약속 시간을 지키지 않는 녀석일 거라고 생각했는데 그렇지 않았다. 그래서 쓴웃음을 지으며 현관의 무거운 문을 열자 커다란 숄더백을 손에 든 니코는,

"뭐가 그리 우스운가?"

하고 언짢다는 듯이 말했다. 약간 햇볕에 탄 것 같았다.

"15분이나 빨리 왔으니까요."

겐야의 말에 니코는 아무런 반응도 보이지 않고,

"자네 노트북 화면은 몇 인치인가?"

하고 묻고는 신발을 신은 채 복도를 걷기 시작했다.

하지만 곧 생각난 듯이 되돌아와 겐야가 들고 있는 슬리퍼를 받아 신었다.

"제 노트북은 작아요."

"그럼 텔레비전에 DVD 플레이어는 달려 있나?"

"거실에 있는 텔레비전에요."

거실로 가서 겐야가 DVD 플레이어의 스위치를 켜자 니코는 중정에 면한 유리창 커튼을 닫고 숄더백에서 DVD를 꺼냈다.

"난 지난 사흘간 단 10초짜리 영상을 몇 번이고, 몇 번이고 봤네. 시골 모텔보다 조금 나은 정도의 호텔 방에서 말이야. DVD를 보여주기 전에 잠깐 설명해두어야 할 게 있네."

니코는 메모지와 볼펜을 꺼내 레일라가 모습을 감춘 대형 마트의 견취도를 그렸다.

그리고 세 군데에 가위표를 했다.

"27년 전에 개장한 이 대형 마트에는 천장 세 군데에 감시 카메라가 설치되어 있었네. 경찰은 비디오테이프 세 개를 다 압수했지. 하나는 입구를 향하고 있었고 두 번째는 계산대, 그리고 세 번째는 매장의 가장 안쪽에 있었네. 거기에는 사무실과 창고로 통하는 문이 있었지. 계산대에 모인 현금을 30분마다 사무실 금고로 옮기게 되어 있었거든."

그러고 나서 니코는 여기가 계산대, 여기가 화장실, 하며 동그라미 표시를 했다.

계산대에서 화장실까지는 약 10미터. 화장실 안에 창문은 없다.

주말에는 개장 기념으로 식료품 전부 70퍼센트 세일이었기 때문에 개점과 동시에 손님이 쇄도하여 매장 안은 몹시 혼잡했다.

대형 마트에서 아이가 없어졌다는 통보를 받은 경찰이 순찰차를 타고 도착한 지 15분 후에 시경 본부에서 전 대원에게 긴급 배치 지시가 떨어졌다. 레일라를 위해서가 아니다. 콜롬비아 마약 카르텔의 간부이며 살인과 마약 밀매로 수배 중이던 남자가 항구 근처의 레스토랑에 있는 것을 보스턴 시경의 형사가 찾아냈기 때문이다.

미국 전역의 마약 수사관이 혈안이 되어 쫓고 있던 남자로, 총을 갖고 있는 것은 틀림없다.

레일라 올컷이 없어진 일로 대형 마트에 와 있던 형사와 경찰은 긴장하고 술렁였다.

다섯 명이 와 있었는데 현장 지휘관인 루카스 바우어 경위는 자주 있는 유아 실종 사건보다는 마약 카르텔 간부의 체포를 우선시하여 단 한 명의 경찰만 남기고 모두 항구의 레스토랑으로 향했다.

혼자 남은 경찰은 경찰학교를 나온 지 채 3년도 안 된 데니스 갤리스턴 순경이었다.

하지만 이 신참 순경은 우수했다. 매장 안이나 화장실, 마트 주변을 수색하는 중에 이건 광역 수사 지령을 내려야 한다고 생각했다. 물론 허둥대며 사색이 되어 있는 레일라의 어머니에게도 적확한 질문을 했다.

이런 사건의 첫 번째 용의자는 아이의 부모이기 때문이다.

스물세 살의 데니스 갤리스턴 순경이 기쿠에 올컷에게 몇 가지 질문을 했을 때 비로소 여성 경찰이 도착했다.

유아가 여성용 화장실에서 실종되었다는 것을 최초로 경찰에 통보한 매장 점원은 그저 여자아이 중에 매장에서 없어진 아이가 있다는 것밖에 말하지 않았다.

경찰의 수사라고는 해도 여성용 화장실에 남자 경찰이 들어갈 수는 없었다. 화장실을 봉쇄하고 출입을 금지하기에 매장은 너무나도 혼잡했고 경찰관들이 쇄도했을 때도 여성용 화장실은 만원이었다.

예컨대 화장실 안에서 죽임을 당했다면 아무리 복잡하다고 해도 경찰은 그곳을 봉쇄하고 현장 검증을 했을 것이다. 하지만 레일라 올컷이 여성용 화장실에서 누군가에게 납치되었다는 확증은 없었다.

여성 경찰이 오지 않으면 화장실 안을 조사할 수 없다고 판단한 것도 데니스 갤리스턴 순경이었다.

하지만 여성 경찰이 도착했을 때는 레일라가 화장실에 들어간지 한 시간 5분이 지나 있었다.

마약 카르텔의 남자가 체포된 것은 그로부터 13, 4분 후였다.

루카스 바우어 경위는 자신들 분서 팀이 흉악범을 무사히 체포한 일로 의기양양하게 경찰서로 돌아가 무선으로 데니스 갤리스턴 순경에게 감시 카메라의 비디오테이프를 모두 압수하도록 지시를 내렸지만 다시 매장으로 돌아오지는 않았다. 몸값 요구가 있다면 그때가 자신이 나설 차례라고 생각했던 모양이다.

거물을 체포한 일로 아마 기분이 고양되어 있었을 것이다.

"서장상은 따 놓은 당상이야."

부하에게 이렇게 말했다고 한다. 서장상뿐만 아니라 승진도 할 수 있는 실적에 들떠 있었던 것이다.

갤리스턴 순경은 곧바로 감시 카메라의 비디오테이프를 갖고 분서로 갔다.

그는 그것을 재생했지만 도중에 루카스 바우어 경위로부터 그건 네 일이 아니라는 말을 듣고 다시 현장으로 돌아가기로 했다.

하지만 바우어 경위가 열심히 보는 척만 하며 재생한 비디오를 갤리스턴 순경은 가까이에 선 채 15분쯤 봤다.

만약 레일라가 화장실 안에서 유괴되었다면 범인은 여자일 것이고 상당히 큰 가방이 필요할 것이다. 레일라가 모르는 사람을 간단히 따라갈 리가 없기 때문에 범인은 레일라를 울게 하거나 날뛰게 하지 않는 방법을 써야 한다.

무슨 방법으로든 의식을 잃게 하거나 테이프로 입을 막고 손발을 묶는다…….

화장실 다섯 부스 중 한 부스에서 어떤 처치를 하고 큰 가방이나 그것과 비슷한 것에 레일라를 넣고 화장실에서 나와 대형 마트의 주차장에 세워둔 차의 트렁크에 처넣고는 차와 함께 신속하게 도주했다고 한다면, 그 여자는 유아 유괴에 상당히 익숙하다는 이야기가 된다.

이 정도는 경찰이 아니어도 누구나 알 수 있는 일이다.

데니스 갤리스턴 전 순경은 지금도 자신이 한 수사 절차를 후회하고 있다고 한다.

상사들 모두가 마약 카르텔의 수배범이 있는 항구의 레스토랑으로 서둘러 갔을 때, 어쨌든 자신이 맨 먼저 취했어야 할 행동은 공항과 철도역, 항구에 연락하여 광역 수사로 전환하는 일이었다고 말이다.

그러나 레일라 올컷이 모습을 감추고 나서 이미 50분 이상이나 지났다는 선입관으로 인해 데니스 갤리스턴 순경은 어머니로부터 사정 청취를 하는 것을 우선하는 편이 낫다고 판단했다.

범인이 레일라를 차에 태우고 50분 이상을 느긋하게 달렸을 리는 없다. 그래서 이제 와서 검문을 하여 모든 차를 조사해도 소용없다고 생각했던 것이다.

여자아이가 없어진 것을 알게 된 경비원들 중에 재치가 있는 자가 없었다는 것도, 같은 시각에 마약 카르텔의 흉악범이 보스턴 시내에 나타난 것도, 현장의 지휘관이 루카스 바우어라는 무능한 자였다는 것도 범인에게는 더할 나위 없는 행운이 겹친 일이었다고 할 수 있다.

바우어 경위가 감식반에 여성용 화장실 내의 지문 채취를 요청한 것은 놀랍게도 사건 발생으로부터 세 시간 후였다.

이미 백 명 이상의 손님들이 접촉했을 화장실의 문손잡이나 물내리는 레버에서는 당연히 지문 채취가 불가능했다. 하지만 감식반은 레일라가 어떤 부스에 들어가 있었는지를 특정하려고 다섯 부스의 안쪽 문이나 좌변기, 그 뒤쪽 벽, 좌우의 벽에 묻어 있는 지문을 채취했다.

수십 명의 지문이 채취되었지만 레일라의 것은 없었다.

하지만 이는 역으로 기묘한 것이라고 생각해야 한다.

화장실 부스 안에서는 대부분의 사람이 반드시 닿는 장소 이외에도 휴지 홀더나 벽 어딘가에 닿게 되는 법이다.

한번 시험 삼아 화장실에 들어가 볼일을 봐보면 된다. 생각지도 못한 곳에 닿기도 한다는 걸 알게 될 것이다.

어린 여자아이는 좌변기에 앉아 좌우 벽에 손가락으로 그림을 그리거나 할지도 모른다.

그렇다면 범인은 문의 손잡이 이외에는 닿지 않았던 것일까? 좁은 화장실 부스 안에서 밖에 있는 손님들에게 들키지 않도록 레일라의 의식을 잃게 하든가 소리를 내거나 발버둥을 치지 않게 하기 위한 조치를 강구할 때 어디에도 닿지 않았다는 것일까?

채취한 지문은 수십 명의 것이었다. 누구의 지문인지 판명된 것은 네 명분이었다. 어떤 이유로 지문이 경찰 파일에 남아 있었기 때문인데, 그 네 명은 그 후의 조사에서 혐의가 없는 것으로 밝혀졌다.

루카스 바우어 경위는 초만원인 대형 마트의 화장실에서 지문을 채취하는 데는 적극적이지 않았지만, 수사 매뉴얼에는 따랐다고 할 뿐이었다.

그는 이언 올컷의 알리바이를 조사했다. 이언은 전날부터 디트로이트로 출장을 가 있었는데 사건 다음 날 보스턴으로 돌아올 예정이었다.

올컷인더스트리 그룹의 사원뿐만 아니라 디트로이트의 호텔 관계자들도 그동안 이언이 틀림없이 호텔에 체재하며 디트로이트 공장의 간부들과 빈번하게 회의를 했다고 증언했다.

이언과 기쿠에의 부부 관계도 조사했지만 다툼이 없는 원만한 부부라는 것을 알 수 있었다.

사흘이 지나도, 나흘이 지나도, 일주일이 지나도 범인은 몸값을 요구해오지 않았다.

거기까지 낮고 굵은 목소리로 서론을 말한 니코는 일단 중정으로 나가 담배를 피우고는,

"입구를 향한 감시 카메라에 수상한 커플이 비쳤네. 레일라가 화장실로 들어갔다고 여겨지는 시간으로부터 20분 전이지. 하지만 자네한테 보여주고 싶은 것은 그 커플이 아니라네. 그 뒤에서 입구의 문으로 걸어가는 여자와 아이지."

하고 말했다.

"아이요? 레일라를 닮았나요?"

"모르겠네. 얼굴이 비치는 것은 한순간이니까. 아무튼 비디오테이프는 27년간 분서의 지하 수사 자료 보관실에 잠들어 있었지. 테이프 자체도 상태가 나빠졌고, 당시의 감시 카메라도 지금처럼 고성능이 아니라서 화상이 조잡하네. 상태가 나빠진 부분이 끊어지지 않도록 더빙하는 건 어려웠고, 화상 처리로 선명하게 하는 건

이게 한계라네. 더빙 중에 끊어지지 않도록 하는 게 고작이었지."

니콜라이 벨로셀스키는 가든 테이블에 놓여 있는 재떨이에 담배를 비벼 끄고 거실로 돌아가 DVD를 재생했다.

화면의 왼쪽 위에는 타임스탬프가 연월일을 기록하고 있었다. '05 APR 1986'.

왼쪽에는 그때의 시간이 초를 새기고 있다.

흑백 화면에는 손님으로 북적이는 마트의 입구 주변이 찍혀 있다.

"자, 여기서부터네."

니코가 말했다.

화면 오른쪽에서 후드가 딸린 짧은 외투 같은 것을 입은 젊은 여자가 드럼통을 절반으로 둥글게 자른 것 같은 모양의, 가방이라 부를 수 없는 비닐 같은 자루를 밀고 나와 기다리고 있던 남자에게 건넸다. 남자는 거한이고 풋볼 선수 같은 몸집이었다. 금발을 해병대원처럼 짧게 깎았다.

둘 다 청바지를 입고 있었다.

커다란 자루 모양의 가방에는 바닥에 바퀴가 달려 있는 듯 남자는 그것을 밀며 마트 밖으로 나갔다. 여자가 그 뒤를 따라갔다.

"이것뿐인가요? 이걸 저한테 보여주고 싶었던 이유는 뭐죠?"

겐야가 물었다.

"자네도 저들한테 눈이 가지? 루카스 바우어라는 무능한 경위도 그랬다네. 형사 경력 20년인 베테랑이 말일세. 그런데 말이야, 경찰학교를 나온 지 3년도 안 된 데니스 갤리스턴 순경만은 다른 두 사람을 봤지. 그 두 사람의 영상이 경찰을 그만두고 나서도 머리에서 떠나지 않았다네. 처음부터 다시 한 번 재생해주게."

니코는 이렇게 말하고 드디어 텔레비전 앞의 소파에 앉았다.

조금 전과 같은 영상이 화면에 나타났다.

"저들이 나가고 나서 바로야."

니코는 이렇게 말하며 상체를 텔레비전 가까이 기울였다. 겐야도 그렇게 했다.

커플이 나가자 부부인 듯한 뚱뚱한 남녀가 들어왔다. 그리고 그들과 스치듯이 야구 모자를 쓴 남자아이인지 여자아이인지 알 수 없는 아이와 가냘픈 몸매의 여자가 손을 잡고 입구로 향했다.

"여기네. 잘 보게."

니코가 말했다.

여자는 스치듯이 지나가는 남녀에게 가려 머리밖에 비치지 않았지만 대여섯 살가량으로 보이는 아이는 뒤를 돌아보며 누군가에게 손에 들고 있는 뭔가를 흔들었다.

그러나 곧 두 사람의 모습은 새로 입구의 문에서 들어온 여성 손님 몇 명에게 가려지고 말았다. 그 여성 손님들이 매장 안쪽으로 사라졌을 때는 마트 앞의 길을 왼쪽으로 걸어가는 무릎 아래만 비쳤다.

"여기까지네. 단 10초지."

"남자아이인지 여자아이인지도 모르겠는데요."

"레일라는 이날 긴팔의 파란색 원피스에 하얀 타이츠를 입고 있었다고 기쿠에 씨가 말했네. 4월이었지만 보스턴은 그 전날부터 추웠기 때문에 후드가 딸린 짧은 외투도 입혔다고 했지. 그 외투는 레일라가 화장실에 갈 때 기쿠에 씨가 벗겨주었네. 하지만 이 감시 카메라에 비치는 아이는 스웨터에 청바지 같은 것을 입고 있지. 그리고 B자를 붙인 모자를 쓰고 있네. 현지의 보스턴 레드삭스의 모자지. 레일라는 머리가 길었어. 허리 위까지 내려왔다고 하네."

니코는 다시 한 번 DVD를 재생했다.

27년간 상태가 나빠진 비디오테이프의 영상에는 이따금 가로로 검은 줄이 섞였고 얼룩 같은 것도 있어서 어지간히 시선을 집중하지 않으면 니코가 지적하는 여성과 아이의 모습은 그저 회색 그림자에 지나지 않아 보였다.

"그 가로줄이 방해가 되네요."

겐야가 혀를 차며 말했다.

"여기네."

니코가 이렇게 말하고 영상을 일시 정지했다.

확실히 아이는 돌아보며 손에 든 것을 뒤에 있는 누군가에게 흔들고 있다. 흐릿하게만 비치는 얼굴은 웃고 있는 것처럼 보이기도 한다.

"보게, 이 아이가 있는 곳은 대체로 이쯤이네."

니콜라이 벨로셀스키는 이렇게 말하며 자신이 그린 대형 마트 내의 견취도에 R이라고 썼다.

니코는 그 아이가 레일라라고 생각하고 있는 듯한데, 만약 그렇다면 납득할 수 없는 것투성이라고 겐야는 생각했다.

니코는 숄더백에서 플라스틱제 홀더에 들어 있는 사방 20센티미터쯤 되는 사진을 꺼냈다.

"DVD의 그 순간을 프린트했다네. 이걸 보면서 또 한 장의 DVD와 비교해보게."

니코가 넣은 다른 DVD는 계산대를 비추는 감시 카메라의 영상이었다.

일곱 군데의 계산대는 어디나 긴 줄을 이루고 있다. 쇼핑 카트와 함께 줄을 서 있는 뒤쪽 손님들은 감시 카메라에 다 비치지 않을 정도다.

하지만 겐야는 화면 오른쪽에 비치고 있는 여자가 기쿠에 고모라는 것을 금방 알 수 있었다. 그 모습은 2초 정도이고 앞을 지나는 손님들에 의해 가려졌다.

니코는 기쿠에 고모가 찍혀 있는 데까지 화면을 돌리고 거기서 일시 정지했다. 기쿠에 고모는 쇼핑 카트를 옆에 두고 화면의 왼쪽 앞을 보고 있었다. 계산대의 긴 줄에서 벗어난 곳에 서 있는 것이다.

"이 여자가 기쿠에 씨인가?"

니코가 또 한 장의 사진을 꺼냈다.

지금 일시 정지시키고 있는 화면을 프린트한 것이었다.

"기쿠에 고모입니다. 틀림없어요."

겐야가 말했다.

니코는 담배를 물고 왜 그렇게 확신하느냐고 물었다.

"여기서 피워도 돼요."

겐야는 중정으로 나가 자신의 담배와 재떨이를 텔레비전 앞으로 가져왔다.

"이 화상도 조잡하고 가로줄이 생겨 있네. 기쿠에 씨인 줄 어떻게 알 수 있지?"

니코는 대답을 재촉하듯이 이렇게 물었다.

겐야는 담배에 불을 붙이고 나서 사진 속의 여자를 손으로 가리켰다.

"검은 머리, 얼굴의 윤곽, 몸집, 서 있는 모습, 게다가 이 반지요."

"반지? 왼손의 결혼반지 말인가?"

"아뇨, 오른손 약지에 낀 반지요. 결혼반지와는 별도로 이언이 뉴욕의 귀금속점에서 특별히 주문해서 만들게 한 거지요. 일본 슈젠지 온천의 욕조에서 돌아가실 때도 끼고 있었어요. 보통의 반지보다 링 부분의 폭이 넓잖아요? 한가운데에 회색으로 비치는 작은 점은 비취입니다. 기쿠에 고모는 알이 작은 비취를 좋아했는데, 특히 이 반지를 마음에 들어 하셨어요."

겐야는 일본에서 가져온 기쿠에 고모의 유품을 가지러 기쿠에 고모의 침실로 가서 손수건에 싸인 반지를 들고 거실로 돌아왔다.

니콜라이 벨로셀스키는 사진과 반지를 비교하고는 그것을 테이블에 놓았다.

"같은 거로군. 이 여자는 틀림없이 기쿠에 올컷 씨야."

이렇게 말한 니코는 담배를 피우며 일시 정지를 해둔 DVD 화면을 주시하고 있었다.

담배를 다 피우고 견취도를 끌어당겨 기쿠에가 서 있는 곳은 이 언저리, 남자아이인지 여자아이인지 모르는 아이가 돌아보며 웃었던 곳은 이 언저리, 하며 표시를 했다. 두 사람의 시선은 일직선으로 이어졌다.

겐야는 견취도에 그어진 두 사람의 시선을 연결하는 비스듬한 선에서 눈을 떼지 못하고 한숨을 쉬며 계속 보고 있었다.

"맥주 좀 주지 않겠나?"

니코가 말했다.

"어젯밤에 마지막 한 병을 다 마셔버렸어요. 묘지의 묘석이 완성되어서 내일 기쿠에 고모의 유골을 납골합니다. 그러면 제 역할은 끝나니까 며칠 후에 일본으로 돌아갈 생각입니다."

"돌아간다고? 일단 돌아가는 건가? 아니면 돌아가서 1년이고 2년이고 돌아오지 않는 건가?"

니코가 물었다.

"여기에 있어야 할 이유가 없어요. 저는 지금 일자리를 찾고 있거든요."

니코는 겐야에게 의심쩍고 언짢은 듯한 표정을 지었다.

"그럼 왜 나한테 레일라를 찾아달라고 한 건가? 난 백기를 들고 돌아온 게 아니네."

니코는 이렇게 말하며 다시 담배에 불을 붙였다.

"저기, 니코 씨, 만약 이 아이가 레일라라고 한다면, 얼굴도 몸도 거의 비치지 않은 여자는 대체 누굴까요? 모르는 사람이 화장실에서 레일라의 옷을 갈아입히고 보스턴 레드삭스의 야구 모자 속에 긴 머리를 묶어 넣었고, 레일라는 얌전히 따라간 걸까요? 떨어진 데 서서 자신을 보는 엄마한테 웃는 얼굴로 손에 든 뭔가를 흔든다고요? 이치에 맞지 않잖아요."

겐야가 말했다.

"그래, 이치에 맞지 않지. 하지만 이 아이는 레일라네."

이렇게 말한 니콜라이 벨로셀스키는 사진 속의 아이를 가리켰다.

확실히 감시 카메라의 화상에서 두 장소를 이으면 니코의 추리가 옳다는 생각도 든다. 하지만 그렇다면 기쿠에 고모는 레일라가 누군가의 손을 잡고 마트에서 나가는 것을 그냥 보고 있었다는 이야기가 된다.

그 뒤 딸이 화장실에서 사라졌다고 점원에게 도움을 요청했다? 그건 말도 안 된다.

겐야는 그런 자신의 생각을 니코에게 말했다.

"그런 말도 안 되는 일이 일어난 거네. 조금 전에 내가 말했지? 이런 유의 범죄에서는 첫 번째 용의자가 부모라고. 아버지거나 어머니거나 그 양쪽이거나 말일세."

슬슬 대니가 올 시간이었다.

겐야는 대니에게 니코와의 이야기를 듣게 하고 싶지 않아,

"테리니아 리조트의 바로 갈까요?"

하고 권하고는 지갑을 가지러 2층으로 올라갔다. 세 시 반이었다. 어쩐지 성가신 사태로 진행될 것 같은 기분이 들었다.

겐야는 기쿠에 고모의 반지를 그녀의 침실에 돌려놓고, 자신의 침실에서 지갑을 호주머니에 넣으며 불쾌한 예감을 안고 잠시 침대에 걸터앉아 있었다. 아니, 그 아이가 레일라라면 살아 있을 가능성은 지극히 높아졌다는 이야기구나, 하고 생각했다.

범인이 누구든 이제 그런 것은 아무래도 좋다. 레일라가 살아 있다면 그것으로 된 것이다.

이렇게 생각하자 어쩐지 희망에 불타올라 일보 전진한 것 같은 기분이 들었다. 겐야는 무엇엔가 감사를 하고 싶어졌다. 기적이 일어나려 하고 있다고 생각한 것이다.

테라니아 리조트의 바로 들어가자 니콜라이 벨로셀스키는 카운터석이 아니라 유리창 너머로 테라스와 스파의 지붕이 보이는 테이블 자리에 앉아 보드카 라임을 주문했다. 신선한 라임을 짜달라는 니코의 주문에, 라틴계 얼굴을 한 젊은 바텐더는 우리는 항상 신선한 것을 써요, 하며 웃는 얼굴을 보였다.

"괜찮겠어요? 차로 샌피드로까지 돌아가야 하잖아요."

하는 겐야의 말에 니코는,

"우크라이나 사람의 피는 보드카로 만들어져 있다네."

하고 희미하게 웃음을 띠며 말했다.

"데니스 갤리스턴 순경은 경찰을 그만두었다고 했는데, 그만두고 어떻게 되었어요?"

겐야가 물었다.

발밑의 벽에 있는 콘센트에 손님 중 누군가가 스마트폰을 충전하고 있었다. 겐야는 그것을 모르고 하마터면 밟을 뻔했다.

누구 것인지 주위를 둘러보자 카운터에서 맥주를 마시고 있는 붉은 머리의 뚱뚱한 남자가 세운 검지를 좌우로 흔들며 겐야를 보고 있었다.

엷게 웃음을 띠고 있기는 했지만 싸움을 걸고 있는 것 같은 눈빛이었다.

"왜 바에서 담배를 못 피우게 하는 거야?"

니코는 이렇게 말하며 남자를 돌아보았다.

"그 맥줏값에 전기료는 포함되지 않았어."

니코의 말에 남자는 검지를 원래 자리로 되돌리며 그 손을 무릎 근처에서 자른 청바지 호주머니에 넣고 스포츠 잡지로 시선을 떨어뜨렸다.

"데니스는 3년 좀 못 되는 경찰 생활을 하면서 이 나라가 철저하게 학력 사회라는 걸 실감했다네. 그는 고등학교를 졸업하고 경찰학교에 들어갔거든. 아버지는 보스턴 시내에서 작은 공구점을 했지. 매달 생활하는 데 급급했으니까 데니스는 대학에 들어가는 건 처음부터 아예 생각하지 않았는데, 경찰을 그만두고 대학에 가려고 마음먹은 거지. 2년간 열심히 공부해서 뉴욕주립대학에 들어갔네."

이렇게 말한 니코는 보드카 라임을 마셨다.

"그래서요?"

겐야도 잔에 들어 있는 맥주를 한 모금 마시고 나서, 대학을 졸업한 후 데니스 갤리스턴 순경이 어떤 길을 걸었는지 알고 싶어서 이렇게 물었다.

"그 이상은 모르는 게 나을 걸세. 하지만 감시 카메라의 비디오테이프를 분서의 지하 보관실에서 슬쩍 가지고 나온 사람은 데니스가 아니네. 그것만은 말해두지."

일본의 바에서 쓰는 칵테일 잔의 세 배나 되는 크리스털 잔도 니코가 들자 조그마한 잔처럼 보였다. 니코는 숄더백에서 봉투를 꺼내 이건 영수증이네, 하고 말했다.

"호텔비와 렌터카 비용이야."

니코는 이렇게 말하며 보드카 라임을 다 마시고 한 잔 더 주문했다.

뭐, 어쩌겠어. 내가 니코를 데려다주면 되겠지. 차는 이곳 테라니아 리조트의 주차장에 두면 되는 거고.

이렇게 생각하며 사람들이 가족끼리 일광욕을 즐기고 있는 테라스를 바라보았다.

처음 이곳에 왔을 때도 아이들이 뛰어다니고 있었지. 금발과 푸른 눈의 전형적인 백인 가족이었어. 막내 여자아이가 특히 귀여웠지. 인형 같았어.

그 가족을 머릿속에 떠올린 순간,

"니코, '그거'는 타월이에요."

하고 겐야는 니코의 어깨를 두드리며 말했다.

"타월이 어쨌다는 거야? 그거라니 뭐가?"

니코는 바의 유리창 너머로 시선을 주었다.

겐야는 며칠 전 이 호텔 테라스에서 본 소녀 이야기를 하며,

"DVD에 비친 그 아이가 흔들었던 건 타월이 아니었을까요? 만약 그 아이가 레일라였다고 하고 레일라한테도 빠는 장난감이나 봉제 인형을 대신하는 것이 있고 그게 타월이었다고 한다면……."

하고 다시 자신의 생각을 니코에게 이야기했다.

니코는 그 말을 막고 웨이트리스가 가져온 보드카 라임을 오랫

동안 주시했다. 그러고는,

"빙고."

하고만 말하고 나서 다시 입을 다물어버렸다.

너무 오랫동안 입을 다물어서,

"멜리사가 레일라 아닐까요?"

하고 겐야가 소리를 죽여 말했다.

"그건 이제 누구라도 알 수 있는 거네. 내가 지금 생각하는 것은 레일라가 어떻게 미국에서 출국하여 캐나다에 입국했는가 하는 거야. 루카스 바우어 경위가 아무리 무능하다고 해도 유아가 유괴를 당하면 먼저 공항과 철도역, 항구에 연락하지. 이건 철칙이야. 조자 자료에도 그렇게 했다고 기록되어 있었어."

"그 조치는 몇 시 몇 분에 내린 거죠? 캐나다의 모든 공항과 역, 항구에도 연락이 갔나요? 전 세계의 공항에도요? 전 세계의 항구에도요? 그런 사건이 일어날 때마다 컴퓨터가 자동적으로 전 세계에 수사 의뢰를 전송하는 건가요? 휴대전화도 없었던 27년 전에? 여권 검사를 사람의 육안으로만 하던 시대에 말이에요?"

겐야의 질문에 니코는 뭔가를 생각해낸 것 같은 얼굴을 계속 테라스로 향하고 있었다.

그는 드디어 두 잔째의 보드카 라임에 입을 대고,

"조사 보고서를 작성한 사람은 바우어일세. 그 녀석의 사인이 있었지. 하지만 수사에 나선 형사와 순경 전원이 그것을 체크한 건 아니네. 분서의 서장이 마지막 사인을 하면 그것으로 정식 서류가 되지. 바우어가 레일라 사건에서 현장 지휘관으로서 자신의 갖가지 실책을 알아챘다면…….”

하고 말하며 의자 등받이에 거구를 맡겼다.

바의 콘센트에서 충전을 하고 있던 남자가 겐야에게 웃음을 띠며 인사하고는 자신의 스마트폰을 가지러 왔다.

니코는 그 남자에게 일별도 하지 않고 나지막한 목소리로 말을 이었다.

“바우어는 공항이나 역 같은 곳에 수배를 의뢰한 시간을 속일 수 있었네. 사실은 13시 20분인데도 사건 통보를 받고 현장에 도착한 직후인 12시 15분이라고 쓰는 것은 간단한 일이지. 나중에 발각되면 기재 실수라고 발뺌할 수도 있으니까 말이야. 녀석은 감시 카메라에 비쳤던 바퀴 달린 거대한 가방을 굴리며 마트에서 나간 커플을 겨냥하고 두 사람을 쫓았네. 이틀 후에 찾아냈지. 두 사람은 부부로, 보스턴 시내의 서쪽 외곽에서 세탁소를 운영하고 있었네. 바퀴 달린 커다란 비닐 백은 와이셔츠라면 와이셔츠, 스웨터라면 스웨터, 이런 식으로 나눠 넣기 위해 쓰는 영업용 분류 자루였지. 세탁소의 젊은 부부는 이틀간 구류되어 조사를 받았네. 세탁소의 작업장도, 부부가 살고 있는 집도 철저하게 조사했지만 아무것도 나오지 않았지. 증거 불충분인 데다 자백도 받아낼 수 없었어. 그래서 돌아간 것은 사흘 후였네. 하지만 바우어는 포기하지 않았지. 무려 석 달 동안이나 부하한테 부부를 미행하게 했다네. 하지만 그것도 열심히 수사를 했다는 바우어 경위의 구색 맞추기지. 본심은 흔히 있는 유아 유괴라면 레일라를 찾아내는 건 불가능하다고 생각했을 거야. 몸값을 요구해오거나 사체가 어딘가 호수에 떠오르거나 공원 숲속에서 발견된다면 사건으로서 다시 본격적인 수사에 들어가면 된다는 것이 바우어 경위의 생각이었다고 당시 부하가 말했거든."

겐야는 니코의 입에서 기쿠에 올컷이라는 이름이 나오지 않는 것을 이상하게 생각했지만, 말하지 않아도 되는 것은 입에 담을 필요가 없다고 생각하고 있을지도 모른다고 해석했다. 니코에게는 그런 점이 있다는 것을 짧은 만남을 통해 알게 된 것이다.

겐야는 니코에게 기쿠에 고모의 침실에 있는 노트북 이야기를 했다.

"그 꽃투성이의 저택으로 돌아가세."

이렇게 말한 니코는 보드카 라임을 단숨에 들이켰다.

계산을 끝내고 호텔 입구로 가자 니코는 백 미터쯤 앞에 있는 주차장 담당자와 뭔가 이야기를 하고 있었다.

제복인 듯한 오렌지색 폴로셔츠에 갈색 버뮤다팬츠를 입은 젊은 여성은 테라니아 리조트에 온 손님의 차를 세워 숙박객인지 아닌지 확인하고 주차할 장소를 지시하는 임무를 맡고 있었다.

"제가 낼게요."

겐야는 종종걸음을 치며 서둘러 주차장으로 가면서 그 여자에게 말했다.

니코에게 차를 운전하게 하고 싶지 않았지만 그 정도의 거한이라면 보드카 라임 두 잔쯤은 괜찮을 거라고 생각할 수밖에 없었다.

숙박객이 아니어서 5달러를 내야 했다.

"바의 손님인데 말이야. 하지만 여기에 오는 사람들이 주차비

5달러를 아끼려고 하는 것도 꼴사납겠군."

겐야는 이렇게 중얼거리며 니코의 차 뒤를 따라 올컷가로 돌아왔다. 대니의 차가 세워져 있었다.

니코는 기쿠에 고모의 침실로 들어가 내내 쓰고 있던 파나마모자를 출창 쪽에 놓고 노트북 전원을 켰다.

그런데도 그는,

"나는 저기서 기다리겠네."

하고는 방에서 나갔다.

"보고 싶지 않아요?"

겐야의 말에 니코는 복도를 걸으며,

"내가 자네한테 부탁받은 것은 레일라가 살아 있는지 죽었는지를 밝히는 것이었네."

하고 말했다.

겐야는 패스워드를 입력하는 곳에 'melissa'라고 쓰고 엔터 키를 쳤다. 잠금은 해제되지 않았다.

다음으로 '¥melissa¥'라고 써보았다. 잠금이 해제되고 기쿠에 고모가 직접 찍은 듯한 사진 바탕화면이 나타났다.

"빙고."

이렇게 중얼거린 겐야는 손가락과 손의 떨림이 진정되기를 기다리며 화면 전체를 채우고 있는 도라지, 장미, 거베라 사진의 바탕화면을 바라보았다. 위팔에 소름이 돋아서 손으로 문질렀다.

기본 어플리케이션 이외에는 세 개의 폴더가 화면에 떠 있을 뿐이었다.

정말 간소한 노트북 화면이라고 생각하며 먼저 메일 박스를 열었다.

텅 빈 수신함에 몇 통의 이메일이 들어와 있었는데 대부분 광고 메일이었다. 하지만 한 통은 교코 매클라우드가 보낸 것이었다.

겐야는 그것을 여는 걸 뒤로 미루고 송신함을 보았다. 텅 비어 있었다. 기쿠에 고모는 일본으로 여행을 떠나기 전에 보낸 메일을 모두 삭제하고 갔구나, 하고 생각했다.

수신함으로 다시 가서 교코 매클라우드가 보낸 메일을 열었다.

오늘 출발이네요. 벌써 로스앤젤레스 공항으로 향했을지도 모르겠습니다. 여행 중의 건강과 무사고를 빕니다. 시만토강 여행은 부럽네요. 저는 하구에서 10킬로미터 정도 떨어진 상류밖에 가본 적이 없어요. 세토구치 씨에게 안부 전해주세요. 어제 새미가 둘째 아이를 낳았다고 알려왔습니다. 멜리사가 오타와에서 축하 전화를 했다고 합니다. 그걸 알리고 싶어서 메일 보내는 겁니다. 멜리사도 빨리 결혼하면 좋을 텐데 말이에요. 하지만 진심으로 좋아하는 사람이 나타나지 않았으니 어쩔 수 없는 일이지요. 아무쪼록 즐거운 여행이 되시기를.

겐야는 이 문장을 몇 번이나 읽고 세 개의 폴더 중 'FP'라고 쓰인 것을 열었다. 꽃 사진만 5백 장 가까이 들어 있었다.

'T1'이라는 폴더는 일본 여행의 일정표로, 겐야가 일본에서 보낸 메일을 옮겨놓은 것이었다.

'C' 폴더에는 방대한 양의 요리 레시피가 들어 있을 뿐이었다.

"휴지통도 텅 비었군."

겐야는 이렇게 중얼거리며 니코가 있는 거실로 갔다.

거실 소파에 앉아 중정을 보고 있는 니콜라이 벨로셀스키에게,

"빙고."

하고 말하며 겐야도 소파에 앉았다.

"melissa던가?"

"예, 처음과 끝에 '엔' 기호가 붙은 ¥melissa¥이었어요."

겐야는 아직 손의 떨림이 조금 남아 있다는 것을 니코에게 들키고 싶지 않아 서서 거실을 돌아다녔다.

"교코의 주소나 전화번호는 알아냈나? 떨지만 말고 나한테 가르쳐줘야 하는 건 알려줘야지."

겐야는 소파에 앉아 노트북에 들어 있는 것을 니코에게 이야기했다.

"기쿠에 고모는 왜 노트북의 휴지통 안까지 깨끗하게 삭제했을까요? 마치 죽으러 가는 사람 같았어요. 설마 자살한 건 아니겠죠?"

"그건 아니네. 저번에도 그렇게 말했잖나."

니코는 고개를 가로로 저으며 말했다.

"어떻게 그렇게 단정하죠? 슈젠지의 경찰 중에도 바우어 같은 사람이 있을지도 모르잖아요."

"일본의 감식반은 우수하다네. 욕조에서 자살하기 위해서는 목을 매든가 드라이어로 감전사를 하든가 손목을 긋는 수밖에 없지. 머리에 피가 몰리게 해서 심장 발작을 기다렸다가 그 발작으로 욕

조의 물을 폐로 빨아들여 자살하는 방법을 택할 만큼 기쿠에 씨는 바보가 아니네."

"그럼 고모가 신변 정리를 한 건 뭐죠?"

"자신의 신변에 뭔가 일어났을 때 자네가 레일라에 대해 알아챌 수 있도록 한 거지. 그게 아니라면 왜 그 비밀 상자에 교코한테서 온 편지를 숨겨두겠나?"

"고모는 아직 예순세 살이에요. 협심증이라는 지병이 있었지만 증상이 심각한 건 아니었어요. 과연 만약의 경우를 생각했을까요?"

"보통이라면 생각하지 않겠지. 레일라에 대한 일을 27년간이나 가슴에 숨겨온 사람이야. 언젠가는 해결해야 하지. 만약의 사태가 일어날 경우에는 자네가 그것을 해주었으면 한 거겠지."

니코가 뭔가를 더 말하려고 했을 때, 대니가 북쪽 동에서 복도를 따라 걸어와 2층으로 올라가려고 했다.

겐야는 니코에게 대니를 소개했다. 올컷가의 정원사로 웨스턴 거리에서 스컹크를 치었던 사람이라고.

대니는 쓴웃음을 지으며 거실로 들어와,

"생각하고 싶지 않은 일을 떠올리게 하는군요."

하고 영어로 말했다.

니코는 일어나 대니와 악수하며,

"뜻밖의 재난을 당하셨네요."

하고 말했다.

미국에서 나고 자란 대니는 몸집이 큰 남자에게 익숙할 터였지만 깜짝 놀란 듯이 니코를 올려다보고는 2층으로 올라갔다.

"이 집은 어떻게 할 건가?"

니코가 목소리를 낮춰 물었다.

"이대로 둘 겁니다. 이건 레일라의 집이니까요."

니콜라이 벨로셀스키는 살짝 한숨을 쉬고 나서 테이블에 놓여 있는 DVD 두 장을 보고 있었다.

겐야는 이마에 두 줄과 양 볼에 두 줄씩 깊은 주름이 새겨져 있는 니코의 군데군데 갈색이 섞인 은발과 다갈색의 눈을 훔쳐봤다.

억세면서도 때때로 우수 비슷한 것이 떠오르는 용모는 인생이 얼굴을 만든다는 사실을 여실히, 그러나 과묵하게 말해주고 있다고 겐야는 느꼈다.

하복부 언저리에서 손가락을 깍지 끼고 생각에 잠겨 있던 니코는 테이블에 놓인 DVD 두 장을 턱으로 가리키며,

"그 아이가 돌아보며 타월을 흔든 상대가 기쿠에 씨였다는 것은, 아직은 어디까지나 추정에 불과하네. 감시 카메라의 영상은 선명하지 않고 기쿠에 씨인 듯한 여자가 찍힌 것은 단 2초야. 아이가 돌아봤을 때와 기쿠에 씨인 듯한 여자가 희미하게 미소를 지은 것은 오래된 비디오테이프의 타임스탬프에서 같은 시각을 표시하고 있네. 하지만 엄밀하게 비교하면 두 사람의 눈이 각각 다른 사람에게 향해졌을지도 모르지."

하고 니코가 말했다.

겐야는 니코가 무슨 말을 하고 싶어 하는지 잘 알 수가 없었다.

"자네 머리에는 마케팅 용어와 숫자밖에 들어 있지 않은 것 같군 그래."

니코는 이렇게 말하며 일어나 기쿠에 고모의 방으로 걸어갔다.

뒤에서 따라오는 겐야에게,

"기쿠에 씨의 노트북에는 내가 봐도 지장이 없는 것밖에 들어 있지 않은 거지?"

하고 확인한 니코는 노트북 앞의 의자에 앉았다.

겐야는 교코 매클라우드가 보낸 일본어 이메일을 번역해서 들려주었다.

"멜리사가 오타와에 있다는 말이지……."

니코는 이렇게 중얼거렸다.

"서맨사라는 이름의 친구는 다들 새미라고 불렀어요. 교코의 딸일까요? 정식으로는 서맨사 매클라우드겠군요. 멜리사는 새미보다 나이가 많을까요, 적을까요?"

니코는 겐야의 말에 아무런 대답도 하지 않고 광고 메일 중 안전해 보이는 것만 열었다.

그 안에는 유명한 가구점이 보낸 메일이 있었다. 날짜는 4월 27일이었다.

주문하신 상품이 도착했습니다. 영국 제조사는 발송이 5월 10일이 될 거라고 했습니다만, 물품이 예정보다 빨리 갖춰져서 오늘 저희 가게에 도착했습니다.

현재 여행 중이시라고 알고 있습니다만 돌아오시면 연락 주십시오. 지불은 납품 후에 하셔도 됩니다.

물품은 올컷 님 댁의 복도에 놓을 마호가니 장식대 일곱 개와 둥근 테이블 네 개입니다. 요망하신 대로 가구가 갖춰져 담당자로서 기쁘게 생각합니다. 앞으로도 저희 가게를 애용해주시기 바랍니다.

그리고 장식대와 둥근 테이블도 복도의 중정 쪽이 아니라 안쪽 창과 창 사이에 두는 것이 직사광선에 의한 영향이 적기 때문에 저희 가게로서는 그쪽을 권합니다.

"기쿠에 씨는 귀국 후에 이 집의 살풍경한 복도를 장식할 생각으로 주문한 거네. 대금은 아직 지불하지 않았지. 자네 고모는 영국에서 고급 가구를 주문하고 대금을 지불하지 않은 채 여행지에서 자살할 여자인가?"

니코가 말했다.

겐야는 니코와 자리를 바꿔 노트북 앞에 앉으며,

"으음, 자살이 아닐까 하는 의문은 완전히 지우겠습니다."

하고 말하며 화면을 교코 매클라우드가 보내온 이메일로 바꿨다.

"교코에게 무슨 말을 쓰려고 그러나?"

니코가 물었다.

"우선 기쿠에 올컷이 일본에서 죽었다는 것……."

"그리고?"

"아직 잘 모르겠어요. 뭘 어떻게 써야 좋을지 전혀 모르겠어요."

그러자 니코는 중정 쪽 출창이 있는 데로 가서 겐야에게 등을 돌린 채 말했다.

"이봐, MBA와 CPA를 취득한 엘리트 씨. 유아 유괴는 중범죄라네. 표면상이긴 해도 수사는 계속되는 상태야. 자네한테는 범인이 누구든 지금으로선 아무래도 좋은 거겠지. 레일라의 생사가 판명되고, 게다가 살아 있으며 행복하게 살고 있다는 것을 알았다면 신에게 감사하는 것뿐이지. 부처도 좋고 알라도 좋아. 만약 감시 카메라에 비친 아이가 레일라고, 그 손을 잡고 있는 사람이 교코이며, 기쿠에 씨는 그것을 보고 있었고, 어린 딸이 유괴되어 거의 광란 상태에 빠진 어머니를 연기했다는 것을 안다고 뭐가 되겠나? 기쿠에 씨는 죽었지만 교코와 케빈은 체포될 거네. 엄밀히 말하면 나도 자네도 범인 은닉죄로 감방행이라고."

"입을 다물고 있으면 되잖아요? 니콜라이 벨로셀스키 조사 회사는 비밀을 엄수하죠?"

"불륜 조사가 아니네. 이 유아 유괴 사건에 어머니가 관련되어 있고, 아니, 어머니가 주범이고 27년간 계속해서 불행한 어머니를 연기해왔다고 한다면 미국 전역의 미디어가 대대적으로 보도할 걸세. 미국만으로 끝나지 않을 거네. 캐나다에서도, 일본에서도 온갖 미디어가 달려들어 레일라는 전 세계에 노출되고 말 거야. 여기까지 설명하지 않으면 그런 것도 모르겠나? 그래서 아까 자네의 머릿속에는 마케팅 용어와 숫자밖에 없느냐고 했던 거네."

그 정도는 알고 있다고 말을 되받고 싶었지만 겐야는 입을 다물 수밖에 없었다.

레일라가 살아 있을 가능성이 높아졌다는 고양감만 앞서서 그것 이외의 것에는 생각이 미치지 않았다고 인정하지 않을 수 없었던 것이다.

겐야는 자신이 정신적으로 미숙하고 순간적으로 모든 것을 상정하며 그 하나하나에 정확한 대응책을 강구하는 능력이 부족하다는 걸 실감하고 그저 멍하니 교코 매클라우드에게서 온 메일에 눈길을 주고 있었다.

대니가 돌아갔다.

"중요한 말을 잊었네."

이렇게 말하며 니코가 거실로 돌아갔다.

뒤따라간 겐야는 니코가 재생하는 DVD 화면 앞에 앉았다.

니코는 일시 정지 버튼을 누르고 나서 수사 보고서 복사본을 겐야의 무릎 위로 던지고는,

"읽고 나면 소각하는 게 좋을 거네."

하고 말했다.

영상이 움직이기 시작하고 세탁소를 한다는 커플 뒤에서 여자와 손을 잡은 아이가 화면에 나타나자 니코는 다시 일시 정지를 시키고,

"타임스탬프를 보게."

하고 말했다.

화면 상부의 왼쪽에는 '05 APR 1986'이라는 날짜를 보여주는 숫자가 있고 오른쪽에 '11 : 15 : 03'이라는 시간이 표시되어 있다.

니코가 수사 보고서의 2페이지를 보라고 해서 겐야는 그렇게 했다.

"점원은 기쿠에 올컷 씨로부터 딸이 없어졌다는 말을 들은 것이 11시 50분쯤이라고 증언했네. 그러고 나서 경찰서에 통보할 때까

지 다시 15분쯤 걸렸지. 루카스 바우어를 비롯한 바보 같은 놈들이 마트에 도착한 것은 12시 15분이라고 되어 있네. 보고서에서는 곧바로 수배한 것으로 되어 있지만, 실제로 이 바보 같은 놈들이 보스턴 전역에 소녀가 실종되었다는 사실을 전하고 수배 지시를 내린 것은 13시 20분이야. 감시 카메라에 비친 아이가 마트에서 나간 지 두 시간 5분이 지나서지."

기쿠에 고모는 레일라가 없어지고 나서 이를 35분 동안이나 점원에게 알리지 않았다는 사실을 겐야는 새삼 알게 되었다. 수잔은 기쿠에로부터 들은 이야기라며 레일라가 화장실에 들어간 지 15분 후에 점원에게 알렸다고 했는데, 하고 겐야는 생각했다.

"데니스 갤리스턴 순경이 광역 수사를 펼치지 않았다는 사실을 후회한 것은 이걸 말하네."

니코는 DVD를 정지시키고 담배에 불을 붙였다.

"두 시간이나 있었다면, 범인은 여섯 살이 된 지 고작 사흘째인 여자아이를 어디까지 데려갈 수 있을까요?"

겐야가 물었다.

"보스턴은 항만 도시네. 대서양에 면해 있지. 북쪽으로는 캐나다, 남쪽으로는 남미로도 배가 떠난다네. 여객선도 있고 컨테이너선도 있지. 하지만 범인들한테 여객선은 위험하네. 수배는 배에도 미칠 테니까. 나라면 자동차나 비행기를 택하겠네. 비행기로 매사추세츠주에서 다른 주로 가는 거지. 그거라면 국내선을 타면 되네. 미국 국내의 이동이니까 여권은 필요 없거든."

"기쿠에 고모는 레일라가 화장실에 없다는 걸 알고 나서 경찰이 도착할 때까지의 일을 어떻게 설명했을까요?"

"그것도 보고서에 쓰여 있네. 먼저 마트 안을 찾아보고 주차장에 가봤다가 다시 마트 안으로 돌아와서 찾아보고, 다시 마트 앞의 길을 건너 장난감 가게를 찾아보고 그 근처의 도넛 가게를 찾아보고, 또 다시 주차장으로 돌아가 찾아보고 마트로 돌아와 화장실과 마트 안을 찾아보고……. 놀라서 어쩔 줄을 모르고 허둥대며 필사적으로 찾아다녔지. 딸이 없어진 어머니가 그런 행동을 하는 것은 하나도 이상하지 않아."

해는 살짝 붉은 빛을 띠었다.

겐야는 거실 창문을 열고 다시 담배를 피웠다.

"내일 몬트리올로 갈 거네. 비행기 예약 좀 해주게. 제일 빠른 편이 좋겠군."

니코가 말했다.

겐야가 자신의 노트북으로 공항 사이트에 들어가 알아보자 에어캐나다 편이 가장 빨리 출발하는 것 같았다.

캐나다의 몬트리올은 미국 동부의 시간과 같아서 로스앤젤레스와는 세 시간의 시차가 있다. 이쪽이 아홉 시라면 그곳은 낮 열두 시인 것이다. 소요 시간은 다섯 시간 남짓이다.

겐야는 항공권을 예약하고 내일 이른 아침에 조사 실비를 가져다주겠다고 니코에게 말했다.

"레일라가 마트에서 나간 60분 후에 보스턴 시내에 수배가 내려진 것은 아니네. 바우어 경위가 보고서에서 대폭 시간 조작을 했지. 마약 카르텔의 거물 간부 체포라는 큰 실적을, 드물지도 않은 유아 실종 사건의 실수로 상쇄시키고 싶지 않았을 테니까. 공항과 역, 항구에 수배가 내려진 것은 사실 보고서보다 65분 후였다고 한다면 약 두 시간 후라는 이야기가 되네. 마트에서 보스턴 공항까지는 차로 20분 거리네. 길이 막혀도 30분이면 충분하지. 수배가 내려지기 한 시간 반 전에는 공항에 도착했을 거야. 여자와 레일라가 비행기에 탈 시간은 충분했던 거지. 27년 전 공항의 수하물 검사는 지금처럼 엄격하지 않았네. 국제선이라도 시간에 빠듯하게 공항에 도착해도 탈 수 있었으니까. 범인이 만약 캐나다행 비행기를 탈 수 있도록 계획했다면 탈 수 있었을 거야. 캐나다 어디라도 말이지. 몬트리올이든 오타와든 에드먼턴이든 밴쿠버든 토론토든 퀘벡이든 캘거리든, 캐나다 국내로 들어가기만 하면 성공인 거야. 캐나다는 미국보다 넓다네. 세계에서 두 번째로 면적이 큰 나라지. 보스턴 공항에서 캐나다 국내로 가는 비행기가 얼마나 되는지 알아보게."

니콜라이 벨로셀스키의 말을 들으며 겐야는 거실 의자에 발을 꼬고 앉아 감시 카메라에 비친 기쿠에 고모의 27년 전 영상을 보고 있었다.

키가 크고 갸름한 얼굴에 여성치고는 눈과 눈 사이의 콧대가 굵다. 아버지를 닮았다. 흑백 영상에서는 굵은 콧대가 두드러지게 보인다.

"저녁 드시고 가지 않겠어요? 티본스테이크를 구울게요."

겐야가 니코를 보며 말했다.

"그러지, 배가 고프군. 티본스테이크라니 고맙네."

니코가 웃음을 띠며 말했기에 겐야는 그제 코스코에서 산 스테이크용 고기를 가지러 차고로 향했지만 홀에서 멈춰 서서,

"레일라한테도 여권이 필요하잖아요. 여권은 어떻게 했을까요?"

하고 니코에게 물었다.

"레일라와 손을 잡고 마트에서 나간 여자한테 물어보게. 나는 범인을 찾으라는 부탁을 받지 않았네. 다시 한 번 말해두지. 내가 맡은 일은 레일라 올컷이 죽었는지 살아 있는지, 만약 살아 있다면 지금 어디에 있는지를 알아내는 것뿐이네. 나는 그 이상의 일에 관여하지 않는 편이 좋다고 생각해. 그렇지 않나? 범인 은닉죄로 감방에 들어가는 것은 자네만으로 해주게."

겐야는 니코의 말에 아무런 대답도 하지 못하고 차고의 냉동고에서 스테이크 고기 2인분을 꺼내 부엌에 놓았다. 어느 것이나 뼈가 붙어 있는 450그램짜리라 해동에 시간이 걸릴 것 같아, 텀블러와 몰트위스키를 병째 니코 앞에 놓았다.

니코는 위스키 병과 텀블러를 들고 중정으로 나갔다. 짙은 주홍색 태양이 태평양에 떨어지고 있었지만 하늘은 아직 파랬다.

그래, 대니 씨한테 받은 후무스가 있지. 여기서 가까운 슈퍼마켓에 가서 토르티야를 사오자. 니코는 그걸 먹으며 위스키를 마시고 있으면 된다. 스테이크 고기가 해동되려면 한 시간쯤 걸릴 것이다. 바게트도 사 오자. 토마토와 셀러리도. 슈퍼마켓의 반찬 매장에 매시트포테이토도 있었다. 그것도 사 오자. 니코는 대식가일 테니 양송이도…….

겐야는 이렇게 생각하고 덩굴장미 시렁 아래서 가든 체어에

걸터앉아 위스키를 마시고 있는 니코에게는 말하지 않고 차고로 갔다.

장을 보고 해변의 집으로 돌아오자 니코는 아직 덩굴장미 시렁 밑에 있었다. 겐야는 후무스를 접시에 담아 토르티야와 함께 가져갔다. 위스키는 조금도 줄어 있지 않았다.

"조금 전에 헤아려봤다네."

니코가 말했다.

"뭘요?"

"벽이나 창에 매달린 화분의 숫자 말이네. 거베라 화분이 서른 세 개야. 레일라는 서른세 살이지. 우연일까?"

덩치 큰 우크라이나계 미국인의 관찰력과 감성은 예사롭지 않다고 생각했다.

겐야는 중정 한가운데로 걸어가 잔디밭에 맨발로 서서 아직 화분을 매달 공간이 있는 벽과 출창을 보고, 생각지도 못한 일이 현실이 되려 하는데 그것을 실감하지 못하는 자신의 마음에,

"기뻐해야지, 레일라가 살아 있을 가능성이 높아졌어. 기적이 일어나려 하고 있다고."

하고 말을 걸었다.

그러나 그러기 위해서는 많은 사람이 불행해질지도 모르는 현실과 마주해야 한다는 예감이 들었다.

기쿠에 고모는 죽었다. 이언도 죽었다. 하지만 사건에 관련되었을지도 모르는 사람은 살아 있다.

막 여섯 살이 되었던 레일라는 아무것도 모른다. 레일라는 피해

자인 것이다. 가엾은 아이다.

만약 레일라가 캐나다로 가서 멜리사 매클라우드가 되었다고 한다면 교코 매클라우드는 사건의 실행범이라는 이야기가 된다. 당연히 남편인 케빈 매클라우드도 관여했을 것이다.

그리고 기쿠에 고모는?

남편 이언은?

왜지? 왜 이언 올컷과 기쿠에 올컷은 자기 자식을 교코 매클라우드에게 유괴하게 하여 캐나다로 가게 했고, 25년 이상이나 부모 자식 관계를 끊었을까?

27년 전 보스턴의 올컷가에서 무슨 일이 벌어진 걸까?

나는 가증스러운 중죄에 가담하는 처지에 빠질지도 모른다.

겐야는 덩굴장미 시렁 가까이로 가서,

“무서워졌습니다.”

하고 말했다.

“이제 말인가? 과연 우수한 머리로군. 나는 첫 번째 비디오테이프에서 보스턴 레드삭스 모자를 쓴 아이가 비스듬히 뒤를 돌아보며 누군가에게 뭔가를 흔들며 웃음 짓는 걸 확인했을 때, 뭔가 난감한 일이 될 것 같아 오싹했네.”

니코는 바다에 시선을 준 채 말했다.

“용케 그 두 사람을 알아챘네요.”

겐야는 가든 체어에 앉아 있는 니코 근처의 잔디에 앉으며 말했다.

“그 이상 화상을 선명하게 만들 수는 없었지. 비디오테이프 영상을 DVD에 보존하는 작업은 줄타기 같은 것이라네. 테이프가 끊어지면 누군가 재생했다는 것이 들키고 마니까. 하지만 레일라 올컷 실종 사건의 수자 자료가 들어 있는 상자는 '미해결'이라는 스탬프가 찍혀 있고, 아무도 개봉하지 않은 채 보관실 안에서 계속 잠들어 있을 거야."

니코는 토르티야에 후무스를 발라 입에 넣고 나서 위스키를 마셨다. 작은 텀블러에 따른 위스키는 2센티미터쯤 줄어 있을 뿐이었다.

이언도 알고 있었을까요, 하고 말하려다가 입을 다물었다. 니코는 그것에 대해 결코 자신의 추리를 말하지 않을 거라고 생각한 것이다.

니코가 레일라의 생사를 밝히는 것만 고집하는 이유를 겐야는 이미 충분히 이해하고 있었다.

"여기서 바다를 따라 북쪽으로 가면 등대가 있다네. 이 집에서 보이지는 않아. 오래된 등대가 아니라서 운치는 없지만 그 등대에서 북쪽으로 조금만 가면 공원이 있지. 가본 적 있나?"

니코가 화제를 바꿔 물었다.

"아뇨, 저는 여기에 온 이후로 한 번도 팔로스버디스반도에서 나간 적이 없어요."

겐야가 대답했다.

"그곳도 팔로스버디스반도 안이야. 나는 가끔 밤중에 가서 공원에서 등대를 본다네. 등대 불빛이 한 바퀴 빙 돌아 내가 있는 곳을 비추는 순간을 좋아하지. 밤중에 전 세계의 등대를 바라보는 여행을 하고 싶네. 세계에 등대가 얼마나 있는지 조사해주게. 인터넷이라면 금방 알 수 있겠지? 17, 8세기에 돌로 쌓아 만든 등대가 좋을 거야."

"전 세계의 오래된 등대를 알아보죠."

"어차피 한가하지?"

니코는 웃음을 띠며 일어섰다.

티본스테이크는 적당히 잘 구워졌다. 스테이크용 소스도 달지 않았고 버터와 소금만으로 볶은 양송이와 잘 어울렸다.

"잘 먹었네. 이렇게 맛있는 스테이크는 오랜만이야. 정말 맛있었어. 랜초팔로스버디스에서 스테이크 하우스라도 열지 그러나. 자네 수프도 최고야. 수프 가게를 하겠다고 결정하면 나를 고용해주게. 경호든 배달이든 뭐든 할 테니까."

니코가 이런 말을 남기고 돌아가자 겐야는 설거지를 끝내고 나서 기쿠에 고모의 방으로 갔다. 니코에게 맞춰 먹었기 때문에 위가 조금 불편했다.

"많이 먹는 사람들에게는 익숙하지만 역시 니코는 각별해."

겐야는 이렇게 중얼거리고 교코 매클라우드가 보낸 이메일을 오랫동안 바라보았다.

그리고 결단을 내리지 못한 채 기쿠에 고모의 죽음을 알리는 메일을 썼다.

저는 오바타 겐야라고 합니다. 기쿠에 올컷의 조카입니다. 이 메일은 로스앤젤레스의 랜초팔로스버디스의 집에 있는 기쿠에 고모의 노트북으로 쓰고 있습니다.

갑자기 이런 메일을 드려 필시 놀라셨을 거라고 생각하지만, 기쿠에 올컷은 일본 시간으로 4월 14일 저녁 열한 시경에 여행지인 슈젠지 온천에서 입욕 중에 사망했습니다.

경찰의 검시로는 욕조 안에서 협심증 발작으로 병사한 것으로 판명되었습니다. 그래서 도쿄에서 화장하여 남편인 이언 올컷의 묘 옆에 납골하기 위해 제가 유골을 가져왔습니다. 토요일인 내일 납골할 예정입니다.

기쿠에 고모가 일본으로 떠난 날 당신이 보내신 메일을 오늘에야 읽게 되었기 때문에 이렇게 답장을 보냅니다.

생전에 고인에게 보여주신 두터운 정, 깊이 감사드립니다.

여기까지 쓰고 그 뒤가 이어지지 않아 겐야는 팔짱을 끼고 노트북 화면을 주시했다. 뭔가 덧붙여야 한다고 생각하는 마음과 나머지는 교코 매클라우드가 어떤 답장을 보내오는지를 보고 쓰자는 마음이 교차했다.

겐야는 기쿠에 고모의 방에서 중정으로 나가 잔디 위에서 담배를 물었지만 오늘 여섯 대나 피웠다는 것을 생각해내고 불을 붙이지 않은 채 잠시 밤바다를 바라보았다.

그리고 다시 기쿠에 고모의 방으로 돌아가 이메일에 아무것도 덧붙이지 않고 송신했다. 마우스를 클릭하는 순간, 높은 데서 에잇 하고 뛰어내리는 것 같은 기분이 들었다.

그 후 기쿠에 올컷은 여행 중에 사망했지만 주문한 가구는 배달해달라고 가구점 담당자에게 답장을 보내고, 백 개가 넘는 요리 레시피가 복사된 폴더를 열었다.

처음에는 기도로 잘못 넘어갈 염려가 없는 요리 레시피가 있었다. 주로 수프류인데, 빵으로 만드는 죽도 있었다. 화면을 스크롤해 갔지만 레일라에 관한 것은 하나도 없었다.

다른 폴더 두 개도 꼼꼼히 살펴봤지만 아무것도 발견되지 않았다.

금방이라도 교코 매클라우드로부터 답장이 올 것 같아 30분 가까이 의자 등받이에 몸을 기대고 노트북 화면을 보고 있었다. 하지만 열 시가 되자 포기하고 기쿠에 고모의 방에서 나갔다.

겐야는 남쪽 동과 북쪽 동의 창과 문을 닫고 2층에서 샤워를 하고 나서, 테니스 코트 정도의 휑뎅그렁한 자신의 침실에서 텔레비전의 뉴스 프로그램을 멍하니 보고 있었다.

열한 시에 다시 한 번 기쿠에 고모의 방에서 노트북을 열고 메일 박스를 봤지만 광고 메일만 한 통 수신했을 뿐이었다.

복도를 걸어 홀로 가서 그곳 문을 통해 중정으로 나간 겐야는 꽃밭으로 갔다.

꽃들이나 자신의 키만큼 큰 풀들에게,

"안녕."

하고 속삭인 겐야는 오솔길에 놓여 있는 가든 체어에 살며시 앉았다. 재스민 향기가 났다.

풀꽃들이 레일라에 대해 가르쳐달라는 바람을 들어주었다고 생각했지만, 겐야는 아직 고맙다고 말할 기분은 들지 않았다.

수수께끼가 너무 많다. 나도 니코도 희망적인 관측으로 감시 카메라에 비친 그 영상을 본 것에 지나지 않는다고 생각한 것이다.

5

너무나도 광활한 그린힐스메모리얼파크를, 화장한 유골을 납골하기 위한 묘지라고만 생각하고 있었다. 그런데 웨스턴 거리에서 서쪽으로 떨어진 곳에는 관에 유체를 넣어 매장하는 묘도 많았다.

대니얼 야마다, 수잔 모리 변호사, 비서인 카밀라 헌트, 그리고 로잔느 페레스가 참석해주었다. 묘지 관리소의 직원이 납골한 장소에 묘석을 깔았고, 묵도를 올리는 것으로 모든 것이 끝났다. 검은 레이스의 상복을 입은 경건한 가톨릭교도인 로잔느만이 긴 기도를 이어갔다.

겐야는 이른 아침 로스앤젤레스 공항으로 가는 니콜라이 벨로셀스키에게 캐나다에서 필요한 경비를 건네려고 여섯 시도 전에 일어났다. 그런데 은행의 ATM에서 5천 달러를 인출하여 샌피드로 지구의 사무소 겸 집으로 갔을 때 그는 이미 출발한 뒤였다.

부모의 성묘를 왔다는 히스패닉계 가족과 로잔느는 서로 잘 아는 사이인 듯, 대니와 수잔과 카밀라가 돌아간 뒤에도 피크닉 시트에 앉아 즐겁게 이야기를 나누고 있었다.

겐야는 로잔느에게 고맙다고 말하고 주차장에 세워둔 사륜구동차에서 상복 윗옷을 벗고 검은 넥타이를 풀었다.

손으로 꼽아보니 4월 23일에 랜초팔로스버디스의 올컷가에 도착했으니 11일밖에 지나지 않았다. 그런데도 5월에 접어들었다는 사실을 깨닫지 못하고 있었다.

"5월 4일이니 일본은 황금연휴가 한창이겠구나."

이렇게 중얼거린 겐야는 납골할 때 디지털카메라로 찍은 사진을 보았다. 기쿠에 올컷의 묘석도 찍었고 이언의 묘석도 찍었다. 두 묘석이 나란히 있는 것도 찍어두었다.

만약 교코 매클라우드로부터 답장이 와서 단순히 애도를 표하는 것 이상의 어떤 메시지라도 덧붙어 있다면 묘지나 묘석의 사진을 송신할 생각이었다.

겐야는 자신의 부모에게도 보여주어야 한다.

겐야는 차를 웨스턴 거리에서 팔로스버디스 거리 쪽으로 몰기 시작했지만 도중에 다른 길로 들어가 서둘러 올컷가로 갔다.

아침에 눈을 뜨고 나서 대체 몇 번이나 기쿠에 고모의 노트북 앞으로 갔는지를 생각했다.

교코 매클라우드로부터 이메일이 도착하지 않았는지 마음에 걸려 그때마다 수신함을 열어봤지만, 어제의 이메일에 대한 답장은 아직 없었다.

겐야는 제시카의 가게로 찾아가보려고 했지만 역시 집으로 돌아가 다시 한 번 이메일을 확인하고 나서 가려고 예정을 바꿔 올컷가로 돌아온 것이다.

묘지 근처에 있는 집에서 상복을 여느 때와 같은 작업복으로 갈아입은 대니는 북쪽 동의 화분에 물을 주고 있었다.

교코 매클라우드로부터 이메일은 오지 않았다.

겐야는 2층의 침실에서 옷을 갈아입고 중정으로 나가 접사다리에 올라가 있는 대니에게,

"거베라가 서른세 개인데 그 숫자에 무슨 의미라도 있습니까?"

하고 물어봤다.

대니는 고개만 돌리고 의아한 듯이 겐야를 쳐다봤다.

"아니, 어떻게 알았습니까?"

대니의 물음에,

"왜 서른세 개죠?"

하고 겐야가 다시 물었다.

"이유는 잘 모르겠지만 기쿠에 씨가 이곳으로 이사 오고 나서 저한테 정원 꾸미는 일을 맡길 때, 거베라 화분 서른한 개를 한곳에 모아서 매달아달라고 했지요. 1년 후에 하나 더 늘려달라고 했고, 올해도 일본으로 가기 전에 하나 더 늘려달라고 해서 지금 서른세 개가 됐습니다."

"하지만 여기저기에 매달려 있잖아요. 거베라만 한곳에 모여 있지 않네요."

“기쿠에 씨가 안 계시는 동안에는 이 로스앤젤레스 남쪽의 햇빛에 강한 꽃을 햇볕이 잘 드는 곳으로 바꿔 달아놓았습니다. 베고니아 같은 것은 직사광선을 오래 받으면 시들어버리고 난 같은 종류도 그렇거든요.”

“거베라 서른세 개를 고모가 좋아했던 곳에 모아서 매달아주세요.”

대니는 알았다고 했다.

워킹은 단 한 번만으로 끝나고 말았다. 매일 계속하지 않으면 아무런 의미가 없는데도 말이다.

기쿠에 고모의 사륜구동차로 제시카의 가게로 가자. 마음이 진정되지 않아 워킹을 할 상황이 아니다.

겐야는 이렇게 생각하고 차고로 갔지만, 역시 가끔이긴 해도 걷는 게 좋겠다고 생각을 고쳐먹고 그대로 올컷가를 나서 바다와 팔로스버디스 거리를 잇는 길로 걸어갔다.

늘 가는 슈퍼마켓의 북쪽에서 호손 대로의 언덕길을 올라가 롤링힐스에스테이츠시 끝에 있는 제시카의 가게를 향해 길을 따라 돌아가자 분홍빛 벽 같은 것이 눈앞에 나타났다.

분홍빛 사면의 건너편에 끝이 뾰족한 지붕의 호화로운 2층 저택이 세워져 있는데, 그 사면만이 문득 겐야의 시야 가득 펼쳐진 것이다.

선인장 꽃이 이건가, 하고 겐야는 보도에 멈춰 선 채 바라보았다. 얼핏 일본의 꽃잔디 같지만 선인장의 일종인 것이다.

이렇게 아름다운 꽃을 잔뜩 피우는 선인장이 있단 말인가.

그건 그렇다 하더라도 이 호화 저택에도 식물이 많다. 올컷가 정도가 아니다. 대체 몇 그루의 수목이 심어져 있을까. 원래 자생하던 거목도 있겠지만 집을 지을 때 심은 나무도 많은 것 같다.

기쿠에 고모는 올컷가의 정원을 수목과 꽃들로 메우고 싶어 했지만, 이언이 중정 한가운데에 잔디를 깔고 싶다고 했기 때문에 어쩔 수 없이 따랐다고 대니가 말해주었다.

그때 대니는 고모가 그린 정원 배치도를 보여주었다. 색연필로 꼼꼼히 그린 것이었다.

이언이 잔디 정원을 고집한 것은 그가 미국인이기 때문이다.

미국인에게는 집에 잔디 정원을 갖는 것이 성공의 증거임과 동시에 행복한 가정의 상징이기도 하다는 것을 어떤 책에서 읽은 적이 있다.

겐야는 꽃잔디로 착각할 만한 분홍색 꽃들을 열심히 보고 나서 방금 온 언덕길을 내려갔다. 슈퍼마켓 근처의 커피 체인점에서 카페라테 두 개를 사서 올컷가로 돌아오자 대니는 2층 베란다에 있었다. 서른세 개의 거베라는 모두 베란다의 펜스로 옮겨져 있었다.

"거베라는 전부 여기에 매달게 되어 있었습니다. 기쿠에 씨가 일본에서 돌아오기 전에 되돌려놓을 생각이었지요."

대니는 이렇게 말하며 겐야가 내민 카페라테 컵을 받아 들고 서쪽의 덩굴장미 시렁을 손으로 가리켰다.

그쪽으로 가보라고 재촉하는 거라는 걸 알고 겐야는 계단을 내려가 중정으로 나가서 바다 쪽으로 걸어갔다.

돌아보자 베란다의 난간이 모두 거베라로 뒤덮여 짙은 주홍색,

분홍색, 흰색의 국화 비슷한 꽃잎이 바다에서 불어오는 바람에 나부끼고 있었다.

온난한 기후 탓인지 일본의 거베라보다 꽃이 훨씬 컸다.

"기쿠에 씨의 방에서 보는 것이 가장 예쁩니다."

대니는 이렇게 말하고 물뿌리개로 물을 주기 시작했다.

"기쿠에 고모가 만들고 싶어 했던 정원으로 만들고 싶은데, 부탁해도 될까요?"

겐야의 말에 대니얼 야마다가 물뿌리개를 기울이고 있던 손을 멈추고,

"정말입니까?"

하고 물었다.

"상당한 이유가 없는 한 이 집은 팔지 않을 겁니다. 그래서 고모가 만들고 싶었던 정원을 만들어드리려고요."

"멋진 정원이 될 겁니다. 꿈같은 화원이요."

대니는 베란다에서 모습을 감추고 곧바로 1층 홀의 문을 통해 겐야가 있는 곳으로 왔다.

"저한테 맡겨주시는 겁니까?"

"이 잔디를 벗겨내고 당장 오늘부터라도 시작해주었으면 싶은 정도입니다. 휑뎅그렁한 잔디 위에서 축구나 농구를 할 건 아니니까요."

"여기서부터 저쪽까지 작은 시내를 만들고 싶지만 만성적으로 물이 부족한 로스앤젤레스에서는 무리지요. 근처에 강이 없으니까요."

안타깝다는 듯한 대니의 말에,

"그것만은 무리겠지요."

하고 웃으면서 말한 겐야는 대체적인 견적서를 작성해달라고 대니에게 부탁했다.

"이미 만들어져 있습니다. 기쿠에 씨가 일본에서 돌아오면 정식 견적서를 건네기로 되어 있었거든요."

그걸 좀 더 빨리 말해주었다면 기쿠에 고모가 자살했을지도 모른다고 생각하지는 않았을 텐데, 하고 생각했지만 겐야는 대니와 계약 성립을 의미하는 악수를 나누고 기쿠에 고모의 방으로 갔다.

침대 다리 쪽 출창에서 베란다가 훤히 내다보였다. 북쪽 동의 긴 차양이 거베라를 오후의 강한 햇빛으로부터 지켜주고 있었다.

레일라도 서른세 살. 거베라 화분도 서른세 개. 겐야는 마음속으로 이건 억지로 갖다 붙인 것도, 우연도 아니라고 확신했다.

아마 니콜라이 벨로셀스키의 추리는 옳을 것이다. 니코는 추리의 중요한 부분을 아직 말하지 않았고, 캐나다에서 돌아와도 말하지 않을지도 모른다.

하지만 그것은 레일라가 살아 있다고 확실히 판명된 경우다. 레일라가 살아 있고 현재의 처지를 알 수 있다면 니코는 중요한 사항에 대한 조사를 그만둘 것이다.

나도 지금 니코와 같은 추리에 이를 수밖에 없었다. 27년 전 보스턴 시내의 대형 마트에 설치되어 있던 감시 카메라에서 니코가 찾아낸 불과 10초간의 영상과 교코 매클라우드로부터 받은 편지 열 통이 니코와 나를 같은 추리로 이끌고 있다.

그렇다고 해도, 내 추리는 니코에게 거침없이 매도당함으로써 가까스로 이해할 수 있었던 것에 지나지 않지만 말이다.

그 비디오테이프 두 개에서 누구나 놓치고 말았을 한순간의 영상이 하나의 선으로 이어진 시점에도, 내 두뇌는 몽롱하여 추리 같은 게 들어올 여유가 없었다.

그런 일이 있을 수 없다는 선입관이, 언뜻 스쳐가려고 한 추리를 차단하여 처음부터 그것을 부정하게 한 것이다.

기쿠에 고모는 레일라가 누군가와 함께 마트 화장실에서 나와 자신을 향해 웃으며 손에 든 타월을 흔들고 나서 인파 속으로 멀어져가는 것을 지켜보고 있었다.

그것이 무엇을 의미하는지를 나는 인정하고 싶지 않았다. 레일라 올컷을 유괴한 주범이 어머니인 기쿠에 올컷이라는, 있을 수 없는 진실에 직면한 것에서 무의식적으로 도망친 것이다.

겐야는 남쪽 동의 화분에 물을 주고 있는 대니에게 견적서를 보여달라고 부탁했다.

대니는 그것을 집에 두었으니 가져오겠다고 말하며 나갔다. 돌아올 때까지 약 한 시간쯤 걸린다. 그 사이에 혼자 그 DVD를 몇 번이고 돌려보려고 생각했다.

겐야는 대니의 차가 떠난 소리를 듣고 DVD를 들고 거실의 텔레비전 앞으로 가서 리모컨의 스위치를 눌렀다. 더빙된 영상은 처음부터 가로줄이 들어가 있었다.

천장에 설치된 감시 카메라는 하나는 마트의 입구 쪽을, 또 하나는 그것과 반대로 계산대 쪽을 향해 있었다.

계산대에서 입구까지는 10미터쯤인데 감시 카메라가 비추는 것은 입구의 5미터쯤 앞에서부터다. 영상은 어안 렌즈처럼 약간 일그러져 있었다.

바우어 경위가 주목했다는 커플은 마트 안으로 들어오는 많은 손님들을 피해 벽 쪽으로 다가갔다.

과연 얼빠진 경위가 아니더라도 이 금발 남자가 끌고 있는 색다른 모양의 캐리어백을 수상히 여겼을 거라고 겐야는 생각했다. 유아라면 세 명은 족히 들어갈 것 같은, 바퀴가 달린 큰 원통 모양의 가방이었다.

화면의 오른쪽 아래에서 가녀린 몸집의 여자가 야구 모자를 쓴 남자아이인지 여자아이인지 알 수 없는 아이의 손을 잡고 걸어왔다. 나가는 손님보다 들어오는 손님이 훨씬 많았다. 두 사람은 인파를 오른쪽으로 피하기도 하고 왼쪽으로 피하기도 했는데, 여자가 아이에게 무슨 말을 하고 마트의 오른쪽 벽 쪽으로 다가갔다.

그 때문에 1초쯤 화면에서 사라졌다.

다음에 나타났을 때, 아이가 뒤를 돌아봤다.

쓰고 있는 모자의 보스턴 레드삭스 로고는 선명하게 비쳤지만 옆에 있는 여자의 팔과 다른 손님의 몸이 방해하여 눈 아래는 보이지 않았다.

손님 한 무리가 마트 안쪽으로 사라진 순간, 아이는 타월 같은 것을 흔들며 화면 왼쪽 아래의 누군가를 향해 웃음을 지었다. 화면에는 다시 짙은 가로줄이 생겼다.

여자의 손이 움직였지만 뚱뚱한 중년 여성 손님과 엇갈렸기 때문에 그 손의 움직임이 무엇 때문인지 알 수가 없었다. 어깨부터 위쪽도 비치지 않았다.

그리고 영상은 두 사람의 다리만 비춘 채 입구의 문 쪽을 향해 왼쪽으로 걸어가는 데서 끝났다.

이번에는 같은 영상을 슬로로 재생했다. 유아의 손을 잡고 있는 여자의 얼굴은 전혀 보이지 않았다. 아이의 얼굴이 영상에 비치는 시간은 3초가 될까 말까다.

그 얼굴도 감시 카메라의 사각에 가깝기 때문에 선명하지 않고 남녀 구별조차 힘들다.

몇 번이고, 몇 번이고 첫 번째 DVD를 재생한 겐야는 두 번째 DVD를 넣고 관자놀이 언저리를 문지르며 화면을 뚫어져라 쳐다봤다.

렌즈를 반대쪽으로 향하게 천장에 설치한 감시 카메라의 비디오테이프는 여자와 아이가 비치는 것보다 더 나쁜 상태였다.

그러나 기쿠에 고모의 모습을 분간할 수 있을 만큼 해상도를 높인 것은 화상을 처리한 사람의 기술이 우수하다는 것을 보여주었다.

"니코가 갖고 있는 인맥도 대단해. 내가 미국에서 뭔가 사업을 시작한다면 무슨 일이 있어도 니코를 고용해야지. 그런 남자는 무슨 일을 시켜도 유능할 거야. 아침에 일찍 일어난다는 것도 알았고 말이지."

겐야는 이렇게 중얼거리며 기쿠에 고모의 모습이 비치는 DVD를 재생했다.

비취반지는 회색으로 비쳤다. 최고급 비취지만 알이 작고 받침대와 링은 사치스러운 만듦새였다. 비취보다 폭이 넓은 순금이다.

"청소나 세탁, 요리 같은 걸 할 때는 빼놓아야 해서 귀찮아. 부드러워서 움푹 패기도 하거든. 귀금속점 주인이 권한 대로 18K로 할 걸 그랬어."

언제였더라, 고모는 이렇게 말했었다.

겐야는 기쿠에 고모의 침실에서 반지를 가져와 다시 한 번 니코가 프린트한 사진과 대조해보았다. 같은 반지라는 것은 틀림없었다.

"이 여자는 백 퍼센트 기쿠에 고모다. 단언할 수 있어. 서른여섯 살의 기쿠에 올컷이다."

니코가 종이에 그려 보여준 대로 아기의 시선과 기쿠에 고모의 시선은 일직선으로 이어졌다. 양쪽 감시 카메라의 타임스탬프는 니코의 지적대로 같은 시간을 보여주었다.

겐야는 마트 안의 견취도를 머리에 그렸다.

기쿠에 고모는 감시 카메라의 사각 지대에 서 있었지만 화면의 오른쪽에서 살짝 걸어 나와 화장실과 입구의 중간 언저리로 시선을 주며 살짝 웃고는 금방 사각지대로 숨었다.

그렇게 숨는 것을 보면 기쿠에 고모는 마트 감시 카메라의 위치도, 그것이 찍는 범위도 대충 파악하고 있었던 것 같다.

그 이상 앞으로 나오면 감시 카메라에 비친다는 것을 알고 있지만, 한두 발짝 앞으로 나오지 않으면 레일라와 마지막 작별을 할 수 없다. 그래서 자신을 억제하지 못하고 서로의 시야를 방해하는 인파를 피해 화면 오른쪽에서 살짝 앞으로 나온 것이다.

겐야는 이렇게 생각하고 DVD 플레이어의 스위치를 껐다. 돌아온 대니의 자동차 엔진 소리가 들렸기 때문이다.

중정으로 나가 잔디를 밟으며 보스턴의 거리를 떠올렸다.

벽돌로 지은 집들과 돌이 깔린 길. 좋았던 옛 미국의 풍정을 완고하게 지키고 있는 유서 깊은 주택지. 그 중심부에 외벽이 모두 담쟁이덩굴로 뒤덮인 올컷가. 이언 올컷이 부모로부터 물려받은 멋진 이층집이다.

레일라가 사라진 마트는 그 집에서 남쪽으로 차로 15분쯤 걸리는 곳이라고 겐야는 생각했다.

대니얼 야마다는 기쿠에 고모가 그려 색칠한 도화지와 그것을 기본으로 자신이 수정한 큼직한 디자인을 모두 덩굴장미 아래의 테이블에 펼쳤다.

"이것도 아니고 저것도 아니고 하면서 기쿠에 씨와 제가 의논해서 결정한 최종안입니다. 여기에 기쿠에 씨의 사인이 있죠?"

대니는 이렇게 말하며 자신이 그린 도면 아래쪽을 가리켰다. 기쿠에 올컷이라고 영어로 서명되어 있었다.

그 도면과 정원을 대조해보며 여기에 나무, 저기에 꽃, 하며 대니가 설명했다. 나무나 꽃의 이름은 겐야가 알고 있는 것도 있고 모르는 것도 있었다.

"언제부터 공사를 시작할 수 있나요?"

겐야가 물었다.

"중장비를 써야 하고 실력 좋은 기술자도 구해야 하니까, 5월

중순쯤부터 하면 어떨까요? 이웃들의 양해도 구해야 하고요."

창문을 열어놓은 기쿠에 고모의 방에서 노트북 컴퓨터가 이메일을 수신한 소리가 들렸다.

"그럼 그렇게 진행해주세요."

겐야는 이렇게 말하고 기쿠에 고모의 방으로 갔다.

'연락해주어서 고맙습니다'라는 제목의 새로 도착한 메일이 있었다. 교코 매클라우드로부터 온 이메일이었다.

대니는 아직 봉투에 들어 있는 견적서를 들고 중정 한가운데쯤에 서서 겐야를 보고 있었다.

겐야는 거실에서 기다려달라고 몸짓으로 전하고 이메일을 열었다.

기쿠에 씨가 여행 도중 돌아가셨다는 소식을 듣고 깜짝 놀라 평정심을 되찾는 데 한동안 시간이 걸렸습니다. 겐야 씨에 대해서는 기쿠에 씨로부터 이야기를 들어 알고 있었습니다. 저와 기쿠에 씨는 무척 사이가 좋고 아주 오랫동안 교제해오고 있었습니다. 지금으로서는 진심으로 명복을 빈다는 말 외에 떠오르지가 않습니다. 일부러 알려주셔서 정말 감사합니다.

겐야는 교코 매클라우드로부터 온 이메일을 몇 번이고 되풀이해서 읽었다.

쌀쌀하다고 말할 수 없는 것도 아닌 문장 안에 뭔가 신호가 감추어져 있는 게 아닐까 해서 유심히 살폈다. 하지만 아무것도 발견할 수 없었다.

이 이메일에 대한 답장은 니코의 조사 결과를 듣고 나서 하는 편이 나을 것 같아 겐야는 거실로 가서 대니가 테이블에 놓은 견적서의 금액을 확인했다. 거기에도 기쿠에 고모가 승낙한다는 사인이 있었다.

4일 후인 5월 8일 저녁, 니코에게서 전화가 왔다.

"지금 사진을 첨부해서 이메일을 보냈네."

니코가 말했다.

"그쪽에서 쓸 경비는 당신 계좌로 넣었습니다."

겐야는 스마트폰을 귀에 댄 채 자신의 노트북 전원을 켰다.

"그래, 받았네."

"지금 어딘가요?"

"오타와네. 어제저녁부터 아침까지는 무척 춥더군. 겨울의 평균 최저 기온이 영하 15도인 곳이니까 말이야. 5월이 되어도 가죽점퍼가 필요할 만큼 추운 날이 있다는 말은 사실이었네."

이렇게 말한 니코는 전화를 끊었다.

이메일에는 사진 다섯 장이 첨부되어 있었다.

손가락이 떨려 클릭할 수 없어서 겐야는 심호흡을 하며 니콜라이 벨로셀스키가 보낸 짧은 글을 먼저 읽었다.

그녀는 멜리사 매클라우드라네. 지금 오타와 시내의 사립 고등학교에서 수학 교사로 일하고 있지. 일주일에 두 번 시내의 미술

학교에서 코치를 하고 급료도 받고 있다네. 이제 내 일은 다 끝난 것 같네. 곧바로 약속한 보수를 넣어주게. 돈이 궁하거든.

겐야는 손바닥의 땀을 버뮤다팬츠에 문질러 닦고 나서 첫 번째 사진을 클릭했다.

눈부실 정도로 새싹이 돋아난 버드나무 옆에서 누군가와 이야기하며 웃고 있는 짙은 갈색 머리 여자의 상반신이 찍혀 있었다.

나이는 스물일고여덟 살 정도로밖에 보이지 않는다. 엷은 파란빛이 도는 회색 눈. 백인들과 섞여 있으면 동양 피가 흐르는 것을 알 수 있지만 동양인 속에서 보면 백인으로밖에 보이지 않는 그런 용모였다.

두 번째는 멜리사가 실내 마장에서 말을 타고 있는 모습을 멀리서 망원 렌즈로 찍은 듯한 사진이었다.

승마복이 아니라 하얀색 스웨트 셔츠에 청바지를 입고 있다. 잘 닦인 가죽 부츠가 실내 마장의 조명을 반사하며 빛나고 있다.

승마용 헬멧을 겸한 검은 모자가 멜리사의 미모를 두드러지게 한다. 뒤에 말 세 필과 그 말을 타고 있는 세 소녀가 있다.

겐야는 승마에 대해 전혀 몰랐지만 고삐를 쥔 손과 똑바로 뻗은 등이 기수로서 멜리사의 기량이 얼마나 뛰어난지를 보여주는 것 같았다. 말을 다루는 모습이나 얼굴이 '늠름하다'라는 말을 떠올리게 했다.

이제 의심할 여지는 없었지만 겐야는 2층 침실로 가서 수잔에게서 받은 파일 속에서 컴퓨터 그래픽으로 만든 레일라 올컷의 사진을 들고 거실로 돌아왔다.

그것은 서른한 살 때 이렇게 될 거라고 컴퓨터가 예상한 레일라 올컷의 얼굴이었다.

"요즘 컴퓨터는 굉장하군."

겐야는 이렇게 중얼거리며 컴퓨터 그래픽 사진을 노트북 화면 가까이 댔다.

"레일라는 살아 있었어. 정말 기적이 일어난 거야. 내 사촌 여동생은 멜리사 매클라우드라는 이름으로 캐나다에서 행복하게 살고 있어. 고등학교 수학 교사이고 마술학교 코치이기도 하다고. 봐, 이 꽃 같은 아름다움……."

이렇게 소리 내서 말하며 두 손을 번쩍 올리고 나서 겐야는 나머지 사진 세 장을 보았다.

근무지인 사립 고등학교 교문을 나서는 모습. 직원용 주차장에서 자신의 차인 듯한 혼다의 문을 여는 모습. 그리고 마지막은 연습을 마친 열두세 살 정도의 소녀들과 담소를 나누며 말의 몸을 씻고 있는 모습.

겐야는 자신의 노트북에 새로운 폴더를 만들고 그 사진 다섯 장을 옮기고 슬라이드로 몇 번이고 멜리사 매클라우드의 모습을 응시했다.

서른세 살의 한 여자가 가지각색의 거베라로 보였다. 팔로스버디스반도에 피는 꽃잎이 큰 거베라였다.

이언의 신장이 2미터에 가까웠기 때문에 멜리사는 컴퓨터의 예상대로 키가 컸구나, 하고 생각했다. 1미터 72, 3센티미터쯤 될까.

멜리사가 씻고 있는 말의 키로 눈어림하면 1미터 75센티미터쯤 될지도 모른다.

이언을 닮아 다리가 길고 균형이 잡혀 있다. 눈매는 기쿠에 고모를 빼닮았다.

겐야는 레일라라는 이름을 마음에서 지우기 위해 굳이 사촌 여동생을 멜리사 매클라우드라고 부르려고 노력했다.

언젠가 만날 날이 올 것이다. 그때 무심코 레일라라고 부르면 안 된다. 멜리사인 것이다. 케빈 매클라우드와 교코 매클라우드의 딸 멜리사 매클라우드다.

겐야는 이렇게 자신을 타일렀다. 레일라 올컷은 막 여섯 살이 되었을 때 멜리사 매클라우드가 되어 오늘에 이르렀다. 멜리사는 예전에 자신의 이름이 레일라였다는 사실을 이제 완전히 잊었을 것이다.

만약 희미하게 기억하고 있다고 해도 매클라우드 부부는 어떤 이유를 붙여 슬쩍 넘기고 그것을 잊고 의심을 품지 않게 하려고 노력해왔을 것이다.

아무런 근거도 없었지만 겐야는 그렇게 확신했다.

노트북을 일단 덮은 겐야는 중정으로 나갔다. 그리고 꽃밭으로 갔다.

자신의 키만큼 큰 재스민 나무에는 자잘한 흰 꽃이 무수히 피어 있고 주위에는 향기가 진동하고 있었다.

겐야는 재스민의 향기를 깊숙이 빨아들이며 자신이 흥분한 나머지 충동적인 상태가 되지 않았는지를 확인했다.

냉정해지려고 노력하며 앞으로 나아갈 방향에 대해 생각했다.

허둥대지 말고 냉정하게 생각하라, 지혜를 짜내라, 하고 자신에게 말했다.

멜리사가 레일라라고 짐작한 이래 겐야에게는 머릿속에서 다듬어온 계획이 있었다. 그러나 최악의 경우에 대한 시뮬레이션은 완성되지 않았다.

니코는 평생 입을 다물어줄 수 있을까…….

최악의 시뮬레이션이란 그것이었다. 니코는 나나 매클라우드 부부를 협박할 재료를 갖고 있다.

사립탐정에게는 의뢰를 받고 조사한 결과를 경찰에 보고할 의무 같은 건 없을 것이다.

하지만 기쿠에 올컷의 조카인 오바타 겐야는 27년 전에 실종된 사촌 여동생 레일라 올컷이 지금 멜리사 매클라우드라는 이름으로 캐나다의 오타와에서 살고 있다는 것을 경찰에 신고해야만 하는 것이 아닐까.

유아 유괴 사건이다. 사건은 해결되지 않았다. 원칙적으로 조사는 계속되고 있는 중이다.

"범인 은닉죄로 감방에 들어가는 것은 자네만으로 해두게."

니코의 이 말에는 아주 무거운 의미가 있었던 것이다.

니코는 오바타 겐야가 기쿠에 올컷으로부터 상속받은 유산에 대해 모른다. 수잔 모리 변호사는 결코 니코에게 말하지 않을 것이다. 말하면 변호사의 비밀 준수 의무에 위반하여 처벌된다. 변호사 자격 박탈이다.

그래도 니코는 마음만 먹으면 나나 매클라우드 부부를 협박할 수 있다.

겐야는 이렇게 생각하며 꽃밭의 오솔길에서 하얀 목책이 있는 데로 걸어갔다. 문득 공포를 느꼈다.

지금은 니콜라이 벨로셀스키가 그런 남자가 아니라고 생각하지만, 인간의 마음이 언제 어떻게 변할지 누가 알겠는가.

겐야는 니코의 풍모를 떠올리며 2층 베란다를 보았다. 바다에 지고 있는 석양이 서른세 개의 화분에 심어진 거베라를 거무스름하게 하며 다른 빛을 만들어내고 있었다. 니코가 이메일에 첨부해 준 멜리사의 사진 다섯 장이 겐야의 가슴 가득 떠올랐다.

'니코를 공범자로 만드는 거야. 입막음으로 매수하는 거지. 돈을 받으면 니코는 우리를 협박할 수 없을 거야.'

마음속으로 이렇게 말하며 주머니에서 스마트폰을 꺼냈다. 아니, 돈을 줘도 계속해서 협박할 수 있어, 이쪽은 경찰에 신고할 수 없으니까 계속 응할 수밖에 없을 거고. 겐야는 고쳐 생각했다.

덩굴장미 밑에 놓인 가든 체어에 앉아 한숨을 쉬고 나서 겐야는 니코에게 이메일을 보냈다. 달리 의논할 사람도 없다. 니코는 신뢰할 수 있고 의지가 된다는 생각이 겐야의 손가락을 자연스럽게 움직이게 했다. 트럼프 게임에 비하자면 자신의 패를 다 보여주는 편이 낫다고 생각한 것이다. 순간적인 판단이었기 때문에 겐야는 그것이 좋은 결과를 낼지 나쁜 결과를 낼지는 알 수 없었다.

하지만 기쿠에 고모의 노트북 패스워드를 알아낸 뒤 니코가 한 말이 그때의 표정과 함께 되살아났다.

—이 유아 유괴 사건에 어머니가 관련되어 있고, 아니, 어머니가 주범이고 27년간 계속해서 불행한 어머니를 연기해왔다고 한다면 미국 전역의 미디어가 대대적으로 보도할 걸세. 미국만으로 끝나지 않을 거네. 캐나다에서도, 일본에서도 온갖 미디어가 달려들어 레일라는 전 세계에 노출되고 말 거야. 여기까지 설명하지 않으면 그런 것도 모르겠나? 그래서 아까 자네의 머릿속에는 마케팅 용어와 숫자밖에 없느냐고 했던 거네.

겐야는 니콜라이 벨로셸스키의 이 말과 오타와에서 보낸 이메일에 쓰여 있던 "이제 내 일은 끝난 것 같네."라는 문장을 비교해서 생각했다.

왜인지는 모르겠지만 니코는 레일라를 지켜주려고 한다. 아무런 인연도 관계도 없는 레일라를 걱정하며 자신은 범인을 찾는 건 부탁받지 않았다고 잘 알아듣도록 말했던 것이다.

겐야는 니코를 믿을 수밖에 없다고 생각했다. 나쁜 결과가 나왔을 때는 또 그때 생각하면 되는 일이다. 니코는 모든 것을 알았던 것이다. 이제 와서 어떻게 해볼 도리가 없다고 말이다.

저는 어떻게 해야 좋을지 모르겠어요. 이 사실을 경찰에 알리지 않으면 저는 범인 은닉죄로 처벌되나요? 알리면 그 부부가 체포될 거예요. 어떻게 하면 좋을지 가르쳐주세요.

겐야의 이메일에 니코의 답장이 온 것은 20분 후였다.

자네가 찾고 있는 사람은 이 세상에 존재하지 않네. 알릴 필요가 어디 있겠나? 걱정해도 어쩔 수 없는 일은 걱정하지 말게. 오늘 밤에는 이 꿈같은 기적을 즐기게. 내일 점심은 티본스테이크로 해주게. 그 수프와 샐러드도 곁들였으면 좋겠어. 한 시쯤 가겠네.

겐야는 조심하느라 문면에 개인 이름을 쓰지 않았는데 니코의 답장에도 레일라나 멜리사, 매클라우드 등의 이름은 없었다.

니코도 개인의 이름을 쓰는 걸 일부러 피했다는 것을 알 수 있었다.

겐야는 기쿠에 고모 방으로 가서 노트북 전원을 켰다. 교코 매클라우드에게 보낼 이메일 문안은 머릿속에서 이미 완성되어 있었다.

나는 기쿠에 고모로부터 거액의 유산을 맡아두고 있다. 그것은 멜리사 매클라우드가 상속받아야 할 것이라고 생각한다. 이 일에 대해 만나서 이야기를 해야 한다. 내가 몬트리올로 갈지 교코 씨가 이쪽으로 와주실지 가능한 한 빨리 결정해주었으면 좋겠다. 랜초 팔로스버디스의 파란 하늘과 햇빛을 즐기고 싶다면 항공권과 호텔 예약 등 모든 비용은 내가 준비하겠다…….

하지만 겐야는 노트북 화면에 시선을 둔 채 그 문안을 키보드로 칠 마음이 들지 않았다.

진상을 알고 있는 니콜라이 벨로셀스키라는 사람이 있다는 사실을 알았을 때 몸속에서 올라온 공포를 떠올리고, 그것과 같은 것을 매클라우드 부부에게 주어서는 안 된다고 생각했던 것이다.

기쿠에 올컷의 조카가 보낸 진상에 가까운 이메일을 읽은 순간부터 교코 매클라우드와 케빈 매클라우드에게는 공포의 인생이 시작된다. 두 사람은 죽을 때까지 계속 불안에 떨 것이다.

이유나 사정이 어떻든 두 사람은 레일라 올컷을 보스턴 시내의 대형 마트 화장실에서 유괴한 실행범이다.

케빈이 어떤 역할을 맡았는지는 모른다 해도 아내인 교코와 협력했을 것이다. 부부의 협력이 없다면 레일라를 매클라우드가의 딸로 키울 수 없는 것이다.

그 비밀 상자에 담겨 있던 편지 열 통 중 가장 오래된 것으로 여겨지는 편지에는, 케빈은 걱정할 게 아무것도 없다고 말했다는 문구가 있었다. 부부는 기쿠에 올컷과 공모한 것이다.

겐야는 이렇게 생각하며,

"기쿠에 고모, 왜 이런 일을 한 거예요? 보스턴의 올컷가에서 대체 무슨 일이 일어난 거죠?"

하고 소리 내어 말했다.

이전에도 마음속으로 같은 말을 중얼거린 적이 있다. 하지만 그때는 멜리사가 레일라라는 확증이 없었다.

겐야는 이렇게 생각하며 중정으로 나갔다. 일곱 시 반이 지나 있었는데 전혀 공복감이 느껴지지 않았다. 겐야는 중정 가운데 쪽으로 가서 잔디 위에 큰대자로 누웠다. 그리고 점차 빛이 강해지는 별을 바라보았다.

아직 다 저물지 않아 별빛은 약했다. 그러나 레일라가 살아 있고 행복하게 살고 있다는 사실을 니코의 이메일에 있는 말처럼

'꿈같은 기적'으로 확실히 실감하게 되자, 앞으로 더 많은 별들이 빛나기 시작할 텐데 나는 뭘 두려워하고 있는가, 하며 자신의 소심함을 비웃고 싶어졌다.

설령 잠시라고 해도 나는 왜 니코에게 의지하려고 했을까, 하고 겐야는 생각했다. 인간의 약함이 여실히 드러난 것이다. 가장 두려운 상대의 정에 호소하며 바싹 다가가려고 했던 것이다. 하지만 그때 니코가 보낸 메일은 따뜻했다. 니코에게도 멜리사는 꿈같은 기적이었던 것이다.

걱정해도 어쩔 수 없는 일은 걱정하지 마라…….

음, 이건 심오한 경지군, 하고 생각하며 겐야는 웃음을 지었다.

마음에 두고 끙끙 앓아도 어쩔 수 없는 일을 항상 마음에 두고 끙끙 앓는 사람이 있다. 불행이라는 것은 늘 그런 데서 생겨나는 것일지도 모른다.

나는 지금 이것이 최선이라고 생각되는 일을 실행할 수밖에 없다. 루비콘강을 건넜으니까. 예측할 수 없는 사태는 그때그때 해결하면 되는 것이다.

겐야는 이렇게 생각하고 잔디밭에서 일어나 기쿠에 고모의 방으로 갔다.

그리고 자신의 머릿속에 있던 문장을 써서 교코 매클라우드에게 이메일로 보냈다.

멜리사 매클라우드라는 이름은 쓰지 않고 '당신의 따님'이라고 바꾸고 마지막에,

"저는 당신들 편입니다. 고모 부부는 세상을 떠났습니다. 걱정

할 건 아무것도 없습니다. 안심하세요."

하는 문장을 덧붙였다.

다음 날 아침, 코스코에서 티본스테이크 고기를 사서 집으로 돌아온 겐야는 점심 준비를 해놓고 니코를 기다렸다.

평소보다 늦게 일을 시작한 대니가 돌아가고, 엇갈리듯이 니코가 찾아왔다.

겐야는 악수를 하며 니코에게 고맙다고 말했다.

"멜리사의 행실 조사를 조금 해봤는데, 품행이 너무 방정해서 정말 재미없는 여자였네. 캐나다의 국립 마술팀의 일원이더군. 다시 말해 올림픽 후보 선수라는 이야기네. 하지만 어디까지나 후보 선수 중 한 명이고, 경기에 출장한 건 아니야. 자신의 말을 갖고 있지 않으니까 말이지."

니콜라이 벨로셀스키는 이렇게 말하고 곧 중정으로 나가 담배를 피웠다.

"멜리사를 어떻게 찾아낸 건가요?"

겐야의 물음에,

"간단하네. 몬트리올대학의 교육학부 졸업생 명부로 금방 알아냈지."

하고 니코가 대답했다.

"교코 매클라우드는요? 매클라우드 부부에 대해서는 조사하지 않았나요?"

겐야는 담배를 물고 니코 가까이 다가갔다.

"다소는 조사했지. 하지만 내가 캐나다로 간 것은 멜리사를 찾아내고 지금 어디서 어떤 생활을 하는지만 밝히기 위해서였네. 매클라우드 부부와 만날 필요는 전혀 없었지. 멜리사가 매클라우드가에서 가혹한 일을 당하며 자랐다면 이야기는 달라지겠지만 말이야. 멜리사는 부부 사이가 좋고 평화로운 가정에서 제대로 된 교육을 받고 건강하게 자랐네. 그것은 정확히 확인했지. 교사로서의 평판도 좋아. 친구들도 많고. 몬트리올대학의 교육학부는 들어가기가 아주 힘든 곳이라네."

담배를 다 피우고 거실로 돌아가며, 니코는 자기 카메라의 SD 카드를 겐야에게 건넸다.

그러고는 소파에 앉아 27년 전의 감시 카메라 영상이 더빙되어 있는 DVD 두 장과 수잔에게 받은 파일 속의 레일라에 관한 자료를 모두 소각하라고 말했다.

"지금 당장 말인가요?"

"그래, 지금 당장이네. 이제 필요 없잖은가. 필요하기는커녕 있으면 성가시지. 교코한테서 온 편지 열 통도 말이네. 내가 소각할 테니까 다 가져오게. 증거 인멸은 이 니콜라이 벨로셸스키가 한 거네. 자네는 멜리사에 대한 것을 영원히 감추는 거야. 나는 그 증거를 소각하는 거고. 공범이지."

이렇게 말한 니코는 차고로 가서 자신의 차 트렁크에서 작은 폴리에틸렌 용기에 담긴 등유와 사각의 빈 알루미늄 깡통을 가져왔다. 그럴 생각으로 준비해 온 것이다.

겐야는 시킨 대로 2층에서 파일과 DVD를 가져와 니코와 함께 세탁실 앞으로 걸어갔다.

니코는 그것들을 빈 깡통에 넣고 등유를 끼얹어 불을 붙였다. 그리고 말없이 손을 내밀었다.

겐야가 악수를 하자,

"누가 악수를 하자는 건가? 아까 건넨 SD카드도 태워야지. SD카드는 막 산 거라 찍힌 것은 멜리사뿐이네. 걱정되면 확인하고 오게."

하며 니코는 어이없다는 듯이 어깨를 으쓱하며 말했다.

겐야는 호주머니에 든 SD카드를 불 속에 던지고 니코의 눈을 올려다보았다.

"왜 공범이 되는 일을 하는 겁니까?"

"내가 찾아낸 멜리사를 미디어의 먹이로 내놓지 않기 위해서네."

니코는 살짝 미소를 띠며 이렇게 말했다.

겐야는 니코의 말이 무슨 뜻인지 잘 알 수가 없었다.

'우크라이나 사람을 화나게 하지 마라'라는 옛날부터 잘 알려진 격언 탓에 우크라이나 사람은 금방 머리에 피가 끓어오르는 과격한 민족처럼 오해되고 있지만 사실은 그렇지 않다.

우크라이나 사람은 온화하고 꾸밈이 없으며 말이 적고 성실한 민족이다. 그러므로 자신들의 성실함을 이용해 배신하는 사람에 대한 분노는 격렬하다.

격언에는 그런 의미가 포함되어 있다. 성실에는 성실을, 이라는 만국 공통의 교훈을 숨기고 있는 격언인 것이다.

이것을 가르쳐준 사람은 스페인 유학생 우고였다.

겐야는 그런 생각을 하며,

“앞으로 어떻게 될지는 모르지만 당신 말대로 꿈같은 기적이 일어났어요.”

하고 말했다.

“나도 오랫동안 이 가업을 해왔지만, 유괴된 작은 여자아이가 행복한 어른이 되어 있는 모습으로 발견된 건 이번이 처음이네. 뭐, 멜리사가 지금 행복한지 불행한지는 모르지만 평화로운 가정에서 자라 유명 대학을 졸업하고 일류 사립 고등학교에서 수학 교사를 하고 있는 환경을 불행하다고는 할 수 없겠지. 나도 이 대형 홈런으로 은퇴하고 싶지만 나를 고용해줄 회사는 없으니까 말이야.”

니콜라이 벨로셀스키는 이렇게 말하며 주름투성이의 회색 재킷을 벗었다. 여느 때와 같은 검은색 폴로셔츠의 옷자락이 절반 가까이 비어져 나와 있었다.

“그 셔츠는 가끔 빨아 입는 건가요?”

“그럼, 같은 셔츠를 다섯 개나 샀거든. 캐머릴로의 아울렛에서.”

“정말요? 검은색 폴로셔츠 같은 하드보일드한 상품을 캐머릴로의 아울렛에서 팔다니 믿을 수가 없네요.”

웃으며 말한 겐야는 네모난 알루미늄 깡통 속에서 다 타버린 SD카드와 DVD의 잔해를 보고 부엌으로 갔다.

역시 이제는 계란과 파르미자노 치즈 수프에 질렸다고 생각한 겐야는 티본스테이크 고기가 상온으로 돌아간 것을 확인한 후 녹두 수프를 택했다.

뼈를 제외해도 330그램은 되어 보이는 스테이크 두 장을 프라이팬에 구우며 녹두 수프를 데우고 식탁에 옮기고 나서 양송이를 버터로 볶았다.

그러고 나서 니코를 불렀다.

"먼저 드세요. 저는 샐러드를 만들어 올게요. 테라니아 리조트의 바에서 보드카 라임을 배달시킬까요?"

니코는 소리 내어 웃으며 그렇게 해주면 고맙겠지만 지금은 맥주가 더 좋다고 대답하며 식탁으로 왔다.

냉장고에서 꺼내 온 맥주를 따자 니코는 의자에 앉아,

"올컷가는 어느 정도 부자였나?"

하고 물었다.

"미국인의 1퍼센트를 차지하는 대부호들이 보면 콩알만 하게 보이겠지요."

겐야는 이렇게 대답하며 자신의 말은 거짓말이 아니라고 생각했다.

"복사할 시간이 없었으니까 자네한테 보여준 수사 자료나 보고서는 전체의 60퍼센트 정도일 거네. 복사할 수 없었던 부분에는 레일라가 발육이 지체되어 세 살쯤부터 몇 차례 전문가의 진찰을 받았다는 것이 기재되어 있었지. 이언도 기쿠에 씨도 레일라의 초등학교 입학을 1년 늦출 생각이었다고 하네. 멜리사가 몬트리올대학에 입학한 것은 열아홉 살 때야. 같은 나이의 고등학생보다 1년 늦은 셈이지. 매클라우드 부부는 멜리사의 초등학교 입학을 늦춘 게 아닌가 싶네."

니코의 말에,

"발육 지체요?"

하고 되물은 겐야는 버터에 볶은 양송이와 샐러드를 식탁으로 옮기고 의자에 앉았다.

현재 멜리사의 사진에서는 발육 지체가 전혀 느껴지지 않았다.

"보고서는 그 부분을 자세히 다루지 않았네. 다만 세 살과 네 살 때 몇 차례 진찰을 받았다는 것을 올컷 부부는 경찰에 이야기한 거지. 진찰 결과는 의학적 이상은 없다는 거였네. 다른 또래 아이들에 비하면 상당히 늦깎이였던 모양이야. 아이의 성장에는 개인차가 있으니까."

이렇게 말한 니코는 맥주병을 들고 건배하려는 동작을 했다.

주에 따라 다르지만 미국에서는 아이의 취학 연령을 부모의 판단으로 늦춰도 된다. 물론 의사나 전문가의 의견서가 필요하다.

무리를 해서 입학시켜도 괴롭힘을 당하거나 자신감을 잃고 학교생활에서 탈락하기 때문이다.

니코는 이렇게 설명하며,

"매클라우드 부부가 멜리사를 소중하게 키웠다는 것은 그것으로 알 수 있네."

하고 말했다.

맥주 두 병을 마시고, 티본스테이크 고기를 뼈에서 꼼꼼히 발라 먹고, 양송이를 다 비우고, 수프를 맛있게 먹고, 큰 사발에 든 매시트포테이토와 토마토와 상추 샐러드를 한 그릇 더 먹은 니코는 점심을 끝내자 재킷의 가슴주머니에서 달러 지폐를 꺼냈다.

"캐나다에서 조사비로 쓰고 남은 돈하고 영수증이네."

이렇게 말한 니코는 의자 등받이에 거구를 기대고 겐야에게 미소를 지어 보였다.

"레일라 올컷의 생사를 밝혀내면 5만 달러라는 내 요구를 자네가 흔쾌히 받아들였을 때는 깜짝 놀랐네. 시세는 1만 달러나 2만 달러였으니까."

"저는 시세 같은 건 모르고, 레일라의 생사를 알 수 있다면 얼마를 지불해도 좋다고 생각했어요. 미국의 대부호가 보면 콩알만 하지만 빈곤층이 보면 올컷가는 엄청난 부자니까요."

니코가 올컷가의 경제력을 알고 싶어 해도 겐야는 이제 불안감을 느끼지 않았다.

스테이크도 샐러드도 자신의 몫을 아직 반밖에 먹지 못했지만 겐야는 니코를 위해 커피를 끓였다.

그리고 제시카에게 이야기한 수프 사업 계획에 대한 의견을 구했다.

"진심인가?"

니코가 물었다.

"9회 말에 대형 홈런을 치고 기립 박수와 환성 속에서 다저스의 스타디움을 화려하게 떠나는 니콜라이 벨로셀스키에게 보람 있는 일이 기다리고 있지 않다는 건, 탁월한 인재를 눈만 멀뚱멀뚱 뜨고 그냥 놓치는 일이 아닐까요?"

겐야가 큼직한 머그컵에 담은 커피를 식탁으로 옮기자 니코와 눈이 마주쳤다. 니코는 겐야의 눈에서 시선을 떼지 않았다.

웃고 있는 것도 아니다. 화를 내고 있는 것도 아니다. 곤혹스러워하는 것도 아니다. 놀라는 것도 아니다. 감정을 읽을 수 없는 그 눈 속에 가라앉아 있는 것은 역시 감정이라고 할 수밖에 없는 것이었다.

누군가 이런 신기한 눈으로 나를 보는 건 난생 처음이 아닐까. 이렇게 생각하자마자 겐야는 자신이 받아도 되는 유산인 30퍼센트가 약 1천2백만 달러라고 대충 계산했다.

그러고 나서 대충 8백만 달러로 사업 계획을 세웠다. 미국에 내는 상속세를 제외한 금액이었지만 그것도 세무사의 전략에 따라 좀 더 많아질 가능성은 있었다.

다시 모리 앤드 스탠턴 법률사무소와의 일이 시작되는구나, 하고 겐야는 생각했다.

식탁으로 돌아와 두툼한 스테이크를 나이프로 자르고 있으니 니코가,

"아까 그 사업 계획을 좀 더 자세히 들려주게."

하며 담배를 피웠다.

"아직 그 이상 자세한 사업 계획은 생각하지 않았어요. 그럴 상황이 아니었으니까요. 원칙은 한 가지입니다. 좋은 상품을 만들어 많은 고객을 얻고 이익을 종업원에게 환원하는 것, 경영자만 윤택해지는 회사 같은 걸 만들 생각은 없어요. 다시 말해 종업원이 일하는 보람이 있는 회사로 키우는 것, 한 줌밖에 안 되는 미국의 탐욕스런 자본가와는 전혀 자세가 다른 회사를 만드는 거지요."

"아직 이상을 그리고 있을 뿐인 건가?"

니코는 담배를 끄며 물었다.

“아니요, 조금 전에 본격적인 것이 되었어요.”

“조금 전에?”

니콜라이 벨로셀스키는 고개를 갸우뚱거리며 이렇게 묻고 새 담배에 불을 붙였다.

“레일라가 살아 있고, 행복하게 살고 있다는 것이 확실해졌을 때요.”

겐야는 조금 전에 니콜라이 벨로셀스키의 눈을 봤을 때라는 것은 말하지 않았다.

“나를 고용해줄 텐가? 사업에 관해서는 완전히 초보자네만.”

니코가 말했다. 큼직한 코 전체에 개기름이 흐르고 관자놀이에 땀이 흘러내렸다.

호화로운 점심을 마친 겐야는 커피 컵을 들고 중정으로 나가 니코와 함께 자카란다 나무 밑으로 갔다.

어느새 보랏빛 꽃이 만개해 있었다.

덩굴장미 시렁 밑에 앉은 니코는 2층 베란다로 옮긴 서른세 개의 거베라 화분을 말없이 바라보고 있었다.

좋아, 하자. 지금 하기로 결정하자. 자금을 모으고 나서 출발하는 것도 아니다. 자금은 이미 있다. 우선 필요한 것은 인재다.

겐야는 이렇게 결심하고 니코가 돌아가면 모리 앤드 스탠턴 법률사무소에 가자고 생각했다. 미국 국적을 가지고 있지 않은 일본인인 자신이 미국에서 사업을 하기 위해 필요한 법적 절차에서부터 시작해야 한다.

니코는 대니얼 야마다가 다시 찾아온 세 시에 돌아갔다.

솜씨 좋은 정원사 다섯 명을 구했다. 공사는 5월 20일에 시작하는 것으로 정해졌다. 정식 계약서는 내일 가져올 것이니 겐야의 사인이 필요하다.

대니는 용건을 먼저 말하고 나서 손녀인 리사가 갖고 싶어 하는 미니마우스 키홀더가 기쿠에의 방에 있었던 모양이라며 보여주지 않겠느냐고 쓴웃음을 지으며 말했다.

"키홀더요? 미니마우스? 고모 방에 그런 건 없던데요?"

겐야는 며칠인가 전에 오후 시간을 거의 다 써가며 고모의 방에서 버려도 되는 물건을 골라내는 작업을 했지만 미니마우스 키홀더는 보지 못했다.

"얼마 전에 한나와 집 안에서 숨바꼭질을 하고 놀 때 기쿠에 씨의 책상 밑에 있었다고 합니다. 그것과 같은 것을 갖고 싶다며 말을 들어야지요. 제가 사준 것은 마음에 들지 않는답니다. 마음을 써서 잠자코 있었던 모양인데, 어제 아무래도 올컷 씨 집에 있는 것이 갖고 싶다고 하더라고요."

대니가 말했다.

"책상 밑에요?"

겐야는 종종걸음으로 기쿠에 고모의 침실로 가서 책상 밑을 살펴봤다. 아무것도 없었다. 하지만 혹시 몰라서 몸을 책상 밑으로 밀어 넣었다.

가운데 서랍 뒤쪽에 그것이 있었다.

가늘게 자른 천으로 된 접착테이프로 미니마우스 키홀더가 붙어 있었는데, 키홀더와 연결되어 있는 것이 USB메모리라는 것은 금방 알 수 있었다.

겐야는 책상 밑으로 기어든 채 USB메모리를 떼어내 주머니에 넣고 기쿠에 고모의 방을 나와 대니가 기다리고 있는 세탁실 앞으로 갔다.

"이거죠? 잘 안 보이는 데에 굴러다니고 있어서 몰랐어요."

대니는 자신의 스마트폰 카메라로 키홀더를 찍고 고맙다고 말하며 여느 때의 물 주기 작업을 시작했다.

확실히 어디에나 있는 미니마우스와는 다르다고 생각하며 겐야는 서둘러 2층 침실로 갔다.

미키마우스의 연인 미니마우스는 머리에 커다란 리본을 달고 있는데, 기쿠에 고모의 미니마우스 키홀더는 그 리본이 얼굴보다 크고 화려했다. 빨간색 바탕에 오렌지색 물방울무늬가 있었다.

겐야는 침실로 들어가 자신의 노트북 전원을 켜고 USB메모리를 끼웠다. 파일이 딱 하나 있었다. 멜리사 매클라우드가 된 레일라의 사진 서른여섯 장이 들어 있었다.

초등학교에 입학하기 전 프리스쿨 시절의 사진. 초등학교 입학식 때의 사진. 거기에는 급우들과 나란히 찍은 기념사진도 있었다.

확실히 다른 아이들보다는 몸이 작았다.

교문에서 멜리사와 케빈인 듯한 30대 후반의 머리가 엷어지고 있는 통통한 남자가 웃는 얼굴로 찍혀 있었다.

그리고 같은 장소에서 교코 매클라우드임에 틀림없는 여자도 함께, 이를테면 세 가족이 함께 찍은 사진도 있었다.

새미는? 교코의 딸이라 여겨지는 새미는 멜리사보다 어린가?

이 사진 속의 교코는 케빈과 비슷한 나이로 보였다.

작고 가냘픈 몸집은 마트의 감시 카메라에 찍혀 있던 여자와 같았다. 그 여자는 역시 교코였던 것이다.

멜리사는 쇼트커트를 하고 있는데 용모는 여섯 살 생일 때와 달라지지 않았다.

다른 또래 아이들에 비해 멜리사는 얼굴도 어리고 체격도 빈약했지만 발육이 늦어진 것처럼은 보이지 않았다.

겐야는 이렇게 생각하며 멜리사가 학예회에서 급우들과 무대에서 춤을 추는 사진도 봤다.

뒤쪽의 현수막으로 2학년들만 참가하는 학예회라는 것을 알 수 있었다. 부모도 함께 참여하는 행사인 모양으로, 다양한 의상을 입은 아버지와 어머니들도 춤을 추고 있었다.

케빈은 색다른 의상을 입고 있었다.

그것이 튜브에 든 마요네즈를 모방한 인형 탈이라는 것을 알아챌 때까지는 약간 시간이 걸렸다. 교코는 찍혀 있지 않았다.

그 이유는 다음 사진으로 알 수 있었다. 승마 클럽에서 말과 함께 찍혀 있는 멜리사와 교코의 사진이었다. 교코는 조그만 여자아이를 데리고 있었다.

그렇다면 교코는 멜리사가 캐나다에서 생활하기 시작한 이후 임신을 했다는 이야기가 된다.

겐야는 그렇게 생각할 수밖에 없었다.

그리고 멜리사가 성장해나가는 과정을 촬영한 사진을 보는 중에, 기쿠에 고모는 이 오래된 사진을 스스로 스캔한 것일까, 하고 생각했다. 각 가정에 컴퓨터와 디지털카메라가 보급되기 훨씬 전의 사진이 많기 때문에 USB메모리에 옮기기 위해서는 스캐너가 필요하다.

하지만 이토록 신중하게 일을 진행해온 고모가 비밀 사진을 업자에게 부탁해서 스캔하고 USB메모리에 옮겼을까. 사진은 교코와 메일을 주고받게 되고 나서 보내준 것인지도 모른다.

겐야는 순간적으로 자기 자식을 유괴하는 데는 기쿠에 고모만이 아니라 아버지인 이언도 가담한 것이 아닐까, 하는 생각도 했지만 큰 위험을 무릅쓰고 그런 일을 해야 할 이유가 도저히 떠오르지 않았다.

멜리사의 초등학교 시절 사진을 모두 보고, 새미라는 핏줄이 이어지지 않은 일고여덟 살이나 어린 여동생과 놀아주고 있을 때의 사진이 많다는 것을 알아차렸다.

교코가 일부러 그런 사진을 골라 보낸 것이 아닐까, 하고 겐야는 생각했다.

멜리사가 승마 클럽에서 본격적으로 마술을 배우기 시작한 것은 중학생이 되고 나서인 듯했다. 말을 타고 있는 멜리사의 사진이 단숨에 늘어난 것이다.

그리고 멜리사는 그 무렵부터 키가 크기 시작하여 또래 여자아이들에게 뒤지지 않게 되었고, 중학교 졸업 기념사진에서는 반에서 세 번째로 키 큰 학생으로 성장해 있었다.

고등학교 시절의 사진은 대부분 승마 클럽에서 찍은 것이었다.

마술 경기에서 우승하여 트로피를 들고 웃고 있는, 정식 승마복을 입은 멜리사의 아름다움은 겐야가 한참 넋을 잃고 볼 정도였다.

케빈의 생일 파티 때 찍은 사진. 파리로 여행 갔을 때의 사진. 매클라우드가의 부엌에서 교코와 함께 케이크를 만들고 있는 사진. 열 살 정도의 새미와 뭔가 게임을 하고 있는 사진.

새미는 케빈을 빼닮았다.

그 사진들 뒤에 몬트리올대학의 입학식 기념사진이나 대학 시절의 몇몇 사진이 이어졌다.

대학 졸업식 사진은 많았다. 독특한 사각모자를 쓴 멜리사와 가족은 자랑스럽게 몬트리올대학의 캠퍼스에서 카메라를 향하고 있었다.

졸업식 후의 파티에서 학우들과 떠들썩하게 놀고 있는 멜리사는 장난꾸러기에다 화려해서 겐야는 또다시 넋을 잃고 바라보았다.

서구에서 유명 대학을 졸업한다는 것이 본인에게나 가족에게나 얼마나 자랑스러운 위업인지 일본인들은 잘 알지 못한다고 겐야는 생각했다.

일본의 유수 대학은 입학하기가 어렵지만 졸업하기는 간단하다는 것은 사실이다. 하지만 서구의 대학이나 대학원은 그렇지 않다. 입학하고 나서 가혹한 중도 탈락이 기다리고 있다.

매주 두툼한 교재나 방대한 문헌을 읽고 보고서를 제출해야 하고, 예고 없는 시험도 자주 있다. 교수진은 가차 없다. 성적이 나쁘면 그때마다 불러 질책하고 그것이 두세 번 이어지면 앞으로 나아갈 수 없을 뿐 아니라 미리 퇴학을 넌지시 알려준다.

일본에서는 '도쿄대학 중퇴'라고 이력서에 자랑스럽게 쓰기도 하는데 서구에서는 오히려 무시당한다. 다양한 사정이 있더라도 '중퇴'는 낙오했다는 증거이기 때문이다.

대학원 수료식에 내 부모가 오지 않는 것에 기쿠에 고모가 왜 그렇게 화를 냈는지 아마 일본인들은 대부분 이해할 수 없을 거라고 겐야는 생각했다.

인도인 유학생 싱의 가족은 수료식 날 아침, 델리에서 비행기를 갈아타고 로스앤젤레스 공항에 도착했다. 부모, 조부모, 형제, 숙부, 숙모, 사촌 형제까지 총 열다섯 명은 싱이 단상에서 수료증을 받을 때 지참해 온 민족 악기를 울리며 큰 환성으로 축복했다. 싱의 가족에게도 대단히 자랑스러운 순간이었기 때문이다.

힘든 공부를 견디고 오늘 드디어 수료를 한다는 영예를 손에 넣었다. 축하한다, 정말 열심히 했다. 우리 가족에게도 자랑이다.

그런 기쁨이 폭발했던 것이다.

"저 사람들한테는 졌다."

텍사스에서 온 카터가의 아버지는 카우보이모자에 컨트리풍 옷을 입은 친척들에게 분하다는 듯이 이렇게 말했다고 한다. 아직도 분해한다고 한다.

멜리사의 대학 졸업식 사진에도 그런 기쁨이 넘쳐흐르고 있었다. 서너 살 때 발육 지체라며 걱정했던 멜리사가 몬트리올대학의 교육학부를 졸업한 것이다.

기쿠에 고모는 얼마나 기뻤을까. 하지만 졸업식에는 갈 수 없었다.

겐야는 그렇게 생각했지만, 기쿠에 고모는 가려고만 하면 얼마든지 갈 수 있었을 거라고 고쳐 생각했다. 이유를 만들어 캐나다의 몬트리올로 가서, 졸업식장 한 구석에서 멜리사가 학장으로부터 졸업장을 받는 순간을 바라볼 수 있었을 것이기 때문이다.

대학을 졸업한 이후의 멜리사의 사진을 시간을 들여 보는 중에 겐야는 정신적인 피로가 한꺼번에 자신의 온몸을 감싸는 것을 느꼈다.

대부호들이 만든 팔로스버디스반도의 대단히 훌륭한 경관을 가진 땅에 지은 호화 저택에서 긴 황금연휴를 보낸 것이나 마찬가지인데, 이 전신의 무거운 피로는 대체 뭘까.

니코는 대형 홈런을 터뜨렸지만, 나도 큰일을 해냈다. 내가 멜리사를 찾아내기 위해 니콜라이 벨로셀스키라는 사립탐정을 선택하지 않았다면 멜리사의 현재를 알 수 없었을 것이다.

하지만 어딘가가 막혀 있는 듯한, 자연스럽게 한숨이 나오는 듯한 이 어두운 마음은 뭐란 말인가.

이유는 단 하나다. 기쿠에 고모가 왜 자신의 딸을 교코 매클라우드에게 유괴하도록 했는지, 그 이유를 도통 알지 못하기 때문이다. 도저히 풀 수가 없었기 때문이다.

니코는 이언까지 공모했다는 것은 있을 수 없는 일이라고 단언했다. 나도 그렇게 생각한다. 니코의 추리에는 그 사람 나름의 이론적 근거가 있다.

니코의 조사는 그물코가 큰 그물로 난폭하게 건져 올리는 것처럼 보였지만, 사실은 자잘한 그물코의 그물로 고기가 숨어 있는 사각 지대를 교묘하게 건져 올린다. 장인과도 같은 그 기술을 나는 이미 몇 번이나 본 셈이다.

니콜라이 벨로셀스키는 결과를 내는 사람이다. 결과에 이르기 위해서는 원인으로 거슬러 올라가기 위한 매개가 필요하다. 니코의 뇌는 그 매개로 반사적으로 움직이는 능력이 있음이 틀림없다.

내게도 그런 능력이 있었으면 좋겠다.

겐야는 이렇게 생각하며 USB메모리를 노트북에서 빼냈다. 오후 네 시 반이었지만 한낮 같은 태양이 중정의 잔디밭에 내리쬐고 있었다.

대니가 2층 베란다로 왔기 때문에 겐야는 기쿠에 고모의 방으로 옮겨갔다.

기대는 하지 않았지만 교코 매클라우드의 답장은 없었다.

겐야는 몸을 움직여야겠다고 생각했다.

대니에게 잠깐 나갔다 오겠다고 말하고 나서 일본에서 가져온 백팩에 미네랄워터와 여권, 그리고 녹두 수프를 넣고 워킹슈즈를 신었다.

롤링힐스에스테이츠로 가는 언덕길은 힘들었지만 일흔 살 정도의 노부부에게 추월을 당했기 때문에, 겐야는 등을 쭉 펴고 보폭을 크게 하며 제시카의 집으로 계속 걸어갔다.

지난 며칠 동안 겐야는 팔로스버디스반도의 길이 그물처럼 나 있다는 것을 알았다. 그 길 모두에 이름이 붙어 있다.

리지게이트 드라이브, 헤지우드 드라이브, 로모 드라이브, 시마운트 드라이브, 제로니모 드라이브…….

어느 길에나 여러 종류의 거목이 무성하고 다람쥐가 뛰어다닌다. 자카란다 꽃은 만개해 있다. 야자수가 그 거목들 위에서 잎을 펼치고 있다.

야자수 열매는 사람 머리에 떨어지지 않도록 아직 크지 않을 때 시의 담당자가 잘라버린다.

언덕길이 크게 오른쪽으로 구부러지는 곳에서 겐야는 뒤를 돌아 눈 아래로 바다를 바라봤다.

“화가 날 만큼 파랗군.”

이렇게 중얼거리며 내리막길로 향했다.

“어디 보자, 이 길을 오른쪽으로 돌아서 두 번째 길을 왼쪽으로 돌면 마지막 오르막길이 나올 거야. 그 오르막길이 힘들단 말이지.”

이렇게 소리 내어 말하며 내일은 수프를 만들어보자고 생각했다. 직접 만들어보지 않으면 수프 장사를 할 수 없을 거라고 생각했다.

제시카를 도와주고 싶지만 논문 제출 기한은 바짝 다가왔다. 상당히 초조하고 머릿속은 꽉 막혀 있을 것이다.

말도 안 된다며 거절하더라도 가끔은 기분 전환을 하는 편이 능률이 더 높아진다고 권해보자.

겐야는 이렇게 마음먹고 마지막 언덕길을 올랐다.

교차로 중앙의 원형 돌담과 슈가검 거목이 보이자 겐야는 잠시 멈춰 숨을 가다듬었다.

심장도 둔해진 듯 강하게 뛰고 있어 진정될 때까지 돌담에 걸터앉아 있었는데, 제시카의 피규어 가게에서 손님이 나오기에,

"어? 가게를 열었네."

하고 중얼거리며 굵은 나무들 사이를 빠져나가 커피숍 쪽으로 갔다. 손님 여섯 명이 있었다.

겐야가 안쪽 테이블에 앉자 제시카가 웃는 얼굴로 뛰듯이 나와,

"어제 논문을 제출하고 왔어요."

하고 말했다.

"이야, 축하해요. 예정보다 상당히 빨리 마쳤네요."

"정말 죽는 게 아닐까 싶을 만큼 열심히 했어요. 어제 논문을 제출하고 집으로 돌아오고 나서는 계속 잤어요."

"축하라도 해야 하는 거 아니에요?"

"아직 합격한 것은 아니에요."

제시카는 이렇게 말하고 뒷문으로 가서 5분쯤 모습을 감췄다가 커피 컵 두 개를 쟁반에 올려 가져와서는 겐야 옆에 앉았다.

"일반 대학원을 선택할 생각이었는데 야간으로 바꿨어요."

제시카의 말을 듣고 낮에는 이 가게를 운영하고 밤에 대학원에 다니기로 했구나, 하고 생각한 겐야는,

"그게 나을 거예요. 가게를 닫으면 애연가 단골이 슬퍼할 테니까요."

하고 웃는 얼굴로 말했다.

"커피숍은 섭섭하지 않지만 피규어 가게는 할머니가 만들고 어머니가 키운 거예요. 제가 없앨 수는 없지요. 손님도 많고, 최근에는 피규어와 다이오라마를 조합해서 자신이 좋아하는 세계를 만드는 사람이 늘었거든요. 제가 가게를 물려받고 나서 다이오라마 부

분도 취급했더니 손님이 늘어난 거예요. 그 사람들한테 설득당했어요. 꼭 2년 안에 대학원을 수료하지 않아도 되는 거 아니냐고요."

다이오라마? 아아, 일본에서는 디오라마라고 부르는 모형을 말하는 거구나, 하고 겐야는 생각했다.

겐야는 피규어나 다이오라마의 세계에 대해 잘 알지 못하지만 세계에 열광적인 팬이 있다는 것만은 알고 있었다.

"당신은 그런 조그만 장난감 같은 게 뭐 그리 좋은 거냐고 생각하죠? 마니아들의 편집광적인 취미라고 말이에요."

제시카가 소리를 죽여 말했다.

"그렇게는 생각하지 않아요. 무엇에 위로를 받는지는 사람에 따라 다르니까요. 분재도 피규어잖아요?"

그렇다는 듯이 고개를 끄덕인 제시카는 미국인이라면 누구나 알고 있는 월가의 금융 투자가 이름을 속삭이며, 그 사람은 15년에 걸쳐 집과 농장과 주민들의 세계를 단 30센티미터 안에서 만들어내려 하고 있다고 말했다.

그것은 이제 곧 완성되는데 그는 만족하지 않는다. 이른바 30센티미터의 모형 세계를 지금의 30센티미터 안에서 좀 더 치밀하게 할 생각을 하고 있다. 제시카 가게의 귀중한 단골손님이다.

그는 피규어와 다이오라마를 조합하는 작업에 몰두함으로써 자신의 심적 균형을 유지해왔다는 것을 최근에야 깨달았다. 그런 효과가 있는 줄도 모른 채 정신요법을 실천해온 셈이다.

나라에 따라 호칭은 다르지만 융 이론을 심리요법에 응용한 것이 '모래상자 놀이치료'다.

책, 화단, 분수, 벤치, 그네 등의 피규어를 주고 원하는 대로 정원을 만들어보라고 하는 카운슬링 방법이 있는데 심리 치료에 큰 효과를 거두고 있다.

피규어나 다이오라마의 세계는 사실 인간이 그런 것인 줄도 모르고 스스로 터득한 심리요법이었던 것이다.

겐야는 제시카의 이런 이야기를 어느새 귀담아 듣고 있었다. 그러고는 이야기를 막고,

"그건 기껏해야 사방 30센티미터 정도의 작은 크기가 아니면 효과가 없는 건가요?"

하고 물었다.

"작으면 작을수록 좋아요."

"올컷가의 정원은요?"

"으음, 너무 커서 저라면 자신의 심적 세계에서 비어져 나갈지도 모르겠어요. 조그만 봉제 인형한테 말을 거는 느낌이 좋아요."

겐야는 올컷가의 중정에 화단을 만들려고 했던 기쿠에 고모의 계획을 제시카에게 이야기했다.

그 견취도의 개요를 듣고,

"매년 새로운 구근을 심기도 하고, 한해살이풀의 씨앗을 뿌리기도 하고, 식물에게 말을 걸며 시든 잎이나 가지를 떼어내기도 하고, 여러 가지 꽃이나 나무를 갈아 심기도 하는 작업을 직접 해나가는 건 모래상자 놀이치료나 마찬가지겠지요."

하고 제시카가 말했다.

"올컷가의 정원은 너무 넓지 않아요?"

"그건 그 사람이 어떻게 받아들이느냐의 문제지요."

"조그만 봉제 인형한테 말을 거는 느낌이라는 말이죠. 나무도 풀도 꽃도 수동적이고 말이 없는데."

피규어 가게 쪽에서 전화가 울려 제시카는 집으로 들어갔다.

겐야는 니코가 멜리사의 사진을 보내준 뒤에 자신 안에서 차올랐던 숨 막힐 듯한 공포를 떠올렸다.

기쿠에 고모는 틀림없이 그보다 훨씬 무시무시한 불안과 공포 속에서 27년을 살아왔을 거라고 생각했다.

그 끊임없는 공포는 매클라우드 부부에게 비할 바가 아닐 것이다.

언제 뭘 계기로 발각될지도 모른다는 불안은 한순간도 사라진 적이 없었을 것이다.

'이제 안심하고 어깨의 짐을 내려놓아도 돼요.'

겐야는 마음속으로 기쿠에 고모에게 말했다.

"수프 사업 이야기는 어떻게 되었어요?"

돌아온 제시카가 물었다.

"할 거예요. 하기로 결정했어요. 일단 가게를 여는 것부터 시작해야지요. 1호점 장소를 정해야 하지만요. 하지만 저는 아직 한 번도 수프를 만들어보지 않았어요. 기쿠에 고모가 어디서 재료를 구입했는지 혹시 알고 있어요?"

"알고 있어요. 닭은 파운더 농원이에요. 그 파운더 농원의 소개로 유기농 채소를 구입했고요."

제시카는 팔로스버디스반도에서 고속도로를 타고 북동쪽으로 한 시간쯤 가면 되는 거리라고 말하며 자신의 스마트폰 내비게이션으로 장소를 보여주었다.

시험 삼아 만드는 거라면 늘 가는 쇼핑몰의 유기농 전문점에서 사면 된다. 글피는 일요일이어서 쉬기 때문에 아침부터 수프 만드는 일을 도와줄 수 있다…….

제시카는 이렇게 말하고 그때 들어온 세 명의 손님에게 갔다.

겐야는 담배 한 대를 피우고, 가져온 녹두 수프와 커피값을 테이블에 놓고 일어섰다.

"내일 전화할게요."

제시카는 이렇게 말하고 커피를 끓이기 위해 뒷문을 통해 집 안으로 들어갔다.

막 들어온 세 명의 남자 손님들은 굵고 긴 시가를 피우기 시작했다.

장사가 아주 잘되지 않는가. 제시카의 커피숍에는 하루에 평균 몇 명의 손님이 올까.

이런 생각을 하며 겐야가 몇 그루의 거목을 누비듯이 빠져나가자 다른 두 손님이 커피숍으로 들어갔다.

지금 가게에서는 열한 명의 손님이 커피를 마시고 있다. 전에 제시카는 낮이 가장 바쁘고 다음이 저녁이며 그 다음이 아침 열 시경이라고 했었다.

커피숍에서 하루 5, 60잔을 판다면 어느 정도의 이익이 남을까.

겐야는 제시카 커피숍의 순익을 계산하며 롤링힐스에스테이츠에서 올컷가로 돌아가 기쿠에 고모의 방으로 들어갔다. 대니는 일을 끝내고 돌아간 후였다.

노트북을 열었다. 겐야는 교코 매클라우드로부터 영원히 답장이 오지 않는 게 아닐까 생각했기 때문에 수신함에 '정말 감사합니다' 하는 일본어 제목을 보고 서둘러 읽었다.

저희 부부도 겐야 씨에게 해야 할 이야기가 많습니다. 편지나 이메일을 주고받아서는 생각하는 바를 다 말할 수가 없습니다. 케빈과도 의논하여 둘이서 로스앤젤레스로 가기로 했습니다. 일정은 겐야 씨에게 맞추겠습니다. 일시가 정해지면 알려주세요. 또한 만나기 전에 이것만은 알아두세요. 저희는 기쿠에 씨가 남긴 것을 받을 생각이 전혀 없습니다.

예상했던 것보다 훨씬 빨리 만나는 것을 승낙하는 이메일이었기에, 겐야는 기쿠에 고모의 방 의자에 앉아 어제 자신이 보낸 이메일을 다시 읽었다.

매클라우드 부부는 올 때가 왔다고 각오를 했을 것이다. 그러나 부부가 각오를 하기 위한 사전 교섭을 기쿠에 고모가 이미 어떤 형태로든 미리 해놓았을지도 모른다.

그렇지 않다면 매클라우드 부부의 결단은 너무 빠르다. 유아 유괴의 실행범으로서 경찰에 넘겨질 가능성이 있다는 것을 부부가 생각하지 않았을 리가 없는 것이다.

오바타 겐야가 기쿠에 올컷의 신뢰를 거스르며 유산을 독차지하려고 획책하는 사람이라면 어떻게 할 것인가.

마지막 한 행은 그것에 대한 견제일지도 모른다.

아무튼 부부는 캐나다의 몬트리올에서 이곳 랜초팔로스버디스로 오기로 한 것이다.

그렇게 생각하고 노트북 전원을 끈 겐야는 백팩을 들고 차고로 가서 사륜구동차의 시동을 걸었다.

매클라우드 부부가 선량한 사람들이기를 기도하는 심정이었다. 부부도 역시 오바타 겐야에 대해 같은 심정으로 있어주기를 바랐다.

테라니아 리조트의 프런트는 혼잡해서 여성 예약 담당자가 겐야를 응대하기까지 20분이나 걸렸다.

1박만은 예약할 수 없다. 다음 주 5월 14일부터 3박이라면 바다가 보이는 트윈룸이 비어 있다. 바다가 보이지 않는 방이라면 좀 더 넓은 방이 있다. 붙임성 없는 예약 담당자는 빠른 말투로 이렇게 말했다.

이곳 리조트 호텔에서 바다가 보이지 않는 방에 묵어서 어떡하겠는가. 주차장과 롤링힐스에스테이츠로 가는 길이라도 바라보라는 것인가.

이렇게 생각하며 신용카드로 3박의 숙박료를 지불하고 예약을 끝내자, 겐야는 프런트 옆의 열린 통로를 통해 스파로 이어지는 계단을 내려갔다. 주말을 보내는 커플이나 가족들로 테라스에는 앉을 자리가 없었다.

—저희는 기쿠에 씨가 남긴 것을 받을 생각이 전혀 없습니다.

그 마지막 문장만이 영상으로 겐야의 뇌리에 떠올랐다.

그렇다면 나와 만날 필요도 없이 오바타 겐야의 이메일도 묵살하고 앞으로의 메일 교환을 거부하면 되는 게 아닌가.

또는 당신이 하는 말이 무슨 뜻인지 전혀 알 수가 없다고 하면서 계속 시치미를 떼면 되는 것이다.

하지만 로스앤젤레스의 랜초팔로스버디스로 온다는 것은 매클라우드 부부가 나로부터 두 통째의 이메일을 받고, 한 번은 오바타 겐야를 만나야 한다고 판단했다는 것을 의미한다.

계속 무시하면 오바타 겐야가 몬트리올로 찾아올 것이다. 그렇게 될 바엔 자기들 쪽에서 찾아가 얼른 매듭을 짓자.

매클라우드 부부는 이렇게 생각한 것일까.

"안 되겠다. 나한테는 니코 같은 통찰력이 없어. 나는 비즈니스에 맞지 않는 게 아닐까."

머리를 쥐어뜯으며 이렇게 중얼거린 겐야는 계단을 내려가 스파 건물 앞으로 갔다. 벽돌색이 산뜻한 건물에는 네모난 굴뚝 몇 개가 솟아 있었다. 화단에는 몇몇 종류의 장미가 피어 있고 유칼립투스 가로수가 바다 쪽으로 쭉 이어져 있다.

레스토랑이 있는 모양인지, 유칼립투스 나무와 자귀나무 왼쪽으로 길이 구부러져 있었다.

바다를 따라 난 산책로도 이어진 모양이어서 겐야는 그 길을 따라 걸어갔다.

바람이 세지고 해는 붉은빛을 띠고 있었다.

가족을 동반한 손님을 위한 캐주얼한 레스토랑이 있고 그 주변에는 한 동 단위로 묵는 건물이 여러 개나 있었다. 대부분 2층 건물인데 3층 건물인 동도 있었다. 어느 동이나 침실은 대여섯 개쯤 있을 것 같았다.

레스토랑 옆길은 내리막으로, 겐야는 오른쪽에서 비치는 환한 석양에 눈을 가늘게 뜨고 바다 옆의 낭떠러지까지 가서 선글라스를 썼다.

호텔 산책로의 목책에 기대고 있으니 파도의 물보라에 티셔츠가 젖었다.

조깅을 하는 숙박객들이 겐야의 뒤에서 달려와 지나갔다.

"왜 이 나라 사람들은 그렇게 달리고 싶어 하는 걸까. 그렇게 건강에 신경 쓴다면 먹는 양 좀 줄일 것이지."

이렇게 중얼거린 겐야는 산책로를 걷기 시작했다. 이 길은 호텔 부지 어디로 이어질까.

길이 좁아서 조깅하는 사람이 올 때마다 멈춰서 바다 쪽 목책이나 구릉 쪽으로 몸을 비켜주어야 했다.

'수영 금지'라고 쓴 입간판이 있는 곳에 벤치가 있어서 겐야는 거기에 앉았다.

이렇게 강한 바닷바람을 맞는 것은 이곳 팔로스버디스반도에 오고 나서 처음인 것 같았다. 파도는 크게 넘실거리고 바위에 부딪쳐 겐야에게 물보라를 뿌렸다.

하지만 겐야는 조금씩 행복감에 잠겨 들었다.

27년 전에 그 대형 마트 감시 카메라의 선명하지 못한 흑백 화면에서 사라졌던 어린 여자아이가 아름답게 성장해서 건강하게 살고 있는 것이다.

발육이 지체되었다고 걱정했던 그 아이는 지금 캐나다의 마술 경기에 출전하는 훌륭한 선수이고, 차세대 선수를 육성하는 코치이기도 하다.

나는 니코 덕분에 '꿈같은 기적'과 실제로 마주한 것이다.

이제 그것으로 된 게 아닌가. 매클라우드 부부가 기쿠에 올컷의 막대한 유산을 전혀 받지 않겠다고 고집한다면 언젠가 그것이 필요해질 때까지 내가 맡아두고 있으면 되는 것이다.

27년 전 올컷가에서 대체 무슨 일이 일어났는가는 이제 아무래도 좋다.

천박한 사람의 억측일지도 모르지만 이언만이 배제되었다면 생각할 수 있는 것은 한 가지뿐이다. 어린 딸을 아버지로부터 떼어놓아야 했던 것이다. 그 이유는 한 가지밖에 생각할 수 없다.

니코는 이미 그 특수한 감으로 알고 있다. 알고 있지만 입 밖에 내지 않았을 뿐이다.

그러나 그것 또한 이제 아무래도 좋다.

겐야는 이렇게 생각하며,

"멜리사를 만나고 싶다."

하고 말했다.

겐야는 헤어진 지 몇 시간밖에 안 되었는데도 니코가 보고 싶어져서 버뮤다팬츠의 호주머니에서 스마트폰을 꺼냈다. 전화가 착신되었다는 것을 알리는 작은 불빛이 점멸하고 있었다. 니코가 두 번이나 전화를 했던 것이다.

파도 소리 때문에 들리지 않았구나, 하고 생각하며 겐야는 니코에게 전화를 걸었다.

"지금 어딘가?"

니코가 물었다.

겐야는 파도 소리에서 멀어지기 위해 산책로를 호텔 부지의 동쪽으로 빠른 걸음으로 걸어가며,

"테라니아 리조트의 해안 산책로에서 파도의 물보라를 뒤집어쓰고 있었어요."

하고 말했다.

"나는 베벌리힐스의 로데오 드라이브라는 길에서 한 블록 북쪽에 있는 수프 전문점에 와 있네. 내일 이 수프 가게의 공장 견학 모임이 있는데 자네도 같이 가지 않겠나? 어차피 한가하지?"

겐야는 웃으며 가겠다고 대답했다.

풀장을 지난 곳에서부터 산책로는 오르막길이 되었고, 비싼 와인을 갖추고 있는 듯한 캘리포니아 음식점 앞을 지나자 주차장과 골프 코스 사이가 나왔다.

"정원은 일흔 명뿐이라 신청을 해야 하네. 앞으로 세 명만 차면 마감이야."

니코는 이렇게 말하고 전화를 끊으려고 했다. 그래서 겐야는 차 문을 열고 운전석에 앉으며 교코 매클라우드에게서 온 이메일의 내용을 전했다.

"당신은 이제 일이 다 끝났으니 관계없다고 말하겠지만 저한테는 달리 의논할 사람이 없어서요."

"나한테 뭘 의논한다는 건가?"

"기쿠에 고모가 남긴 것을 멜리사한테 넘겨줘야 하거든요. 고모가 저한테 그것을 맡겼으니까요."

"유산을 멜리사한테 넘겨줄 때 어떻게 설명할 건가? 멜리사한테 다 말해야 하게 될 거네. 매클라우드 부부는 그걸 잊고 있는 거야. 겐, 서두르지 말게. 시간을 들여 천천히 멜리사한테 넘겨주어야 할 것을 넘겨주면 되는 거네. 머리 좀 써야지."

니코는 이렇게 말하고 전화를 끊었다.

6

수잔 모리 변호사가 전에 약속했던 저녁 식사에 초대했지만, 겐야는 미국에서 세울 회사의 상세한 사업 계획을 짠다는 이유로 연기해달라고 했다.

제시카와 수프를 만든다는 약속도 적당한 이유를 대며 미뤘기 때문에, 케빈과 교코가 캐나다에서 찾아오는 날까지 겐야가 한 것은 베벌리힐스에 본사가 있는 수프 회사의 공장 견학 모임에 니콜라이 벨로셀스키와 참가한 일뿐이었다.

수프의 가격은 14달러를 넘어서는 안 된다.

단순한 포타주 수프나 콩소메 수프라면 미국인은 지갑을 열지 않는다. 구입한 사람이 그 수프에 채소나 고기를 더해 조리해야 하는 것도 팔리지 않는다.

적어도 하루에 300명분의 수프를 계속 만들기 위해서는 특별한 조리 기구를 주문 제작해야 한다.

병에 넣거나 캔에 넣는 것이 가장 좋은 방법인데 그것을 맡아 줄 회사를 찾아야 한다.

수프를 만들기 위한 공장이 필요하고, 거기서는 엄격하게 위생관리를 해야 한다.

공장에서 수프를 만드는 스태프로 일단 다섯 명이 필요하다.

지금 미국에서는 소도 돼지도 닭도 채소도 유기농에 철저히 매달려야 사업으로 성립하는데, 그런 재료를 조달하기 위해서는 열몇 군데의 목장이나 농가와 독점 계약을 맺어야 한다.

아무튼 팔로스버디스반도 어딘가에 우선 1호점을 열어야 한다.

그리고 무엇보다 출자자인 일본인 오바타 겐야가 미국에서 사업을 하는 데 필요한 법적 절차를 서둘러야 한다. 그것이 끝나면 법인 신청을 할 수 있다.

니코는 이미 토런스 시내에 사무실 겸 공장에 안성맞춤인 건물을 발견했고, 양파와 당근과 셀러리만 유기농법으로 재배하고 있는 농가와 교섭을 시작했다.

유기농법을 하는 농가라고 해도 밭 전체의 3분의 1만 그것에 할당하기 때문에 수확량은 그리 많지 않다.

겐야는 자신도 움직여야 하고 구체적인 사업 계획서도 작성해야 하는데, 그 문안이나 숫자만이 머릿속에서 뒤섞일 뿐 아무것도 손에 잡히지 않은 채 매클라우드 부부가 찾아오는 5월 4일 아침을 맞았다.

평소대로 물 주기를 끝낸 대니가 돌아가려고 할 때, 겐야는 오늘은 손님이 와서 중요한 이야기를 해야 하니 오후의 물 주기는 생략해달라고 부탁했다.

"손님이 돌아가면 제가 직접 주겠습니다."

"알겠습니다. 하지만 접사다리에 올라가는 것은 그만두세요. 익숙하지 않으면 위험하니까요. 접사다리째 넘어져 땅바닥에 떨어지면 그냥 다치는 것으로는 끝나지 않습니다."

대니는 이렇게 말하고 세탁실로 돌아가 다시 호스와 물뿌리개를 꺼냈다. 오후의 몫까지 물을 줄 생각인 모양이었다.

겐야는 열 시 반에 올컷가에서 사륜구동차를 몰고 로스앤젤레스 공항으로 갔다.

매클라우드 부부가 앞으로 자신들 일가의 인생을 걸고 랜초팔로스버디스로 오는 거라는 생각은 눈을 뜬 순간부터 계속 겐야의 마음을 사로잡고 있었다.

로스앤젤레스 공항에 도착한 에어캐나다기 승객이 나오는 게이트 가까이 서서, 겐야는 일단 부부를 안심시켜야 한다고 생각했다.

몬트리올에서 떠난 에어캐나다기가 도착하고 40분쯤 지났을 때 세관의 긴 슬로프 모양 통로에서 정수리의 머리가 전혀 없는 불그레한 얼굴의 백인 남성과 약간 통통한 일본인 여성이 슈트케이스 두 개를 실은 카트를 밀며 나왔다.

마중 나온 사람들 속에는 한국인도 중국인도 있는데 부부는 겐야만을 보고 있었다.

겐야는 억지웃음을 짓지 않도록 조심하며,

"매클라우드 씨인가요?"

하고 웃는 얼굴로 먼저 말을 걸며 두 사람과 악수를 나눴다.

"일부러 나와주셔서 감사합니다."

교코 매클라우드가 일본어로 말했다.

엷은 보랏빛 테의 안경을 끼고 엷은 초록색의 마로 된 판탈롱 슈트를 입고 있는 교코는 대형 마트의 감시 카메라에 찍힌 27년 전의 모습보다 몸집이 훨씬 커 보였다. 도쿄 어디에나 있는 주택가에서 장바구니를 들고 걷고 있는 초로의 부인 같은 풍모의 여성이었다.

파란색 줄무늬 셔츠 위에 짙은 회색 재킷을 입은 부드러운 눈빛의 케빈은 목 위가 땀투성이였다. 얼마 남지 않은 갈색 옆머리를 짧게 잘랐기 때문에 머리에 물을 뒤집어쓴 것 같았다. 예순일고여덟 살쯤인가, 하고 겐야는 생각했다.

"저기서 잠깐 기다려주세요."

겐야는 주차장 출구를 가리키며 관광버스와 택시가 북적거리는 길을 건너 기쿠에 고모의 사륜구동차를 세워둔 곳으로 달려갔다.

겐야는 두 사람을 차에 태우고 고속도로로 들어가는 길을 향해 왼쪽으로 돌고 나서, 호텔의 체크인은 오후 네 시부터라고 말했다.

고속도로에 들어서고 나서 곧,

"저희는 로스앤젤레스가 처음입니다. 이렇게 더울 줄은 몰랐습니다."

하고 케빈이 말했다.

"정오부터는 좀 더 더워질 겁니다. 천천히 일광욕을 즐기세요.

단 나흘간이지만 몬트리올로 돌아갈 때는 볕에 타서 하와이에서 놀다 온 것처럼 보일 겁니다. 매클라우드 씨가 묵을 호텔은 태평양에 면해 있어서 방에서 보는 경치가 아주 좋을 겁니다."

그러고 나서 겐야는 공항으로 가는 길에서 생각했던 말을 밝은 어조로 했다.

"매클라우드 씨는 걱정하실 게 하나도 없습니다. 저는 기쿠에 고모와의 약속을 지키고 은혜를 갚을 수 있습니다."

하지만 매클라우드 부부는 아무런 대꾸도 하지 않았다.

고속도로를 남쪽으로 내려가 호손 대로로 접어든 겐야는 롤링 힐스의 북쪽에 있는 식물원 옆길을 지났다.

"기쿠에 고모는 이 식물원에 자주 왔다고 합니다. 여기서 여러 가지 꽃의 모종이나 구근을 산 모양입니다. 저도 아직 들어가 본 적은 없습니다."

겐야가 말했다.

"이 식물원은 엄청나게 넓어서 하루에 다 둘러볼 수 없으니까요."

겐야의 이 말에도 매클라우드 부부는 미소만 보일 뿐이었다.

안심하라는 말을 들어도 아, 그렇습니까, 하고 안심할 수 있는 것은 아닐 거라고 생각하며 올컷가로 가는 몇 가지 코스 중에서 가장 경치가 좋은 곳을 골라 차를 달렸다.

이따금 백미러로 부부의 표정을 훔쳐봤는데, 두 사람은 더러 눈을 맞출 뿐, 이야기도 나누지 않고 눈 아래로 펼쳐지는 바다에 시선을 주고 있었다.

팔로스버디스 거리에서 올컷가로 이어지는 넓은 사설 도로에

접어들자 교코는 영어로,

"태평양과 대서양은 바다의 색이 전혀 다르네요. 저는 대서양 쪽밖에 모르거든요."

하고 말했다.

올컷가 안으로 한 발짝 들어서자마자 멈춰 선 부부는 서로 얼굴을 마주 보았다.

"이 집은 신발을 신고 들어가면 안 됩니다. 기쿠에 고모의 법입니다."

"우리 집도 같아요."

교코는 이렇게 말하며 딱딱한 웃음을 지었다.

두 사람은 슬리퍼를 신고 아주 높은 홀의 천장을 올려다보았다. 겐야는 부부를 거실로 안내한 후 집 안의 창이라는 창은 모두 열고 나서 커피를 끓였다.

먼저 자신 쪽에서 말문을 열어야 하는데, 멜리사에 관해서는 다소 거짓말을 섞어도 용서될 거라고 생각했다.

니콜라이 벨로셀스키라는 사립탐정이 진상을 해명했다는 사실은 매클라우드 부부에게 절대 말해서는 안 된다.

그 말을 하면 부부는 평생 두려움에 떨게 될 것이다.

오바타 겐야를 신용할 수 있어도 니콜라이 벨로셀스키라는 남자는 언제 태도를 싹 바꿀지 알 수 없다고 생각할 것이다.

겐야는 이렇게 생각했다.

아직 정식 고용 계약을 맺지는 않았지만 니콜라이 벨로셀스키는 내가 시작할 사업의 믿음직한 파트너가 되었다. 오늘은 로스앤젤레스의 상당히 내륙부에 있는 작은 토마토 농원에 갔다.

매클라우드 부부와의 이야기가 끝나면 나는 곧 수잔 모리 변호사와 함께 이민국에 가서 심사에 필요한 절차를 밟기 시작할 것이다.

수프 제조 판매 회사를 설립하고 거래 은행을 정하고 법인 계좌를 만든다. 우선 니코 이외의 미국인 다섯 명을 고용한다. 토런스에 공장 겸 사무실을 빌린다…….

앞으로의 절차가 선명해지자 겐야는 매클라우드 부부로부터 무슨 이야기가 튀어나오든 동요하지 않을 자신감이 솟아나는 것을 느꼈다.

겐야는 베벌리힐스의 수프 공장을 견학했을 때 기운이 넘치던 니코의 얼굴과 행동거지를 떠올리며 매클라우드 부부에게 커피를 날랐다.

"중정의 저 덩굴장미 시렁 밑에서 이야기할까요? 아니면 여기에서?"

겐야의 물음에 부부는 동시에 여기가 더 나을 것 같다고 대답했다.

소파에 앉자마자 겐야는 기쿠에 고모가 도쿄에 도착한 날 밤 자신에게만 레일라에 대한 이야기를 털어놓았다고 말했다.

"깜짝 놀란 정도가 아니었습니다. 저도 가족들도 레일라는 여섯 살 때 백혈병으로 죽었다고 믿고 있었으니까요. 그런데 지금 캐나다에서 교코 씨와 케빈 씨의 딸로서 멜리사 매클라우드라는 이름으로 살고 있다니……. 그게 대체 무슨 일인지, 저는 당연히 그 이유를 캐물었지요. 고모는 여행을 끝내고 다시 도쿄로 돌아오면 자세히 설명해준다고 했습니다. 하지만 그때, 레일라는 자신이 어떤 사람한테 부탁해서 마트에서 데려가 달라고 했지만 이언은 그 사실을 모른다, 이언은 어린 딸이 유괴되어 행방을 전혀 모른 채 26년을 살다가 작년에 죽었다고 고백했습니다. 저는 고모가 도쿄로 돌아오는 것을 기다리기로 했습니다."

겐야는 여기서 일단 말을 끊고 커피를 마셨다. 손이 전혀 떨리지 않아서 자신감이 늘었다. 반드시 아무에게도 상처 주지 않고 '레일라 실종 사건'의 막을 내릴 수 있다는 자신감이었다.

"그런데 고모는 슈젠지 온천의 여관 욕조에서 협심증 발작이 일어나 돌아가시고 말았지요. 저는 고모의 고백을 아버지한테도 어머니한테도 비밀로 한 채 유골과 함께 이곳 랜초팔로스버디스의 집으로 왔습니다. 그리고 시호 교코 씨가 보낸 편지 열 통을 발견했지요. 거기서는 멜리사라는 이름이 많이 나왔습니다."

겐야는 여기서 다시 말을 끊었다.

자, 앞으로 이야기를 어떻게 진행할까, 하고 생각하면서도 매클라우드 부부에게는 이것만으로 충분하지 않을까, 하는 생각을 했다.

그래서 겐야는 부부 중 누군가가 말문을 열기를 기다렸다. 바다에서 불어오는 바람이 여러 종류의 허브 향기를 날라왔다.

"제가 보낸 편지……. 발신자의 주소가 시즈오카현 슈젠지초의 편지지요."

교코 매클라우드가 영어로 말했다.

"예, 레일라가 몬트리올에 도착한 직후에 당신이 쓴 편지라고 생각합니다."

겐야는 이렇게 대답하며 자신의 거짓말에 소홀함이 없었는지, 매클라우드 부부가 미심쩍게 느낄 만한 모순된 것은 없었는지를 생각했다.

"이언이 절대 보면 안 되는 편지였어요. 그 편지를 읽으면 곧장 태워버리게 되어 있었는데, 기쿠에 씨는 남겨두었던 거군요."

"편지는 제가 전부 태워버렸습니다."

겐야가 이렇게 말하자 지금까지 말이 없었던 케빈이,

"그건 왜인가요?"

하고 물었다.

"기쿠에 고모와 교코 씨, 케빈 씨가 한 일을 영원히 지워버리기 위해섭니다. 아주 조금이라도 그 실마리가 되는 것은 모두 소각했지요. 이언은 세상을 떠났습니다. 기쿠에 고모도 세상을 떠났고요. 레일라도 27년 전에 보스턴의 마트에서 사라졌습니다. 그런 유의 유아 유괴 사건에서는 살아서 발견된 예가 거의 전무하다고 해도 좋을 겁니다. 이제 발견되지 않겠지요."

그리고 겐야는 로스앤젤레스에 도착한 날 수잔 모리 변호사로부터 전해 들은 기쿠에 올컷의 유지를 부부에게 이야기하고, 거실 테이블에 준비해둔 유언장을 두 사람 앞에 내밀었다.

"이 정식 유언장에는 기재되어 있지 않지만 기쿠에 고모는 이언으로부터 상속받은 유산의 70퍼센트를 레일라에게 넘겨준다는 의사를 변호사에게 전했습니다. 이것이 기쿠에 고모의 유산 목록입니다. 저한테는 멜리사 매클라우드에게 그 70퍼센트를 넘겨주어야 할 책임이 있습니다."

겐야는 유언장을 펼쳐 케빈에게 건넸다. 하지만 케빈은 내용을 읽으려고 하지 않고 잠깐 부부끼리 이야기하고 싶다고 말했다.

"그러세요. 저는 점심이라도 사 오겠습니다. 벌써 한 시 반이니까 두 분도 시장하시지요?"

겐야는 사륜구동차로 늘 가던 쇼핑몰로 가서 점심으로 포장된 샌드위치 여섯 개를 샀다.

그러고 나서 15분쯤 차의 운전석에서 시간을 보내고 올컷가로 향했지만 도중에 차에서 내려 바다를 향해 뻗어 있는 사설 도로 옆의 폭 넓은 잔디밭에 서서 수평선을 주시했다.

해안을 따라 난 산책로에는 개를 산책시키는 부부가 많았다.

만약 매클라우드 부부가 기쿠에가 무슨 말을 했는지는 차치하고 멜리사는 우리의 딸이고 레일라의 실종에 대해서는 아무것도 모르며 관여하지 않았다고 주장하면 그것은 그것대로 좋다고 치고 더 이상 추궁하지 않겠다고 생각했다.

레일라가 캐나다에서 멜리사 매클라우드가 되었다니 당치도 않은 망상이다. 편집증적인 트집이다. 기쿠에는 오랜 슬픔과 정신 착란에 어느새 그런 동화 같은 이야기를 지어냈을 것이다…….

매클라우드 부부가 이렇게 계속 시치미를 뗀다고 해도 받아들이기로 하자. 나는 니코의 말대로 안달하지 않고 머리를 써서 때를 기다릴 것이다.

겐야는 그렇게 마음을 굳히고 올컷가로 돌아갔다.

매클라우드 부부는 중정의 덩굴장미 시렁 밑에 있었다. 두 사람다 선 채 2층 베란다를 보고 있었다. 서른세 개의 화분 모두에 흘러넘칠 듯이 피어 있는 거베라를 보고 있었다.

겐야는 부부 가까이 가서 엄청나게 많은 거베라 꽃으로 만들어진 듯한 베란다를 가리키며,

"멜리사입니다."

하고 말했다.

아무런 계략도 작위도 없이 말했는데, 교코도 케빈도 올컷가로 오고 나서 처음으로 겐야에게 웃는 얼굴을 보였다.

겐야가 의아하게 생각할 정도로 태평한 웃음이었다.

"어디서 이야기할까요?"

교코가 물었다.

"여기서는 어떻습니까?"

겐야의 말에 교코는 잠시 생각하고 나서,

"그러네요, 그게 좋을지도 모르겠네요."

하고 대답했다.

케빈은 그때까지 입고 있던 재킷을 벗었다. 교코도 판탈롱 슈트의 윗옷을 벗고 덩굴장미 시렁 밑에 놓인 가든 체어에 앉았다.

그리고 교코 매클라우드는 일본어로 이야기하기 시작했다.

기쿠에 씨가 겐야 씨한테 진실을 털어놓았다면, 저한테는 멜리사의 나이와 같은 수의 거베라 화분을 2층 베란다에 늘어놓겠다는 이메일을 보냈어요.

하지만 그건 2년쯤 전이었고, 그렇게 하는 이유를 전혀 몰랐으

니까 저도 케빈도 잊고 있었어요.

하지만 꽃을 늘어놓지 않아도 겐야 씨한테 이야기했다는 것은 이메일이든 전화든 저희한테 전할 수 있잖아요?

그래서 겐야 씨가 기쿠에 씨의 죽음을 알려주었을 때는 자살이라는 단어가 바로 머리에 스쳤어요.

경찰의 검시로 병사로 인정되었다는 것을 알려주지 않았다면 저희는 앞으로도 계속 자살이라고 의심했을 거예요.

아마 기쿠에 씨는 도쿄에 도착한 날 겐야 씨에게 진상을 이야기한 후 이 정원을 관리하는 사람에게 서른세 개의 거베라를 한곳에 늘어놓으라고 부탁했겠지요.

그렇게 서두를 일이 아니라고 생각하지만 기쿠에 씨는 한시라도 빨리 그렇게 하고 싶었을 거예요. 그렇게밖에 생각되지 않아요…….

조금 전에 케빈과 정원으로 나가 2층 베란다의 거베라를 보고 둘이서 화분 숫자를 세었을 때 저도 케빈도 진심으로 안심했어요.

자, 뭐부터 이야기할까요. 이야기 순서를 정리하기 위한 시간을 좀 주시면 싶지만, 이대로 이야기를 계속하는 것이 좋을지도 모르겠네요.

겐야는 그렇다면 가볍게 점심을 드시는 게 어떨까요, 하고 영어로 제안하며 가든 체어에서 일어났다. 케빈은 겐야에게 미소를 지으며 고개를 끄덕였다.

덩굴장미 시렁 밑에서 샌드위치를 먹고 나서, 교코 매클라우드는 눈을 칩뜨고 하늘과 지붕을 번갈아 보며 이야기를 어떻게 진행할지 생각하는 것 같았다.

그리고 맑은 눈으로 느긋할 정도로 천천히 이야기를 시작했다. 겐야는 손목시계를 보았다. 오후 두 시 반이었다.

제가 기쿠에 씨와 6년 만에 재회한 것은, 기쿠에 씨가 레일라를 낳은 지 1년쯤 되었을 때였어요.

저와 기쿠에 씨는 일본에서 같은 자동차 제조업체에 근무했어요. 제가 2년 선배였지요.

저는 기술개발부에서 엔지니어로 일했지만 본사의 비서실에 근무하는 오바타 기쿠에라는 사람에 대한 이야기는 자주 들었고, 아주 가끔은 같은 엘리베이터에 타기도 해서 얼굴을 알고 있었어요.

미인이고 영어가 능숙하며 머리가 잘 돌아가는 오바타 기쿠에 씨는 당시 50명 가까운 대졸 여사원 중에서 동경의 대상이자 질투의 대상이었어요. 여러 가지 의미에서 눈에 띄는 여성이었지요.

입사한 지 5년째 되는 해에 회사는 보스턴에 북미의 거점을 갖기로 했고, 사내에서 거기서 일하고 싶은 여사원을 공모했어요.

미국의 보스턴에 처음으로 개설하는 지사에는 일본인 여사원도 필요하다는 회사 측의 판단으로 엔지니어로서가 아니라 총무와 섭외를 겸할 여사원을 공모한 거예요.

저는 영어를 잘했고 미국에서 생활해보고 싶다는 꿈이 있었어요. 그리고 엔지니어로서 한계를 느끼고 있었기 때문에 안 돼도 본전이라는 생각으로 응모했지요. 여성 모집 인원은 한 명뿐이어서 떨어질 줄 알았더니 덜컥 붙었어요. 스물일곱 살 때였지요.

반년 동안 일본에서 영어 강습을 받고 그해 12월에 보스턴에 부임했어요.

그리고 바로 북미 지사에 채용된 미국인과 연인 관계가 되어 부모의 맹렬한 반대를 무릅쓰고 결혼했지요.

알고 나서 반년 후에 보스턴 북쪽에 집을 얻어 신혼 생활을 시작했어요.

저는 오바타 기쿠에 씨가 올컷가의 차남과 결혼해서 보스턴에서 생활하고 있다는 것은 전혀 모르고 있었지요.

올컷인더스트리 그룹은 보스턴뿐만 아니라 미국 전역에 알려진 회사로, 저와 남편이 근무하는 회사에도 중요한 거래처였어요.

그런데 찰스강 남쪽의 큰 공원에서 유모차에 여자아이를 태우고 산책하고 있는 일본인 여성이 오바타 기쿠에 씨라는 것을 알고 무심코 말을 걸었어요. 제가 결혼한 지 6년이 되었을 때였어요.

단 6년 사이에 저는 남편의 나쁜 술버릇과 폭력에 몸도 마음도 피폐해져 있었어요. 이혼하고 일본으로 돌아가기로 결심했을 때 기쿠에 올컷과 딱 마주친 셈이었지요.

나는 아이를 못 낳는 여자와 결혼했다. 너는 그것을 알고도 숨겼다. 사기꾼 같은 년!

남편이 저를 때릴 때의 구실이에요. 술을 마시지 않을 때의 남편은 빌려 온 고양이처럼 얌전하고 늘 조용히 눈을 내리깔고 있었어요.

저는 자궁이 제대로 발달하지 않아 정상적인 여성보다 좀 작았어요. 하지만 그건 보스턴의 병원에서 검사를 하고 나서 처음 안 일이었어요. 임신하기 힘든 몸이었지요.

기쿠에 씨와 만났을 때도 그 전날 밤에 남편한테 심하게 맞아 눈 주위에 멍이 들어 있었어요.

기쿠에 씨한테 말을 걸고 나서 자신의 얼굴이 엉망이라는 걸 알고 말을 건 것을 몹시 후회했어요. 겨울이 긴 보스턴에 드디어 봄이 찾아왔다는 걸 느낄 수 있는 화창한 일요일이었지요.

공원 벤치에서 서로의 근황을 이야기하고 있을 때 기쿠에 씨는 제 얼굴이 부어 있는 것에 대해 아무것도 묻지 않았어요.

결혼한 여자가 맞았다는 것을 알 수 있는 멍이 있거나 얼굴이 부어 있으면 누구나 그 이유를 상상할 수 있을 거예요. 하지만 기쿠에 씨는 모른 체해주었어요.

저는 얼굴의 붓기와 멍이 사라질 때까지 회사에 갈 수 없어서 자주 쉬었어요. 붓기가 빠져도 시퍼런 멍은 사흘이고 나흘이고 없어지지 않아요.

기쿠에 씨와 재회하고 2주쯤 지나 저는 회사를 그만두었어요.

그리고 사흘쯤 후에 이번에는 기쿠에 씨가 저희 집에 찾아와주었지요.

기쿠에 씨는 저의 회사에 전화를 걸어 제가 그만두었다는 것을 알았대요.

저는 레일라를 안고 거실 소파에 앉아 있는 기쿠에 씨한테 남편의 술버릇과 폭력에 대해 이야기했어요. 남한테 이야기한 것은 그때가 처음이었지요.

술을 마시고 아내한테 폭력을 휘두르는 남편과는 헤어져야 한다고 기쿠에 씨는 단호한 어조로 말했어요.

'헤어지는 게 나아요'가 아니라 '헤어져야 해요'라고요.

저는 일본에 있는 부모나 형제들의 반대를 무릅쓰고 결혼한 것이나 보스턴이라는 도시를 떠나고 싶지 않다는 것, 남편이 술을 마시지 않을 때는 자상하다는 것을 기쿠에 씨한테 이야기했어요. 부부의 침대에서의 일까지 숨기지 않고요. 기쿠에 씨한테라면 이야기할 수 있었어요. 어쩐 일인지 솔직하게 이야기할 수 있었지요.

"그렇다면 술을 끊게 할 수밖에 없어요. 단주 모임에 대해 의논해보는 건 어때요?"

기쿠에 씨가 이렇게 말했어요.

그래서 그날 밤 남편한테 단주 모임에 나갔으면 좋겠다는 말을 꺼냈어요.

그랬더니 남편은 화를 내며 날뛰더니 텔레비전을 벽에 던지고 제 머리끄덩이를 잡고 몇 번이고, 몇 번이고 때렸어요. 쓰러지는 제 머리를 발로 차기도 했고요.

귀가 잘 안 들리는 옆집 할머니가 마침 그날 손자들이 사다 준 보청기를 끼고 있었나 봐요.

그래서 저희 집에서 들리는 소리가 더더욱 예사롭지 않다는 것을 알았지요.

현관 옆의 작은 포치에서 저희 집을 들여다보고 깜짝 놀라서 경찰에 신고했어요. 에밀리라는 그 할머니는 창문 커튼 너머로 보이는 남편의 얼굴이 평소와 너무나 다른 형상이라 저의 남편이 아니라 강도나 강간범이라고만 생각했다고 나중에 말해주었지요.

곧 순찰차가 와서 저는 구급차에 실려 병원으로 이송되었어요. 코와 볼의 뼈가 부러졌고 늑골 두 개에 금이 갔지요.

사정을 청취하러 병실로 찾아온 흑인 여성 경찰은 제 얼굴을 보자마자 모든 것을 이해했나 봐요. 폭력은 그날이 처음이 아니라는 것도요.

저한테는 미국에 가족이 한 사람도 없었고 의지할 만한 사람은 오직 기쿠에 올컷 씨뿐이었어요. 저는 남편한테 맞고 있을 때 이제 이 사람하고는 헤어지자고 결심했지요. 그래서 그 여성 경찰이 누구 불러줄 친구가 없느냐고 해서 기쿠에 씨 이름을 말했어요.

남편과 헤어지기로 결심했다는 걸 전해주고 싶었어요.

기쿠에 씨는 곧 병원으로 와주었지요. 레일라는 집에서 이언이 보고 있다고 했어요.

여성 경찰은 남편을 고소하라고 권했어요. 부부든 뭐든 이 정도의 폭력은 살인미수나 마찬가지라면서요.

그 남자는 술을 마시면 또 같은 일을 되풀이한다. 당신이 그를 사랑하든 증오하든 그런 것은 관계없다. 다음에는 죽임을 당할 거라고 생각하라. 나는 이런 사례를 지겨울 만큼 많이 봐왔다.

40대 중반 정도의 여성 경찰은 이렇게 말했어요.

그 이튿날 다시 한 번 경찰의 사정 청취를 받은 후 기쿠에 씨가 레일라를 데리고 병문안을 와서 올컷인더스트리 그룹의 계열사가 디트로이트에 있는데 그곳에서 일하지 않겠느냐고 권해주었어요. 저의 경력이라면 안심하고 추천할 수 있고 이언도 그렇게 하는 데

찬성했다고 하면서요.

그때 기쿠에 씨는 이혼하고 나서도 따라다니며 폭력을 휘두르지 못하도록 하기 위해서는 그를 고소하는 것이 가장 좋은 방법이라고 저를 설득했어요.

여성 경찰은 더욱 격렬하게 화를 내며 당신처럼 억울하지만 참고 넘어가는 아내가 있기 때문에 아내에 대한 남편의 폭력이 끊이지 않는 거라고 말했어요.

이른바 가정 내 폭력이 미국에서 심각한 사회문제가 되던 무렵의 일이었거든요.

저는 결심했어요. 남편하고 이혼하는 것도, 그를 고소하는 것도, 이대로 미국에서 생활해가는 것도, 기쿠에 씨와 이언의 호의에 의지해 올컷인더스트리 그룹의 한 회사에서 일하는 것도요.

남편을 고소한 것은 그것으로 그가 술을 끊게 될지도 모른다고 생각했기 때문이에요.

남편이 그 후 어떻게 되었는지는 저도 자세히 몰라요. 2년쯤 교도소에 있었고 출소한 뒤에는 조지아주의 친척을 믿고 떠났다는 사실을 안 건 그로부터 5년쯤 후였어요.

올컷인더스트리 그룹의 계열사에 취직할 수 있었던 것은 말로 표현할 수 없을 만큼 큰 행운이었지요.

당시 미국인과 결혼해서 미국 국적을 취득한 일본인 여성이 이혼하면 고용해주는 회사는 거의 없었고, 일자리를 얻게 되어도 기술이 필요 없는 단순 작업과 싼 임금을 감수할 수밖에 없었거든요.

제가 기쿠에 씨한테 얼마나 감사했는지 당신은 이해할 수 있을 거라고 생각해요.

그리고 저는 그 사건 후 올컷인더스트리 그룹 계열사의 면접을 볼 때까지 이언과는 한 번도 얼굴을 마주한 적이 없었어요.

기쿠에 씨의 부탁을 받고 형인 토머스에게 의논해준 이언에게도 정말 감사해요. 왜냐하면 이언은 만난 적도 없는 일본인 여성을 채용해달라고 직접 토머스와 담판해주었으니까요.

저는 디트로이트에서 생활을 시작하여 보스턴에 갈 기회가 없었지만 기쿠에 씨하고는 전화로 자주 이야기했어요.

레일라가 세 살이 되었을 무렵, 저는 근무하던 회사의 기술개발 부문을 총괄하는 총무 사무 담당으로서 보스턴으로 전근을 가게 되었어요.

찰스강 남쪽의 보스턴대학 근처에 낡았지만 살기 좋은 아파트를 찾아준 것도 기쿠에 씨였지요.

곧바로 저와 기쿠에 씨는 휴일 오후에 찰스강 근처에서 함께 시간을 보내게 되었어요.

목적은 레일라를 놀게 하는 것이었지요. 실컷 걷게 하고 달리게 하고 공원에서 철봉에 매달리게 하고 그네를 타게 하고, 또래 아이들과 어울리게 하기도 하고요.

레일라는 예정보다 한 달쯤 빨리 태어난 탓인지 몸이 작은 데다 말도 늦었고 배우는 것도 잘하지 못했어요.

저는 많은 형제들 속에서 자랐기 때문에 같은 세 살이라도 체격이나 지능에 각자 차이가 있다는 것을 알고 있었지만, 기쿠에 씨는 레일라의 발육이 늦어지는 것을 마음에 두고 끙끙 앓았어요.

그래서 레일라의 몸을 단련하기 위해 상당히 추운 날을 제외하고는 찰스강 근처의 공원이라든가 조용한 숲에서 놀게 하는 것을 일과로 삼았지요.

기쿠에 씨가 이언과 사소한 말다툼을 벌이는 것은 레일라의 일과 관련된 것뿐이었어요. 이언은 아직 세 살짜리 여자아이니까 다른 또래 아이들과 비교하는 것은 좋지 않다고 생각한다며 완곡하게 의견을 말했지요. 기쿠에 씨는, 레일라가 허약한 것은 분명하기 때문에 실컷 몸을 움직이게 하고 다른 아이들과 함께 놀게 하는 것이 중요하다고 주장했어요.

그 부부가 더러 말다툼을 한다면 원인은 하나였어요. 서로가 레일라의 미숙함을 걱정해서였지요.

저는 레일라의 체격이나 운동 능력이 전혀 마음에 걸리지 않았지만, 말이 늦는 것과 정신적 발달이 지체되는 것이 조금 더 걱정되었어요. 하지만 그런 것은 머지않아 또래 아이들에게 뒤떨어지지 않게 될 거라고 생각했지요.

레일라는 저를 잘 따랐는데, 토요일 오후에 제가 볼일이 있어 평소에 만나던 찰스강 근처의 약속 장소에 갈 수 없게 되었을 때는 깊은 고민에 빠진 노파 같은 눈으로 풀이 죽어 있더래요.

기쿠에 씨도 미인이었지만 이언도 차분한 멋이 있고 반듯한 얼굴이었는데, 레일라는 양쪽의 좋은 점만 물려받은 용모에 낯가림이 심하고 말수가 적었어요.

말수가 적은 것은 타고난 성격이 아니라 다른 또래 아이들보다 늦은 언어 능력 탓이었다고 생각해요.

하지만 저는 레일라가 무척 민감하고 섬세하며 마음씨가 고운 아이라는 것을 알고 있었어요. 어른의 사소한 표정을 읽을 수 있고 수목이 많은 보스턴의 비컨힐에 사는 들새와 마음속으로 대화를 즐기는 면도 있었지요.

올컷가가 있는 체스닛 거리도 보스턴에서 가장 고급 주택지인 비컨힐의 찰스강에서 가까운 곳이에요.

벽돌이나 돌을 쌓아 지은 고전적인 구조의 집이 수목에 둘러싸이듯이 늘어서 있는 조용한 주택지였지요.

겨울의 추운 날이나 비 오는 날이면 기쿠에는 찰스강 근처가 아니라 체스닛 거리와 비컨 거리 사이의 보도에서 레일라를 운동시켰어요. 놀게 하는 게 아니라 운동시킨다는 느낌이어서 저는 기쿠에가 레일라의 성장에 관해 너무 신경질적이 된 것 같다고 생각했는데 이언도 그렇게 생각한 모양이에요.

레일라는 비컨힐에서 기쿠에가 시키는 대로 달리기도 하고 굵은 나뭇가지에 매달리는 운동을 하면서 숨을 헐떡이며 작은 새에게 말을 걸었어요.

"우리 할머니하고 비키의 할머니하고 누가 더 요리를 잘하는지 알아?"

이렇게 말이에요.

비키는 비컨힐 어딘가에 둥지를 틀고 있는 작은 새인데, 레일라가 이름을 지어주었지요.

그런 걸 할 수 있는 세 살짜리 아이를 걱정할 필요가 있다고 생각해요?

하지만 지금 생각하면 그 무렵 기쿠에의 끈기 있는 단련이 레일라를 튼튼하게 한 건지도 모르겠어요.

주말에만 만나 노는 저보다는 어머니가 훨씬 더 레일라를 일상적으로 관찰할 수 있을 테니까요.

레일라가 네 살이 되기 직전에 기쿠에는 이언과 의논해서 의사한테 진찰을 받게 했어요. 동시에 아동상담소의 전문가에게도 진단을 받았지요.

종합병원의 소아과 의사는 아무런 이상이 없다고 했지만 아동상담소의 고문 의사는 특별한 커리큘럼에 따라 레일라 요코 올컷을 위한 유아 교육을 하도록 강력하게 권했어요.

그 커리큘럼에 따른 치료 가이드를 보고 저는 기가 막혔어요. 레일라를 일종의 발달장애자로 진단한 거였으니까요.

제가 참견할 일이 아니었지만 친구로서 반대했어요. 온화하던 이언도 보기 드물게 노기를 띠었는데, 그런 아동상담소의 고문 의사는 돌팔이라며 화를 냈지요.

하지만 기쿠에는 유아의 심신 성장에 관한 연구로 유명한 고문 의사를 믿으려고 했어요. 아직 마흔도 안 된 종합병원의 소아과 의사보다는요.

어머니란 그런 존재지요.

하지만 아동상담소에 병설된 특별교실에 다니기 시작한 지 일주일쯤 되었을 때, 레일라에게 이상한 변화가 나타났어요.

아침을 전혀 먹지 않게 되었고, 아동상담소에 가기 위해 집을 나설 때는 몸이 굳어지며 눈에 눈물이 가득했어요. 때로는 열을 내기도 하고요.

기쿠에는 설령 아동상담소의 특별 교육을 받는다고 해도 다섯 살이 되고 나서부터라도 늦지 않다고 판단해서 레일라를 원래의 생활로 돌렸어요.

하지만 단 한 달이라고 해도 아동상담소의 특별 교육을 받게 한 후유증은 지워지지 않았지요. 밖에 나가려고 하지 않는 거예요. 전보다 훨씬 말을 적게 하고 식욕도 떨어졌으며 아주 좋아하는 엄마와도 아빠와도 눈을 맞추지 않게 되었어요.

밖으로 나가면 또 그곳으로 데려갈 거라고 생각했나 봐요.

자신을 차에 태워 그곳으로 데려가지 않았던 저라면 괜찮을 거라고 생각한 건지, 제가 나가자고 하면 비컨힐의 공원이든, 찰스강 근처든, 요트를 계류해두는 항구든 어디로든 기꺼이 나갔어요.

그래서 저는 올컷가에 가지 않기로 했어요. 기쿠에 씨한테 신경을 쓴 거지요. 이런저런 이유를 만들어 비컨힐의 체스넛 거리에 면한 올컷가에는 가지 않으려고 했지요.

기쿠에의 입장에서 보면 이언이나 저의 반대를 무릅쓰고 자신이 강행한 아동상담소의 교육이 레일라에게 돌이킬 수 없는 상처를 주고 말았다는 회한이 있었을 거예요.

그 탓에 네 살의 레일라는 엄마나 아빠를 경계하게 되었고 집에서 나가려고 하지 않았지요. 타인인 저하고라면 기뻐하며 놀러 나가고요. 어머니한테는 무척 괴로운 일이었을 거예요.

"교코 씨가 기다리고 있다고 하면 아주 기뻐하며 나갈 준비를 시작해요."

기쿠에 씨한테서 이런 전화가 온 것은 7월의 첫 번째 토요일이었어요.

지난 2주일쯤 레일라는 정신적으로 상당히 회복되었다고 기쿠에는 아주 기뻐하는 것 같았어요.

이언이 일하러 나가면 곧바로 그림책을 읽어달라고 조르며 엄마한테 달라붙는다고 말이에요.

저는 당장이라도 체스닛 거리로 차를 타고 달려가고 싶었지만, 앞으로 한동안 어머니와 딸만의 시간을 갖는 것이 더 좋지 않겠느냐고 기쿠에 씨한테 말했어요.

"레일라와 둘만의 시간은 언제든지 만들 수 있어요. 이언과의 시간을 갖게 하는 것도 중요하고요. 하지만 레일라의 놀이 상대로 교코 씨 이상의 사람은 없어요. 교코 씨는 어린아이를 놀게 하는 데 명수인 데다 레일라가 아주 좋아하는 사람이에요. 저한테 신경 쓰지 말고 바로 와주세요."

기쿠에 씨의 들뜬 목소리에서 저는 기쿠에 씨 역시 회한에서 회복되고 있다는 것을 느꼈어요.

그날 오후에는 찰스강 근처에서 요트 항구까지 걸어가 노점의 아이스크림을 먹기도 하고 이언 친구들의 요트 안을 구경하기도 했어요.

세 시가 지나 슬슬 돌아갈까 하고 레일라와 손을 잡고 강변으로 돌아갈 때, 산책로 맞은편에서 한 남성이 기쿠에 씨한테 말을 걸었지요. 30대 후반쯤인데 머리카락이 상당히 엷어지고 있는 통통한 남성이었어요.

그 사람이 케빈 매클라우드였지요.

찢어진 곳투성이인 지저분한 티셔츠에 반바지 차림으로 조깅을 하던 중이었어요.

케빈은 도심에 있는 올컷 중고차 센터의 대형차량 전문점에서 일하고 있었지요. 일을 하고 있다고 해도 사원이 아니라 연수라는 명목으로 몬트리올에서 보스턴에 와 있었던 거지요.

케빈의 집도 할아버지 시절부터 몬트리올에서 중고차 딜러를 했는데, 레일라가 태어나기 전해에 알래스카에서 이언과 알게 되어 친해졌던 거예요.

연어 낚시를 온 사람들이 묵는 산막에서 알게 되었는데, 그때 같은 중고차 업자라는 사실을 알고 의기투합한 것이지요.

케빈은 오타와대학을 졸업하고 그 지역의 작은 신문사에 취직했지만 아버지가 간절히 원해서 가업을 이었대요.

매클라우드 파워카 센터라는 회사를요. 보통 승용차는 취급하지 않고 대형 트레일러나 트럭, 대농장에서 쓰는 파종 차라든가 수확 차라든가…….

대농장에서 쓰는 차는 어느 것이나 엄청나게 크고 한 대도 무척 비싸요.

당시 농가의 경영자는 수리를 해가며 너덜너덜해질 때까지 썼거든요. 그래서 그 중고차는 매입이 어려워요.

케빈은 대농장에서 쓰는 농업용 중고 트럭을 미국에서 매입해 그것을 캐나다에서 팔면 어떨까 생각했기 때문에 알래스카에서 이언과 알게 된 것은 신의 인도였다고 생각했대요. 그래서 자신의 생각을 이언한테 얘기했지요.

이언은 생각하는 것만큼 그리 간단한 일이 아니라고 했대요.

미국과 캐나다는 중고차 매입이나 판매 시스템이 다르고, 중고차 운송에도 비용이 너무 많이 든다고요.

하지만 그로부터 몇 년 후 이언한테서 전화가 왔어요. 올컷 중고차 센터에서도 농업용 중고 트럭을 취급하게 되었으니까 비즈니스 공부를 위해 2, 3년 여기서 일해보지 않겠느냐고 말이에요.

그 무렵에는 케빈의 아버지도 무척 건강해서 보스턴의 올컷 씨가 오라는 거라면 꼭 가라고 권해주었대요.

그래서 케빈이 보스턴으로 온 거지요.

찰스강 동쪽의 산책로에서 저와 처음 만났을 때, 케빈은 올컷 중고차 센터의 대형차 부문에서 공부를 시작한 지 딱 1년이 될 무렵이었어요.

캘리포니아 남쪽의 강한 햇빛이 가든 체어에 앉아 있는 케빈 매클라우드의 온몸에 내리쬐고 있었다.

교코 매클라우드는 내내 일본어로 말하고 있었기 때문에 케빈은 지금 아내가 무슨 이야기를 하고 있는지 몰랐을 텐데도 이따금 고개를 끄덕이기도 하고 겐야를 보며 미소를 짓기도 했다.

"그늘로 옮기는 게 어떨까요? 바짝 말라버리겠어요."

겐야가 이렇게 말하자,

"1년 치 햇빛을 흡수하고 몬트리올로 돌아가려고요."

하고 대답한 케빈은 일어서서 중정의 서쪽 끝에 있는 하얀 목책이 있는 곳으로 가서 바다를 골똘히 바라보았다.

겐야는 부엌으로 가서 차가운 미네랄워터 페트병 세 개를 들고 덩굴장미 시렁 밑으로 돌아와 하나를 케빈에게 가져갔다.

케빈은 그것을 받아 들며 교코는 지금 무슨 이야기를 하고 있느냐고 나직한 목소리로 물었다.

"케빈 씨와 처음 만난 날의 일입니다. 찰스강 근처의 산책로에서요."

겐야는 이렇게 말하고 덩굴장미 시렁 밑의 응달로 돌아갔다.

당신도 캐나다의 몬트리올에서 1년쯤 살아보면 좋을 거예요. 햇빛이 비칠 때 조금이라도 그 빛을 받고 싶다고 몸이 요구하는 느낌을 알 수 있을 거예요.

……레일라는 케빈을 알고 있었지만 쑥스러워서 기쿠에 씨 뒤로 숨었어요. 올컷가에서는 한 달에 한 번씩 집의 정원에서 바비큐 파티를 했거든요. 그때는 항상 케빈도 초대했기 때문에 레일라는 케빈을 알고 있었지요.

서서 잠깐 이야기를 나누고 케빈과 헤어졌는데, 레일라는 강변을 걸어 돌아가며 나는 저 아저씨가 좋아요, 하고 말했어요.

기쿠에 씨가 이유를 묻자 어떤 그림책 제목을 말하면서 그 책에 나오는 하얀 곰하고 닮아서래요.

그날 이후 어쩐 일인지 저는 케빈과 길거리에서 우연히 마주쳤어요.

제가 살고 있는 셋집과 케빈의 아파트는 차로 10분쯤 되는 거리였어요. 친하게 이야기를 나누게 되자 케빈은 가끔 식사를 같이 하자고 했고…….

하지만 '밥을 같이 먹는 친구' 이상으로 발전하지는 않았어요. 제가 그 이상 친해지는 걸 피했거든요.

그러고 나서 석 달 가까이 지났을 무렵 기쿠에 씨의 모습이 변해갔어요. 말수가 줄어들고 무척 기운이 없는데도 눈만은 어쩐지 무서운 느낌이 들 정도로 매섭게 빛났지요.

휴일에는 반드시 레일라를 밖에서 놀게 하려고 저를 불렀는데 그런 전화도 줄어들었어요.

또 레일라의 성장이 지체되어 고민하나 싶어 저는 10월이 되자마자 체스넛 거리의 기쿠에 씨 집으로 찾아갔어요. 일요일 정오가 지난 시간이었지요. 이언은 금요일부터 디트로이트로 출장을 가서 화요일 밤에 돌아올 예정이라고 해서 저는 저녁을 만들어주기로 했어요. 생선 요리를 할까 해서 슈퍼마켓에서 장을 보고 돌아오자 레일라는 낮잠을 자는 시간이어서 2층 자기 방에서 자고 있었지요.

"이언과 무슨 일 있었어요?"

제가 묻자 기쿠에 씨는 부부 사이에는 아무 문제도 없다고 대답했어요.

이언은 나무랄 데 없는 남편이다. 부지런한 사람이고 온화해서 이 사람은 태어날 때부터 오늘까지 화를 낸 적이 없는 게 아닐까 싶을 정도다. 술은 와인을 조금 마시는 정도. 수줍음을 잘 타는 사람이고 말수가 적으며 낙이라면 낚시뿐이다. 올컷인더스트리 그룹을 물려받은 형 토머스와의 사이도 좋다.

미국에서도 유수의 모터 제조 회사와 몇 개의 계열사까지 모두 물려받은 형에 대한 불만도 전혀 없다.

그에 걸맞은 사람이 물려받았기 때문에 자기는 올컷 중고차 센터의 경영을 좀 더 반석에 올려놓기 위해 열심히 일할 뿐이라고 했다. 토머스에게 어려운 일이라도 생기고 자기가 도움이 된다면 언제든지 힘을 빌려줄 생각이라면서.

나는 이언을 인간으로서 훌륭하다고 생각했었다…….

"생각했었다……?"

저는 그렇게 되물었어요.

기쿠에는 그대로 입을 다물었지요.

저는 이언이 바람이라도 피웠나 싶어 기쿠에 씨가 먼저 말할 때까지 그 이상 파고들지 않기로 하고 저녁 준비를 시작했어요.

부부 사이는 아무 문제도 없다는 기쿠에 씨의 말은 거짓말이었나, 하고 생각하면서요.

이미 낙엽이 떨어지는 계절에 접어들었지만 그날은 날씨가 좋았어요.

저는 대충 준비를 끝내고 레일라를 밖에서 놀게 해주고 싶어서 슬슬 깨우는 게 어떻겠느냐고 기쿠에 씨한테 말했지요. 그랬더니 기쿠에 씨는 이언과 헤어지고 일본으로 돌아가게 되면 레일라의 친권은 어떻게 될까요, 하고 올컷가의 고풍스럽고 넓은 거실 구석에 놓인 의자에 앉아 저에게 물었어요.

뭐라 말할 수 없이 쓸쓸하고 자그마한 모습이었지요. 하지만 눈빛은 강렬했어요. 실성한 사람의 눈이었지요.

저는 이언에게 어지간한 잘못이 없는 한 레일라는 이언 밑에서 자라게 될 거라고 대답했어요. 왜냐하면 이곳은 미국이니까요. 이혼 소송 때 친권은 이언이 갖게 될 게 뻔했거든요.

그때 레일라가 일어나 이야기는 거기서 끝낼 수밖에 없었지요.

저는 저녁에 레일라를 산책에 데려가 공원에서 4, 50분 놀게 하고 나서 올컷가로 돌아와 함께 저녁을 먹고 그 이야기는 중단한 채 집으로 돌아갔어요.

그리고 그날 밤 열 시쯤 기쿠에 씨가 전화를 해와 이야기를 들어달라며 울었어요.

역시 이언이 바람을 피운 거다. 그렇게 성실한 사람이 바람을 피웠다면 성가신 문제다. 바람으로 끝나지 않을 것이다. 그래서 기쿠에는 이혼하면 레일라의 친권을 누가 갖게 되는지를 걱정한 것이다.

저는 이렇게 생각하고 기쿠에 씨 집으로 갔어요.

하지만 기쿠에 씨가 저한테 털어놓은 것은 상상도 하지 못한 일이었지요.

이언이 레일라한테 이상한 짓을 하고 있다. 내 눈을 피해 레일라의 몸, 그러니까 하복부를 만지고 있다. 노골적으로 만지는 게 아니다. 살며시 슬쩍 만지고 있다.

기쿠에 씨는 이렇게 말했어요.

저는 정말 깜짝 놀랐고, 당장은 믿을 수가 없었지요.

아마도 처음에는 기가 막히다는 표정으로 기쿠에 씨를 쳐다봤을 거예요. 아아, 이것이 바로 기쿠에 씨의 병이구나, 하고 생각했으니까요.

레일라의 성장이 지체되는 것을 너무 걱정한 나머지 이언과 말다툼을 하면서까지 특별교실에 다니게 했다가 좋지 않은 결과를 불렀던 일이 저한테 선입관으로 작용한 탓이겠지요.

기쿠에 씨는 뭔가에 시의심을 품으면 다른 것이 보이지 않게 된다. 그 시의심에 지배되어 일종의 망상의 세계로 들어간다. 의사에게 진단을 받아야 할 사람은 다름 아닌 기쿠에 씨다.

저는 이렇게 생각했지만,

"그 현장을 봤어요?"

하고 물었지요.

기쿠에 씨는 그날 날짜를 정확하게 기억하고 있었어요. 레일라가 특별교실에 다니는 것을 그만둔 지 정확히 석 달이 되었던 날 밤이었지요.

언제까지고 잠을 자지 않아서 이언이 레일라를 안고 2층 침실에서 아래층 거실로 내려갔어요. 이언은 레일라를 재우기 위해 조그마한 불만 켠 채 레일라를 무릎에 올리고 가슴과 가슴을 맞대듯이 하며 몸을 흔들고 있었지요.

그것을 보고 기쿠에 씨는 문단속을 하고 2층 침실로 들어갔어요. 텔레비전을 켜고 침대에서 잡지를 보기 시작했지요. 미국에서는 아이가 좀 울어도 잘 시간이 되면 침실에 내버려두잖아요.

기쿠에 씨는 이언이 뭔가 달래는 말을 하고 진정되면 레일라를 침실 침대에 데려다 놓고 잘 자라는 키스를 한 후 곧바로 부부의 침실로 돌아올 거라고 생각했지요.

하지만 30분이 지나도 이언과 레일라는 아래층 거실에서 올라오지 않았어요.

특별교실이 레일라의 마음을 지치게 한 일에 대한 자신의 판단 착오를 마음에 두고 끙끙 앓고 있었던 기쿠에는, 자식을 끔찍이 사랑하고 아끼는 이언의 입장에서 보면 가끔 레일라와 둘만의 시간을 갖고 싶은 거겠지, 하고 생각하며 20분 가까이 더 기다렸지요.

한 시간 가까이 거실에 있다니, 아마 둘 다 안락의자에서 잠들어버린 모양이다.

이렇게 생각한 기쿠에 씨는 아래층으로 내려가 봤대요.

레이스 커튼 너머로 펼쳐지는 희미한 빛 속에서 이언이 애용하는 안락의자가 흔들리고 있고, 무릎 위에 올려진 레일라는 아버지에게 안겨 잠들어 있었지요.

기쿠에는 발소리를 내지 않도록 살며시 계단을 내려갔기 때문에 이언은 알아채지 못했어요.

"자요?"

기쿠에가 소리를 죽여 물었지요.

그 순간 이언의 오른손이 레일라의 가랑이 사이에서 움직여 등 쪽으로 재빨리 이동한 것을 기쿠에 씨는 확실히 봤다고 해요.

어? 하고 생각했지만 기쿠에 씨도 설마 했지요. 어린 딸에게 샤워를 시키고 타월로 닦아줄 때 아버지의 손이 우연히 하복부에 닿는 일은 흔히 있어요.

하지만 그때 이언이 레일라를 안은 채 서둘러 안락의자에서 일어났는데 레일라의 파자마가 엉덩이 아래까지 내려가 있더래요.

희미한 불빛 속에서 움직였던 이언의 손. 일어섰을 때의 당황하던 모습. 내려간 레일라의 파자마.

기쿠에 씨는 왠지 무척 불쾌한 것을 느꼈지만, 이언이 설마 하는 생각에 그대로 함께 2층으로 올라갔대요.

그것이 최초였어요.

두 번째는 2주 후였지요.

기쿠에는 레일라를 씻겨주었고, 이언이 목욕 타월로 레일라를 싸서 침실로 데려갔어요.

기쿠에가 욕실에서 몸을 씻고 머리를 말리고 있을 때 드라이어가 이상한 소리를 내기 시작했대요. 뜨거운 바람도 나오지 않아서 기쿠에는 목욕 가운을 입고 이언에게 드라이어를 봐달라며 레일라의 침실로 갔어요.

늘 목욕하고 나오면 레일라의 침실에서 기쿠에 씨나 이언이 몸을 닦아주고 파자마를 입혀주었던 모양이에요.

하지만 그날은 아래층 거실에서 이언과 레일라의 이야기 소리가 들렸어요.

기쿠에 씨는 이언이 출장이 잦아 일주일 중 사흘쯤은 디트로이트나 맨체스터에 가 있기 때문에 집에 있을 때는 레일라와의 시간을 많이 갖고 싶어 할 거라고 생각했지요.

맨체스터는 보스턴에서 고속도로로 한 시간쯤 걸리지만 기쿠에는 이언이 일을 마치고 밤에 고속도로를 운전해서 돌아오는 것에 반대했어요.

사고는 대부분 돌아오는 길에 기다리고 있다는 것이 기쿠에 씨의 지론이었지요. 그래서 이언은 그날 안에 돌아오고 싶었지만 맨체스터의 호텔에서 묵기로 한 거예요.

아내의 의견을 존중하는 아주 좋은 남편이었지요.

기쿠에 씨는 2층에서 이언을 부르려고 생각했지만, 레일라가 신경과민이어서 갑자기 큰 소리를 내면 좋지 않을 것 같아 목욕가운을 걸친 채 계단을 내려갔어요.

이언은 거실의 카펫에 앉아 레일라에게 그림책을 읽어주고 있었지요. 레일라는 이언의 허벅지에 두 다리를 벌리고 올라타 있었어요. 한쪽 허벅지에요.

아빠와 목욕을 하고 난 어린 딸이니까 어느 집에서나 흔히 볼 수 있는 광경이지요. 하지만 레일라는 파자마 윗옷만 입고 아래는 분홍색의 유아용 팬티만 입고 있었지요.

기쿠에 씨가 계단을 내려온 것을 안 이언은 또 손을 이상하게 움직이더래요. 그림책으로 가리듯이 하고 있던 오른손을 서둘러 꺼내 페이지를 넘겼다고 해요.

그때만은 놓칠 수 없는 한순간이었지만, 기쿠에 씨는 이언과 둘만 있게 될 때까지 추궁하지 않으려고 하며 레일라가 자기 침실로 가기를 기다렸어요.

기다리는 중에 기쿠에 씨는 어떻게 물어야 좋을지 알 수가 없었대요.

'레일라의 하복부를 만진 거 아니에요?'

'당신, 네 살짜리 자기 딸한테 이상한 짓을 한 거 아니에요?'

'우연히 닿은 게 아니라 의도적으로 만진 거 아니에요?'

이렇게 물을 수는 없다. 만약 그런 것을 묻는다면 부부 사이는 끝장이다. 아무리 온후한 이언이라도 그런 의심을 품는 아내와는 살 수 없다고 생각할 것이다.

기쿠에 씨는 이렇게 생각하고 그날도 아무 말을 안 했대요.

세 번째는 이 이야기를 털어놓기 열흘 전이에요. 이언의 수상한 행동은 현장을 덮친 것이나 마찬가지로 명확한 것이었대요.

명확하다고요? 구체적으로 말해봐요. 제가 이렇게 묻자 기쿠에 씨는 울기만 할 뿐이었어요. 역시 그것은 남에게 말할 수 없다고 했어요.

저는 당혹스러웠다고 할까, 곤혹스러웠다고 할까, 아무튼 아무런 조언도 해줄 수 없었지요.

그렇지 않겠어요? 기쿠에 씨의 곡해라면 어떻게 해요? 게다가 어떤 조언을 할 수 있겠어요? 답은 한 가지밖에 없어요.

이언과 이혼하고 레일라를 아버지한테서 떼어놓는 거요. 그 이외에 어떤 방법이 있겠어요?

하지만 그렇게 하려면 미국에서 이혼 소송을 제기하고 딸에 대한 이언의 성적 학대를 증명해야 해요. 기쿠에 씨의 추측만으로는 재판에서 절대 이기지 못하지요.

이언이 부정할 수 없는 확실한 증거가 필요해요. 레일라한테 증언을 시키라는 건가요? 그 섬세한 네 살짜리 아이한테 네 아버지가 어디를 만졌는지 물어보라고요?

이기든 지든 이언과의 이혼은 피할 수 없어요. 그뿐 아니라 지기라도 하면 레일라의 친권은 이언에게 돌아갈 거고, 두 사람은 앞으로도 아버지와 딸로서 함께 살게 될 거예요…….

그 정도의 일은 저도 알아요.

저는 그날 밤 조급하게 결정하지 말고 좀 더 상황을 지켜보는 것이 어떻겠느냐고 말하는 것밖에 할 말이 없어서 열두 시가 되기 전에 올컷가에서 돌아왔어요.

하지만 집에 돌아왔을 때쯤 저는 기쿠에 씨의 감이 맞았을 거라는 기분이 들었지요.

기쿠에 씨는 무척 머리가 좋고 인내심이 강하며 자신을 제어할 수 있는 사람이에요. 그런 기쿠에 씨의 아내로서의 감, 어머니로서의 감, 여자로서의 감, 이 세 가지가 모두 같은 답으로 한 점에 모인 거예요.

아무튼 레일라를 이언에게서 떼어놓아야 한다고 생각했어요.

네 살의 레일라는 아버지가 자신에게 무슨 짓을 하는지 아직 알지 못했지요. 알지 못하는 사이에 해결되지 않으면 레일라에게 큰 상처를 남기게 돼요. 그건 평생 따라다니는 불길한 상처가 되지요.

저는 그런 생각을 하게 되었어요.

교코 매클라우드는 일단 여기서 이야기를 멈추고 미네랄워터를 마셨다.

이언은 어린 딸에게 폭력을 휘두르는 아버지는 아니었다. 그것은 수사 자료만 봐도 분명하다.

그렇게 되면 레일라의 실종이 기쿠에 고모와 매클라우드 부부의 계획에 의한 것이며 이언은 제외된 상태였으니, 어떤 힘을 써서라도 딸을 아버지로부터 떼어놓아야 했던 이유는 하나밖에 생각할 수 없다.

겐야는 지금 교코 매클라우드가 밝히고 있는 것을 상정하고는 있었지만 실제로 교코의 입에서 듣게 되자 갑자기 믿기가 힘들었다. 이언 올컷의 열은 초록빛이 도는 회색 눈동자와 1미터 90센티가 넘는 장신의 여위고 온화한 행동거지, 결코 꾸민 것 같지 않은 세련되고 예의 바른 말투 등을 떠올리며 그저 잠자코 있을 수밖에 없었다.

이야기하는 교코로부터 눈을 돌려 어느새 발밑에 흩어져 있는 덩굴장미의 꽃잎으로 시선을 떨어뜨리고 있는 자신을 발견하자, 겐야는 슬슬 부는 바람이 교코 쪽으로 불지 않는다는 것을 확인하고 담배에 불을 붙였다.

그러고 나서,

"세 번째도 레일라가 네 살 때네요."

하고 말했다.

"네, 네 살 반 정도일 때지요."

"당신이 레일라를 보스턴의 대형 마트에서 몬트리올로 데려가기까지 아직 1년 반이 남았습니다. 그 1년 반 동안 이언의 행위는 더 심해지지 않았습니까?"

겐야의 물음에 교코는 고개를 가로저었다.

"심해지지는 않았어요. 의아해하고 있다는 것을 기쿠에 씨가 넌지시 암시했거든요. 그래도 말로 암시한 것은 아니에요. 태도, 표정, 눈의 움직임 같은 것으로 넌지시요. 아마 그것으로 이언은 행동을 조심하게 되었을 거라고 생각해요. 그리고 또 한 가지, 기쿠에 씨는 베이비시터를 고용했어요. 무척 평판이 좋은 쉰 살 넘은 베이비시터였는데 1년쯤 올컷가에서 레일라를 보살펴주었지요. 그런데 신장이 안 좋아서 그만두었어요. 레일라가 다섯 살 반 때였지요. 그 베이비시터를 고용했을 때 기쿠에 씨는 레일라의 목욕 시간을 여섯 시인 저녁 식사 후로 바꿨어요. 기쿠에 씨한테 그 베이비시터는 감시자 역할이었지요."

교코 매클라우드는 안경을 벗고 손수건으로 렌즈를 닦으며,

"그 베이비시터를 고용하기 위한 구실로 기쿠에 씨는 시의 커뮤니티 센터에서 일본인에게 영어를 가르치는 자원봉사를 시작했어요. 이언에게는 자원봉사로 이민자들에게 영어를 가르치기 위해 베이비시터를 고용한다고 둘러댔지만, 실제 목적은 그 반대였죠."

하고 말했다.

커뮤니티 센터라. 미국에는 거의 모든 주나 시에 커뮤니티 센터가 있다. 이민 대국 미국에는 다양한 나라 사람들이 일자리를 찾아오기 때문이다.

그 사람들은 대부분 영어를 읽고 쓰기는커녕 회화도 하지 못한다. 커뮤니티 센터에서는 그런 사람들에게 거의 무료로 영어를 가르치는 교실을 열고 있다. 이곳 팔로스버디스반도에도 있을 것이다.

29년 전이라면 주로 정밀 기계를 다루는 일본 기업들이 동해안의 보스턴에 지사를 갖게 되어 일본인이 늘었던 시기다. 커뮤니티

센터에서는 아마 기쿠에 올컷 같은 여성이 자원봉사자로 와주는 것이 무척 고마운 일이었을 것이다.

겐야는 이렇게 생각하며 담배를 끄고는 다음 이야기를 재촉하듯이 교코를 봤다.

레일라가 다섯 살이 되었을 무렵, 기쿠에 씨는 둘째 아이를 유산했어요. 임신 12주째에 자연 유산한 거예요. 임신했을지도 모른다며 슬슬 병원에서 검사를 받아봐야 한다고 생각했을 때 유산한 거지요. 레일라를 데리고 저희 집으로 놀러 왔을 때 기쿠에 씨는 그렇게 말해주었어요. 유산한 지 2주쯤 되었을 때였지요. 낙담한 느낌은 아니었어요. 저는 아아, 이언과의 부부 생활이 끊어진 것은 아니었구나, 하고 일단 안심했지요. 역시 기쿠에 씨의 착각이었어, 그런 의심을 품은 채 남편을 받아들일 수는 없을 테니까, 하고 생각했어요. 하지만 그런 게 아니었어요. 기쿠에 씨가 그걸 대신할 생각으로 이언을 받아들였다는 사실을 안 것은 그로부터 사오일 뒤였어요.

그걸 알았을 때 저는 얼굴을 묻고 소리 없이 울었어요. 말로 할 수 없을 만큼 감정이 동요하고 안타까운 심정에 몸이 떨렸지요.

저는 기쿠에 씨는 이언과 헤어져야 한다고 생각했어요. 그 이외에는 어떤 방법도 없었지요. 기쿠에 씨는 지옥에 있었으니까요.

하지만 이언이 어린 딸, 그것도 심신의 성장이 지체되는 게 걱정스러웠던 딸에게 아내의 눈을 피해 이따금 했던 짓을 증명할 수 없다면 기쿠에 씨는 99퍼센트 레일라를 잃게 돼요. 대체 무엇을 위한 이혼인지 알 수 없게 되는 거지요.

재판을 하게 되면 이언은 틀림없이 유능한 변호사를 고용해 레일라의 친권을 얻으려고 할 거예요.

생각해보면 기쿠에 씨가 이언의 행위를 처음으로 목격하고 깊은 의심을 품은 날 밤, 이언에 대한 기쿠에 씨의 애정은 끝난 거지요.

바로 그 무렵 저는 케빈과 연인 관계가 되어 함께 생활하기 시작했어요. 케빈은 구혼했지만 저에게는 '남편이 된 후의 남자'에 대한 공포가 달라붙어 있어 대답을 늦추고만 있었지요. 아이를 가지기 힘든 몸이라는 부담감도 있었어요.

하지만 케빈은 본격적인 봄이 오는 4월 말에 저를 부모님과 만나게 하려고 몬트리올로 데려갔어요.

케빈에게는 여동생이 둘 있어요. 둘 다 결혼해서 한 사람은 오타와에, 또 한 사람은 캘거리에 살고 있었지요.

케빈 아버지의 조상은 스코틀랜드에서 온 이민자, 어머니의 조상은 프랑스에서 온 이민자예요.

할아버지가 캐나다에서 고생을 거듭하며 특수 대형차의 중고차를 판매하는 회사를 세워 그것을 아버지가 물려받았고, 이제 곧 케빈이 그 뒤를 이을 참이었지요.

올컷 중고차 센터에서의 공부를 마치면 케빈은 특수 대형차 매입처를 몇 군데 확보하고 몬트리올로 돌아갈 생각이었는데, 8월 말에 귀국할 예정이었지요.

그래서 케빈은 저의 답변을 재촉했어요.

"케빈은 어렸을 때부터 뭘 하든 신중했어요. 생각에 생각을 거듭하고 나서 실행에 옮기지요. 이따금 제시간에 대지 못하는 일도 있지만요."

어머니가 이렇게 말했어요. 저는 부모님 마음에 들었던 모양이에요.

케빈은 제가 결혼에 한 번 실패한 일도, 아이를 갖기 힘든 몸이라는 것도 부모님께는 말하지 않았어요.

겐야 씨도 잘 알고 있겠지만, 그것이 서구와 일본의 다른 점인데 부모도 어지간한 일이 아니면 성인이 된 자식한테 이것저것 참견하지 않잖아요.

보스턴으로 돌아간 저는 케빈과의 일을 기쿠에 씨한테 의논했어요. 올컷가에서요. 기쿠에 씨는 무척 기뻐해주며 레일라를 제 딸로 삼고 데려가 달라고 하더군요.

저는 농담이라고 생각해서,

"정말 데려갈게요. 저도 케빈도 레일라를 아주 좋아하고, 저는 아이를 갖지 못하니까요."

하고 대답했어요.

그날은 케빈이 구혼한 일, 몬트리올의 부모님을 만나고 온 일, 결혼하기로 결단을 내리지 못하는 이유 같은 것만 이야기하고 헤어졌어요. 이언이 평소보다 빨리 돌아왔거든요.

이언은 바깥까지 배웅을 나와서 레일라를 1년 늦게 프리스쿨에 넣기로 했다고 하더군요. 다른 아이에 비해 체격이 너무 작고 말도 늦기 때문이라고 하면서요. 기쿠에 씨는 그 전에 다시 한 번 의사의 진단을 받게 할 생각인 모양이라고도 했어요.

프리스쿨이란 일본의 유치원인데, 1년 늦춘다는 것은 초등학교도 1년 늦게 입학시킨다는 뜻이에요.

남이 참견할 일이 아니었지만,

"레일라는 영리한 아이예요. 많은 아이들과 어울리게 하는 게 좋을 것 같아요."

하고 말했어요.

"저도 그렇게 생각합니다만."

이렇게 말한 이언은 좀 더 무슨 이야기를 할 것 같았어요. 지난 1년 가까이 기쿠에 씨의 미묘한 변화를 눈치채지 못할 리가 없으니까요.

저는 이언에게 쓸데없는 말을 하고 싶지 않아서 급한 일이 있는 척하고 집으로 돌아갔어요.

나중에 그때 이언이 저에게 무슨 이야기를 하고 싶었을까, 하고 여러 차례 생각했어요. 어쩌면 원만한 해결의 실마리로 이어지는 이야기가 되었을지도 모른다고 말이에요.

여자인 저는 소아성애라는 걸 도저히 이해할 수 없었어요. 이언의 경우는 그것도 자신의 딸을 대상으로 한 거잖아요. 그렇게 조용하고 총명하며 사려 깊은 이언 올컷이 말이에요.

기쿠에 씨가 뜻밖의 계획을 들고 나온 것은 제가 결혼하기로 결심하고 케빈에게 답변을 전한 8월 중순이었지요. 레일라를 케빈과 저의 딸로 키워달라고 했어요.

저한테 케빈 매클라우드와 결혼해서 몬트리올에서 신혼살림을 시작하는 걸 반년쯤 늦춰달라고 했지요. 그때까지 미국 여권을 가지고 있어달라고요.

나는 레일라를 위한 미국 여권을 손에 넣을 것이다. 그것은 완벽한 위조 여권이다.

아직 날은 정하지 않았지만 보스턴 시내 어딘가의 사람이 많은 데서 레일라와 교코가 만나도록 하겠다. 교코는 레일라를 데리고 곧장 보스턴 공항으로 가서 캐나다의 어디라도 좋으니 비행기를 타고 떠나면 된다.

몬트리올에 도착하면 교코는 케빈 매클라우드와 결혼해서 교코 매클라우드가 되고, 레일라는 멜리사 매클라우드가 된다. 그리고 적당한 나이가 되면 두 사람의 딸로서 캐나다 국적을 취득한다.

레일라에게는, 미국으로 일하러 와 있던 교코가 케빈과 사랑에 빠져 결혼을 약속했지만 아직 정식 부부가 되기 전에 레일라가 태어난 것이라고 말해서 믿게 한다. 레일라는 미국에서 태어났기 때문에 미국 국적이고, 태어나고 나서 5년간 미국에서 생활한 것이라고 레일라에게 무슨 일이 있을 때마다 말해달라.

계획을 실행하는 날 나는 인파 속에서 누군가에게 어린 딸을 납치당한 어머니를 연기할 것이다. 레일라와 교코가 보스턴 공항에서 캐나다의 어딘가로 떠날 때까지 시간을 벌 것이다.

레일라 올컷은 케빈 매클라우드와 교코 매클라우드의 딸 멜리사 매클라우드로서 캐나다에서 살아간다. 레일라의 양육이나 교육에 필요한 비용은 결코 의심받지 않을 방법으로 교코에게 보낼 것이다. 레일라가 성인이 되고 나서도 책임질 것이다.

저는 기쿠에 씨가 이렇게 이야기하기 시작했을 때 그것이 진심이라는 것을 알고 핏기가 가시는 걸 느꼈어요.

기쿠에 씨는 그렇게까지 궁지에 몰렸던 거예요. 사태는 이런 범죄에 손을 대서라도 레일라를 지켜야 한다는 데까지 이르렀지요.

"농담이죠?"

저는 일부러 쓴웃음을 지으며 물었어요.

기쿠에 씨는 엄한 표정으로 고개를 가로저으며 한 달쯤 전부터 레일라가 기묘한 행동을 하게 되었다고 했어요.

아버지가 집에 돌아오면 반드시 타월을 들게 되었대요. 그리고 그 타월을 입에 넣고 씹기도 하고 핥기도 한다고요.

왜 타월을 들고 있어? 그런 것을 입에 넣는 건 그만둬. 갓난아기처럼, 창피하잖아.

이렇게 몇 번을 말해도 레일라는 분홍색 타월을 떼놓지 않는다. 잘 때도 타월을 꼭 쥐고 있다.

확실히 레일라는 아버지에게 당한 일을 아직 자각하지 못한다. 하지만 자각하지 못해도 본능적으로 그것이 의미하는 것을 느끼고 거기에서 도망치고 싶어 한다. 갑자기 타월을 손에서 놓지 않게 된 것은 자신의 몸에 일어나는 일에 대한 거부의 표현이라고밖에 생각되지 않는다.

다섯 살이나 된 아이가 별안간 갓난아기로 돌아간 것이다. 공포나 불쾌감에서 무의식적으로 자신을 지키려는 것이다. 그렇게밖에 생각되지 않는다. 나는 레일라를 어떻게 해서든 도와주고 싶다. 하지만 어떤 방법도 떠오르지 않는다.

이언이 레일라에게 강간에 가까운 행위를 할 때까지 기다리라는 말인가. 이언과 이혼하고 재판에서 레일라의 친권을 얻기 위해 움직일 수 없는 증거를 얻을 기회를 호시탐탐 노리고 있으라는 말인가. 그것은 레일라를 희생물로 삼으라는 말이나 마찬가지 아닌가. 레일라가 받는 상처는 너무나도 크다. 일생을 좌우할 상처가 될 것이다.

기쿠에 씨는 조용한 어조로 이렇게 말했어요. 너무나 냉정하고 망설임 없는 어조였기 때문에,

"완벽한 위조 여권을 얻을 수는 있는 거예요?"

하고 물었어요.

기쿠에 씨는 제 눈을 똑바로 쳐다보고 고개를 끄덕였지요. 이미 준비를 시작했다는 걸 알 수 있었고, 기쿠에 씨의 말대로 그것은 완벽한 위조 여권이라는 것도 알 수 있었어요.

기쿠에 씨는 어딘가에서 위조 여권을 구하는 방법을 알게 되었던 모양이에요.

"이언과 이야기를 해야 해요. 속을 터놓고요. 기쿠에 씨의 망상일지도 모르잖아요. 다시 한 번 냉정한 눈으로 관찰할 시간을 가져야 해요. 만약 그 일로 이언과 이혼할 수밖에 없게 된다고 해도 모든 것을 재판에 맡길 수밖에 없어요. 재판관도 바보가 아닐 거고, 일본인 아내보다는 백인 남편을 두둔할 거라고 정해진 것도 아니에요. 왜냐하면 기쿠에 씨가 하려는 것은 위험이 너무 커요. 저와 케빈까지 범죄에 휩쓸리게 하는 거예요."

저는 이렇게 말했어요.

기쿠에 씨는 잠시 말없이 있었지만, 이 계획은 절대 실패하지 않는다고 말하고는 이렇게 덧붙였어요.

"저는 레일라를 미워하기 시작할지도 모른다는 생각이 들었어요. 제 안에서 여자로서 레일라에 대한 질투심이 생겨날 것 같은 공포가 있거든요. 얼마나 역겨운 일인지 모르겠어요. 기가 막히죠? 하지만 그건 사실이에요."

저는 말을 잃었고, 기쿠에 씨의 얼굴을 쳐다볼 수가 없었어요. 하지만 그것은 일어날 수 있는 일일지도 모른다는 생각이 들었지요. 여자가 아니면 이해할 수 없는 요기妖氣에 놀아나는 마음의 혼란…….

저는 다른 어떤 도움도 마다하지 않겠지만 기쿠에 씨의 그 부탁만은 거절할 수밖에 없다고 말하며 보스턴대학 근처의 카페에서 나와 차로 기쿠에 씨를 집까지 데려다주었어요. 그날은 굉장히 더워서 베이비시터가 레일라를 근처의 공원으로 데리고 나가 집에 없었어요.

저는 저녁에 장을 보러 갈 생각이었기 때문에 기쿠에 씨를 집 앞에서 내려주고, 레일라가 놀고 있을 공원으로 걸어갔어요.

레일라는 단풍나무 거목 밑의 벤치에 앉아, 주위에서 놀고 있는 아이들을 어쩐지 기운 없이 보고만 있었어요.

베이비시터는 조금 떨어진 곳에서, 올컷가에서 두 집 건넛집에서 일하는 흑인 가정부와 이야기에 빠져 있었지요.

고개를 숙이고 뭔가 혼잣말을 하고 있는 레일라를 저는 오랫동안 보고 있었어요. 레일라가 어쩐지 기가 죽어 있는 것 같아 다가

갔지요. 조금 전에 했던 기쿠에 씨의 말이 되살아났어요. 레일라에 대한 여자로서의 질투심이 자기 안에서 생겨나는 게 아닐까 했다는 말을요.

그런 일이 있을 리 없다고 남들은 어이없어할지도 모르겠어요. 어머니가 다섯 살짜리 레일라에게 질투를 한다고? 레일라는 그저 수동적인 입장이고 아버지의 간악한 욕망의 희생자 아닌가. 아직 아무것도 모르는 그런 어린아이한테 질투한다고? 그런 일은 있을 수 없어. 기쿠에라는 어머니가 이상한 것이다.

사람들은 필시 이렇게 생각할 거예요. 하지만 저는 기쿠에 씨 안에 생겨난 기묘하고 불합리하며 역겨운 감정을 부정할 수 없었어요. 동시에 슬퍼서 견딜 수 없었지요.

레일라는 가까이 다가간 저를 알아보고 무척 기쁜 듯이 만면에 웃음을 지으며 구르듯이 달려와 몸을 부딪칠 정도의 기세로 안겼지요. 저도 레일라를 힘껏 안으며 등을 계속 쓰다듬었어요.

그 순간 저는 그 아이를 지켜주고 싶었어요. 그 아이가 탐났지요. 제 가슴 속에서 소중히 키우고 싶다고 말이에요. '하얀 곰 아저씨'인 케빈을 레일라의 아버지로 만들어주고 싶다고 말이지요.

그렇게 결심한 순간부터 저는 레일라를 어떻게 자신의 딸로서 캐나다에 입국시킬까에 대한 계획보다는 캐나다에 가고 나서 반드시 일어날 몇 가지 문제에 대한 해결책을 뭔가에 홀린 듯이 생각하기 시작했지요.

레일라는 다섯 살이에요. 자신의 이름도, 어머니와 아버지의 이름도 알고 있어요. 그런데 어느 날 갑자기 멜리사 매클라우드가 되는 거예요. 지금까지 한 번도 불린 적 없는 이름으로 불리는 거지요.

본 적도 없는 집에서 생활하기 시작하고 어머니도 아버지도 모습을 보이지 않게 되는 거예요.

아무리 좋아하는 저와 케빈이 있어도 자신의 부모가 아니잖아요. 레일라는 기쿠에 씨와 이언이 보고 싶어 울 거예요. 그렇게 되면 저도 케빈도 감당할 수 없게 되겠지요.

그것을 어떻게 극복할까.

저는 베이비시터와 함께 레일라와 손을 잡고 올컷가로 돌아와서는,

"저, 하겠어요."

하고 기쿠에 씨의 귓가에 말했어요. 그리고 현관 옆의 포치로 가서 캐나다에서 살게 되고 나서 극복해야 할 사항에 대해 이야기를 나눴지요.

기쿠에 씨도 이미 그것에 대해 생각나는 온갖 상정과 대처법을 가다듬었지만, 어느 것이나 결정적으로 유효한 방법이라고는 생각되지 않았어요.

저도 기쿠에 씨도 다섯 살 때의 자신을 떠올려봤지요. 정확히 떠올릴 수 없는 먼 기억을 더듬어 올라가자 어느 것이나 단편적인 영상뿐이었어요. 그것은 저도 기쿠에 씨도 이미 어른이 되고 나서라서 그랬겠지요.

만약 자신들의 부모가 갑작스럽게 세상을 떠나 누군가에게 맡겨졌다면, 하고 생각해보기도 했어요. 그런 경우 다섯 살짜리 여자

아이가 새로운 부모를 어떻게 대할지 도저히 알 수가 없었지요.

슬슬 레일라를 씻겨야 할 시간이 되었을 때, 저는 가장 중요한 것을 생각하지 못했다는 것을 깨달았어요.

케빈이 당치도 않다며 거절하면 이 계획은 백지로 돌아가는 거잖아요.

맨 먼저 그것을 생각해야 했는데, 저는 레일라의 어머니가 된다는 것에 마음을 빼앗기고 있었던 거지요.

그리고 케빈이 기쿠에 씨의 계획에 정면으로 반대할 거라는 것은 불을 보듯 뻔했어요.

그것을 기쿠에 씨에게 이야기하며,

“역시 무리예요. 불가능해요.”

하고 말했지요.

그랬더니 기쿠에 씨의 입에서 놀랄 만한 말이 돌아왔어요. 케빈한테는 이미 이야기해두었다는 거예요.

제가 그때 얼마나 놀랐는지는 말로 표현할 수가 없어요. 아마 저는 입을 떡 벌리고 멍하니 기쿠에 씨를 쳐다봤을 거예요.

레일라를 케빈과 교코의 딸로서 키워달라. 이유는 교코가 알고 있다. 백 퍼센트의 확률 같은 건 없다는 논리에서 말하자면 레일라의 미국 출국과 캐나다 입국이 성공할 확률은 99퍼센트다.

잠시 동안만 레일라를 맡아달라는 것이 아니다. 영원히 부모 자식 관계가 되어달라는 거다. 이유는 교코에게 들어라.

기쿠에는 이틀 전 케빈과 만나 이렇게 부탁했다고 했어요. 케빈이 승낙하지 않으면 저한테 계획을 털어놓아도 의미가 없다고 판단했겠지요.

"케빈은 어떤 반응이었어요?"

저는 이렇게 물었지요.

"케빈은 무시무시할 정도로 표정을 바꾸지 않고 저를 쳐다보았어요. 아마 1분쯤 되었을 텐데, 저한테는 5분이나 10분으로 느껴졌어요. 그러고 나서 진심이냐고 세 번이나 똑같이 묻고 나서 이유는 교코한테서 듣겠다며 곧장 카페에서 나갔어요. 그날 오후 비행기로 미시간으로 갔고, 내일 보스턴으로 돌아오죠?"

기쿠에 씨는 이렇게 말하며 저한테 의논도 하지 않고 먼저 이 계획을 케빈한테 이야기한 것을 사과했어요.

케빈은 미시간행 비행기에 늦을 것 같아 서둘렀다고 해요. 미시간주에 농업용 대형 중고차 딜러가 있는데 그곳과의 계약이 성립되려 하고 있었지요. 미시간주 동쪽에서는 페리로 캐나다로 들어갈 수 있기 때문에 매입한 중고차 운송에 편리해서, 케빈은 그 계약에 사업의 미래를 걸었어요.

이튿날 저녁 보스턴으로 돌아온 케빈은 미시간주 딜러와의 계약이 이쪽의 조건대로 성사된 것을 기뻐하며 알려준 뒤, 곧 기쿠에 씨와 만나서 이야기한 것을 저한테 전하면서 이유가 뭐냐고 물었어요.

저는 모든 것을 숨기지 않고 다 이야기해주었어요.

"기쿠에 씨의 감이 맞을 거라고 생각해."

케빈은 이렇게 말했어요. 평소에는 기분 좋게 미소 짓는 얼굴인데 그때는 중죄를 범한 용의자를 추궁하는 검사 같은 표정으로 손가락 끝으로 식탁을 두드리고 있었어요.

"짐작 가는 거라도 있어요?"

"이언이 레일라에게 그런 짓을 하는 걸 본 것은 아니야. 하지만 아니, 이건 뭐지, 하고 느낄 때가 몇 번 있었지. 레일라가 가까이에 있을 때는 이언의 전신에서 뭔가가 나오거든. 뭔가 불쾌한 것이. 이언이 레일라를 보는 눈에도 불쾌한 것이 있었어. 순간적이지만 불쾌한 것을 느꼈지. 로드프라이가의 아버지도 같은 거였거든."

케빈은 초등학교 6학년 때 근처에 살았던 가족 이야기를 했어요. 할머니와 부모, 그리고 두 딸과 개 두 마리가 사는 일가였는데, 둘째 딸과 케빈이 같은 반이었대요.

아버지는 착한 사람의 전형 같았는데 어머니는 늘 어두웠다. 자매를 꾸짖기만 했다. 어느 날 경찰 몇 명이 찾아와 아버지를 연행했다. 그 이틀 후 일가는 이사를 가버렸다.

둘째 딸에 대한 아버지의 성적 학대를 더 이상 참지 못하고 경찰에 도움을 요청한 사람은 그 집의 할머니였다는 것을 알게 된 것은 그로부터 반년쯤 지나서였다. 어머니는 보고도 못 본 척했을 뿐이었다.

케빈은 그 남자가 싫었대요. 말을 할 때마다 뭐라 말할 수 없는 불쾌한 것을 느꼈던 모양이에요.

그 남자와 공통된 것을 레일라를 보는 이언에게서도 느꼈는데, 케빈은 왜 그런지는 깨닫지 못했대요.

"내가 이언에게서 느끼는 불쾌한 것의 정체가 그것이었구나. 하지만 평소에는 그런 걸 느끼지 않았어."

케빈은 이렇게 말하고 드디어 평소의 부드러운 표정으로 돌아오더니,

"교코, 어떻게 할 거야?"

하고 물었어요.

"어떻게 하다니요? 당신이야말로 어떻게 할 건데요?"

"나는 레일라의 아버지가 되고 싶어. 레일라처럼 예쁜 아이가 우리 딸이 되는 거라고. 상상하는 것만으로도 행복해."

이 사람은 앞으로의 일이 걱정되지도 않는 걸까. 저는 어쩐지 태평하기만 한 약혼자를 멍하니 쳐다보았어요. 태평하다고밖에 말할 수 없지 않나요?

케빈은 침실로 가서 넥타이를 풀고 양복을 벗고는 모교인 오타와대학의 로고가 들어간 해진 구멍투성이 티셔츠와 무릎까지 내려오는 반바지로 갈아입더니 레일라를 위해 몬트리올 시내의 집을 팔고 교외로 옮기자고 했어요.

그리고 자신이 좋을 것 같다고 생각하는 후보지를 몇 군데 들며 거기는 모기가 많다, 거기는 나무와 꽃이 적다, 거기는 근처에 늪지가 있어서 위험하다, 하고 말하는 거예요.

저는 어쩐지 모든 게 잘될 것 같은 기분이 들어 레일라가 있는 몬트리올에서의 새로운 생활을 그려봤어요.

저는 케빈과 함께 생활하기 시작하고 나서 퇴사했고, 케빈도 몬트리올로 돌아갈 날이 정해지자 곧 올컷 중고차 센터를 그만두고 보스턴을 거점으로 아버지의 회사 일에 전념했지요.

케빈은 8월 말에 저를 데리고 몬트리올로 돌아가면 회사의 임

원으로 일한 후 사장이 될 예정이었고, 케빈의 아버지도 그럴 생각으로 준비를 하고 있었지요.

하지만 그 예정을 변경할 수밖에 없었어요.

이튿날도, 그 이튿날도 저는 케빈에게 몇 번이나 물었어요. 사업이 잘되어 마음이 느긋해진 탓에 레일라를 유괴하는 일을 너무 쉽게 받아들인 거 아니냐고요.

"유괴? 우리는 레일라를 유괴하는 게 아니야. 떠맡는 거지. 레일라의 어머니한테 부탁받고 1년이나 2년쯤 맡아줄 생각으로 캐나다로 데려가는 거야. 만약 경찰이 레일라를 찾아내면 그렇게 말하면 돼. 기쿠에 씨는 그때 경찰에 진실을 말하는 거고. 좋은 변호사에게 의뢰해서 왜 자신이 위조 여권까지 써서 친구 부부한테 딸을 캐나다로 데려가 달라고 하고 실종 사건을 조작했는지 솔직히 말하겠지. 우리는 기쿠에 씨를 도와주려고 레일라를 맡을 뿐인 거야."

케빈은 아무렇지도 않은 듯이 그렇게 말했어요.

"아니, 진심이에요?"

"그럼, 진심이지. 미국과 캐나다는 형제 같은 나라야. 캐나다의 국경 담당자는 미국 여권으로 입국하려는 사람한테는 무슨 사건으로 수배된 사람만 아니라면 관용적이야. 레일라는 간단히 캐나다에 입국할 수 있어."

"완벽한 위조 여권 같은 게 있어요?"

"있지. 돈만 주면 어느 나라의 여권도 위조할 수 있는 조직이 있는 모양이야. 비싸지만 말이지. 기쿠에 씨는 그 중개인을 찾아낸 거야. 커뮤니티 센터에서. 기쿠에의 학생인데 도미니카에서 온 이민자라고 하는데, 남자인지 여자인지도 말하지 않더라고. 나도 묻지 않았고."

제가 몬트리올에서 살기 시작하고 나서의 불안을 의논하자, 케빈은 그때는 또 그때 대응하면 된다며 별로 걱정하지도 않았어요.

신혼집을 어떤 곳으로 할까, 아버지가 된 자신은 딸 멜리사를 어떻게 키울까, 케빈은 그런 걱정만 했어요. 이제 완전히 멜리사의 아버지가 된 것 같았지요. 그런 케빈을 보고 있자니 저도 어떻게든 되겠지 하는 생각이 들었어요.

저는 하겠다고 결심하고, 기쿠에 씨한테 전화로 알렸어요. 저녁에 공원에서 레일라를 껴안은 날로부터 닷새 후의 일이에요.

기쿠에 씨는 12월 22일에 위조 여권을 받기 위해 뉴욕에 간다고 했어요.

저와 기쿠에 씨는 계획을 결행하기 두 달 전부터 만나지 않기로 약속하고 전화를 끊었어요.

그날부터 이듬해 4월 5일까지는 정말 길었어요. 저는 여섯 번이나 몬트리올에 갔어요.

집을 구하고, 실내 장식을 바꾸고, 케빈의 부모와 여동생들에게 인사하고, 매클라우드 파워카 센터의 일을 돕고…….

국제전화로 레일라와 자주 이야기를 했어요. 레일라는 전화로 이야기하는 게 서툴렀지요. 전화라면 곧바로 말이 안 나왔어요. 직접 얼굴을 보며 이야기할 때 썼던 단어 수가 절반으로 줄어드는 거예요.

저는 몬트리올의 새로운 집이 얼마나 근사한 곳에 있는지를 레일라에게 이야기해주었어요.

동네에서 차로 10분만 가면 넓은 숲이 있고, 겨울에는 스케이트장이 되는 연못도 있고, 숲 근처에는 마술학교가 있는데 올림픽 선수가 연습하는 것이 보이고, 레일라도 크면 말을 탈 수 있게 될 거라고…….

그리고 전화의 마지막에 저는 레일라한테 승마용 서러브레드가 얼마나 다정한 눈을 가졌고, 몸이 얼마나 아름다운지를 꼭 이야기해주었어요. 그 말을 다루는 여성 기수가 얼마나 멋진지도요.

집은 2층짜리인데 남동쪽에 레일라, 아니 멜리사 매클라우드의 방을 이미 준비해두었어요.

계획을 결행하는 날이 두 달 앞으로 다가왔을 때 이언의 형인 토머스 올컷이 교통사고로 세상을 떠났어요. 동승했던 여성도 죽었지요.

그때 저는 보스턴에 있었지만 장례식에는 가지 않았어요. 케빈 아버지의 몸 상태가 좋지 못하다는 핑계로요.

하지만 그것은 거짓말이 아니었어요. 케빈의 아버지는 감기가 폐렴으로 악화되어 입원을 했거든요. 의사가 중증이라고 해서 케빈도 이언에게 조의를 표한다는 전화만 하고 장례식에 갈 수 없었지요.

토머스가 교통사고로 죽은 다음 날부터 올컷인더스트리 그룹은 수습할 수 없을 정도의 혼란 상태에 빠졌어요.

대주주의 일부가 불온한 움직임을 보이는 것이 명백해졌지요.

은행이 개입하려는 획책을 시작했고, 임원들은 세 그룹으로 나뉘어 주도권 다툼을 시작했거든요.

이언 올컷이 그 문제를 어떻게 해결할 것인가.

올컷인더스트리 그룹은 미국에서도 유수의 기업이었기 때문에 신문의 경제면에는 이런저런 기사가 나왔어요. 그래서 이언은 일단 구원자로서 그룹의 정상에 서지 않을 수 없었지요.

독수리와 하이에나가 한꺼번에 그룹의 고기를 찾아 무리 지어 달려든 것이지요.

이런 표현은 조심스럽지 못하지만, 지금에 와서 보면 토머스의 죽음과 그룹의 혼란이 기쿠에 씨의 계획을 성공시켰는지도 모른다는 생각이 들어요.

이언은 회사 근처의 호텔에서 지내게 되었어요. 집에 돌아올 시간이 없었던 거지요.

베이비시터는 병으로 그만두었기 때문에 기쿠에 씨는 체스넛거리의 집에서 레일라와 둘만의 생활을 하게 되었어요. 이언의 눈을 신경 쓰지 않고 시간을 들여 차분히 계획에 대한 준비를 할 수 있었지요.

3월 24일, 보스턴의 셋집에 있던 저한테 기쿠에 씨가 보낸 우편물이 도착했어요.

몬트리올로 가는 항공 요금, 멜리사 호시의 여권, 그리고 당일의 스케줄이 들어 있었지요.

4월 5일, 교코는 마트의 화장실에서 레일라의 옷을 갈아입히고 곧바로 마트에서 나와 케빈이 운전하는 렌터카로 보스턴 공항까지

간다. 출국 수속을 밟고 비행기에 타서 몬트리올 공항에 도착하면 집으로 직행한다. 케빈은 렌터카를 반납하고 저녁 비행기로 몬트리올로 돌아간다.

마트에는 감시 카메라가 있으니, 가능한 한 마트 안에서는 끝쪽으로 걷고 인파를 방패 삼아 비치지 않도록 조심해야 한다.

나는 화장실에서 없어진 딸을 찾아 허둥대며 마트 바깥으로 나가거나 하며 시간을 번다.

두 사람이 마트에서 나가고 적어도 30분 이상은 딸이 없어진 것을 점원에게 알리지 않는다. 화장실에 들어가고 나서의 시간까지 포함하면 40분쯤 된다.

마트 점원의 연락을 받고 나서 경찰이 도착할 때까지는 빨라야 10분이 걸릴 것이다. 합해서 한 시간이 좀 안 된다. 경찰이 공항에 곧바로 손을 쓸지 어떨지 모르지만, 마트에서 공항까지는 차로 30분쯤 걸린다. 몬트리올행 에어캐나다기가 이륙할 시간에 충분히 맞춰 갈 수 있을 것이다.

마트의 화장실에 교코의 지문을 남기지 않도록 하라.

몬트리올에서 레일라가 하루 빨리 멜리사 매클라우드가 되기를 기도하겠다. 이 편지와 봉투는 바로 태워서 버려달라.

저번에 협의한 대로 일본어 편지도 절대 삼가라.

이런 내용이 쓰여 있었어요.

쌀쌀맞다고 하면 쌀쌀맞은 편지였지만 저는 몇 번이고, 몇 번이고 다시 읽었지요. 가스 불에 그 편지를 태우며 기쿠에 씨는 정말 강한 사람이구나, 하고 생각했어요. 편지의 맨 마지막 부분에 추신으로, 레일라는 4월 5일에 죽는다, 나는 레일라 묘의 묘석으로 살겠다, 라고 쓰여 있었거든요. 그 의미를 저는 조금 전 겐야 씨의 이야기를 듣고서야 알았어요.

결행일 전날 케빈은 몬트리올에서 와서 멜리사 호시를 위한 위조 여권과 저의 진짜 여권을 비교해보며 렌터카 회사에 전화로 예약을 했어요.

일은 계획대로 진행되었어요. 마트는 주말 세일로 초만원이었지요. 저는 감시 카메라가 어디에 있는지 확인하고 벽 쪽에 붙어 걸으며 화장실로 들어갔어요. 가방에는 레일라를 위해 산 청바지와 스웨터, 어린이용 모자를 넣어두었지요.

레일라는 기쿠에 씨의 말을 듣고 화장실로 달려왔어요. 마트로 가기 전에 기쿠에 씨는 레일라에게, 오늘은 교코와 케빈이 비행기를 타고 몬트리올 집으로 데려가줄 거라고 말해두었거든요. 만나는 것은 두 달 만이었어요. 저는 레일라와 함께 화장실 부스로 들어가 몬트리올은 춥다며 원피스를 벗기고 청바지와 스웨터로 갈아입히고, 머리를 야구 모자 안에 뭉쳐 넣은 다음, 레일라의 손을 잡고 인파 속으로 나왔지요. 분홍색 타월은 들고 있게 했어요.

레일라는 저와 마트 출입구로 걸어가며 엄마를 찾았어요. 아마 눈이 마주쳤나 봐요. 들고 있던 타월을 엄마를 향해 흔들었어요. 저는 케빈이 기다리고 있다며 서둘러 마트에서 나갔지요.

차 운전석에 앉아 기다리고 있던 케빈을 보자 레일라는 아주 기뻐하며 맹렬하게 달라붙었어요.

길이 막힐까 걱정했지만 35분 만에 보스턴 공항에 도착했지요.

탑승 수속을 하고 출국 여권 검사도 문제없이 통과하고, 벌써 탑승이 시작되고 있었던 에어캐나다기에 탔을 때는 저와 레일라가 마트에서 나온 지 45분이 지나 있었어요.

저는 머리에 울릴 만큼 커다란 심장의 고동 소리를 느끼며 마음속으로 빨리 이륙해, 빨리 이륙해, 하며 계속 말했어요.

레일라가 케빈이 없다고 큰 소리로 말했을 때는 당황했지요.

일이 있어서 나중에 올 거라고 달래자 비행기가 활주로를 달리기 시작했어요.

몬트리올 공항에서 입국 심사를 할 때 저는 무릎이 떨려 쓰러지지 않을까 싶었어요.

담당자가 제게 레일라의 모자를 벗기라고 말하고 여권의 사진과 레일라의 얼굴을 비교해보며,

"레드삭스의 팬이야?"

하고 레일라에게 물었을 때는 핏기가 가시는 것 같았지요.

무슨 뜻인지도 모르고 레일라가 웃는 얼굴로 고개를 크게 끄덕이자 담당자는 웃으며 입국 스탬프를 찍어주었어요. 27년 전의 공항과 여권이라서 가능한 일이었지요. 택시를 타고 행선지를 말했을 때도 제 무릎이 떨리는 것은 그치지 않았어요. 레일라는 집에 도착할 때까지 제 무릎에 앉아 매달린 것 같은 모습으로 줄곧 잤어요.

겐야는 이야기를 계속하려는 교코 매클라우드를 제지하며 손목시계를 보았다.

교코는 이미 두 시간 이상이나 말했다고 생각하며,

"피곤하시지요? 듣고 있는 저도 심장이 벌렁벌렁하고 다리가 떨리는 것 같았습니다. 오늘은 이쯤 하는 게 어떨까요?"

하고 말했다.

어느 틈엔가 가든 체어를 북쪽 동의 긴 차양이 만드는 응달로 옮기고 그곳에서 겐야와 교코가 하는 이야기를 온화한 표정으로 듣고 있던 케빈은, 이야기가 끝났다고 생각했는지 덩굴장미 시렁 밑으로 걸어와 말했다.

"모든 게 잘된 것은 멜리사가 순수하고 영리한 아이였기 때문이지요. 저희 부부도, 서맨사도 멜리사의 고운 마음씨 덕분에 지금까지 사이좋게 살아왔습니다."

교코는 케빈에게 미소를 지으며,

"이제 몬트리올에서 살게 되고 나서의 멜리사에 대한 이야기를 할 참이에요."

하고 말했다.

"아니, 아직 그 얘기야?"

어깨를 으쓱해 보인 케빈은 머리와 두 팔을 돌리기도 하고 허리를 앞뒤로 움직이기도 하며,

"2주일쯤은 아주 힘들었지요."

하고 말했다.

그리고 선수 교대라는 몸짓을 하고 교코가 앉아 있던 가든 체어에 앉았다. 교코는 중정을 걸어 거실로 이어지는 큰 문 너머로 사라졌다.

“피곤하실 테니 다음 이야기는 내일 하지 않겠느냐고 교코 씨한테 말한 참입니다. 레일라는 멜리사 호시로서 의심받지 않고 무사히 몬트리올 집에 도착했으니까요.”

겐야가 말했다.

“이틀이 지나자 멜리사는 엄마와 아빠가 보고 싶다며 보스턴으로 돌아가겠다고 떼를 쓰기 시작했습니다. 당연하지요. 저희는 여기가 멜리사의 진짜 집이다, 우리가 멜리사의 진짜 엄마고 아빠라고 계속 이야기했습니다. 그렇다고 막 여섯 살이 된 아이가 납득할 리 없지요. 하지만 멜리사는 정말 저희를 좋아했습니다. 교코와 저를요. 여러 가지 사정이 있어서 우리 부부는 이언과 기쿠에 씨한테 멜리사를 키워달라고 했지만 드디어 우리 셋이서 살 수 있게 되어 기쁘다고 했지요. 멜리사는 저와 교코의 그런 말을 뭐가 뭔지 모르겠다는 표정으로 듣고 있었지요. 저희는 끝까지 거짓말을 했습니다.”

교코가 돌아와 조금 전까지 케빈이 앉아 있던 가든 체어에 앉았지만 곧 북쪽의 꽃밭을 산책하기 시작했다.

케빈은 이야기를 계속했다.

“지금 생각하면 멜리사는 확실히 막 여섯 살이 된 아이보다는 발육이 늦었습니다. 그것은 같이 살게 되고 나서 금방 알았습니다. 정신적으로는 네 살 반 정도였을지도 모르겠습니다. 하지만 몸만이 아니라 정신적인 성장도 늦어진 것이 다행이었지요. 주기적으로 이언과 기쿠에 씨를 보고 싶어 하며 울기도 했습니다. 하지만 조금씩 멜리사로 불리는 것에도 위화감을 갖지 않게 되고 저희들

아이가 되어갔습니다. 저의 부모나 여동생들에게는 우리 부부한테는 아마 아이가 생기지 않을 거라서 아이를 양육할 수 없는 부부의 아이를 입양했다고 말했습니다. 부모도 여동생들도 멜리사를 저희 아이로서 대해주었지요. 그런데 그 무렵 생각지도 못한 일이 일어났습니다. 교코가 임신한 것을 알게 된 거지요. 멜리사가 몬트리올에서 살게 된 지 두 달쯤 되었을 무렵이었습니다. 저도 교코도 깜짝 놀랐습니다. 의사의 진단을 의심할 정도였지요. 교코는 미국의 전문의로부터 아이를 갖기 힘든 몸이라는 말을 들었습니다. 아이를 갖기 힘들다는 표현이었지만, 그것은 곧 가질 수 없는 몸이라는 것이나 마찬가지인 말이었으니까요."

"그 아이가 서맨사인 거군요?"

겐야가 말했다.

"그렇습니다. 레일라의 여섯 살 아래 여동생이지요."

"여섯 살이요?"

"예, 일곱 살이 아닙니다."

계산이 맞지 않는 게 아닐까, 하고 겐야가 생각하고 있으니,

"위조 여권에는 멜리사의 생년월일이 1981년 5월 10일로 되어 있었습니다. 기쿠에 씨가 그렇게 한 건지, 위조 여권을 만든 사람이 실수한 건지 그건 아직도 모릅니다."

하고 케빈은 어깨를 으쓱하며 말했다.

"그건 보스턴에서 몬트리올로 갔을 때 여권상 멜리사의 나이가 아직 다섯 살이 안 되었다는 뜻인가요?"

"그렇습니다. 그 후의 멜리사한테는 무척 효과적인 실수가 된

셈이지요. 저희는 멜리사가 같은 학년에 해당하는 아이들과 심신 모두 비슷해질 때까지 취학을 늦출 수 있었습니다."

"기쿠에 고모가 거기까지 계산한 걸까요?"

"그건 모르겠습니다."

케빈은 잠깐 생각하고 나서,

"교코의 배 속에 있는 여동생한테 서맨사라는 이름을 지어준 것은 멜리사입니다."

하고 말하며 미소를 지었다.

멜리사에게 정기적으로 찾아오는 이언과 기쿠에 씨에 대한 그리움은 교코의 임신과 케빈이 매일 밤 읽어준 120권이나 되는 유아용 책에 의해 그 빈도가 점차 줄어들었다.

멜리사는 커져가는 교코의 배를 만져보고 싶어 하며 서맨사가 태어나기를 고대하며 기다렸다.

서맨사가 태어날 무렵, 멜리사는 교코와 케빈을 자연스럽게 엄마, 아빠라고 부르고 있었다.

자신보다 작은 아이, 약한 아이가 태어남으로써 멜리사 안에 잠들어 있던 특질이 눈을 뜬 것이었다고 생각한다.

케빈은 이렇게 말하며 또 뭔가 생각에 잠겼다.

"특질이요?"

겐야가 물었다.

바다에서 불어오는 바람이 차가워졌다. 한창때가 지난 자카란다 꽃이 케빈 근처에 떨어졌다.

"돌봐주는 것."

케빈이 일본어로 말했다.

"교코한테 배웠습니다. 멜리사는 남을 잘 돌봐주는 사람이라고요. 서맨사가 울면 먼저 자신이 돌봐줍니다. 젖 먹을 시간을 항상 교코한테 알려주었지요. 마치 자신이 없으면 그 작은 아이가 죽을지도 모른다고 생각하는 것 같았습니다. 새미는 멜리사를 매클라우드가의 진정한 딸로 만들어주기 위해 태어난 아이 같은 존재입니다."

겐야는 2층 베란다에 빽빽이 늘어선 거베라 화분을 쳐다봤다. 몸 안의 쓸데없는 힘이 몽땅 빠져나가는 것을 느꼈다.

"멜리사는 자신의 진짜 나이가 열두 살일 때 같은 열두 살 아이들보다 키가 더 컸고, 학교 성적도 반에서 다섯 명 안에 들었습니다. 어렸을 때 말이 늦은 것은 대체 뭐였지 싶을 만큼 말을 잘하는 아이가 되었지요."

겐야는 자연스럽게 웃음을 띠며,

"다행이었네요."

하고 케빈에게 말했다.

이제 그것으로 충분하다고 생각했다. 동시에 겐야는 혼자 이 커다란 행복감 속에 잠기고 싶어졌다.

"호텔까지 바래다 드리겠습니다. 그 호텔 부지 내에는 여러 레스토랑이 있고 스파도 있고 풀장도 있습니다. 식사는 룸서비스로 하셔도 됩니다. 자유롭게 하세요. 마음껏 사치를 즐겨주십시오."

겐야는 이렇게 말하고 일단 홀로 가서 집의 창문과 문을 닫고는 기쿠에 고모의 사륜구동차로 교코와 케빈을 테라니아 리조트로 데려다주었다.

자신의 스마트폰 번호를 메모지에 써서 주고, 체크인 절차를 마친 매클라우드 부부와 악수를 나누고 포옹까지 한 겐야는 스파로 이어지는 계단을 내려가기 시작했다.

그러자 짐을 방으로 옮겨달라고 담당자에게 부탁한 케빈이 겐야의 뒤를 따라와,

"저희는 조만간 멜리사한테 진실을 말해줄 생각입니다."

하고 말했다.

석양이 비치는 테라스 소파에는 아무도 없었기 때문에 겐야와 케빈 매클라우드는 거기에 나란히 앉았다.

"물론 이언이 어린 그녀에게 했을지도 모르는 일은 절대 말하지 않을 겁니다. 하지만 멜리사 매클라우드의 본명도, 생년월일도, 진짜 부모의 이름도 가르쳐주어야 합니다. 그것을 계속 숨기는 것은 멜리사라는 인간에 대한 모독이니까요. 그렇다면 왜 레일라 요코 올컷이 저희 딸이 되었는가 하는 경위를 멜리사가 납득할 수 있도록 만들어내야 합니다. 그렇게 이야기를 만들어내기가 너무 어려워서 지금껏 계속 미루고만 있었습니다. 하지만 멜리사는 사실 서른세 살입니다. 머리가 좋고 강하고 청결한 마음을 가진 어른입니다. 저희는 몬트리올로 돌아가기 전에 오타와로 가서 멜리사를 만나 이야기를 하기로 결정했습니다."

케빈 옆에 교코가 앉았다.

매클라우드 부부의 생각이 지당하기는 했지만 겐야는 그렇게 하는 것이 과연 옳은지 어떤지는 알 수 없었다.

자신이 의견을 개입하는 것은 피해야 한다고 생각했다.

27년 전 멜리사 매클라우드라는 어린 여자아이를 키우기 시작해 '그때그때의 상황에 대응'하며 드디어 평화로운 가정에서 아버지와 어머니가 된 교코와 케빈은 숙고에 숙고를 거듭하여 며칠 후에는 오타와에서 멜리사에게 거짓말이 섞인 진실을 털어놓으려고 하는 것이다.

그러나 그것은 무슨 일이 있어도 털어놓아야 하는 일일까.

겐야는 시선을 발밑으로 떨어뜨리고 생각에 잠겼다.

"어떤 인간도 자신이 어떤 사람인지 알아야 합니다. 아버지가 어떤 사람이었는지, 어머니가 어떤 사람이었는지를 말이지요. 그것이 불분명하면 인간은 의지해서 설 소중한 뭔가를 갖지 못한 채 생애를 마쳐야 합니다. 저의 조상은 스코틀랜드의 북쪽에서 바다를 건너 캐나다로 왔습니다. 북미 대륙으로 이주한 뒤의 매클라우드가는 고난의 역사를 거듭해서 오늘이 있는 겁니다. 그리고 그 고난의 역사는 지금 저의 자긍심이 되었습니다. 올컷가의 조상은 2백 년 가까운 옛날에 영락할 수밖에 없었던 영국의 귀족입니다. 당시 영국의 정치적 내분의 희생자가 되었기 때문이지요. 우수한 가계로, 자손은 대부분 기계공학에 뛰어난 능력을 발휘했습니다. 그 결실이 이언의 아버지 찰스입니다. 기쿠에 씨에게도 마찬가지로 일족의 긴 역사가 있을 겁니다. 설사 긍지로 여길 만한 역사를 갖지 못해도 멜리사는 자신이라는 인간의 배후에 연면히 이어져온 것을 알아야 합니다."

겐야는 케빈이 이야기하려고 한 바를 이해했지만 자신의 의견은 말하지 않았다.

몇 번이고 희미하게 고개를 끄덕이고 살짝 어깨를 으쓱한 겐야는 교코에게 물었다.

"시만토 강변에 살고 있는 세토구치 씨라는 분은 어떤 사람입니까? 기쿠에 고모한테 보낸 메일에 있더군요. 세토구치 씨에게 안부 전해달라고요. 고모는 시만토강으로 가는 여행을 가장 기대했었습니다."

"세토구치 히데타다 씨요……. 지금은 시만토강 중류 지역의 에카와사키라는 곳에 있는 본가의 여관을 물려받아 운영하고 있습니다. 겐야 씨 아버님의 친구분이지요. 고등학교도 같고 대학도 같았지요. 겐야 씨 아버님이 기쿠에 씨와 세토구치 씨를 소개해준 것이나 마찬가지였어요. 이언이 일본에 가지 않았다면 아마 두 사람은 결혼했을 거예요. 결혼식을 언제 올릴지는 정해져 있지 않았다고 하지만, 정식으로 약혼도 했으니까요. 하지만 기쿠에 씨는 이언에게 빠지고 만 거지요. 그것만은 어쩔 수 없는 일이지요. 겐야 씨 아버님은 화를 내는 정도가 아니었다고 해요. '욕심쟁이 갈보'라고 저주하며 그 이후로 말을 하지 않게 되었다고 기쿠에 씨가 말했어요. 세토구치 씨는 근무하던 회사를 그만두고 나서 미국 여행을 하던 도중에 보스턴의 기쿠에 씨를 찾아왔대요. 세토구치 씨한테도 이미 맺힌 응어리는 없었던 모양이에요. 하지만 기쿠에 씨는 둘이서만 만나는 것을 피해 저를 데리고 세토구치 씨가 묵고 있는 호텔로 찾아갔어요. 레일라도 데리고요. 이언에게 의혹을 품기 한 달쯤 전이었어요. 아주 멋진 분이더군요. 세토구치 씨도 다른 여성과 결혼했었어요. 하지만 그 5년 전에 상처를 했다더군요. 에카와사키로 간다는 것을 알고 저는 어쩌면, 하는 생각이 들었어요. 그래서 메일로 세토구치 씨에 대해 쓴 거예요. 반은 놀림조로요."

하늘에는 파란색이 사라지고, 눈을 뜨고 있을 수 없을 만큼 눈부셨던 석양도 거무스름해졌다.

"기쿠에 씨는 몬트리올로 간 뒤의 멜리사를 끊임없이 생각했을 거예요."

교코 매클라우드가 말했다.

"위조 여권을 보낼 때 골판지 상자도 하나 같이 보내왔어요. 뭐가 들어 있었을 거 같아요? 레일라가 태어나고 나서부터의 사진이었어요. 한 살 때, 두 살 때, 세 살 때, 네 살 때의 사진도요. 레일라 혼자 찍힌 사진과 함께 서너 살이 되었을 때 저와 찍은 사진도 있고 케빈과 둘이서 찍은 것도 있었어요. 그것만이 아니에요. 레일라가 마음에 들어 하는 목욕 도구와 욕조에 띄우는 플라스틱 오리 같은 것도요."

교코는 웃음을 띤 채 잠시 말없이 앉아 있었다.

'27년 전, 당신과 케빈이 걱정한 만큼 시간이 그렇게 다급하지는 않았어요. 루카스 바우어라는 얼빠진 경위가 레일라 실종 이후 다른 사건의 실적에 들떠 허둥대며 실수를 거듭해주었답니다. 칭찬해주고 싶은 정도의 실수를요.'

겐야는 이런 생각을 했지만 몬트리올의 새로운 집 욕조에 떠 있는, 레일라가 좋아하던 장난감들이 선명한 영상이 되어 머릿속에서 흔들리고 시작했고, 그 덕분에 입을 다물고 있을 수 있었다.

"기쿠에 씨는 올컷가에서 레일라가 쓰던 일용품과, 없어져도 이언이 미심쩍어하지 않을 물건을 신중하게 고른 거예요. 그 골판지 상자는 케빈이 저녁 비행기로 몬트리올로 가져왔어요. 그 골판지 상자의 내용물이 그 후 멜리사한테 얼마나 도움이 되었는지……."

교코가 말했다.

부부와 헤어진 겐야는 스파 앞을 지나 해변의 언덕길을 내려갔다.

조깅하는 사람의 모습은 없었다.

'욕심쟁이 갈보라. 자기 여동생한테 어떻게 그런 말을.'

겐야는 오랜만에 아버지의 얼굴을 떠올리며 산책로의 벤치에 앉았다. 몸을 움직이고 싶었지만 물가에 부딪치는 파도의 물보라를 맞고 있는 것이 더 즐거울 것 같았다.

매클라우드 부부는 그다지 자세히 말하지 않았지만 멜리사 안에서 보스턴의 어머니와 아버지의 모습이 사라질 때까지는 새로운 아버지와 어머니가 되기 위한 다양한 궁리와 인내와 지혜가 필요했을 거라고 생각했다.

멜리사에 대한 깊은 애정이 없었다면 도저히 해낼 수 없었을 것이다. 그래도 멜리사 안에서 보스턴의 집과 근처의 공원, 찰스강 근처, 그리고 이언과 기쿠에의 잔상은 그렇게 간단히 사라질 리는 없었을 것이다.

그것을 어떻게 극복했을까.

매클라우드 부부는 아마 그 과정을 이야기하는 것만으로도 몇

주가 필요할지 모른다.

겐야는 이렇게 생각하며 물보라가 심해진 산책로를 동쪽으로 걸어가 테라니아 리조트의 주차장과 골프 코스 사이로 나갔다. 바다를 눈앞에 두고 혼자만의 시간에 빠져 있었지만, 파도 소리도 물보라도 지금의 겐야에게는 번거롭기만 했다.

마음을 진정시킬 수 있는 장소는 역시 올컷가의 꽃밭 이외에는 없었다.

이제 곧 대니얼 야마다가 그 광대한 중정을 모두 화원으로 바꿔놓을 것이다. 기쿠에 고모가 꽃의 종류와 배치까지 생각하여 설계한 화원은 공사가 끝난 시점에는 아직 미완성이다. 그 후 몇 년에 걸쳐 사람의 손과 마음으로 만들어가는 것이다.

공사는 5월 20일부터 시작한다. 오늘은 5월 14일. 18일에 공사용 중장비와 도구가 중정으로 옮겨진다고 하던 대니의 말을 떠올리며 겐야는 19일 일본으로 돌아가기로 마음먹었다.

겐야는 곧 비행기 티켓을 예약해야 한다고 생각하며 테라니아 리조트의 부지를 나와 팔로스버디스 거리 쪽으로 차를 몰았다.

매클라우드 부부에게 깜빡 잊고 물어보지 못한 것들이 많다고 생각했다.

그중에서도 가장 중요한 것은 기쿠에 고모가, 레일라가 살아 있다는 사실을 이언에게 마지막까지 숨겼을까 하는 것이다. 마지막이 며칠 남지 않았다는 것을 알았을 때, 기쿠에 고모는 레일라가 멜리사 매클라우드로서 건강하게 살고 있다는 사실을 이언에게 말하지 않았을까, 하는 생각이 들었던 것이다.

모르핀으로 고통을 피할 수는 있어도 이언의 정신은 이미 기쿠에라는 아내가 26년 전에 저지른 범죄 행위를 충분히 이해할 수 없는 상태였을지도 모른다.

그런데도 기쿠에 고모는 죽어가는 이언에게 진실을 말해주지 않았을까. 진실을 알고 싶어 한 것은 기쿠에 고모도 마찬가지 아니었을까.

이언, 당신이 몰래 어린 레일라한테 했던 일을 이제 솔직하게 저한테 말해도 좋아요. 저의 망상이었나요? 아니면 당신은 자기 손과 손가락으로 레일라의…….

겐야는 올컷가로 이어지는 널찍한 사설 도로에서 차를 세웠다. 내가 그걸 안다고 뭐가 되겠는가. 이미 지난 일이다.

마음속으로 자신을 이렇게 타이르면서도 겐야는 차를 유턴시켜 테라니아 리조트로 돌아갔다.

이미 일곱 시 반을 지나고 있었다. 매클라우드 부부는 이제야 느긋하게 몇 군데 있는 어떤 레스토랑에서 식사를 하고 있을지도 모른다.

겐야는 이런 생각을 하며 프런트의 전화로 방 번호를 눌렀다.

교코가 받았다.

"아무래도 물어보고 싶은 것이 두세 가지 있어서요."

겐야의 말에 교코는 방으로 오는 게 어떻겠느냐고 말했다. 겐야도 그게 좋을 것 같았다.

"방해가 안 된다면요."

"옷을 옷장에 넣기 시작한 참입니다. 방에 들어오자마자 멋진 경치에 넋을 잃어서 저도 케빈도 발코니에 앉아 멍하니 경치만 보고 있었어요."

구불구불한 복도를 지나 드디어 부부의 방 앞에 이르렀는데 케빈이 문을 열고 기다리고 있었다.

바다에 면한 발코니로 나가 의자에 앉자 겐야는 물어보고 싶은 것을 물었다.

"기쿠에 씨는 이언에게 마지막이 다가오면 멜리사 매클라우드에 대해 모두 털어놓을 생각이었어요. 하지만 말하지 못했지요."

교코가 대답했다.

"말할 수 없었던 건가요, 아니면 말하지 않은 건가요?"

"이메일에는 말하지 않았다고 쓰여 있었어요."

"기쿠에 고모는 멜리사의 대학 졸업식에는 갔습니까?"

겐야의 또 한 가지 질문에,

"왔어요. 졸업식장에서 멀리 떨어진 곳에서 망원경으로 멜리사를 계속 보고 있었대요. 하지만 그것도 보스턴으로 돌아가고 나서 메일로 가르쳐주고서야 알았어요. 저는 몬트리올에서 기쿠에 씨를 다시 만날 수는 없었지요. 저와 기쿠에 씨는 27년 전 그날 이후로 한 번도 만나지 않았어요."

하고 말했다.

"이언에 대한 의심은 결국 어둠 속에 묻힌 상태네요."

"의심만으로는 그렇게까지 할 수 없어요. 사랑하는 사람에 대한 감은 빗나가지 않는 법이거든요. 제가 감탄하는 것은 기쿠에 씨가 이언과 계속 부부로 살았다는 점이에요."

교코는 잠에 취한 들새의 울음소리가 들려오는 건물 차양을 바라보고 있었다.

케빈은 눈앞 발코니의 난간을 보고 있는지, 태평양 위에 걸린 달을 보고 있는지 알 수 없는 시선으로 묵직한 금속제 의자에 말없이 앉아 있었다.

"저희 부부는 멜리사라는 아이를 원했어요. 단지 그것뿐이에요. 그것이 결과적으로 멜리사를 지켜주게 되었지만, 뭔가 보답을 바라고 한 게 아니에요. 기쿠에 씨의 계획을 듣고 그럼 그렇게 하자고 저희가 곧바로 응했을 거라고 생각해요? 저도 케빈도 인생을 건 거예요. 그 무렵의 멜리사는 당장이라도 무너질 것 같았고, 금방이라도 어딘가로 멀리 사라질 것 같았어요. 무척 귀여운 데다 저와 케빈을 아주 좋아해주고, 그걸 온몸으로 솔직하게 표현해주어서……. 저희는 이언이라는 남자가 얼마나 밉던지……."

겐야는 몇 번이나 고개를 끄덕이며 교코의 감정이 격렬해지는 것을 억제하려고 했다.

"유산은 시기가 올 때까지 제가 맡아두겠습니다. 기쿠에 고모가 멜리사한테 남겨준 것이니까요."

겐야는 웃는 얼굴로 이렇게 말하고 매클라우드 부부의 방에서 물러났다.

로비까지 배웅을 나온 교코는 이언과 기쿠에 씨 묘지에 가고 싶다고 일본어로 말했다.

"내일 오전 중에는 어떠세요? 차로 30분쯤 걸리는 곳입니다. 제가 모시러 오겠습니다."

“그럼 열 시에 호텔 현관에서 기다리겠습니다.”

교코는 이렇게 말하고 나서 오늘 올컷가의 정원 안쪽 꽃밭에 가서 깜짝 놀랐었다는 말을 덧붙였다.

“뭐가 말인가요?”

“보스턴과 여기는 기후가 다르니까 꽃의 종류는 다르지만 꽃밭의 배치가 보스턴의 정원과 똑같았거든요. 겐야 씨도 보스턴의 집은 알고 있죠? 알아채지 못했나요?”

정원의 꽃이 어떻게 배치되었는지 기억하고 있지 않았기 때문에 겐야는 말없이 고개를 가로저었다.

“기쿠에 씨는 이언을 의심하기 시작하고 나서 레일라가 좀처럼 잠을 자지 않는 밤에는 정원의 꽃밭으로 안고 나갔어요. 그리고 반드시 이렇게 말했다고 해요. 아무리 무서운 일이나 슬픈 일이 일어나도 엄마가 반드시 도와줄 테니까, 레일라는 그냥 안심하고 있으면 된다고 말이에요. 그러고 나서 기쿠에 씨는 레일라가 얼마나 영리하고, 마음씨가 얼마나 고우며, 모두에게 얼마나 사랑받는 아이인지를 몇 번이고 몇 번이고 말해주었대요. 어른이 되면 키도 크고 다들 돌아볼 만큼 예뻐질 거야, 그렇게 되도록 이 꽃밭에 부탁해보자, 꽃에게도 풀에게도 나무에게도 마음이 있어, 그것을 잊으면 안 돼, 레일라의 마음과 꽃, 풀, 나무의 마음은 말을 할 수 있어. 꽃도 풀도 나무도 말을 하지는 않지만 마음으로 말해줄 거야. 레일라도 언젠가 꽃, 풀, 나무와 이야기할 수 있게 되는 거야, 그러면 많은 사람들의 마음도 알게 될 거고…….”

거기서 교코는 겐야와 나란히 호텔 주차장으로 천천히 걸음을

옮기며,

“기쿠에 씨가 말한 대로 되었어요. 레일라는 기쿠에 씨가 말한 그대로의 여성이 되었어요. 레일라는 늘 풀꽃에 말을 걸어서 세미나 친구들에게 놀림을 받았거든요. 기쿠에 씨의 말이 레일라의 마음속 깊이 새겨진 거지요. 하지만 저는 랜초팔로스버디스의 올컷가의 꽃밭을 볼 때까지 그걸 잊고 있었어요. 보스턴 집의 밤 정원에서 기쿠에 씨가 레일라에게 했다는 말을요. 완전히 잊고 있었어요.”

하고 말하며 가운뎃손가락 끝으로 눈물을 닦았다.

재떨이가 놓여 있는 건물 북쪽의 흡연 장소에서 겐야는 교코와 헤어졌다.

올컷가로 돌아가자마자 중정의 스프링클러가 회전하며 작동하여 잔디에 떨어지는 물소리가 들려왔다.

겐야는 어제 지어서 남은 밥을 냉동고에서 꺼내 전자레인지에 데우며 맥주를 마셨다.

알고 싶은 것은 아직도 많지만 그것은 모두 케빈과 교코가 대답할 수 없는 것뿐이었다.

기쿠에 고모는 왜 오바타 겐야라는 조카에게 멜리사에 대한 복잡하게 얽힌 힌트를 이곳 올컷가 여기저기에 숨겨두었을까.

기쿠에 고모는 아무에게도 말하지 않았지만, 지병인 협심증이 경증이 아니라 때론 생명의 위험을 느낄 만큼 진행되었고 그것을 자각하고 있었을지도 모른다.

나는 매클라우드 부부에게 거짓말을 했는데, 그 거짓말은 완전히 적중한 것은 아니어도 그렇다고 크게 빗나가지 않았을지도 모른다.

기쿠에 고모는 일본 일주 여행을 끝내고 도쿄로 돌아오면 오바타 겐야라는 조카에게 멜리사에 대해 넌지시 암시해줄 생각이었는지도 모른다.

모든 진실을 털어놓지는 않지만 힌트만은 남겨둔다.

왜냐하면 기쿠에 고모는 27년이나 겁에 질려 있었기 때문이다.

자신의 죄를 겁낸 것이 아니다. 멜리사를 지키고 매클라우드 부부를 지키기 위해 끊임없이 두려움에 시달려온 것이다.

뭔가를 계기로 레일라 요코 올컷 실종 사건의 재수사가 시작될지도 모른다는 두려움이다.

기쿠에 고모에게는 자신이 체포되어 남은 인생을 형무소에서 보내는 것은 대수롭지 않은 일이다. 하지만 매클라우드 부부도 같은 죄로 체포되고 그 일로 멜리사가 친아버지에게 당한 일을 알게 되는 것, 기쿠에 고모가 두려워했던 것은 바로 그것이었다.

겐야는 랩으로 싼 밥을 전자레인지에서 꺼내고 맥주를 병째 마시며 기쿠에 고모가 만든 토마토소스에 렌틸콩을 넣고 끓인 것을 냄비에 넣고 데웠다.

"뭐든지 니코가 읽어낸 그대로잖아. 27년 전에 니콜라이 벨로셀스키라는 우크라이나계 미국인이 시나리오를 쓴 게 아닐까?"

부엌 천장을 칩떠본 겐야는 이렇게 중얼거리며 쓴웃음을 지었다.

식사를 마친 겐야는 2층 침실에서 옷을 벗고 팬티 차림에 맨발로 중정으로 나갔다. 스프링클러는 자동으로 그쳐 있었지만 잔디에 뿌려진 물은 겐야의 발목까지 적셨다.

겐야는 하늘을 보며 잔디밭에 누워 별이 뜬 하늘을 바라보았다. 그리고 자신은 단 20일 만에 부자 생활에 지쳤다고 진심으로 생각했다.

—레일라는 늘 풀꽃에 말을 걸어서 세미나 친구들에게 놀림을 받았거든요. 기쿠에 씨의 말이 레일라의 마음속 깊이 새겨진 거지요.

교코 매클라우드의 말이 되살아났다.

기쿠에 고모가 아주 어렸을 때는 '풀꽃들에게는 마음이 있다'는 할머니의 동화 같은 이야기를 깔보는 듯이 대했다고 하지만, 그것이 진실이라고 뼈저리게 느끼게 되는 사건과 조우했다.

아마 그것은 레일라에 대한 이언의 수상쩍은 행위에 괴로워하는 기쿠에 고모에게 내려앉은 불가사의한 마음이었을 것이다.

겐야는 아무런 근거도 없이 그렇게 확신할 수 있었다.

열 시였다. 겐야는 꽃밭에서 은밀한 속삭임이 시작될 무렵이라고 생각하며 옷을 입으려고 젖은 잔디밭에서 일어났다. 팬티 하나만 입은 모습으로는 풀꽃들에게 실례가 될 것 같았다.

2층 침실에서 머리를 닦고 스웨트 셔츠와 청바지로 갈아입고 아래층으로 내려간 겐야는, 부엌에서 오늘 두 번째 담배를 피우는 중에 니코와 이야기를 하고 싶어졌다.

니코는 내가 매클라우드 부부와 무슨 이야기를 했는지 결코 자기가 먼저 물어보려고 하지 않을 것이고, 어쩌면 내가 이야기를 시작해도 도중에 가로막을지도 모른다. 그래도 나는 여전히 니코에게 이야기하고 싶었다.

니코가 밤 열 시에 자는 일은 없을 것이다. 보드카 라임을 벌컥벌컥 마시고 고주망태가 되어 있을 가능성은 있지만.

겐야는 이렇게 생각하며 니콜라이 벨로셀스키에게 전화를 걸었다. 굵직하고 조용한 니코의 목소리가 들리자,

"Everything is illuminated."

겐야는 옛날에 본 영화의 제목을 천천히 발음했다.

—모든 것은 밝혀졌다.

"그런가, 나의 대형 홈런이 허탕은 아니었단 말이군."

니코가 말했다.

"허탕이기는커녕 영원불멸의 대형 홈런으로 니콜라이 벨로셀스키의 역사에 남을 겁니다. 모든 게 당신의 추리대로였거든요."

"나의 오늘 일의 성과를 보스한테 보고하고 싶네. 아직 매클라우드 부부와 이야기를 나누고 있을지 모른다고 생각해서 전화를 해볼까 말까 망설였다네. 지금 그쪽으로 가겠네."

니코의 말에,

"취한 거 아니죠?"

하고 겐야가 물었다.

"한 방울도 안 마셨네. 보드카와 라임을 갖고 갈 테니까 잔을 차갑게 해놓게."

니코는 사흘 전부터 겐야를 '보스'라고 부르고 있었으므로,

"저는 겐이라고 불리는 게 좋은데요."

하고 겐야가 말했다.

그러자 니코는,

"멜리사 건은 다 해결되었어. 보스, 앞으로는 일에만 열중하며 살아갈 거네."

하고 말하며 전화를 끊었다.

"제 파트너를 위해 보드카를 사서 냉동고에 떡하니 넣어두었지요. 라임도 열 개나 있고요."

겐야는 이렇게 혼잣말을 하고 거실의 텔레비전 앞에 앉았다.

30분쯤 지나서 온 니코는 현관에 선 채 등대에 가지 않겠느냐고 말했다. 양복에 넥타이를 맨 차림이었다.

"등대요?"

"그래, 아주 가까워. 랜초팔로스버디스시에 있는 비센테곶이네."

"등대를 보면서 보드카 라임을 마시는 건가요?"

"마시는 것은 여기로 돌아오고 나서지. 농탕치는 커플을 노리고 똘마니들이 나타나니까 순찰차가 항상 돌아다닌다네."

맥주의 희미한 취기는 가셨기 때문에 겐야가 사륜구동차를 운전해서 가기로 했다.

니코가 등대를 좋아한다는 것은 정말이었구나, 하고 생각하며 겐야는 차를 팔로스버디스 거리의 서쪽으로 달렸다.

"겐, 회사 세우는 걸 서두르게. 겐야 오바타의 그린카드를 조속히 손에 넣어야지. 이민 관계 일을 잘하는 변호사가 있네. 수잔보다 일이 빠르지."

순찰차가 나타나 속도를 늦추며, 겐야는 19일에 일본으로 돌아갈 생각이라고 말했다.

"뭐 때문에 19일에 돌아가야 하는 건가?"

"아무도 없는 올컷가의 사후 처리에 대해 부모한테 보고해야 하니까요. 로스앤젤레스로 오고 나서 부모한테 한 번도 연락을 하지 않았어요. 물론 유산이나 멜리사에 대해서도 말하지 않았고요."

"한 번은 일본으로 돌아가야 한다는 것은 알겠는데 일주일만 뒤로 미루게."

이렇게 말한 니코는 이유를 설명했다. 토런스에 있는 공장의 계약, 채소 농가와의 계약, 젊은 부부가 시작한 양계 농가와의 계약 등을 수첩을 보며 자세하게 설명한 후 말했다.

"솜씨가 아주 좋은 요리사를 찾아냈다네. 뉴욕의 프랑스 레스토랑에서 수프 부문을 22년이나 담당했던 프랑스계 할아버지야. 부인이 암에 걸려 간병 때문에 은퇴했지만 올 2월에 부인이 세상을 떠났다네. 아주 최근에야 다시 일하고 싶은 마음이 들었다는군. 기쿠에 씨의 레시피가 아무리 완벽하다고 해도 우리 같은 초심자는 레시피대로 만들 수는 없을 걸세. 기술 지도 전문가가 고문으로 반드시 필요하네. 그 할아버지가 내일 올컷가로 올 거야."

"예? 뉴욕에서요?"

"기쿠에 씨의 수프 세 종류를 가져가서 맛을 보라고 했네. 좋은 맛이라고 칭찬하더군. 감탄했지. 특히 브로도와 부용을 칭찬했네. 그 수프 두 가지는 모든 것의 기본이지만 그게 가장 어렵다더군."

"당신은 언제 뉴욕까지 간 거죠?"

"그제 마지막 비행기로 갔다가 오늘 저녁에 돌아온 거네. 보스한테 알리지도 않고 멋대로 일을 해서 미안하네만, 자네는 오늘 그럴 상황이 아닐 것 같아서 무단으로 뉴욕까지 갔다 온 거네."

등대 자체는 보이지 않았지만 천천히 회전을 반복하는 불빛의 잔광이 팔로스버디스 거리에서 갈라져 서쪽으로 뻗어 있는 길을 어렴풋이 밝게 했다 어둡게 했다 하고 있었다.

등대가 있는 곳을 지나 좀 더 가니 '비센테곶'이라는 표지가 있고, 바다를 향해 완만하게 경사진 곳에 만들어진 공원이 나왔다.

"여기서 보는 비센테 등대가 좋네."

니코가 말했다.

겐야는 공원 주차장에 차를 세우고 니코와 함께 잔디밭과 거대한 버섯처럼 보이는 나무 아래를 지나 낭떠러지 앞에 설치된 목책이 있는 곳까지 갔다.

5백 미터쯤 왼쪽에 바다를 향해 돌출된 작은 땅이라 부르는 게 나을 것 같은 곳이 있고, 거기 서 있는 등대의 검은 윤곽이 보였다.

공원에는 겐야와 니코 외에는 아무도 없는 것 같았다.

"만약 그 프랑스 사람이 꼭 회사에 필요하다면 이곳 팔로스버디스반도 어딘가에 집을 얻어주어야 하겠군요."

겐야가 말했다.

"본인도 그럴 생각이네."

"나이는 어느 정도인가요?"

"일흔이네. 딸 둘에 아들 하나. 손자가 다섯. 프랑스 사람이라고 해도 미국 국적이야. 좀 까다롭기는 하지만 사람 됨됨이는 보증하네."

동쪽의 먼 해상에 붉은 점이 나타났다.

늘 보던, 롱비치로 항해하는 유조선이구나.

"멜리사가 완전히 매클라우드가의 아이가 될 때까지 교코와 케빈이 겪었을 고생은 말로 표현할 수가 없었겠군."

니코의 말에 겐야는 기쿠에 올컷이 준비한 골판지 상자의 내용물을 알려주었다. 그리고 보스턴의 집 정원에 만든 꽃밭에서 기쿠에 고모가 레일라에게 늘 해준 말도 전해주었다.

"멜리사가 잠들기 전에 케빈이 매일 밤 읽어주었던 120권이나 되는 유아용 책이 지금도 매클라우드가의 책장에 꽂혀 있대요."

등대의 라이트는 육지 쪽에 강렬한 빛을 비추지 않도록 뭔가로 가로막혀 있는 것 같았다.

불빛은 밤바다를 항해하는 선원들에게만 비치면 되는 것이다. 육지에 사는 사람에게는 성가실 뿐이다. 이렇게 생각한 겐야는 계속 회전하는 라이트를 말없이 바라보았다.

"기쿠에 씨는 굉장한 정신력의 소유자네. 감탄할 수밖에 없어. 27년이나 언제 발각될지 모르는 불안이나 공포와 싸우며 살아온 거니까. 몬트리올대학의 졸업식 식장에서 화려하게 차려입은 멜리사 매클라우드의 모습을 망원경으로 바라보고 있는 기쿠에 씨가 바로 눈앞에 있는 것 같은 기분이 드네."

니코는 이렇게 말하며 바다인지 하늘인지 알 수 없는 한 점을 손으로 가리켰다.

등 뒤에서 발소리가 들렸다. 손전등 불빛이 흔들려서 겐야가 돌아보았다. 순찰차가 길에 세워져 있고 경찰 두 명이 허리의 권총에 손을 댄 채 다가왔다.

"니코인지는 알았지만 혼자가 아니어서 말이야."

중년의 경찰이 말했다.

"부인과 같이 온 게 드문 일이니까, 결국 추억의 비센테곶에서 갈라서자는 이야기를 하는 거라고 이 녀석이 그러잖나."

경찰은 젊은 파트너를 돌아보며 권총에서 손을 뗐다.

"부인이요?"

겐야는 작은 소리로 니코에게 물었다.

경관은 주위를 둘러보고 나서 순찰차를 타고 사라졌다.

니코는 어쩐지 기분이 상한 얼굴로 담배를 물었다.

"방금 그 경찰이 부인이라고 하던데, 부인이 있어요?"

겐야는 오늘 세 번째 담배에 불을 붙이고 이렇게 물었다. 연기는 서쪽으로 흘러갔다.

"마누라가 있으면 이상한가?"

"이상하지는 않지만……."

"그럼 왜 그렇게 놀라나?"

겐야는 목책 너머의 낭떠러지로 내던져질 것 같았는데도 웃음을 그칠 수가 없었다.

"이 비센테곶의 등대에 부인과의 추억이 있군요. 어떤 추억인지 조금만 얘기해줄 수 없어요?"

"그 바보 같은 놈, 쓸데없는 말을 지껄이고 말이야."

"아, 보스한테는 좀 더 신사적인 말을 썼으면 좋겠는데요."

니콜라이 벨로셀스키는 라이터를 켰지만 바람에 금방 꺼지고 말았다.

겐야는 자신의 터보 라이터로 불을 붙여주었다.

유조선의 빨간 점이 1킬로미터쯤 앞의 바다를 지나가고 나서,

"마누라가 기뻐한다네."

하고 니코가 말했다.

"우리의 수프 가게를 미국 최고의 회사로 키우는 겁니다. 탐욕스러운 돈벌이와는 무관해요. 일하는 사원들이 행복을 이룰 수 있는 회사로 만들자고요. 그게 우리 회사의 콘셉트라고 부인께 말해주세요."

겐야는 이렇게 말하며 니코와 악수를 나누고, 차를 세워둔 곳으로 걸어갔다.

올컷가로 돌아오자 니코는 오늘 밤은 너무 늦었다며 보드카 라임을 마시지 않고 돌아갔는데, 자기 차에 타기 전에 아내는 토런스시에 있는 햄버거 가게에서 일한다고 말해주었다.

내일은 열 시에 매클라우드 부부를 데리러 가고, 성묘를 마치면 두 사람을 호텔로 데려다주고 나서 수잔과 의논한 다음 그린카드 취득 절차에 연줄과 경험이 있는 변호사와도 만나야 한다.

니코가 프랑스인 수프 요리사를 올컷가로 데려오면 기쿠에 고모의 노트북에 보관되어 있는 수프 레시피를 프린트해서 건네야 한다. 시험 삼아 만드는 일을 시작하는 것이다.

그래, 로잔느 페레스도 공장에 스카우트하고 싶다. 그녀도 우수한 인재니까.

식물원 사무실에서 일하는 아만다라는 여성도 만나야 한다. 기쿠에 고모와 아만다 사이에 수프 가게에 대한 어떤 약속이 있을지

도 모른다.

자, 시작하는 거다. 베벌리힐스의 수프 가게는 평판만큼 맛있지 않았다. 니코는 그것이 지금 서해안에서 가장 인기 있는 수프라며 얕잡아 보듯이 말했는데, 정말 그 말 그대로였다. 기쿠에 고모의 수프와는 천양지차다. 격이 다르다.

겐야는 이렇게 생각하며 샤워를 하고 밤 두 시까지 기다렸다가 올컷가의 북쪽 안쪽에 있는 꽃밭으로 갔다.

건물 상부에 설치된 나무 선반에 능소화 꽃이 피기 시작했다. 일주일 전에는 작은 꽃봉오리가 아래로 드리워져 있을 뿐이었다.

접시꽃인지 도라지인지 알 수 없는 꽃들도 피어 있었다. 땅에 심어진 거베라가 가장 싱싱했다. 오늘 밤에는 유난히 더 예쁜 것 같았다.

겐야는 발소리를 죽여 오솔길을 걸어가며 계속 풀꽃들에게 감사의 말을 속삭였다. 사람에게도 이 정도의 마음을 담아 고맙다는 말을 해본 적이 없다고 생각했다.

이윽고 걷기에 지친 겐야는 꽃밭 사이의 오솔길에 앉았다. 앉기에 적당한 굵기의 뿌리가 있었다. 능소화의 뿌리였다.

이렇게 굵은 것을 보면, 원래 이곳에 자라고 있었을 것이다. 기쿠에 고모가 이사 오고 나서 심은 게 아니다.

겐야는 이렇게 생각하며 스마트폰으로 능소화의 영어 이름을 찾아봤다. 그때 열한 시 넘어 제시카가 전화를 했었다는 사실을 알았다. 나중에 메일을 보내자고 생각했다. 자신의 마음을 전하는 중요한 메일이 될 터였다.

미국 능소화는 학명이 'Campsis radicans'라고 되어 있다.

할머니가 이 꽃을 좋아했다. 능소화의 꽃들로 터널을 만들고 싶다며 작은 뜰에서 나무 쪽문까지 3미터쯤 되는 좁은 길에 지주를 세우고 거기에 여러 개의 철사를 걸쳤다.

여름 내내 짙은 오렌지색 꽃이 철사에서 드리워져 걸을 때는 허리를 굽혀야 했는데, 그 아름다움은 지금도 기억하고 있다.

할머니가 돌아가셨을 때 뜰이 너무 좁다며 아버지가 지주와 철사를 치워버렸기 때문에 어느새 시들어버리고 말았다.

겐야는 자신의 기억에 남아 있는 오바타가의 능소화보다 색이 짙고 꽃잎도 큰 올컷가의 능소화를 오랫동안 바라보았다.

그러고 나서 중정의 잔디밭 위에 27년 전 서른여섯 살의 기쿠에 고모를 두었다. 겐야에게는 그 모습이 확실히 보였다.

기쿠에 고모는 길이가 긴 주름치마를 입고 두 무릎을 세우고 앉아 있었다. 겐야가 잠시 바라보고 있는 사이에 어디선가 어린 레일라가 달려와 엄마에게 안겼다. 기쿠에 고모는 깔깔 웃음소리를 내며 레일라와 함께 잔디밭에서 이리저리 뒹굴었다. 달빛이 두 사람의 몸에 금색으로 선을 둘렀다.

레일라는 엄마에게 안아달라며 마음껏 어리광을 부리고 나서 꽃밭으로 달려가 꽃들을 가슴에 안을 만큼 안아서는 강아지 같은 걸음걸이로 돌아와 엄마에게 쏟았다.

태평양의 파란 바다가 내려다보이는 캘리포니아 남쪽의 팔로스 버디스반도, 보랏빛 꽃이 만발한 자카란다 나무와 강렬한 햇살 아래 추리극이 펼쳐진다. 여행지에서 갑작스럽게 죽은 고모가 막대한 유산과 함께 여러 가지 수수께끼를 남겼기 때문이다. 그 수수께끼가 조금씩 풀리며 지극히 비극적이었던 고모의 삶이 전모를 드러내지만, 이 작품은 전혀 비극적이지 않다. 오히려 캘리포니아의 투명한 햇살만큼이나 따뜻하다.

이 소설의 중심에는 어린 소녀가 있다. 등장인물들은 오로지 그 소녀를 위해 존재한다. 유괴가 있고 성적 학대가 있고 가정 내 폭력이 있고 의문의 죽음이 있으나 이 작품이 따뜻하게 읽히는 것은, 소설의 중심에 무구한 어린 소녀가 있고 그녀를 둘러싼 사람들이 하나같이 도무지 선하기만 하기 때문이다. 오래전 어린 딸이 유괴

당하여 행방불명된 상태로 비극적인 생을 마감한 고모, 난데없이 그녀의 엄청난 재산을 상속받은 주인공, 비밀 상자에 숨겨진 의문의 편지를 보내온 몬트리올의 여인, 덩치 큰 우크라이나계 사립탐정, 이렇게 수상쩍은 사람이 있는데도 이들의 관심사는 오직 소녀의 인생뿐이다.

사건의 진상에 점점 다가가는 과정에서 느끼는 세속적인 조마조마함은 마침내 자괴감만 남기고 허탈하게 사라진다. 무슨 말을 할 수 있을까. 미야모토 테루, 비겁하다고 생각한다. 비극적인 모성애 앞에서 무슨 말을 보탤 수 있겠는가. 내가 무슨 말을 하든 이 작품을 읽은 사람에게는 사족 아닌 것이 있을 수 있을까. 그냥 아무 말도 하지 않는 것이 독자에 대한 예의일 것이다.

요시모토 다카아키吉本隆明는, 애초에 좋은 작품과 나쁜 작품이 있는 것은 아니겠지만 굳이 말하자면 좋은 작품은 거기에 표현된 마음의 움직임이나 인간관계를 독자로 하여금 그 자신밖에 알 수 없다고 생각하게 하는 작품이라고 했다. 그렇다면 이 작품은 나쁜 작품이다. 나는 그저 물보라가 셔츠를 적시는 해변의 벤치에 앉아 바다를 바라보고 싶고, 쏟아지는 햇살 아래 스프링클러가 적시는 정원의 푸른 잔디밭을 맨발로 달려보고 싶고, 자카란다 거목 너머에 있는 야외 카페에 앉아 커피를 마시며 담배를 피우고 싶고, 해변 저택의 정원에서 갖가지 수프와 티본스테이크를 먹고 싶을 뿐이다. 어린 소녀 걱정은 그만하고.

옮긴이 송태욱

옮긴이 송태욱

연세대학교 국어국문학과를 졸업하고 동 대학원에서 문학박사 학위를 받았다. 도쿄외국어대학 연구원을 지냈으며, 현재 대학에서 학생들을 가르치며 전문 번역가로 활동하고 있다. 지은 책으로 《르네상스인 김승옥》(공저)이 있고, 옮긴 책으로 《나는 고양이로소이다》《환상의 빛》《금수》《사라바》《파랑새의 밤》《황야의 헌책방》 등이 있으며, 나쓰메 소세키 소설 전집으로 한국출판문화상 번역상을 수상했다.

풀꽃들의 조용한 맹세

1판 1쇄 발행 2018년 4월 25일
1판 2쇄 발행 2018년 5월 15일

지은이 미야모토 테루
옮긴이 송태욱

발행인 양원석 **본부장** 김순미 **편집장** 김건희 **책임편집** 지소연
디자인 RHK 디자인팀 남미현, 김미선 **해외저작권** 황지현 **제작** 문태일
영업마케팅 최창규, 김용환, 양정길, 정주호, 이은혜, 신우섭,
유가형, 이규진, 임도진, 김양석, 우정아

펴낸 곳 ㈜알에이치코리아
주소 서울시 금천구 가산디지털2로 53, 20층(가산동, 한라시그마밸리)
편집문의 02-6443-8879 **구입문의** 02-6443-8838
홈페이지 http://rhk.co.kr
등록 2004년 1월 15일 제2-3726호

ISBN 978-89-255-6362-6 (03830)